ALÉXIS BOUVIER

MADEMOISELLE
BEAU-SOURIRE

PARIS
JULES ROUFF, ÉDITEUR
14, CLOITRE-SAINT-HONORÉ, 14

MADEMOISELLE

BEAU-SOURIRE

ÉDITION ILLUSTRÉE

BIBLIOTHÈQUE JULES ROUFF

PARIS — CLOÎTRE SAINT-HONORÉ, 14 — PARIS

DU MÊME AUTEUR

PUBLICATIONS ILLUSTRÉES

Paris. — Imprimerie Vᵉ P. LAROUSSE et Cᵉ, rue Montparnasse, 19.

MADEMOISELLE

BEAU-SOURIRE

PAR

ALEXIS BOUVIER

J · R

PARIS

JULES ROUFF, ÉDITEUR

14, CLOITRE SAINT-HONORÉ, 14

—

Tous droits réservés.

MADEMOISELLE BEAU-SOURIRE

Par ALEXIS BOUVIER

Jules ROUFF, Éditeur, 14, Cloître-Saint-Honoré, PARIS.

Amis Lecteurs,

Nous avons promis à nos fidèles lecteurs tout l'œuvre de notre grand romancier ALEXIS BOUVIER; nous sommes heureux de leur offrir aujourd'hui : MADEMOISELLE BEAU-SOURIRE, l'un des romans les plus mouvementés de l'auteur de la GRANDE IZA. Les scènes terribles, mais réelles, se succèdent sans interruption; il faut lire tous les romans d'ALEXIS BOUVIER pour juger notre époque telle qu'elle est et connaître ce grand Paris dans toute sa beauté et aussi dans ses affreuses misères.

L'Éditeur, JULES ROUFF

L'ouvrage formera environ 50 *livraisons à* 10 *centimes*

Il paraîtra 2 livraisons par semaine

Tous les dessins seront de l'artiste aimé FERDINANDUS

La dernière livraison contiendra : la *couverture*, le *titre* et une **prime**, le tout gratuitement.

Paris — Imprimerie Vᵛᵉ P. Larousse et Cⁱᵉ, rue Montparnasse, 19.

MADEMOISELLE BEAU-SOURIRE

PREMIÈRE PARTIE

PARIS LA NUIT

I

UNE PARTIE D'EAU IMPRÉVUE.

C'était à la fin de l'été ; une nuit lourde et menaçante d'orage succédait à une journée accablante de chaleur. Le quartier de l'île Saint-Louis était plongé dans le plus profond silence. Les nuages épais qui couraient dans le ciel, précurseurs de la tempête, augmentaient l'intensité de la nuit. Le vieil hôtel Lambert, la magnifique résidence construite par Levau et décorée par Lesueur et Le Brun, célèbre par les somptueuses soirées qu'y donnait alors le prince Czartoryski, était seul éclairé à la pointe de l'île, presque en face d'une passerelle, sinon détruite, toute bouleversée depuis quelques années, qu'on nommait le pont de l'Estacade. Les quais étaient déserts. C'était une nuit d'encre, que ne pouvait éclairer la lumière des rares becs de gaz qui se dressaient sur les quais. Un vent lourd, chaud, secouait les arbres du Mail. L'eau vaguait, faisant gémir en les heurtant les péniches amarrées dans le petit bras de la Seine.

Sur le quai, devant l'entrée de l'hôtel, attendaient quelques équipages dont les cochers maugréaient, en s'enveloppant de leurs couvertures.

Parfois, dans le ciel sombre, un déchirement jetait un éclair.

Trois heures du matin sonnaient à l'horloge de l'Hôtel de ville.

Pas un passant sur les quais, pas un être dans les rues. Les agents euxmêmes se tenaient dans le voisinage d'un abri connu, laissant les rues libres.

Le vent, dans ses rafales, en balayant les quais, en chassant l'eau, emportait les vibrations éteintes de l'orchestre.

C'est à cette heure qu'un jeune homme, un charmant garçon, Auguste Vallée de La Saussoye, descendait le grand escalier du splendide hôtel, ne se doutant pas du temps menaçant. Lorsque le domestique qui lui remit son pardessus le lui tendit pour qu'il le revêtît, il refusa et le jeta sur son bras.

On étouffait dans les salons, il avait besoin de fraîcheur et voulait retourner chez lui à pied.

À trois heures du matin, on n'est pas remarqué en toilette de soirée. Il demeurait presque sur les quais, rue de la Monnaie; c'était à peine une demi-heure de marche, et, le jour même, les quais, à Paris, ne sont guère fréquentés. Il avait tiré de sa poche un cigare, l'avait allumé à la bougie que lui tendait le domestique, et il sortait du vestiaire pour s'engager sous la véranda, lorsqu'il entendit les hurlements du vent dans les grands arbres du jardin; les tapisseries de Beauvais placées en portière étaient violemment secouées.

Il rentra aussitôt et se fit revêtir de son pardessus; puis, le cou bien enveloppé, il sortit; ayant regardé autour de lui, il fit :

— Diable, il serait plus prudent de prendre une voiture.

Il chercha; point de voiture publique.

— Bah! en marchant bien, j'en ai à peine pour un quart d'heure; je serai rentré avant la pluie.

Et cela fut dit presque avec satisfaction. C'était un économe; on peut aller en soirée, chez des gens très riches, sans avoir pour cela aucun point de ressemblance avec eux; et peut-être le jeune Auguste Vallée de La Saussoye était-il dans la situation du pauvre en habit noir de la pièce de M. Ponsard, qui dit :

> Et je n'ai pas dîné pour m'acheter des gants.

M. de La Saussoye avait pris son parti sur les menaces du temps; ayant relevé le col de son pardessus, tête baissée, il se mit à courir en suivant les quais; il traversa le pont Marie et tourna, se dirigeant vers l'Hôtel de ville.

Les éclairs déchiraient les nues, couvrant de lueurs étranges les quais, les berges et l'eau; puis l'orage qui menaçait éclata tout à coup, épouvantablement violent; le tonnerre gronda et la pluie, en larges gouttes, tomba à torrents.

Le jeune homme courut plus vite, enfonçant sa tête dans son col, le corps à demi courbé, avançant sans voir devant lui.

Il était déjà tout ruisselant de pluie, lorsque, arrivé devant le pont d'Arcole, sa tête se heurta sur un passant, si violemment, qu'il faillit tomber.

Il regarda et il vit une jeune femme que le choc avait presque jetée sur le parapet. Il allait s'excuser, mais la femme s'était vivement redressée, et, avant qu'il eût eu le temps de faire un mouvement, elle avait couru une dizaine de pas, enjambé le parapet du pont et s'était précipitée dans la rivière.

Toute cette scène, il la vit dans la lueur d'un éclair; la femme était jeune, échevelée, à peine vêtue; un jupon, une chemise et une camisole collée par la pluie sur le torse... Il jeta un cri, appela au secours, mais un coup de tonnerre formidable étouffa tout.

Le jeune homme n'hésita pas; violemment secoué par ce qu'il venait de voir, après le frisson qui courut dans son corps, il se redressa, arracha son pardessus, puis son habit, et, courant sur le pont, il se précipita à l'endroit même où, à la lueur de l'éclair, il avait vu disparaître la jeune femme.

Auguste de La Saussoye était un bon nageur, il fallait qu'il fût bien sûr de lui pour se jeter aussi tranquillement à l'endroit le plus dangereux du grand fleuve qui traverse Paris.

Les eaux impétueuses repoussent le nageur qui voudrait essayer de remonter le courant. Il faut, une fois engagé sous le pont où se trouve l'Arche-du-Diable, s'abandonner à l'eau et ne compter atterrir qu'auprès du pont Neuf.

Le jeune homme ressortit à dix ou douze mètres du pont. Il tenait la malheureuse femme par le derrière du col.

Le plongeon avait duré plus d'une grande minute; il avait eu de la peine à remonter le corps.

Après avoir bruyamment respiré en retrouvant l'air, il secoua la tête pour écarter ses cheveux qui lui couvraient le visage; il voulait voir autour de lui.

Il flottait, essayant vainement de rester en place; à la lueur d'un éclair, il regarda le pont, les quais, espérant un secours. Rien, tout était désert. Il ne devait compter que sur lui-même.

Soutenant hors de l'eau la tête de celle qu'il sauvait, ne nageant que pour se soutenir, il s'abandonna au courant; entraîné, il passa rapidement sous le vieux pont au Change. C'est là qu'était le danger.

Une fois sorti de cette voûte sombre, soit que le petit jour commençât à paraître ou que ses yeux s'habituassent à l'ombre, il vit plus clair pour se diriger, et il chercha à gagner insensiblement la berge.

Il avait peur, la femme qu'il soutenait hors de l'eau était plus lourde; elle ne bougeait plus. Il craignait de ne ramener qu'un cadavre.

Il fallait se hâter de gagner le bord. Alors des mains il prit le col de la camisole de la femme; le vêtement léger assemblé en tampon la soutenait sous les aisselles; il sortit ainsi presque tout le torse de l'eau. La tête penchait inerte sur les épaules, et cette vue fit courir un frisson dans ses veines. Il se hâta encore plus, étendant les bras et nageant vigoureusement des jambes pour atteindre la berge.

Il atterrit enfin un peu avant le pont Neuf. Pour monter l'escalier de pierre, épouvanté, il dut traîner la femme, en la tirant toujours par son vêtement, et la soutenant d'une main passée sous un bras.

Arrivé en haut, comme ses vêtements mouillés la rendaient lourde, il la prit dans ses bras et la porta sur la berge.

Après l'avoir déposée à terre, il revint sur ses pas et regarda autour de lui, c'est-à-dire au sommet des parapets qui font de ce bassin comme une fosse où l'eau mugit.

Rien, rien. Les éclairs déchiraient les nues noires, le tonnerre grondait et la pluie tombait épaisse et drue.

Il revint désespéré. Qu'allait-il faire? Ses cris ne seraient pas entendus.

Il se pencha sur la femme qu'il avait si miraculeusement arrachée à la mort, et, plaçant la tête sur ses genoux, il lui frotta les tempes, lui frappa la poitrine. Sa main sentit les battements du cœur.

Elle vivait! donc, elle pouvait être sauvée; mais il fallait des soins prompts... et aucun secours à espérer!

Il s'écria :

— Bah! je suis à deux pas de chez moi, je la soignerai.

Et, rapidement, il souleva la malheureuse femme. Jeune et fort, il la prit à bras-le-corps, la plaça sur son épaule et, comme s'il eût porté un enfant, il se mit à courir en remontant l'escalier des quais.

Oh! le passant attardé, l'agent à son poste, s'ils avaient vu ce tableau dans ce déchaînement de la tempête, sous cette pluie, aux lueurs des éclairs, aux grondements du tonnerre : cet homme, en bras de chemise, ruisselant, qui traversait les quais et courait dans la nuit avec un cadavre sur les épaules!

Il n'y avait pas de passants; Paris dormait et les agents de service comptaient sur l'orage pour garder la ville.

Arrivé rue de la Monnaie, le jeune homme sonna deux fois; la porte s'ouvrit; il la referma vite en criant son nom pour que le concierge ne vînt pas reconnaître celui qui rentrait et ne protestât pas sur l'introduction d'une femme dans une maison bien tenue.

Il demeurait au rez-de-chaussée. Il ouvrit vivement sa porte qu'il referma plus vivement encore.

Enfin, il était chez lui!

Il entra dans sa chambre et, ayant étendu le corps qu'il portait sur le lit, il se laissa choir épuisé.

Il resta ainsi une grande minute sur son tapis, tout étourdi de ce qui venait de se passer, sans conscience de son héroïsme et se demandant ce qu'il allait faire avec cette femme chez lui.

Si elle allait mourir?

Comment expliquerait-il la présence de ce corps dans sa chambre?

A cette idée, il se redressa, alluma une bougie et vint près du lit.

La jeune femme était toujours sans connaissance, mais le mouvement régulier de sa gorge montrait qu'elle vivait.

Aussi exclama-t-il comme soulagé :

— Elle vit ! mais il faut se hâter de la soigner.

II

COMMENT NAÎT UN GRAND AMOUR.

La situation était délicate ; le premier secours urgent, c'était de la débarrasser de ses vêtements mouillés, c'était de rendre la chaleur au corps qui se refroidissait. Maître chez lui, il était cependant très gêné.

La femme, revenant à elle et se trouvant dans la chambre d'un garçon, nue, dans son lit, pourrait trouver du plus mauvais goût les soins de son sauveur.

Cependant, le temps pressait ; il n'était guère possible à cette heure, sans danger pour la malheureuse, de l'abandonner ainsi pour courir chercher un médecin.

Il haussa les épaules, pour chasser ses idées pudiques en disant :

— Bah ! je lui dirai que je suis médecin, et la preuve est que je la sauverai.

Auguste de La Saussoye restait seul à Paris pendant l'été, et sa mère, qui occupait le premier étage, au-dessus du petit appartement qu'il habitait, était à la campagne.

Il sourit, en pensant qu'il n'avait qu'à grimper rapidement au premier étage pour prendre dans l'armoire de sa mère le linge nécessaire.

Il monta vivement et revint portant un paquet de linge et un fagot qu'il jeta dans la cheminée et dont l'embrasement illumina la chambre.

Alors il se mit à l'œuvre. Besogne délicate et qui l'agitait vivement, surtout lorsque regardant celle qu'il avait sauvée, il la vit admirablement belle... Et jeune... si jeune... seize à dix-sept ans.

Du col aux cheveux, le rouge couvrit son visage. C'était un galant homme dont l'honnêteté se révoltait ; mais l'humanité commandait, d'autant qu'il lui parut que la respiration s'éteignait, que les membres s'étendaient.

— Allons, je suis fou, dit-il, il n'y a pas de femme ici, il n'y a qu'une créature qui se meurt et que je dois sauver.

Alors, tout fiévreux, il dégrafa les jupes, arracha et la chemise et la camisole, se hâtant avec la volonté de ne point voir; mais, pour faire tomber les vêtements, il dut enlever le corps. Il prit l'inconnue sous les épaules et la tête, inerte, retombant sur le côté, s'appuya sur sa joue.

Au contact de la chair tiède et mouillée, il eut un tressaillement involontaire; il trembla, comme s'il eût commis une mauvaise action.

Il souleva la jeune femme, l'accotant sur sa poitrine, de sa main tremblante il faisait glisser les vêtements.

Il était rouge de honte, ce contact amenait sur sa peau des brûlures de fièvre. Il fermait les yeux et essayait de tourner la tête pour ne pas voir ce corps superbe, inondé de lumière par les flamboiements du foyer, se révélant à mesure qu'il la découvrait.

Quand ce fut fait, lui, tout ruisselant d'eau, ses chairs étaient sèches, et la sueur perlait sur son front.

Il s'écarta vivement du lit. Il eut véritablement peur et, aux rougeurs de fièvre qui couvraient son visage, succéda une pâleur livide, lorsque, ayant fait chauffer le linge qu'il avait été chercher, il dut en couvrir la jeune femme.

Il avait rejeté, sur le corps, le couvre-pied de soie : ce n'était que la tête qu'il soulevait et les lèvres étaient sèches, les yeux, demi-clos, étaient éteints.

Elle était morte! morte!

Il se hâta de la vêtir, n'éprouvant plus qu'un sentiment d'effroi. Et, lorsque la tête retomba sur l'oreiller, il se laissa choir dans un fauteuil, terrifié et répétant :

— Morte! morte! elle est morte!

Il resta ainsi une grande minute, le regard fixé sur ce tableau sans vie. Et c'était un saisissant tableau, que celui de cette malheureuse étendue, raide sur le lit, admirablement belle dans sa lividité, et sur laquelle, les éclatements lumineux du foyer jetaient des teintes qui lui donnaient l'aspect d'une figure de cire; que celui du malheureux, tout mouillé, brûlant de fièvre, inconscient de lui, et regardant, épouvanté, ce cadavre qu'il avait apporté chez lui.

Il se redressa, voulant réagir contre le sentiment d'effroi qui l'envahissait, affolé, ne sachant que faire, il allait se sauver et crier :

— Au secours!

Lorsqu'il lui sembla que le visage se contractait; il se pencha, anxieux, pour mieux voir.

Les lèvres remuaient, les dents grinçaient. Ah! il fut vite remis, et le courage lui revint.

Auguste de La Saussoye avait dû être médecin, mais refusé à ses examens, on l'avait fait entrer dans un ministère, la réserve des fruits secs.

L'un des habitués l'appela BEAU-SOURIRE ; le nom lui resta (PAGE 16).

Il savait assez de médecine pour aider utilement la vie qui revenait. Il se mit à l'œuvre.

Les soins du jeune homme produisirent vivement un bienfaisant effet. Après une crise violente, la jeune fille ouvrit les yeux, regarda autour d'elle d'un air hébété, puis, comme si elle sortait d'un mauvais songe que le réveil avait chassé, sa tête, qu'Auguste soutenait, pesa plus lourde; il la plaça sur l'oreiller, la respiration était régulière, il n'y avait plus de doute, cette

2ᵉ LIV. 2

fois, elle dormait. Cette fois, le jeune sauveteur poussa un soupir de satisfaction, disant :

— Ah! enfin, elle est sauvée. Elle dort, cela me donnera le temps de me remettre un peu.

Et il pensa à lui. Il commençait seulement à sentir le froid de ses effets mouillés. Il se hâta de changer de vêtement, et, n'ayant plus, tant il avait été bouleversé, le souvenir bien exact de ce qui s'était passé, il se demanda, en homme d'ordre :

— Mais où diable ai-je laissé mon habit et mon pardessus?

Après s'être un peu réchauffé, il revint près de la malade; elle dormait bien calme; elle souriait.

Le feu du foyer s'éteignit, la braise des sarments était consumée; il prit la bougie et vint regarder celle qu'il avait sauvée.

Il eut peine à retenir un cri d'admiration.

Mais quelle douleur, quelle souffrance avait pu frapper une si jeune, une si adorable créature, pour la pousser à cet affreux suicide par ce temps épouvantable?

La belle enfant paraissait dix-sept ans; elle était divine, dans son sommeil souriant. Elle avait le front superbe et calme; le nez fin, droit, aux narines un peu relevées, était charmant; les yeux se perdaient sous les longs cils bruns et se relevaient pleins de charme dans le cercle de bistre qui les ombrait; la bouche, admirablement dessinée, était un peu épaisse, et était encadrée de deux fossettes qui devaient lui donner un continuel sourire, ce sourire qu'elle avait dans son sommeil, et qui permettait de voir ses petites dents nacrées... A cette heure, et cela était un cadre admirable pour son visage, ses cheveux épais la couvraient jusqu'aux épaules. Quelle chevelure! humide encore, elle luisait comme les noirs bleus des ailes de corbeau.

Elle était jolie et, malgré lui, Auguste de La Saussoye avait vu qu'elle était belle...; des épaules robustes, d'où naissait un cou souple, une gorge opulente pour sa jeunesse, mais dont les contours élégants atténuaient la force, et ce corps étendu, révélé plutôt que caché dans ces lignes par les plis du couvre-pied de soie, avait les nonchalances des nymphes de Clodion.

Le jeune homme la regardait émerveillé, il fut tout bouleversé lorsque, éveillée soudainement, peut-être par la lumière de la bougie, elle releva la tête tout à coup, étonnée et effrayée, mais semblant toujours sourire, elle lui dit :

— Oh! mais, qui êtes-vous? où suis-je?

Auguste de La Saussoye balbutia :

— Vous êtes chez moi.

— Mais qui êtes-vous, monsieur?

— Celui qui vous a sauvée.

— Sauvée, répéta-t-elle comme étourdie, ne comprenant pas, regardant le jeune homme. Puis, promenant son regard autour d'elle.

— Vous ne vous souvenez donc de rien?

La jeune fille avait tiré pudiquement, d'une main, le couvre-pied jusqu'à son col; et, de l'autre main, prenant son front, elle cherchait à se souvenir.

Au bout de quelques minutes, elle demanda de nouveau :

— C'est vous qui m'avez sauvée, quand je me suis jetée à l'eau?

— Oui.

— Ah! vous auriez dû me laisser mourir, monsieur, fit-elle d'un accent déchirant.

Et elle fondit en larmes.

— Ah! mon Dieu! Mais quelle douleur vous poussait à une aussi terrible fin?

— Vous m'avez sauvée, monsieur, merci. Vous n'avez fait que prolonger mon malheur, vous n'avez fait que retarder ma mort.

— Que dites-vous là? Mais vous n'avez pas l'intention de recommencer, au moins?

La jeune fille sanglotait. Très respectueux, Auguste de La Saussoye avança un siège près du lit, s'assit et dit :

— Je ne vous laisserai pas faire cette sottise. Ce n'est pas à votre âge, belle comme vous l'êtes, qu'on peut avoir de semblables idées. Vous êtes trop jeune pour que vos chagrins ne puissent trouver de consolation. N'ayez nulle crainte; ici, vous êtes chez vous; vous avez en moi un ami dévoué, vous en jugerez à l'occasion. Je suis trop heureux de vous avoir rendu la vie, pour vous permettre de recommencer. Je me mets à votre disposition pour parer aux malheurs qui vous ont désespérée. Que voulez-vous que je fasse?

— Il n'y a rien à faire.

Et la pauvre enfant sanglota plus fort.

— Mais vous me désolez. Voyons, il ne faut pas pleurer comme ça. Si un malheur vous menace, parlez; je vous soutiendrai.

Et le pauvre garçon était tout intimidé en parlant; il s'exprimait gauchement, gêné par la situation; il était timide comme une jeune fille, et vivement impressionné par l'air, l'allure de l'inconnue.

Il ne pouvait s'y tromper : celle qu'il avait sauvée était une honnête fille, et ce n'était pas un motif banal qui l'avait poussée au suicide.

Vainement il chercha à savoir les raisons qui l'avaient amenée à cet acte désespéré.

Elle refusait d'y répondre.

Elle pleurait toujours; puis, tout à coup, voulant mettre fin aux questions qui l'importunaient, elle lui dit :

— Monsieur, je vous en supplie, ne me tourmentez pas, ne cherchez pas à savoir ce que je ne veux pas dire. Vous avez fait une bonne action, achevez-la.

— Je suis prêt, mademoiselle, commandez. Je ferai tout ce que vous voudrez, excepté de vous laisser, comme je vois bien que vous en avez le désir, recommencer la tentative que j'ai eu le bonheur d'empêcher de réussir.

— Je suis une honnête fille, monsieur, les motifs qui m'ont poussée au suicide ne peuvent s'effacer ni s'atténuer. N'insistez pas... Vous êtes un galant homme, faites-moi la grâce de me laisser agir à ma guise. Je veux partir d'ici, je me sens assez forte pour retourner chez nous.

— Pardon, mademoiselle, vous êtes malade. Puis, je dois vous dire qu'il vous serait impossible à cette heure de partir d'ici... La servante de ma mère — il dit cela en balbutiant — qui s'est occupée de vous lorsque je vous ai apportée, qui vous a donné les premiers soins, pendant que j'étais allé changer de vêtements, est partie en emportant vos effets pour les faire sécher; elle ne reviendra que demain vous les rapporter.

— Mais, cependant, monsieur, vous n'allez pas rester seul ici avec moi?

— Oh! n'ayez aucune crainte, mademoiselle; je vais vous laisser seule. Vous serez chez vous, ici, tant qu'il vous plaira d'y rester, sans avoir à craindre la moindre indiscrétion. Mais je veux de vous une promesse.

— Une promesse?

— Oui, c'est de renoncer à l'idée de mourir. Vous êtes encore dans l'état d'excitation qui vous a fait agir. Reposez-vous bien, vous êtes ici en sûreté, vous n'avez rien à redouter de vos ennemis. Vous avez un protecteur en moi, je vous le promets. Jurez-moi que vous renoncez à votre lugubre dessein... ou que vous le remettrez à quelques jours.

La jeune fille, le front dans ses mains, sanglotait plus fort et ne répondait pas; elle ne voyait, à ses tourments, d'autre issue que la mort. Elle était décidée à mourir et voulait rester seule pour s'échapper peut-être et recommencer. Le brave garçon le voyait clairement.

Alors, s'agenouillant devant le lit, prenant une de ses mains qu'elle lui abandonna, il dit d'un ton déchirant :

— Oh! je vous prie, mademoiselle, je vous en prie, ne pensez plus à mourir. Oh! l'épouvantable heure que j'ai passée! Quoi qu'il y ait, quoi qu'il arrive, je vous sauverai de ceux qui vous menacent. Jurez-moi, jurez-moi que vous renoncez à votre projet... et demain je reviendrai près de vous, en ami fidèle.

— Demain, fit-elle; eh bien, oui, laissez-moi. Demain, je vous parlerai.

— Et vous n'avez plus l'idée de mourir?

— Demain, nous causerons; mais vous vous engagez, monsieur, quoi qu'il advienne, à ne révéler à personne que vous avez sauvé une femme et que vous l'avez amenée ici.

— Je ne vous comprends pas..., mais je prends l'engagement, fit-il vite.

— Je veux dire qu'on va me chercher, qu'on me cherche peut-être; que l'on peut savoir que je me suis jetée par-dessus le pont d'Arcole, et...

— Et il ne faut pas qu'on sache que vous avez été sauvée; il faut qu'on croie que vous êtes...

— Noyée. Oui.

— Oh !

Et le jeune homme eut un frisson.

— Ne craignez rien. Je comprends : pour ceux que vous redoutez, qui vous poursuivent, vous n'existez plus.

— Et cette femme qui m'a soignée?

Le jeune homme devint tout rouge, et il répondit vite :

— Oh ! ne craignez rien d'elle... je... lui parlerai... et puis... ma mère est à la campagne... je la lui enverrai demain matin... vous ne la reverrez même pas...

— J'ai votre parole d'honneur, monsieur?

— Oui, mademoiselle... En deux mots je dois vous dire chez qui vous êtes. Chez M. Auguste Vallée de La Saussoye, employé au ministère. J'ai justement deux appartements, ce qui me permet de vous abandonner celui-ci. Ma mère occupe le premier étage; elle est en ce moment, comme tous les étés, à la campagne. Ainsi, je pourrai, demain, vous apporter tout ce qu'il faudra pour votre toilette. Vous pouvez reposer tranquille, vous êtes ici chez d'honnêtes gens.

La jeune fille souriait dans ses larmes à mesure que parlait le brave garçon; et elle dit à mi-voix :

— Oh ! vous êtes bon, vous.

— Oui, dans notre famille on n'est pas méchant, vous le verrez. Mais, vous savez, n'oubliez pas ce qui est convenu, il faut renoncer aux idées lugubres. D'abord, c'est à moi que vous devez la vie, et vous n'avez pas le droit d'en disposer sans me consulter.

— Eh bien, je vous jure, maintenant, que je ne ferai rien sans votre consentement, dit la jeune fille, toujours souriante.

— A la bonne heure...

Il allait se retirer; il revint sur ses pas, la regarda quelques secondes et dit :

— Mon Dieu, que vous avez un joli sourire, et que vous seriez aimable de me laisser vous embrasser pour vous dire bonsoir...

— De grand cœur, répondit-elle en tendant son front.

Il l'embrassa fort, avec un claquement de lèvres, et sortant joyeux, il lui dit :

— Dormez bien. Je suis trop content de ma nuit pour ne pas faire de beaux rêves.

Il sortit.

Restée seule, la jeune fille redevint pensive, puis, laissant tomber sa tête sur l'oreiller, comme pour échapper au souvenir qui lui revenait, elle gémit en sanglotant de nouveau :

— Oh! le misérable! le misérable!

Le jeune Auguste de La Saussoye entrait dans la chambre de sa mère. La locataire étant absente, les meubles étaient couverts par les housses; le lit n'était pas fait, mais cela l'inquiéta peu. Il se jeta tout habillé sur les matelas, exhalant avec satisfaction :

— C'est drôle comme ça fait du bien une bonne action!... Quel somme je vais faire!...

Ah! le pauvre bon! il eut beau se tourner et se retourner sans cesse, il ne dormit pas de la nuit; toujours il voyait devant ses yeux l'admirable tableau de la belle enfant revenant à la vie en lui souriant.

C'est au grand jour seulement qu'il parvint à fermer les yeux.

III

LE CAFÉ DE LA BORDELAISE

Nous devons ramener nos lecteurs dans un autre lieu, et les faire assister à la scène qui précéda celle que nous lui avons dépeinte, sur le pont d'Arcole, au café-estaminet-restaurant de la Bordelaise, situé rue Saint-Denis, dans le voisinage des anciennes Halles.

Tous les noctambules parisiens le connaissaient. Il était très pittoresque, très curieux, très renommé, surtout à cause de la beauté de la maîtresse de la maison. Aussi, disait-on ordinairement, pour désigner l'estaminet : *A la Belle Bordelaise.*

Les gens sévères disaient que c'était un bouge; oh! non, une maison mal fréquentée, voilà tout.

Ce café, ce restaurant, ce cabaret, qualifiez-le comme vous voudrez, vous qui l'avez connu, n'était pas ordinaire, ni dans son tableau, ni dans ses consommateurs. Il n'y avait absolument rien à dire sur les consommateurs.

C'est, je crois, maintenant un magasin où les nomades des Halles resserrent leurs marchandises jusqu'au lendemain.

C'était alors une immense salle très rustique de décoration et d'ameublement; une dizaine de tables, un comptoir haut comme un autel, un dressoir superbe, tout cela vieux et usé, mais resplendissant de propreté, donnait, en entrant, envie de boire et de manger.

Dans le fond, une large cheminée, grande comme une porte cochère; en hiver, le bois embrasé se tordait sous les flammes, dorant les rôtis embrochés qui tournaient devant, et les reflets faisaient scintiller les coins éclatants des consoles qui se pendaient dans les angles, et les faïences, et les verres entassés sur le dressoir.

Mon Dieu! en entrant, que les yeux étaient charmés, la peau caressée par une douce chaleur et le nez surpris agréablement par la bonne odeur de la cuisine!

Lorsque les Halles se sont transformées, toute la clientèle bruyante s'est envolée; mais quand j'y allais, on y venait encore.

Celle qu'on appelait la Belle Bordelaise méritait bien son nom; elle avait une détestable réputation, qu'elle justifiait, on l'assure; mais c'était une femme sérieuse, toujours à la maison, et qu'on jugeait sans pouvoir l'accuser.

Jamais on n'avait rien vu de ce qu'on disait.

Les bavards prétendaient que tous les clients étaient amoureux d'elle; cela était très explicable, car la Belle Bordelaise était une superbe femme qui pouvait bien cacher trois années de ses trente-trois ans.

Elle était grande, robuste, souple et presque élégante de contours et d'attaches; le col était superbe et se liait bien, par ce que les femmes nomment le collier de Vénus, à des épaules superbes; la gorge forte seyait bien à une taille un peu longue, mais très bien faite. La santé courait sous la peau claire et un peu colorée, une peau fraîche.

Le front était un peu bas et les sourcils étaient si rapprochés qu'ils semblaient le séparer du visage. Les yeux dont le bleu foncé paraissait noir dans l'ombre des cils longs et bruns. Le nez fin, aux narines roses, était un peu relevé; d'un profil gai, agaçant; la bouche un peu grande était épaisse et pleine d'appétit; les lèvres paraissaient plus rouges sous le duvet blond, la fleur de pêche qui les couvrait; mais que cela était beau, cette double rangée de perles d'un blanc laiteux, qui s'entr'ouvrait dans un sourire plein de provocation et de raillerie. Elle était brune, et le brillant de soie de ses cheveux faisait encore valoir le teint éclatant de ses chairs.

Jeanne Cordier, la Belle Bordelaise, n'avait jamais sali son visage avec le maquillage. Les pâtes, les poudres et les mastics n'avaient rien à faire dans sa beauté.

Nous devons à la vérité de déclarer que ceux qui la jugeaient, ainsi que nous l'avons constaté plus haut, ne la calomniaient pas. Mme Jeanne était belle, elle le savait, et elle aimait à bouleverser le cerveau de celui qui la regardait.

Quand elle se penchait sur vous, quand son visage s'avançait pour offrir un sourire, les lèvres avaient des tremblements qui vous faisaient rougir et le regard des lueurs qui vous éblouissaient... Rien ne saurait peindre le charme qu'il y avait en elle... On disait que cette femme était née pour aimer, non de cœur, mais de sens. Ses baisers devaient être de feu; son amour, plein de volonté, commandait.

Bref, on disait enfin que son mari, qu'elle avait épousé il y avait seize ans, fort et robuste, se mourait d'elle.

Depuis quatre mois, le mari, Joseph Cordier, n'avait pu descendre de sa chambre.

C'est alors que la Belle Bordelaise avait fait revenir de la pension sa fille, celle que l'on nommait la Grande Adèle, comptant se faire aider par l'enfant.

La Belle Bordelaise n'aimait pas les enfants : aussi la voyait-elle à peine; c'est le père qui, deux fois par mois, allait embrasser sa fille à la pension.

Depuis deux ans elle n'avait pas vu la petite Adèle; la dernière fois qu'on la lui avait amenée, elle avait à peine quatorze ans alors, elle l'avait regardée avec stupéfaction; et constatant la laideur difforme par laquelle passe l'enfance pour devenir jeune fille, elle avait dit en riant :

— Mais c'est un laideron; elle ne tient ni de moi ni de son père.

Et, en disant cela, elle paraissait satisfaite... Ç'avait été tout autre chose lorsque la grande Adèle avait été retirée de pension.

L'enfant avait seize ans. La grande Adèle était devenue une admirable jeune fille, aux traits charmants; si charmants, qu'en entrant dans la maison, les habitués s'étaient écriés :

— Oh! qu'elle est devenue belle, Adèle!

Et comme, toute confuse, baissant la tête et se dandinant en frottant niaisement le bout de son doigt sur une table, elle souriait au milieu des habitués, l'un d'eux l'appela « Beau-Sourire »; le nom lui resta.

Et, de ce jour, la Belle Bordelaise exécra son enfant. Elle l'habilla de ses vieilles robes et l'obligea aux plus rudes travaux, à ceux surtout qui la forçaient à rester dans l'arrière-boutique.

Nos lecteurs l'ont deviné. La jeune fille si miraculeusement sauvée par Auguste Vallée de La Saussoye était M\ue Adèle Beau-Sourire.

Nous allons raconter maintenant la scène qui avait été la cause de la tentative de suicide de la belle enfant.

Ce soir-là, il faisait chaud, et les habitués du cabaret ayant soif, la salle était pleine de monde.

La Belle Bordelaise était venue s'asseoir près d'un habitué qui passait pour être son favori; d'allures libres, elle se penchait abandonnée sur l'épaule de celui qu'on appelait l'artiste, un grand gaillard, bâti comme un Hercule et beau comme le Bacchus indien, mais négligé, débraillé à plaisir, qui jouait aux cartes.

— Pourquoi me regardes-tu comme cela, père ? (PAGE 21.)

Riant, il jeta ses cartes, étalant devant son partenaire une seizième et un quatorze et exclamant :

— Tu ne te plaindras pas, tu n'en as pas gagné une.

La Belle Bordelaise frotta son menton sur l'épaule du beau garçon ; il se retourna.

Elle le regarda longuement ; mais l'artiste soutenait, lui, sans rougir, les regards sales de Mme Jeanne ; il y répondit par un sourire et par un signe de tête.

Pendant que son adversaire payait à la Belle Bordelaise ce qu'il venait de perdre, le grand gaillard se leva, alla près du comptoir, où Mlle Adèle, blottie dans un coin, ravaudait des bas; il s'y accouda, et ayant, d'un coup d'œil en dessous, regardé si Mme Jeanne tournait les yeux de son côté, la voyant occupée, il dit bas à la jeune fille :

— Dis donc, Adèle, sais-tu que tu deviens jolie!...

Mlle Beau-Sourire pencha la tête en fronçant les sourcils et ne répondit pas.

— Ça ne t'ennuie pas de rester dans cette boîte... avec ces goujats... Si tu voulais...

Adèle ne bougeait pas, mordant ses lèvres jusqu'au sang.

— Avec ta beauté... et ta voix... je t'en ferais une situation!... si tu...

La jeune fille, d'un regard écrasant, enveloppa celui qui lui parlait, et se levant, elle dit :

— Ma mère veut vous parler.

Jeanne Cordier, les yeux brillants, les dents serrées, les regardait depuis quelques secondes, et, s'adressant à la jeune fille :

— Ah çà! qu'est-ce que tu te fais conter là?... qu'est-ce que ça veut dire?... Veux-tu vivement monter près de ton père, voir s'il a besoin de quelque chose?... Est-ce que je vais avoir à rougir de toi?

Adèle Beau-Sourire ne répondit pas; elle baissa la tête; deux larmes mouillèrent ses joues.

Elle ramassa ses chiffons et sortit.

La Belle Bordelaise vint près de l'artiste et lui dit d'une voix sourde :

— Tu sais, toi... fais attention... j'ai l'œil...

— Ah çà, qu'est-ce qui vous prend, madame Cordier? dit l'homme à haute voix, assurément pour embarrasser la mère en obligeant les habitués à les entendre.

La Belle Bordelaise eut un éclair dans les yeux, puis se domptant, elle dit haut :

— Je vous dis, monsieur Rolland, que je ne veux pas qu'on plaisante avec ma fille.

— Que pensez-vous donc que je pouvais dire à cette enfant?

Les habitués n'avaient pas bronché. Les joueurs jouaient, les buveurs buvaient, les bavards causaient, mais pas un n'avait levé les yeux.

Il semblait qu'ils étaient peu surpris de ces scènes.

D'un coup d'œil, Jeanne Cordier avait vu qu'on ne s'occupait pas d'eux, et, d'une voix sourde, changeant de ton, elle dit :

— Je ne veux pas que tu lui parles, à cette enfant, entends-tu? Je te connais, ce que tu peux lui dire, je le sais... et si semblable chose arrivait...

— Mais tu deviens folle, fit stupéfait, mais du même ton, M. Rolland.

— C'est possible, je suis assez malheureuse de l'amour que j'ai pour toi... Je suis jalouse de tout... Puis, plus bas, elle ajouta : J'ai bien le droit de l'être, je pense, tu sais ce que je fais pour toi...

— Tais-toi, fit-il, et viens.

Cela était dit des lèvres, sans que le visage de l'un ou de l'autre l'exprimât. Comme pour aller allumer sa pipe, l'homme passa dans la cuisine; la Belle Bordelaise l'y suivit disant haut :

— Vous voulez du feu, monsieur Rolland, je vais vous en donner.

Lorsqu'elle eut fermé la porte derrière elle, l'artiste prit la femme dans ses bras, l'embrassa, lui disant doucement, d'un ton de reproche :

— Mais c'est trop bête d'être jalouse..., même de ta fille. Pour qui me prends-tu?

— Est-ce que je sais, moi, fit-elle toute frissonnante et se transformant en sentant le baiser, comme sous un choc électrique. C'est vrai, je suis folle. Je t'aime tant, vois-tu, Rolland; je ne serai tranquille que lorsque tu seras à moi, bien à moi.

— Veux-tu te taire? si on t'entendait! Et il l'embrassait sur la bouche pour éteindre ses paroles.

— Il n'y en a plus pour longtemps, et alors...

— Mais tais-toi donc, dit vivement M. Rolland, regardant effrayé autour de lui. Tais-toi donc!

— Embrasse-moi et ne crains rien.

Ils s'embrassèrent, puis, d'un ton calme, elle lui dit :

— Je t'en prie, Rolland, ne parle plus à Adèle... D'abord c'est notre ennemie à tous les deux...

— Eh! je le sais bien, c'est pour cela...; elle me hait.

— Oh! elle te hait... Enfin, j'aime mieux cela, qu'elle ne t'aime pas.

— Mais... si je dois devenir...

Et il balbutia ces mots avec embarras.

— Quand nous en serons là..., elle ne restera pas avec nous...

— Ah !

— Si je la souffre ici, c'est à cause de *lui*, qui croit ce que nous avons dit sur toi et sur elle pour qu'il ne prenne pas ombrage de tes assiduités.

— Justement, il faut bien que je lui parle.

— Allons, je te dis que je ne le veux pas... Pour toi, il n'y a qu'un être ici : c'est moi.

— Sapristi, tu l'es jalouse, toi, fit en souriant Rolland, voulant prendre gaiement ce que la Belle Bordelaise disait d'un ton effrayant.

Il l'embrassa encore, et elle se laissa faire; mais elle était maussade; elle lui dit en le poussant :

— Va jouer; je monte les voir.

Elle grimpa l'escalier ; Rolland rentra dans le café.

Il reprit sa place sans qu'on eût remarqué son absence.

Au bout de quelques minutes, on entendit un bruit de voix venant des chambres du premier.

Un des habitués dit en mouillant ses doigts pour ramasser les cartes :

— Entends-tu, là-haut? voilà la Bordelaise qui souhaite le bonsoir à Beau-Sourire.

Un autre, s'adressant à l'artiste, fit en clignant de l'œil :

— Encore à cause de toi...

Rolland se contenta de hausser les épaules, et étalant ses cartes, il dit :

— J'ai une quinte et trois rois.

— C'est bon.

La partie continuait, lorsque la Belle Bordelaise, plus charmante du feu qui couvrait ses joues, descendit et vint, souriante et gaie, reprendre sa place près du beau Rolland, en lui disant avec intention :

— Je viens de donner la potion à mon pauvre homme.

L'artiste pâlit ; un des joueurs demanda :

— Et comment va-t-il, ce pauvre Cordier?

— Mon Dieu! fit la femme banalement, toujours la même chose... Il est si bas, le pauvre ami !

— Pas de mieux?

— Pas de mieux, mais pas pis.

Et comme elle regardait le jeu de Rolland, elle lui dit :

— A votre place, j'écarterais tout ça et je tirerais là...

Et le jeu continua.

Au premier étage, au-dessus de la boutique, était la chambre à coucher des époux Cordier ; une pièce bien simple, bien propre, garnie de meubles de noyer si luisants qu'ils semblaient mouillés dans la lueur de la veilleuse qui les éclairait faiblement. Dans les angles, du côté de la rue, étaient deux lits, séparés par la fenêtre qui donnait sur les Halles, deux petits lits garnis de rideaux à ramages rouges.

Dans l'un, gémissait Cordier, le mari de la Belle Bordelaise.

Le malheureux se tordait, crispant ses mains sur ses oreillers, effrayant à voir, décharné, hâve, la bouche convulsée ; une douleur épouvantable lui brûlait les entrailles. Il râlait presque.

La porte s'ouvrit ; Adèle parut tenant une bougie à la main ; inquiète, elle demanda :

— Tu appelles, père?

Le moribond fit un effort suprême pour se dompter et cacher ses souffrances, et il répondit doucement :

— Je n'appelais pas... non... mais puisque tu es venue, donne-moi à boire.

— Ta potion?

— Non, non, de l'eau! C'est effrayant ce que ce médecin me fait boire.

— Oui, mais cela te fera du bien, dit Adèle avec un sourire consolant... Il vaut mieux boire cela...

— Non, ma mignonne... non... de l'eau.

La jeune fille, obéissante, prépara un verre d'eau sucrée; lorsqu'elle vint l'offrir à son père, celui-ci lui retint la main, but, parut soulagé; puis il la regarda longuement.

Adèle, étonnée, lui demanda :

— Pourquoi me regardes-tu comme ça, père?

— Tu vois bien mon état... tu as pleuré.

La jeune fille, embarrassée pour expliquer la cause des larmes passées, pleura de nouveau.

— Allons, ne pleure pas; il faut du courage.

— Mais... je ne pleure pas de ça...

— Pourquoi as-tu pleuré, alors?

— Mais... pour rien..., une discussion avec maman...

— Ah! elle te tourmente toujours, ta mère... toujours...

Et Cordier disait cela d'un ton lugubre.

— Mais, mon petit père, elle m'a grondée parce que je n'étais pas montée te voir.

— Oui... tu es une brave enfant... Écoute-moi, Adèle, et ne pleure plus. Si je venais à mourir...

— Oh! mon Dieu! mon Dieu!

Et la jeune fille sanglotait.

— Si je venais à mourir, il y a dans le bahut de la petite chambre de là-haut, où je mets mes outils..., dans le fond, derrière la boîte aux clous, un livre dans lequel est une lettre; cette lettre, tu la prendras.

— Je ne veux pas que tu parles comme ça, dit Adèle suppliante, en pleurant plus fort.

— Sois raisonnable; tu n'es plus une enfant, tu es presque une femme...; tu me promets, mon Adèle, que tu prendras cette lettre, et...

Le malade se tut quelques minutes, puis il continua comme s'il avait pris une décision :

— Je veux, et tu me le jures, que tu n'ouvres cette lettre que le jour où tu seras partie d'ici..., où tu ne seras plus sous la dépendance de ta mère..., le jour où tu seras mariée, si tu te maries... Tu me le jures, Adèle?

— Ah! petit père, que tu me fais souffrir...

— Jure, Adèle, je t'en prie...

Cherchant vainement à étouffer ses sanglots, la jeune fille balbutia un serment.

— Maintenant, embrasse-moi, Adèle. Merci, mon enfant. Je te bénis.

On entendait des pas dans l'escalier.

— Sauve-toi, Adèle; ta mère te gronderait.

— Bonsoir, père.

Elle l'embrassa de nouveau.

— Sors par la petite chambre.

La jeune fille sortit par une pièce qui, donnant sur la chambre, s'ouvrait sur l'escalier et servait de lingerie et de cabinet de toilette. Elle disparaissait lorsque sa mère entra dans la chambre.

Adèle ouvrait la porte qui donnait sur l'escalier, lorsqu'il lui sembla voir quelqu'un assis sur les marches. Elle eut peur, mais elle fit un suprême effort pour ne pas crier..., sa mère l'aurait entendue, et elle se serait de nouveau emportée après elle, car depuis longtemps elle l'avait envoyée se coucher.

Instinctivement, elle n'avait pas refermé la porte pour ne pas faire de bruit, et, tremblante, haletante, elle resta accotée au mur, craignant d'être vue et ne sachant ce qu'elle devait faire.

Un homme dans la maison, caché dans l'escalier, et la boutique était fermée, et sa mère montait se coucher...

Ne valait-il pas mieux risquer d'être grondée, battue, peut-être, si elle se trompait..., mais donner l'éveil.

Elle pensa ainsi quelques minutes, et, la surprise étant passée, la peur s'atténua.

Elle put envisager plus tranquillement sa situation : la chambre dans laquelle elle se trouvait était plongée dans l'obscurité; au contraire, l'escalier était faiblement éclairé par une petite lampe qui restait allumée toute la nuit.

Par l'interstice de la porte mal fermée, dont le pêne de la serrure s'arrêtait sur la gâche en laissant passer seulement un mince filet de lumière, elle pouvait regarder sans être vue.

C'est ce qu'elle fit.

A peine s'était-elle penchée pour voir qui était là, qu'elle se recula en mettant la main sur sa bouche, pour étouffer le cri d'étonnement qui allait s'en échapper.

Celui qui était assis, et qui semblait attendre le plus tranquillement du monde, comme s'il était chez lui, était... l'artiste Rolland.

C'était donc sa mère qui l'avait fait rester. Que se passait-il? L'état de son père était-il si grave que sa mère avait demandé à cet homme de le veiller?

Mais, autant qu'elle l'avait pu voir, ce Rolland n'était pas aimé de Cordier..., et cependant, celui-ci paraissait attendre avec une certaine anxiété, inclinant la tête du côté de la porte, comme s'il cherchait à entendre ce qui se disait dans la chambre.

Mon Dieu! qu'est-ce que cela voulait dire?

Cependant, Adèle était plus rassurée; ce n'était pas un malfaiteur qui s'était introduit dans la maison, c'était un familier, qu'on avait prié de rester.

Mais la jeune fille en était pourtant ennuyée; elle avait pour cet homme une répulsion qu'elle ne pouvait s'expliquer, et qui s'augmentait à mesure qu'il était plus aimable et plus galant avec elle.

Dans l'étrange cabaret que tenaient ses parents, elle entendait de singulières choses; on y parlait souvent une langue épicée; mais tout cela bourdonnait autour du cerveau de la jeune fille sans qu'elle l'entendît; ces choses effleuraient ses oreilles sans aller à son âme, et, pour expliquer mieux, disons qu'elle écoutait sans entendre.

Or, comme elle était jolie, les galants ne manquaient pas autour d'elle, et les galants de ce lieu avaient une façon particulière de révéler leur sentiment.

Ce que lui avait dit Rolland était absolument nul auprès de ce que disaient les autres; il était un respectueux, dans ce monde, et pourtant c'était le seul qu'elle avait entendu, et qui l'avait blessée.

Pourquoi sa mère, dont chacun critiquait les familiarités, avec cet homme surtout, avait-elle choisi celui-ci dans la circonstance douloureuse où elle se trouvait? Si son père était plus malade, elle était prête à veiller près de lui, pendant que sa mère, fatiguée du travail de la journée, se reposerait. Un étranger était inutile dans la maison.

Comme elle vit Rolland se rapprocher de la porte pour écouter plus attentivement ce qui se disait de l'autre côté, elle écouta à son tour.

Elle entendit la voix de son père; cette voix, si faible tout à l'heure, avait des éclats qui dominaient les réponses de sa mère. Il disait:

— C'est une honte...; moi mort, après la mère, ce sera la fille..., une misérable... Puisque je n'ai plus la force de tuer ceux qui me déshonorent, j'aime mieux mourir... Quand j'étais solide, je vous aurais tués tous les deux... Tu n'es qu'une...; lui...

Et la jeune fille, épouvantée des injures qu'elle entendait, se sauvait, lorsqu'elle entendit comme un râle, puis la voix de sa mère, avec le ton qu'elle connaissait, le ton colère des mauvaises heures, qui disait:

— Vois, avec tes sottises, tes extravagances de pensée, tes jalousies idiotes, l'état dans lequel tu t'es mis; si tu crois que c'est en faisant des scènes semblables que tu guériras.

— Je veux mourir, râlait le malade...

— Sois donc raisonnable, et prends ta potion...

— Laisse-moi, et couche-toi...

— Tu sais bien que je n'irai pas me coucher sans que tu aies pris ta potion.

Cordier ne répondit pas; elle continua:

— Je descends chercher un peu d'eau tiède pour ta tisane et, je t'en prie, sois raisonnable. Je te le jure, à compter de demain, il ne viendra plus chez nous. Si cette moucharde d'Adèle ne disait pas ce qui se passe en bas, tu n'aurais pas de ces crises... Veux-tu que je te dise la vérité; eh bien!... c'est cette grande niaise-là qui l'attire..., et si je n'avais pas l'œil...

La pauvre enfant était toute bouleversée de ce qu'elle entendait; elle eut comme un soubresaut en entendant le cri rauque de son père, arrêté aussitôt par la Belle Bordelaise qui disait :

— Voyons, voyons, ne te mets plus en colère; on t'écoutera; je vais préparer ta tisane et ta potion.

Et elle sortit.

Adèle, fiévreuse, un peu égarée par la scène à laquelle elle avait involontairement assisté, ne put s'empêcher de se pencher vers l'autre porte pour entendre ce que sa mère allait dire à l'artiste.

Elle vit la Belle Bordelaise lui faire signe de la main au fond du couloir, si près de la porte auprès de laquelle elle se trouvait, qu'elle eut une minute d'effroi en croyant qu'ils venaient dans la chambre où elle était.

Devant la porte, ils s'arrêtèrent; elle entendit sa mère qui d'une voix sourde disait :

— Tu as entendu la scène?

— A peu près.

— Demain, il est capable de faire appeler quelqu'un pour te chasser...

— J'ai vu ça; mais il n'en a plus pour longtemps..., si tu veux...

— Je te jure que je n'ose plus maintenant...

— Alors il ne fallait pas commencer. Je t'ai apporté ce qu'il te fallait... Finis-en...

— Je n'ose plus..., je te jure..., j'ai peur.

— Mais puisqu'il est condamné par tout le monde... Qu'est-ce que le médecin t'a dit encore tantôt? Qu'il n'en avait pas pour deux jours.

— C'est vrai, attendons.

— Tu sais ce qu'il t'a dit. Veux-tu qu'il ait le temps d'agir...? et puis que tu restes sans rien...? C'est ce qu'il espère.

Le Belle Bordelaise hochait la tête, hésitant.

Rolland lui dit, en se penchant à son oreille :

— Si tu n'en finis pas, je pars.

La jeune femme lui prit vivement le bras.

— Non, non, reste..., il faut que tu sois là... C'est toi qui l'auras veillé. Donne... Mais tu restes?

— Oui...

Et, ayant fouillé dans la poche de côté de son paletot, il en tira un petit papier qu'il lui donna.

Elle prit les vases et les flacons qui avaient servi, et les jeta au milieu des halles (PAGE 30).

— Il faut que tu restes près de lui; et sitôt pris, comme les autres fois, emporte le verre, casse-le et brûle le papier.

— Oui, je sais..., je resterai jusqu'au bout..., mais tu seras là?

— Oui, je monte dans la chambre là-haut et j'attends; puis, je veillerai avec toi, comme nous avons dit devant les autres, ce soir... Je serai monté sur ta demande, parce qu'il se trouvait plus mal et que tu craignais qu'il ne mourût dans la nuit...

— On ne sait pas ce qui peut arriver... J'aime mieux que tu restes près de moi ; tu veilleras dans le cabinet de toilette...

A ces mots, une sueur froide mouilla les tempes d'Adèle ; elle fut forcée de se soutenir à une chaise pour ne pas tomber.

— Non, j'aime mieux attendre là-haut.

— Descends d'abord avec moi, pour préparer la potion.

Et ils descendirent... Alors, la malheureuse prit un instant sa tête dans ses mains, comme si elle craignait qu'elle n'éclatât... Puis, se redressant, elle entra vivement dans la chambre, courut vers le lit, en disant :

— Père, père, ne prends rien de ce qu'on te donnera..., père !

Elle se pencha, jeta un cri fou et se sauva épouvantée, se précipitant dans l'escalier pour monter dans sa chambre.

Le regard éteint, les narines pincées, la bouche crispée, Cordier râlait ; il ne voyait plus, il n'entendait plus, et c'est devant sa mort que l'enfant s'était sauvée éperdue.

La chambre d'Adèle se trouvait à l'étage au-dessus de celle de ses parents ; à côté, se trouvait une chambre de débarras et en face une chambre d'ami. C'est dans cette dernière pièce que la Belle Bordelaise désirait que Rolland passât la nuit, afin qu'il fût là en cas d'accident.

La malheureuse enfant, en proie à la plus folle terreur, restait dans sa chambre, assise sur son lit, à moitié déshabillée, l'œil hagard, ne pouvant assembler deux idées, n'ayant dans son cerveau que ce dilemme :

— Ils ont empoisonné mon père, ils l'ont assassiné ; je ne peux pas cependant dénoncer ma mère ! Elle est si sévère avec moi... Ah !

Puis, agitée par une crise nerveuse, elle tremblait ; ses traits se convulsaient sans qu'elle pût pleurer, et elle disait d'une voix éteinte :

— Oh ! mon pauvre papa..., mon pauvre bon papa..., ils l'ont tué..., toi si bon..., mon pauvre papa !

Pendant ce temps, dans la cuisine, derrière la boutique, la Belle Bordelaise faisait chauffer une infusion, dans laquelle, avec le sucre, elle jetait le contenu d'un petit paquet de poudre blanche que lui avait donné Rolland.

Celui-ci lui dit :

— Tu veux que je reste ; ça n'est guère utile.

— Je ne crois pas absolument que ce soit pour cette nuit, mais il a maintenant des crises-folles, et j'aime autant que tu sois là.

— Tu comprends bien que je n'irai pas me montrer dans une crise ; je l'augmenterais, fît-il d'un ton plaisant.

Nous devons même constater que tout cela était dit tout naturellement. Ils semblaient s'occuper de la chose la plus simple du monde, et même la Belle Bordelaise ajouta :

— Dès qu'il a pris sa potion, il s'endort, et je ne veux pas rester là... j'irai te retrouver là-haut... Quand donc serons-nous libres !... Voilà assez de temps que ça dure : j'en ai assez d'être garde-malade... Avec ça que plus ça va et plus il est insupportable...

— Fais toujours bien attention de ne rien garder ici. Brûle les petits papiers qui enveloppent la potion.

— Mais oui, sois donc tranquille, je passe tous les vases au feu quand je ne m'en sers plus. Et puis, qui veux-tu qui se doute de quelque chose? Depuis le temps qu'il est malade, au contraire, on s'étonne qu'il soit encore vivant.

— Je sais bien, fit en riant Rolland, puisque l'on disait tantôt : si Cordier dure encore, c'est grâce à sa femme; en voilà une vraie garde-malade !

— Ne plaisante pas avec ça.

Ils se turent quelques minutes.

Rolland, assis sur un coin du fourneau, roulait sa cigarette pendant que l'eau chauffait. La Belle Bordelaise, qui l'avait regardé une grande minute en lui souriant amoureusement, vint se placer câlinement dans ses bras et penchant la tête en arrière, elle tendit ses lèvres pour lui offrir un baiser. Ils s'embrassèrent longuement, la jeune femme abandonnée ayant des airs pâmés et des titillements de paupière qui ne laissaient voir que le blanc de l'œil. Jeanne avait des frissonnements auxquels elle fit un effort pour échapper. Comme Rolland la retenait, glissant sa main dans son corsage, elle se dégagea tout à fait en disant toute. frémissante :

— Non, laisse-moi, je vais porter sa potion. Monte te coucher. Dès qu'il dormira, je te rejoindrai.

Elle regardait le grand garçon dont les yeux humides avaient des lueurs singulières, dont les lèvres étaient gonflées, dont tout le corps était secoué par un tremblement de désir. Elle le repoussa en riant hors de la cuisine, en lui disant :

— Monte te coucher, je te rejoins tout à l'heure.

Tout bouleversé par les agaceries de sa maîtresse, il monta; arrivé sur le palier, il vit la porte de la chambre d'Adèle entr'ouverte; il faisait nuit sur le carré et la chambre était éclairée. Il regarda.

Adèle, à moitié déshabillée, c'est-à-dire n'ayant qu'un petit jupon et une petite camisole, bien libre chez elle, car elle ne savait pas que la chambre en face la sienne était quelquefois occupée; tout à fait décolletée, les seins presque nus, était assise sur son lit; elle s'était arrêtée au milieu de sa toilette de nuit, se demandant toujours :

— Que dois-je faire?

Rolland, en voyant la ravissante enfant, dans l'état où elle se trouvait, perdit tout à coup la tête; il ne raisonna ni l'odieux de sa situation ni l'infamie de sa conduite; il n'écouta que son sang en feu, et, comme dans une attaque de criminelle folie, il se précipita dans la chambre en poussant la porte derrière lui.

Adèle, tournant la tête et le reconnaissant, jeta un cri d'horreur et se redressa vivement. Pour éteindre le cri, Rolland se jeta sur elle, la prit à bras-le-corps et lui appliquant la main sur la bouche :

— Ne crie pas, Adèle... Il y a longtemps que je t'aime, tu le sais bien... Tes cris sont maintenant inutiles, tu seras à moi...

Et Rolland était fort robuste et adroit ; il tenait la malheureuse enfant dans ses bras, comme l'araignée tient la mouche ; ses lèvres, gonflées de concupiscence, cherchaient ses chairs. Adèle étouffait sous la main qui couvrait sa bouche et l'empêchait de crier ; elle se débattait, frappant, égratignant, et comme, dans la lutte, les quelques vêtements qui la couvraient se déchiraient, elle se sentait presque nue dans les bras du misérable... Celui-ci lui disait des mots qu'elle ne comprenait pas...

Dans la lutte, la bougie était tombée, et cette nuit augmentait l'épouvante de la malheureuse, elle se sentait plus perdue... Il la tenait, ses forces s'épuisaient ; il l'entraînait vers le lit, et elle ne pouvait résister, elle ne pouvait crier — comme dans les cauchemars où, menacé par un grand danger, on voudrait courir et crier — elle resta sans voix et comme attachée au sol... C'était affreux !... Elle était donc destinée à être la victime de ce bandit, la proie de ce monstre ; elle devait donc appartenir à l'amant de sa mère, à l'assassin de son père? C'était fini, elle était vaincue... D'un croc-en-jambe, il l'avait fait tomber et était tombé sur elle...

La Belle Bordelaise, quand Rolland l'avait laissée dans la cuisine, s'était hâtée de terminer la potion ; au bout d'une dizaine de minutes, elle montait portant le breuvage et pensant, en entendant du bruit au-dessus :

— Est-il peu prudent ; il fait un tapage là-haut pour se coucher ! Si Joseph l'entend !

Elle entra dans la chambre de son mari. Elle fut d'abord étonnée de ne rien entendre. Elle posa vivement sa tasse sur un meuble, et, toute tremblante, elle courut vers le lit ; elle se pencha et se releva aussitôt en jetant un petit cri.

La face convulsée laissait voir les dents serrées, le regard éteint. Joseph Cordier était raidi sur le lit. Il était mort.

Épouvantée, la Belle Bordelaise prit sa bougie et grimpa rapidement l'étage au-dessus.

La chambre de Rolland était vide et on entendait du bruit chez sa fille. Elle se trouva soudainement bien plus remuée que par le tableau qu'elle venait de voir en bas.

Elle se précipita comme une lionne dans la chambre.

C'était le moment où Adèle, vaincue, tombait et allait devenir la victime du monstre.

Elle avait pu parler et elle lui avait crié :

— Assassin !... assassin !... Laissez-moi ; je vais vous dénoncer.

Rolland était fou ; il n'écoutait plus.

Jeanne en entrant éclaira la chambre et, voyant sa fille dans les bras de son amant, jugeant avec ses sentiments jaloux, avec sa nature indigne, accusa l'enfant, et elle cria en la frappant du pied :

— Ah ! gueuse ! je m'en doutais qu'il était ton amant...

Et elle allait se jeter sur sa fille et l'étrangler.

Rolland, tout honteux, effrayé, s'était relevé.

Adèle, folle, cherchant à échapper à sa mère, se sauvait, et pendant que le misérable la retenait, recevait sans se plaindre les gifles que celle-ci lui appliquait.

L'enfant, miraculeusement échappée à l'horrible attentat, descendait l'escalier.

Rolland, seul, l'entendit dire :

— Oh ! les misérables... Je vais me noyer.

Cette menace fit tressaillir Rolland qui, la grande Adèle disparue, essuya la bordée d'injures de la Bordelaise. Il était tout niais d'avoir été surpris, et il lui restait dans les oreilles les mots menaçants qu'avait prononcés Adèle en se sauvant. Il dit à Jeanne :

— Mais tais-toi donc. Tu cries, Joseph va t'entendre.

— Eh ! fit d'un accent farouche Jeanne, canaille, Joseph est mort, et après avoir tué le père tu veux prendre l'enfant !

A ce mot : Joseph est mort, une pâleur livide couvrit le visage du jeune homme ; il répéta avec hébétement :

— Il est mort !...

Sans sentir que, furieuse, la Bordelaise le tenant par bras, le menaçant, continuant à lui jeter au visage des injures que nous ne saurions reproduire, Rolland n'entendait pas, ne voyait pas ; il n'avait qu'une idée, le départ précipité d'Adèle et sa menace après la scène qui s'était passée. Il avait peur ; assurément la jeune fille était allée le dénoncer. Et Joseph Cordier était mort. Aussi, oubliant tout, se dégageant des mains de celle qui était veuve, pris d'affolement, il la bouscula et se précipita dans l'escalier.

Il voyait déjà la grande Adèle au bureau de police, racontant ce qu'elle savait, l'accusant, lui, d'un double crime, et il se sauvait. La Belle Bordelaise, un moment étourdie par la secousse, lorsque Rolland s'était dégagé d'elle, courut vers l'escalier, cherchant à s'expliquer son mouvement, croyant qu'il descendait dans la chambre du malheureux s'assurer de ce qu'il venait d'apprendre. Elle le vit passer devant la porte de sa chambre en courant plus fort. Elle entendit la porte de la boutique s'ouvrir et se fermer.

Alors elle eut un accès de rage féminine ; elle crut qu'elle avait deviné. Sa mauvaise nature ne pensait et ne voyait que le mal. Adèle s'était sauvée et Rolland son amant allait la retrouver. A cette odieuse pensée, elle jura, sacra et frémit.

— Les misérables... c'est pour cette crapule... que j'ai fait !...

Elle resta ainsi une grande heure, gémissant et pleurant, mais de rage et de haine. Au bout de ce temps elle voulut réagir. Revenant à la situation elle eut peur d'être seule dans cette grande maison, avec ce cadavre... sa victime. Elle pensa cependant qu'il fallait être prudente. Rolland était capable de tout, elle avait pu en juger, et, pour n'avoir pas à le redouter, il pouvait bien, le misérable, la dénoncer. Elle descendit vivement dans sa chambre évitant de regarder du côté du lit; elle prit les vases, les flacons qui avaient servi et elle alla tout jeter en les brisant au milieu des Halles. Elle rentra chez elle au moment où le tonnerre grondait et la pluie commençait à tomber. Elle n'osait plus remonter; elle ouvrit sa boutique et mit tout en ordre, tremblante, faisant le signe de la croix à chaque coup de tonnerre et ne pouvant contenir ses larmes, car l'accès de rage était passé, c'était la douleur qui reprenait le dessus, cette cruelle douleur de la jalousie; car elle aimait, elle adorait Rolland, et le misérable était parti; il l'abandonnait et pour qui? Oh! cela était épouvantable.

Déjà quelques clients entraient; comme ils la regardaient avec étonnement, elle comprit qu'elle devait se composer le visage... Elle oubliait qu'elle avait un motif pour expliquer ses larmes, lorsqu'on lui dit :

— Ah! madame Cordier..., vous avez pleuré... Ce pauvre Cordier est mort.

Elle tressaillit et dit vite :

— Oui, oui, pauvre ami! et alors elle fondit en larmes, disant qu'elle était malheureuse, qu'elle ne savait pas si elle pourrait supporter ce coup-là.

Et cela était dit avec un tel accent de vérité que les gens qui l'écoutaient en étaient tout surpris. Qui jamais se serait douté que la Belle Bordelaise aimait son mari aussi sincèrement? C'était inexplicable. Et tout le monde en avait plus de sympathie pour elle. Quelqu'un s'étonna que le patron étant mort, on ne fermât pas la boutique. Elle l'entendit et cela lui donna aussitôt l'idée d'en profiter.

— Nous avons laissé la boutique ouverte, mais je vais fermer.

— Dame, il faut le veiller cet homme; c'est votre fille qui est près de lui?

Elle n'avait pas encore pensé à cela; le corps était là-haut, seul, abandonné, déjà oublié, n'était l'effroi qu'il répandait. Elle fit fermer la boutique par une servante qui venait de descendre. Elle dit qu'elle allait faire les démarches nécessaires, et lui commanda de veiller près du corps.

Et Jeanne sortit. Une fois dehors, elle ne pensa plus à sa victime, elle courut chez son amant; c'était lui qu'elle voulait voir, qu'elle voulait retrouver. Elle souffrait toutes les douleurs, lorsque arrivée chez lui la concierge lui dit qu'il n'était pas rentré...

Ainsi, il était avec elle, il n'y avait pas de doute à avoir... Oh! les misérables!

Toute la journée, elle courut; elle alla partout où elle espérait le rencontrer : on ne l'avait pas vu.

Lorsqu'elle rentra chez elle, harassée, désespérée, la servante lui dit que le médecin qui était venu constater le décès avait voulu lui parler.

Alors elle fut prise d'un tremblement, et elle demanda :

— Qu'est-ce qu'il a dit?

— Madame, il a dit qu'il ne s'expliquait pas la mort, qu'il aurait voulu voir les ordonnances et parler à la personne qui l'avait soigné.

— Il fallait dire que c'était vous... Est-ce qu'il doit revenir?

— Je ne sais pas... Il y avait M. Cherpin qui était venu pour voir monsieur, et il a expliqué la maladie au médecin; il lui a dit que madame était dans un état de douleur tel, — il vous a vue ce matin, — qu'elle ne serait pas capable de donner grand renseignement... Alors, il a encore regardé monsieur, et fait un signe de tête; puis il a dit : Enfin!... et il a signé un papier.

— Quel papier? demanda la Belle Bordelaise qui était devenue livide en écoutant la servante.

— Tenez, le voici; et la fille donna un papier placé sur la commode.

Jeanne, qui tremblait, le prit et le lut; alors elle exhala un long soupir; c'était le permis d'inhumer. Elle ne pouvait supporter la vue du corps, et elle descendit dans sa boutique. Là, seule, dans l'ombre, assise dans le comptoir, accoudée sur le marbre, le menton dans ses mains, elle pensait et de grosses larmes coulaient le long de ses joues. Qu'allait-elle faire? qu'allait-elle devenir?...

Elle avait parfois des mouvements de rage, et elle disait :

— Oh! oui, oui, je me vengerai! je me vengerai!...

Puis :

— Il a tout osé; par ce qu'il sait, il me tient... Mais, qu'importe! s'il me fait prendre, on le prendra aussi. Oh! oui! je me vengerai... Ma fille! La gueuse! La misérable!

Et alors elle éclatait en sanglots déchirants. Et ceux qui la voyaient disaient :

— Pauvre femme! Comme elle aimait son mari!... Sainte femme...

IV

VENGEANCE DE FEMME.

Nous l'avons dit, Jeanne Cordier croyait sa fille coupable et d'une nature perverse. La culpabilité de l'enfant allait plus loin : elle était convaincue que c'était sa fille qui avait provoqué son amant. Rolland était presque excusé ; elle était jalouse de sa fille, et elle aimait encore ce misérable. Peut-être même qu'en même temps que sa haine augmentait pour Adèle, sa colère contre l'homme s'éteignait. Elle acceptait ce dicton immoral : « L'homme prend où il trouve ; c'est à la femme de se défendre. »

Aussi, sa souffrance à cette heure n'était déjà plus de ce qu'elle croyait avoir découvert, mais du départ de Rolland qui, elle en était persuadée, s'était sauvé pour rejoindre Adèle. Pas une minute elle ne pensa à son mari mort ; toute la longue cérémonie funèbre se fit sans qu'elle y portât attention. Sa tenue était irréprochable ; chacun attribuait au chagrin de la perte de son mari la douleur qu'elle éprouvait de l'infamie de son amant.

Quand tout fut terminé et qu'elle se trouva seule chez elle, elle eut peur. Elle n'osait pas, le soir, monter dans les chambres du premier ; elle était décidée de se faire faire un lit dans la boutique et obligeait sa servante à faire son lit près d'elle.

Elle n'avait aucune préoccupation sur ce qu'était devenue son enfant ; elle était partie et rien ne manquait chez elle..., bien au contraire. Si Rolland était resté, elle eût dit volontiers : bon débarras. Le seul sentiment qu'elle éprouvait pour elle était un désir de se venger, et déjà, à tout prix, elle était décidée à retrouver son amant. Celui-là, elle le voulait, il manquait à sa vie, et il lui devait son amour, il était son complice.

Tout le monde avait été étonné de l'absence d'Adèle au convoi de son père, et de son départ de la maison ; mais personne n'osait en parler à la veuve. L'après-midi du jour du service funèbre, au retour du cimetière, la boutique avait été ouverte, et les habitués ordinaires étaient revenus. On ne s'était pas étonné de l'absence de Rolland. Chacun se doutait des relations qui existaient entre la Belle Bordelaise et l'artiste, et la moindre convenance obligeait les amants à une certaine

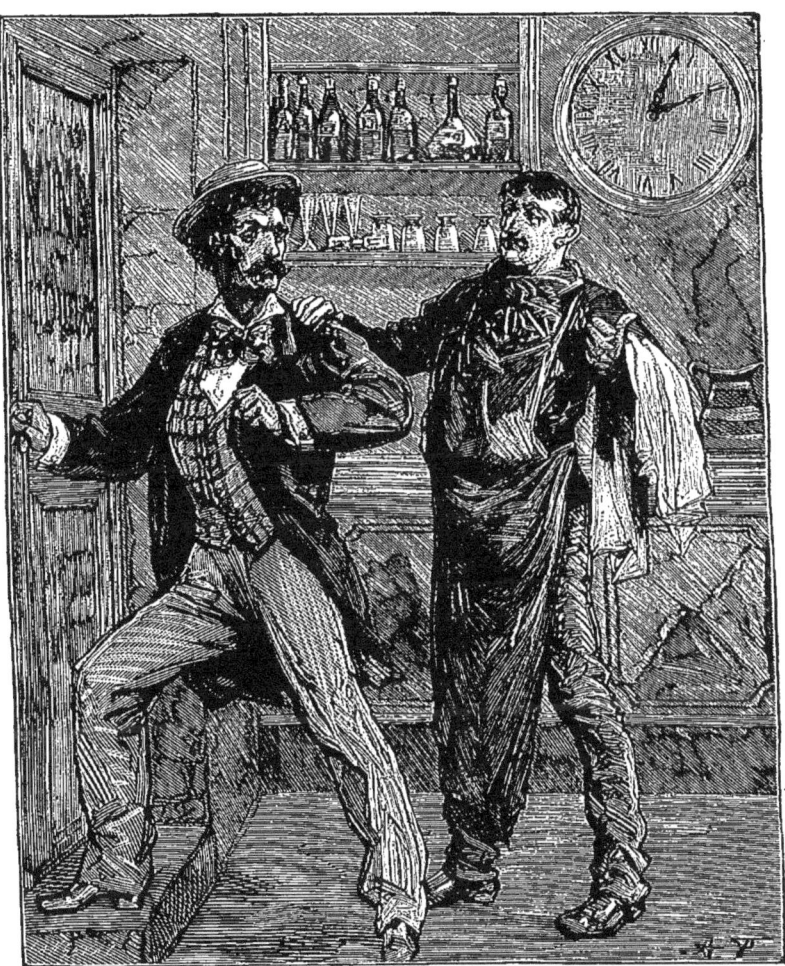

— Eh ! dites donc, on ne part pas comme ça ! (PAGE 40.)

retenue. Il n'eût pas été décent de les voir se sourire, alors que le corps du pauvre
diable était encore chaud.

Une chose avait surpris tout le monde, c'est la véritable douleur qu'éprouvait
Jeanne de la perte de son mari : c'était, pensait-on, peut-être une femme légère,
mais de bon cœur ; elle avait pu tromper son mari, tout en l'aimant bien ; c'est une
chose assez commune, au reste, que cette façon d'aimer chez nombre de
femmes.

5e Liv.   5

Le lendemain de l'enterrement de Cordier, elle était accoudée sur le comptoir, pensive, les yeux rouges; il lui sembla que les habitués causaient entre eux et se la désignaient. On parlait d'elle; elle se demanda s'il n'était pas aussi question de Rolland. Quelqu'un l'avait-il vu? Savait-on où il était? Elle n'osait demander. Mais sa curiosité était éveillée; elle était trop femme pour ne pas la satisfaire aussitôt.

Elle fit signe à l'un d'eux de venir lui parler, et elle demanda:

— Qu'ai-je donc, que vous me regardez ainsi?

— Mais rien du tout, ma pauvre madame Cordier... Oh! on ne vous accusait pas, nous parlions des tourments que ça va encore vous donner, après la douleur que vous avez éprouvée.

La belle Jeanne releva la tête et regarda celui qui lui parlait avec étonnement. Elle ne comprenait pas. Comme sa pensée était uniquement à Rolland, elle supposa qu'on l'avait vu, peut-être avec sa fille; elle se crispa pour demander:

— Quel tourment voulez-vous que j'éprouve?

— Eh bien! cette affaire qui vous arrive, fit l'homme assez embarrassé, ne sachant comment s'expliquer.

La Belle Bordelaise ne douta plus qu'on parlait de Rolland et d'Adèle; l'affaire, c'était la fuite de la jeune fille et de l'artiste. Elle devint rouge, mais elle se tint sur la réserve et dit:

— Je ne sais de quelle affaire vous parlez?

— Dame! on nous l'a dit, à nous... C'est peut-être pas vrai...

— Mais quoi?

— Eh bien! l'exhumation de Cordier...

Le coup fut terrible.

Elle sentit le froid qui couvrait ses joues d'une pâleur livide; vainement elle voulut cacher le tremblement qui la secouait. Elle balbutia:

— Que me dites-vous là?... On ne m'a pas dit... Ça ne se peut pas.

— Mais on le dit.

Elle fut une grande minute à se remettre.

Enfin, se dominant, et avec un accent que lui eût envié la meilleure comédienne, elle demanda:

— Comment? exhumer Cordier?... Mais pourquoi?... On ne m'a rien dit; mais, le pauvre chéri, il a assez souffert; on n'a pas le droit d'aller le tourmenter à nouveau.

— La justice a toujours le droit, madame Cordier..., et on ne prévient pas; vous comprenez?

Oh! elle était très forte, très forte, la Belle Bordelaise, car cette fois, pendant que tout en elle était glacé d'effroi, pas un muscle de son visage ne bougea, son sourire triste resta le même, et elle dit d'un ton ingénu:

— Mais je ne m'explique pas le motif de ça... Pourquoi ?... Que veut-on voir ?...

— Madame Cordier, il doit en être rien, mais on dit qu'il a été empoisonné. C'est le médecin qui a écrit à la police.

Ah ! mais c'est moi seule qui l'ai soigné... C'est impossible !

Elle se leva pour servir : on ne demandait rien cependant ; mais elle ne pouvait rester en place, elle étouffait. Elle monta vivement dans la chambre et s'y enferma ; elle fit en quelques minutes une inspection rapide. Tout était bien propre, et toute la literie avait été donnée à épurer la veille. Elle redescendit, non rassurée, mais plus calme ; sous le coup de cette menace, elle était fiévreuse ; il ne manquait que cela, avec les tourments qu'elle endurait ! Elle aurait voulu aller encore interroger, elle n'osait plus. Qu'allait-il se passer ? Si on allait s'apercevoir du crime ! si on allait l'arrêter ! La maison resterait à sa fille, qui y recevrait son complice. Oh ! non, si elle était prise, elle le dénoncerait. Si elle se sauvait, ce serait tout avouer, et on doutait encore, puisqu'on ne l'avait pas inquiétée, elle ; la justice pouvait croire à une erreur de médecin. Enfin, les idées les plus saugrenues lui passaient par la tête, et elle passa une atroce journée. Le soir, elle se rassurait un peu, se disant que ce qu'on lui avait dit n'était pas vrai. L'exhumation était une médisance du quartier. Mais c'était effrayant, car cela indiquait des soupçons répandus. Elle était décidée à tenir tête.

La nuit commençait à venir lorsqu'une voiture s'arrêta à la porte. La Belle Bordelaise eut une secousse, mais se remit aussitôt et se prépara à jouer son rôle de veuve désolée. Trois hommes entrèrent dans le café ; l'un d'eux vint vers Jeanne et lui demanda :

— Madame Cordier !

— C'est moi, monsieur, fit-elle ; que me voulez-vous ?

— Madame, je désirerais vous parler particulièrement.

Celui qui lui parlait la regardait fixement. Elle supporta son regard sans embarras, attendant qu'il parlât.

— Bien, monsieur ; puis-je savoir à qui j'ai l'honneur de parler ?

— Je suis le commissaire de police.

— Ah ! bien, monsieur.

Et elle dit cela avec la note juste d'étonnement nécessaire.

— Je suis accompagné de M. le juge d'instruction.

— Le juge d'instruction... Oh ! mon Dieu ! mais c'est donc vrai ?

— C'est donc vrai ? fit aussitôt le commissaire en la regardant ; que voulez-vous dire ?

— Tantôt, ces messieurs, qui jouent là, me disaient qu'on parlait d'exhumer mon mari.

— Ah ! vous avez appris... Madame, si vous voulez nous conduire dans la chambre où M. votre mari est décédé.

La veuve, ayant chargé la servante de tenir le comptoir, dirigea les trois personnes vers sa chambre. — Il lui fallait tout son sang-froid, sinon elle était perdue. — Les premiers moyens de défense d'une femme ce sont les larmes. Jeanne pleurait, elle sanglotait en montant l'escalier et elle ajoutait d'un accent déchirant :

— Mais non, ce n'est pas possible, personne ne pouvait désirer sa mort.

Elle ouvrit la porte de la chambre, et quand elle fut entrée derrière les trois hommes, elle alla vers le lit dans lequel Cordier était mort, elle s'agenouilla comme devant une chapelle et, pendant une grande minute, elle mêla à ses larmes les plus pieuses exclamations. Cela faisait peine à voir, que la douleur de cette femme renouvelée par une enquête. Les trois hommes se regardaient et déjà, évidemment, les soupçons qui planaient d'abord sur elle se dissipaient.

Pendant que le commissaire regardait partout, cherchant, le juge d'instruction questionnait doucement la jeune femme éplorée. — Il voulut d'abord la rassurer un peu, afin qu'elle parlât plus facilement, et dit :

— Madame, de l'autopsie il résulte absolument que Joseph Cordier est mort empoisonné ; les ordonnances saisies par le médecin qui est venu constater le décès ne commandent point les substances retrouvées dans le corps de votre mari, et qui ont déterminé la mort.

— Mais, monsieur, ce n'est pas possible, je ne l'ai pas quitté d'une minute... et ce n'est pas...

— Nous ne vous accusons pas, nous venons nous renseigner ; il y a un coupable, il est de votre intérêt de nous aider à le retrouver.

— C'est vrai, monsieur..., mais je ne pourrai jamais croire à un empoisonnement.

— Voyons, madame..., votre mari était depuis longtemps malade?

— Oui, monsieur, une maladie de langueur..., quoique jeune, il avait beaucoup vécu, il était épuisé.

— Le caractère de ses souffrances était-il aigu?

— Oh! oui, monsieur, il avait d'épouvantables crises.

— Pensez-vous que, souffrant beaucoup et voulant en finir, il se soit suicidé?

— Je ne le crois pas.

— Quelle était la nature de vos relations?

— Monsieur, j'aimais beaucoup mon pauvre Joseph, qui m'aimait bien ; je lui étais toute dévouée. Depuis quatre mois il était au lit, et nos relations étaient toutes fraternelles.

— Vous êtes coquette, jeune, jolie, il vous aimait beaucoup. Ne lui donniez-vous pas de motif de jalousie?

— Depuis que mon mari était malade, son état m'inquiétait beaucoup trop pour que je pensasse à un autre qu'à lui.

— Des renseignements que nous avons recueillis...

Le juge lisait des notes. Les mots « renseignements recueillis » troublèrent légèrement Jeanne, mais ce fut un nuage vite dissipé : elle reprit aussitôt tout son calme. Le magistrat, après avoir consulté ses notes :

— On assure que vous avez eu des relations avec des clients, entre autres avec un nommé Rolland, duquel votre mari était très jaloux. Il l'avait même, une fois, mis à la porte en l'injuriant gravement.

Pendant qu'elle entendait cette phrase, pas un muscle de son visage ne bougea, et cependant son cœur battait si violemment qu'elle tendit un peu les épaules en avant, craignant qu'on ne le vît par-dessus son corsage. De sa voix la plus sincère et l'air bien franc, bien loyal, elle répondit :

— Monsieur, c'est vrai, j'ai été quelquefois légère, mais la médisance a tout grossi. Je suis très libre avec tout le monde ; de là on a conclu que je me donnais à qui voulait... Mais je défie ceux-là de trouver quelqu'un qui puisse déclarer qu'il a eu des relations avec moi.

— Vous connaissez ce Rolland ; cette scène est vraie?

— Oui, monsieur. M. Rolland est un de nos habitués ; il m'a fait la cour, c'est vrai ; j'ai pu l'écouter ; on a pu croire que cela était plus grave que ça n'est. C'est possible. C'est que M. Rolland a toujours été très respectueux avec moi ; il a pu rire, plaisanter, faire le galant, mais jamais il n'a été au delà. Mon mari, un jour, s'est disputé avec lui, quelques jours avant sa maladie, sur des calomnies qui lui avaient été répétées ; mais il s'était remis après une explication dans laquelle M. Rolland avait déclaré que, s'il venait à la maison, c'était, non pour moi, mais pour ma fille.

— Et ce M. Rolland, le voyez-vous?

— Très rarement ; depuis que mon mari lui avait refusé Adèle, il ne venait que rarement ; il était venu un peu plus souvent sachant mon mari plus malade, car ils étaient restés amis.

— Ah! votre mari lui avait refusé sa fille, qu'il aimait... Et votre enfant, l'aimait-elle?

Cette question parut plus cruelle à la Belle Bordelaise que toutes celles qui lui avaient été faites ; elle fit un suprême effort ; il ne fallait pas mentir ; elle était convaincue que Rolland et sa fille étaient ensemble ; on pouvait les retrouver ; on le savait peut-être.

Elle dit donc :

— Oui, monsieur, elle l'aimait beaucoup...

— Et pourquoi votre mari s'opposait-il à cette union, puisqu'il était l'ami de Rolland?

— M. Rolland n'a pas de position et ne cherche pas à s'en faire : c'est un artiste, un musicien. On dit qu'il a du talent, mais il ne travaille guère, et c'était la misère, ce que mon mari ne voulait pas pour sa fille.

— Rolland ne lui en voulut-il pas de ce refus?

— Oh! non, monsieur, je vous l'ai dit, M. Rolland est un paresseux, mais c'est un excellent homme.

— Et votre fille, ne fut-elle pas fâchée contre son père à la suite de ce refus?

— Ma fille n'a pas du tout ma nature; elle parait tout accepter, et au fond elle fait ses réserves : elle est très hypocrite...

— Vous ne vous entendez pas très bien avec votre enfant, fit le juge d'instruction après avoir consulté ses notes.

— Ma fille a une nature vicieuse, et je suis obligée, tenant un établissement public, de la surveiller et d'être très sévère.

— On dit que vous la battez même.

Oh! cette partie de l'interrogatoire la faisait terriblement souffrir; si elle avait osé, elle aurait dit tout ce qu'elle pensait de sa fille...; mais sa liberté, sa vie dépendaient de sa retenue.

— Je suis violente, emportée, mais point méchante, monsieur, je vous le jure. J'ai pu, dans des moments de colère, avoir pour Adèle des violences, que je regrettais aussitôt...

— Et ce mariage vous plaisait, à vous...? Il vous débarrassait de votre enfant?

Cette fois, il fallut encore toute sa volonté pour répondre.

— Oui, monsieur, j'aurais désiré ce mariage...

— Ce refus obstiné de votre mari n'amena-t-il pas un certain trouble dans les relations de famille?

— Non, monsieur...

— C'est de cette époque que votre époux est devenu plus gravement malade?

— Je ne me souviens pas au juste du jour où Joseph s'est alité.

— Votre demoiselle est ici?

Jeanne sentit qu'elle pâlissait, mais il était impossible de mentir.

— Non, monsieur.

— Il faudra l'envoyer chercher, car j'aurais besoin de lui parler.

— Monsieur, je ne sais pas où elle est.

— Que dites-vous là?

Et les trois hommes se consultèrent d'un air soupçonneux.

— Monsieur, ma fille s'est sauvée d'ici, et c'est un des motifs qui augmentent ma douleur. Elle m'a abandonnée, l'ingrate.

— Et quand cela?

— La nuit de la mort de son père...

— La nuit de la mort de Cordier!... exclama le commissaire, comme trouvant une piste.

— Comment cela est-il arrivé?

— C'est simple, monsieur. J'étais dans la boutique causant avec des clients ; je me retourne et je vois ma fille parlant bas avec M. Rolland. Je me mets en colère après elle, je défends à M. Rolland de s'occuper d'elle, et j'envoie Adèle près de son père. Une heure après, quand je montai, Cordier était mort. Effrayée, je grimpai vivement chez ma fille... Sa chambre était vide.

Les trois hommes avaient eu la même pensée... et le juge dit tout haut :

— C'est cette misérable qu'il faut retrouver...

— Quoi! vous pensez que c'est!... exclama Jeanne étourdie, et elle n'acheva pas ; elle baissa la tête, feignant de sangloter, jouant le doute, l'horreur. Et pendant que les trois hommes se préparaient au départ, s'apitoyant sur elle, en disant :

— Pauvre femme! pauvre mère!

La Cordier pensait :

— Ah! gueuse, tu m'as pris mon amant..., mais je serai bien vengée.

V

LES GUEUX S'AIMENT ENTRE EUX.

Seule chez elle, la Belle Bordelaise se hâta de dégrafer son corsage et de dénouer ses jupons, et elle se laissa tomber dans un fauteuil. Il était temps, elle étouffait ; ç'avait été un moment terrible à passer que cet interrogatoire ; elle ne s'expliquait pas elle-même comment elle avait pu se contenir ; elle ne se croyait pas si forte. Au fond d'elle, la misérable était heureuse, elle ressentait une joie sauvage, elle s'était bien vengée! doublement, puisqu'elle croyait que sa fille était partie avec Rolland ; elle la punissait en l'accusant d'un crime abominable, et l'arrachait ainsi des bras de son amant. Mais alors elle pensa que si on arrêtait sa fille, on arrêterait son complice ; on l'interrogerait! Elle était perdue.

A cette pensée, un frisson courut dans son sang ; elle se releva, n'ayant pas d'idée arrêtée, ne sachant comment elle allait agir, mais disant :

— Il faut à tout prix que je le voie ce soir.

Elle se rhabilla vivement, alla donner des ordres à sa servante, et elle sortit par la porte de l'allée afin de n'être pas vue par ses clients. Elle n'était pas calme, la Belle Bordelaise, et déjà ceux qui venaient de l'interroger ne l'auraient pas reconnue s'ils étaient revenus. Le tourment, l'inquiétude étaient visibles sur son visage.

Si elle allait trouver sa fille avec Rolland, que ferait-elle? Elle n'eût pu le dire, mais cette idée ne l'arrêtait pas; elle lui faisait crisper les poings et briller les yeux, mais ne l'arrêtait pas.

Nous devons revenir un peu en arrière pour retrouver le joli monsieur qui s'appelait Rolland, au moment où surpris par la Belle Bordelaise dans son odieux attentat, et apprenant la mort de Cordier, il s'était sauvé, voyant la grande Adèle courir en l'appelant assassin, en déclarant qu'elle allait se venger, — il était fou de peur, — ne doutant pas que la jeune fille se rendait au plus prochain poste réclamer des agents pour arrêter les assassins de son père et raconter la tentative dont elle avait failli être victime. Rolland se sauvait. C'était, on s'en souvient, au moment où l'orage éclatait. Il traversa les Halles, et, pour éviter la pluie, il entra dans un de ces cabarets qui restent ouverts toute la nuit. Là, il se fit servir, et but sa bouteille en deux traits; il était dévoré de fièvre. Il avait toujours dans les oreilles le cri de la jeune fille :

— Assassins! assassins! je vais vous dénoncer.

Déjà peut-être la police était-elle dans la maison et le cherchait-on. Et il avait envie de partir, mais la pluie tombait à torrents. Il était furieux de cet accès de folie, qui l'avait fait chasser par la veuve et qui le faisait dénoncer par la fille.

Qu'allait-il faire? Où se cacher? Chez lui, il n'y avait pas à y penser; c'est là qu'on viendrait d'abord, et il devait se hâter de quitter le quartier des Halles, dans lequel des agents, peut-être, étaient déjà à sa recherche.

Chaque individu qui entrait lui faisait peur; il lui semblait que tout le monde le regardait, qu'on savait déjà ce qui s'était passé. Deux fois il se leva et il revint s'asseoir en voyant la pluie. Il allait partir; au moment où il ouvrit la porte, une main se posa sur son épaule, et il entendit :

— Eh! dites donc, on ne part pas comme ça!

Il crut qu'il allait s'écrouler; il se retint au bouton de la porte. Il était pris; il se retourna, l'œil hagard, la face livide. C'était le garçon marchand de vin qui réclamait le prix de la bouteille. Il était si troublé qu'il avait oublié de payer. Il chercha dans ses poches; il ne pouvait trouver son argent, et le garçon disait déjà :

— On la connaît, celle-là; si vous n'avez pas le sou, vous irez au poste.

C'était épouvantable, cette niaiserie, cette banalité. Il restait confondu, ennuyé de tous les regards qui se fixaient sur lui, lorsqu'il désirait tant n'être pas remarqué. Enfin il trouva son argent, il paya; il sortait lorsqu'il entendit :

— Oh! il n'y avait pas de danger... tu ne le connais donc pas?

— Non... je ne connais pas tout le monde.

— C'est l'artiste, l'amant de la Bordelaise.

— C'est amusant d'être chez soi, bien à l'abri (PAGE 44).

— Ah! c'est celui-là?... un beau gars...

On l'avait reconnu. Si on le cherchait déjà, là, on aurait un renseignement; il fallait se hâter de fuir; mais où aller au milieu de la nuit? Il pensa bien à ce refuge éternel de tous les coquins qui, ayant fait un mauvais coup, vont commencer à en profiter; où la porte est ouverte à tous sans qu'on demande ni d'où l'on vient, ni qui l'on est, à la maison de tolérance; mais, en même temps que c'est le refuge, c'est souvent le piège et ils en ont peur.

A force de se creuser le cerveau, il se souvint qu'il connaissait une petite chanteuse de café-concert, qui chantait dans un grand café du quartier Latin (qui n'existe plus), que les étudiants nommaient le « Beuglant. »

Le café-concert se trouvait presque au bout de la rue Dauphine. Ce n'était pas bien loin; en se hâtant, il pouvait arriver à la fermeture, avant le départ des artistes. Il se mit à courir, et, quelques minutes après, il arrivait juste au moment où la jeune fille sortait.

— C'est à cette heure-ci que tu viens me donner ma leçon?

— Oui. Qu'est-ce que ça fait? Veux-tu m'emmener ce soir?

— Comme ça, tout de suite!

— Pardi!

— C'est que j'ai faim. Allons souper à la Halle.

Il eut un frissonnement à cette proposition.

— Oh! non, pas à la Halle!

— A la brasserie...

— Non! veux-tu bien faire une petite dînette chez toi, ce sera plus amusant?

— Oui, je veux bien.

— Nous allons faire des provisions.

— Ça va!

Et aussitôt ils se dirigèrent vers la boulangerie de la rue Dauphine qui reste ouverte une partie de la nuit et où les couples qui redescendent de chez Bullier vont prendre un petit pain et un bol de lait. Il y a toujours des charcutiers dans la rue Dauphine qui ne ferment pas avant trois heures du matin. Il leur fut donc facile de faire leurs provisions. Rolland avait hâte d'être rentré, et la jeune fille le remarqua.

— C'est à cause du temps. Ce n'est pas gai d'être dehors!

— Il ne pleut plus. Alors maintenant je ne te vois que lorsqu'il pleut.

— Es-tu méchante, Bien-Aimée; depuis quinze jours, je te l'ai dit, j'ai des leçons. J'ai fait répéter tout un répertoire à ma troupe qui part en Amérique.

— Et ça te prenait tes nuits?

— L'on répétait l'après-midi et le soir quelquefois jusqu'à minuit. A cette heure-là, je ne serais pas venu.

— Tu sais bien que je ne sors jamais avant une heure du café.

— Oui, mais ne te prévenant pas, je risque de ne pas te trouver seule.

— Tu as bien tort de te gêner pour venir. Je suis libre quand je veux; mais c'est curieux, tu te figures que je m'amuse, que je suis prête à aller le soir avec le premier venu.

— Je n'ai pas dit ça.

— C'est bien pis, tu le penses.

— Alors, tu es la sagesse même avec ces gens-là, ma Bien-Aimée?

— Écoute, Rolland, je vis très honnêtement. Voilà l'ennui, avec vous autres, parce que l'on vous a cédé, qu'on vous aime assez pour vous recevoir toujours, voilà le cas que vous faites de celles qui ne sont pas oublieuses.

— Ne te fâche pas.

— Je vis très sage et je suis très estimée de mon amant.

— Je comprends ça.

— Je suis libre, mais je n'abuse pas de ma liberté, et ce que tu me dis me fait de la peine; ça me ferait regretter d'agir avec toi en vieille camarade.

— Allons, tu dis des bêtises. Je plaisantais. Je sais bien que tu es la plus charmante maîtresse que l'on puisse avoir, et que celui que tu choisis est le plus heureux des hommes.

— C'est vrai, va, ce que tu dis là, fit Mlle Bien-Aimée, en regardant celui qu'elle prétendait traiter en vieux camarade.

— J'en suis convaincu.

— J'ai un amant, un très gentil garçon, très bien élevé, qui n'est pas bien riche, mais qui me donne tout ce que je veux. Il vit en famille, il est timide comme tout; il vient me voir et toujours il me donne rendez-vous. Il est sûr de moi. Restant avec sa mère, il ne peut pas découcher. Or, j'ai toute ma liberté : je n'en fais pas plus mal pour ça. Deux fois par semaine, il vient au café et me reconduit. Tu vois bien que tu peux venir sans crainte de rencontrer personne.

— Mais si je venais un soir et qu'il t'attende pour te reconduire?

— Je dirais que tu es mon professeur... Elle se mit à rire en ajoutant : Est-ce que je mentirais?

— Ça ne serait pas gai.

— C'est un garçon très bien élevé, je te le répète, qui trouverait ça tout naturel. C'est un homme du monde d'abord.

— Du quel?

— Ah! ne le blague pas, je l'aime bien. Il a un beau nom, il a une très belle place dans un ministère.

— Tout à l'heure, tu vas me faire sa biographie.

— Non! non! éclata de rire Mlle Bien-Aimée. Je suis bavarde comme une pie..., et je serais désespérée si mon Auguste nous rencontrait; mais je voulais te prouver que je n'étais pas ce que tu croyais..., et que si je n'étais pas sage, je serais libre de faire ce que je voudrais.

Et cela était dit avec une conviction étonnante. Mlle Bien-Aimée se trouvait très vertueuse.

M. Rolland ne fit pas d'objections. La jeune artiste était très gentille, c'était une petite rousse aux lèvres épaisses, au rire provocant, aux regards effrontés, au nez relevé, pas très grande, bien prise; elle se disait chanteuse d'opérette et soubrette de comédie. Mlle Bien-Aimée, sur l'affiche, se nommait Françoise Taupin

— et elle avait transformé ça en Francine Bien-Aimée. Jusqu'à dix-sept ans, elle avait été brunisseuse en bijoux dorés. C'est à la goguette, tous les lundis, avec ses parents, qu'elle avait pris le goût du chant. Un dimanche, au bal de l'Élysée-Ménilmontant, elle avait connu un jeune homme qui « était au théâtre; » elle avait été séduite par ce mot, et, le lendemain, elle se réveillait artiste dramatique.

Mlle Bien-Aimée avait été l'élève de Rolland; des leçons très agréables, qui s'étaient prolongées souvent jusqu'au lendemain. Leurs relations ne s'étaient jamais entièrement rompues; ils se rencontraient irrégulièrement; le soir, ils s'adoraient, c'était comme un renouveau, et ils se quittaient tous les deux rassasiés, se disant :

— C'est la dernière fois que nous sommes réunis.

Mais ils recommençaient toujours.

Les provisions étant faites, les deux amis, bras dessus, bras dessous, remontèrent la rue Dauphine. Mlle Francine, troussant haut ses cotillons ruchés, laissait voir une jambe bien ronde et un pied fin, haut cambré, élégamment chaussé. En marchant, elle babillait, racontant à Rolland ce qu'elle chantait, les succès qu'elle avait obtenus, les engagements qu'elle espérait, parlant toujours pour ne rien dire.

Rolland en était satisfait; écoutant sans entendre, il était toujours inquiet, et chaque fois qu'il voyait des passants se diriger de leur côté, il baissait la tête et se penchait sur Mlle Bien-Aimée, évitant d'être vu. Celle-ci, croyant chaque fois qu'il offrait un baiser, tendait ses lèvres et ils s'embrassaient.

Francine demeurait rue de l'École-de-Médecine; un petit appartement bien modeste; dans la chambre pendaient, en guise de tableaux, de grandes couronnes d'or, envoyées à la jeune chanteuse par les abonnés du théâtre lorsqu'elle avait été engagée en province.

Débarrassée de son manteau et de son corsage, Francine dressa le couvert dans sa chambre.

Rolland, qui était plus calme, préparait les provisions.

En se mettant à table, Francine dit à Rolland :

— C'est amusant d'être chez soi, bien à l'abri, quand il pleut dehors.

— Oui, surtout près d'une jolie petite femme comme toi.

Il s'assit près d'elle et la prit dans ses bras...

— Tu dis cela pour parler; car si tu pensais ce que tu dis, tu viendrais plus souvent.

— Voyons, Bien-Aimée, ne me fais pas de reproches... Je veux racheter tout ça... Je t'aime et, la preuve, c'est que, malgré ce temps-là, je suis venu.

— Oui, ça te prend comme une toquade, et ça te dure autant.

— Tu te trompes encore. Je viens avec toi, non pas seulement pour passer la soirée, mais toute la journée de demain..., d'après-demain...

— Mais, toute la vie..., éclata de rire Bien-Aimée en l'embrassant.

— Toute la vie, si tu veux.

— Ah! si tu étais sérieux, nous ne ferions pas mal; tu me donnerais des leçons; nous irions en tournée; tu donnerais des concerts; nous n'aurions besoin que d'un comique avec nous...

— Cela pourrait peut-être se faire, dit Rolland, qui voyait, dans cette proposition à la diable, un moyen de se soustraire aux recherches.

— Tu ne parles pas sérieusement.

— Je te jure que si; nous en recauserons... Veux-tu de moi, demain et après-demain?

— Oh! oui, je le veux bien...

— Eh bien! c'est entendu...

Mlle Bien-Aimée se pencha sur Rolland, lui prit la tête dans ses petites mains, le regarda une minute, et, l'embrassant fort, elle dit :

— Je t'aime plus que tu ne crois, mon gros chéri.

Ils se mirent à table bien gaiement, babillant, riant, ils rendaient la vie au passé. Rolland était tout à fait tranquille. Cependant il ne put dormir de la nuit, et, s'éveillant de très bonne heure, il se levait lorsque Mlle Bien-Aimée, s'éveillant à son tour et le voyant s'habiller lui demanda :

— Tu t'en vas déjà?

— Mais non, je descends commander notre déjeuner.

Ce n'était pas cela qui préoccupait Rolland; comme presque tous les coupables, il ne pouvait rester sans nouvelles; il avait besoin d'aller rôder autour du lieu qu'il redoutait; il voulait savoir. Il prit les plus grandes précautions et se rendit aux Halles. Du coin de la rue, il regarda la maison; la boutique n'était même pas fermée; on se souvient que la Belle Bordelaise n'avait pas pensé à cela; il entra dans une maison en face et regarda dans la boutique : il vit Jeanne dans son comptoir causant avec ses clients. C'était le moment où on lui disait qu'elle devait fermer la boutique, et où elle pensait à aller à la recherche de son amant.

Ainsi tout était calme, il n'était rien advenu. Sa peur était ridicule. La grande Adèle s'était simplement sauvée de lui et était revenue chez sa mère après son départ; de tout cela, il ne restait qu'une chose, c'est qu'il était fâché avec Jeanne, c'est que celle-ci devait avoir pour lui une haine égale à l'amour qu'elle avait eu; mais comme elle était sa complice, il n'avait pas à la redouter. Le reste lui était absolument indifférent. Aussi retourna-t-il chez Mlle Bien-Aimée tout à fait tranquille. En retrouvant la jeune artiste, il était très gai. Il passa la journée avec elle, la soirée à son concert; ils revinrent ensemble et, ce soir, ils restèrent tard à la brasserie. Le lendemain, ils étaient las tous les deux, ils s'étaient aimés trop longtemps. Quand Rolland se disposa à sortir, elle ne lui dit pas comme la veille :

— Tu t'en vas déjà; mais...

— Dis donc, bébé, quand nous reverrons-nous?

— Un de ces soirs. Au revoir.

— Au revoir.

Et ils s'embrassèrent bien amicalement. Rolland repassa par la rue Saint-Denis pour retourner chez lui, calme; il voulait voir s'il n'y avait rien de nouveau. Il arriva juste au moment où le convoi quittait la maison mortuaire. Tout se passait régulièrement. Décidément tout était pour le mieux dans le meilleur des mondes. Il se dirigea vers sa demeure, chantonnant :

— Bah! fit-il, un jour ou l'autre nous nous serions reproché ça, en vivant ensemble; il vaut mieux que ça finisse ainsi dans l'intérêt à tous les deux.

Et le brave garçon se redressa, bien calme, bien tranquille sur l'avenir. C'était un beau gaillard que Maurice Rolland, l'artiste, un pianiste de premier ordre, que la paresse et le jeu avaient déclassé.

Il avait environ trente ans, l'air martial, le regard insolent.

Il était robuste et cependant assez élégant de tournure; le visage était beau; d'un ovale un peu long, il était encadré par des cheveux d'un roux marron qui retombaient en boucles épaisses sur le front vaste et intelligent. La barbe, jaune clair, était bien plantée; il la portait en pointes fines; les lèvres, pleines d'appétits, très fraîches, étaient couvertes d'une moustache rousse qui rapetissait la bouche. Le teint était brun et mat, le nez droit; les yeux, fendus en amande, bordés de longs cils, étaient un peu enfoncés sous l'arcade sourcilière; ils avaient un regard d'une fixité étrange, qui, appuyant lourdement sur celui qu'il regardait, l'embarrassait, le gênait et, quand c'était une femme, la faisait rougir; dans le regard, dans le dessin des lèvres, on sentait la volonté. Il était bien fait, les extrémités étaient mignonnes et élégantes. Il était nonchalant dans sa marche et toujours négligemment vêtu. D'ailleurs, débraillé, tout en étant ni misérable ni malpropre et très soigneux de son linge.

Rolland avait eu une peur terrible et il se trouvait tout à coup rassuré, mais tout à fait rassuré; désormais, c'était une affaire manquée et sans suite.

Il menait la vie la plus singulière du monde; il travaillait peu et passait la plus grande partie de son temps au café. Il avait du talent, tous ceux qui le connaissaient se plaisaient à le reconnaître; mais, du diable s'il en abusait. Tout le monde ignorait la source de son argent; il est vrai qu'il était criblé de dettes, mais il vivait toujours bien, sans se priver. On le voyait souvent avec des femmes; de ce côté, il n'était pas difficile, nous l'avons vu; il est vrai qu'il n'aimait pas, il satisfaisait plus sa chair que son cœur. Ce matin, se trouvant heureux de la quiétude qu'il recouvrait, il rentra chez lui changer de vêtements, puis il descendit au café pour déjeuner; là, embarrassé de sa journée, il se demanda ce qu'il allait faire. Il se souvint alors d'une petite blanchisseuse qu'il n'avait pas vue depuis longtemps, et il se dit :

— Je suis libre maintenant, je peux bien un peu m'amuser. Quelle boulette j'allais faire! Mais avec la jalousie de cette femme, c'était une vie d'enfer. Un jour ou l'autre, ça aurait mal fini. Je suis mon maître. Cette femme-là me plaît, je la prends; j'en ai assez, j'en change. Francine chante trop; je vais à Lucie. Oui, tiens, je vais l'emmener à la campagne.

Rolland se dirigea vers la demeure de celle qu'il appelait sa petite blanchisseuse, rue d'Enghien; il demanda Mᵐᵉ Lucie; la concierge répondit que madame n'était pas rentrée depuis deux jours. Mˡˡᵉ Lucie était une ouvrière qui ne travaillait pas seulement à l'atelier. A moins d'être rentière, il faut bien afficher un métier, et Mˡˡᵉ Lucie s'était souvenue qu'elle avait été blanchisseuse — beaucoup plus connue dans les bals qu'à la place où on embauche. On l'appelait Lucie la blanchisseuse; elle ne blanchissait guère que son petit museau gai avec de la poudre de riz.

Rolland fut contrarié de ça; c'était une journée d'ennui. Il rentra chez lui et se mit à travailler; il était décidément tout à fait tranquille, car il composa sa grande valse : les *Éclats de rire*.

Une fois au travail, le temps filait vite; il était vraiment artiste, et une fois le sujet, la phrase trouvée, il fallait qu'il l'achevât; toute la journée, il joua, puis il passa une partie de la nuit à chercher son accompagnement. La journée du lendemain se passa à remettre au net. Le tantôt, il venait de copier sa partition. Il la lisait brillamment sur son piano. On frappa, il n'entendit pas; on frappa de nouveau, il n'entendit pas plus. Il imitait de la voix, sur la phrase musicale, les éclats stridents du rire.

La porte s'ouvrit. Jeanne entra, toute craintive, l'œil méchant; son regard fouilla la chambre; elle resta une minute appuyée sur l'angle de la porte, la main sur sa poitrine, respirant bruyamment. Est-ce que, montant trop rapidement l'escalier, elle était arrivée essoufflée? Non!

Dans l'escalier, elle avait entendu le piano, et elle s'était dit :

— Il est gai, il joue..., et c'est peut-être pour *elle* qu'il s'est mis au piano.

Elle avait hésité à monter; puis enfin, comme elle venait pour lui faire du mal et se sauver elle-même, ellemonta.

Arrivée devant la porte, en entendant la musique et les éclats de rire, elle eut un moment de rage. Elle était décidée en entrant, si elle voyait sa fille, à l'étrangler. Elle voyait rouge. Elle frappa. On ne répondit pas.

Elle entra, prête à tout. Rolland était seul devant son piano, tout à son travail, n'entendant rien. Elle respira...

L'appartement de Rolland n'était pas grand : deux pièces, une petite chambre à coucher et le salon dans lequel on entrait, meublé d'un divan, de deux fauteuils, une table et un piano.

La porte de la chambre à coucher était ouverte, Jeanne se dit :

— Elle est là !

Et, ayant soin de ne pas faire de bruit, de ne pas détourner l'attention de l'artiste tout entier à sa valse, riant *crescendo*, s'amusant du rythme bizarre qu'il avait trouvé, la Belle Bordelaise, glissant le long du mur, marchant doucement sur le tapis, atteignit la porte de la chambre; d'un regard prompt elle vit qu'elle était vide; du même coup d'œil elle avait remarqué le lit défait, portant encore l'empreinte d'une seule place occupée, d'un seul oreiller froissé; elle eut un soupir de satisfaction. Alors elle s'appuya au mur, ne faisant pas de bruit, ne voulant pas troubler l'artiste pendant son travail, l'écoutant et l'admirant. Elle le trouvait très beau dans son débraillé. Rolland était en costume de chambre; il était à demi vêtu, en bras de chemise, mal peigné, ne pensant plus à lui, tout entier à sa valse.

Il se retourna et la vit.

— Toi! qu'est-ce que tu veux? fit-il, visiblement ennuyé.

— J'ai à te parler.

— Ne viens pas me faire de scène...; c'est fini..., n'en parlons plus.

— Je ne viens pas te faire de scène...; tu m'as fait souffrir, je ne viens pas te le reprocher... Est-elle là?

— Qui? demanda Rolland tout naturellement.

— Tu sais bien de qui je veux parler...

— Moi? du diable si je comprends un mot...

— Adèle...

— Ta fille?... voyons, tu es folle... J'ai eu un moment de folie, je le regrette, mais tu ne vas pas me poursuivre avec ça...; je ne vois pas ta fille, je ne tiens pas à la voir... Je me suis mal conduit, c'est vrai...; une folie... Tu peux être tranquille maintenant...; vis chez toi, moi chez moi...

— Mais tu es tranquille, toi..., tu ne sais rien?

— Qu'est-ce qu'il y a?

— Mais, malheureux, l'on sait tout.

— L'on sait tout; quoi? demanda Rolland qui pâlissait et qui courut vivement fermer la porte et fit entrer Jeanne dans sa chambre, fermant encore la porte, craignant qu'on n'entendît. Il tenait la jeune femme par la main; il lui demanda avec anxiété et d'une voix sourde :

— Qu'est-ce que l'on sait?

— Ce matin, on a exhumé le corps de mon mari.

— Qu'est-ce que tu dis? fit l'artiste épouvanté, devenu livide, déjà pris d'un tremblement et s'asseyant sur son lit.

— Oui, on a fait l'autopsie, on a reconnu qu'il est mort empoisonné.

— Et on nous accuse?

— On a des doutes... Mais tu m'épouvantes, toi; mais tu vas te trouver mal; si l'on t'interroge, alors nous sommes perdus.

Elle avait des frissonnements en évoquant tout cela (PAGE 53).

— Non, non, il n'y a pas de temps à perdre, il faut partir.

— Tu deviens fou... Sois donc calme, raisonnable; je viens d'être interrogée.

— Toi!... Qu'as-tu dit?

— C'est ce que je viens te dire pour que tu ne me démentes pas. Mais il faut du sang-froid. Maintenant, j'ai peur, à cause de toi.

— Non, Jeanne...; c'est le premier coup. Je serai calme. Ainsi, on sait... Tu avais bien pris tes précautions, tu as fait attention à tout?

— Oui, oui; et la preuve, c'est qu'ils n'ont rien trouvé à la maison.

— Bien, on t'a parlé de moi?

— La police sait tout. On a dit que tu étais mon amant; je l'ai nié; j'ai dit que tu avais été galant avec moi, voilà tout; que ce que tu cherchais chez nous, c'est ma fille.

Il y eut un silence pendant lequel Rolland restait l'œil fixe, sans voir; seulement, à cette heure, il avait conscience du danger qu'il courait, et il se demandait s'il ne serait pas découvert aux premiers mots qu'on lui demanderait. Devant ce danger menaçant, il comprit qu'il devait rester uni avec la Bordelaise. Il fallait effacer le mal qu'il avait fait, et aussitôt il lui dit:

— Tu me juges mal et je le mérite cependant. Je n'ai pas tous les torts, je te le jure.

— C'est peut-être moi? fit celle-ci.

— Non; mais écoute-moi. Je me suis sauvé de chez toi parce que j'étais honteux de ma conduite, et cependant voilà ce qui se passait: ta fille était toujours après moi, elle faisait semblant de ne pas connaître nos relations; lorsque je te quittai dans la cuisine, que je montai, au moment où j'allais entrer dans la chambre, elle ouvrit la porte de la sienne... Elle me vit. Est-ce une comédie, est-ce la vérité? elle crut que c'était chez elle que je montais. Tu comprends que je ne pouvais pas lui expliquer ma présence. Je dus lui laisser croire. Elle m'attira chez elle, me disant d'entrer, afin de n'être pas surpris, et, seul avec elle, elle tomba dans mes bras... Tu comprends que c'était un rôle difficile.

La Bordelaise écoutait les dents serrées, l'œil ardent; elle était venue uniquement pour parer au danger qui les menaçait, et déjà elle n'y pensait plus, elle écoutait la justification de son amant et la preuve de l'indignité de sa fille, et cela lui plaisait en la fortifiant dans sa haine et en excusant son amour constant pour le misérable. C'est la jalousie qui domina. Elle crut tout ce que Rolland lui disait. Elle lui demanda:

— Depuis longtemps elle était ta maîtresse?

— Je te jure que non. Je te le jure, elle n'a jamais été ma maîtresse; je la considérais comme une enfant; je voyais ce qu'elle voulait, je comprenais ce qu'elle disait; mais je ne voulais pas répondre. Tu conçois; d'abord, je t'aime. Il a fallu cette circonstance pour que je fasse cette folie. Mais, je te le jure, je n'ai jamais rien eu avec Adèle.

— Ah! Rolland, jamais tu ne me feras oublier cela, jamais. J'aurai toujours ce tableau devant les yeux.

— Je ne peux pas t'en dire plus. Crois ce que tu voudras.

Il semblait, en disant cela, que Rolland n'était pas fâché que Jeanne crût plus qu'il n'en disait. C'est ce qui arrivait au reste. La Belle Bordelaise était convaincue que sa fille adorait Rolland, qu'elle était vicieuse, — elle la jugeait sur

elle-même, les enfants tiennent souvent des parents, — elle acceptait parfaitement la scène odieuse comme la racontait l'artiste; elle n'aurait pas agi autrement
à l'occasion, et elle était persuadée que Rolland ne disait pas tout; ne fût-ce que
ce jour, il avait été l'amant d'Adèle.

Cela lui faisait gros au cœur; c'était une lourde et pénible pensée qui amenait des larmes dans ses yeux et des lueurs fauves dans ses regards.

Ils s'étaient assis tous les deux sur le lit, embarrassés de ce qu'ils disaient,
tous les deux voulant s'entendre, se remettre, il le fallait à cause du danger menaçant, ils se taisaient. La Bordelaise avait de grosses larmes dans les yeux, et Rolland avait des tremblements dans les membres et des frissons sur le col.

L'une revoyait la petite chambre et sa fille à terre avec Rolland; lui, voyait la
prison, le bagne... C'est Jeanne qui, essuyant ses yeux, reprit :

— Enfin, ne parlons plus de ça... C'est une misérable créature; mais j'en
suis vengée : c'est elle qui nous sauvera.

Rolland la regarda : il ne comprenait pas; il était convaincu, au contraire,
que, loin de les sauver, c'était la plus terrible accusation qu'il avait à redouter.

Il n'avait pas aimé la grande Adèle; nous l'avons dit, le grand vaurien n'aimait personne, que lui. Ce qu'il aimait, c'était la luxure dans le vice, dans le
bizarre, dans le défendu. Il était de ces misérables dont la lubricité s'allume de
l'odieux qu'il y a dans certaines amours.

Une femme libre, indépendante, à lui seulement, était une fatigue; il aimait
le fruit défendu, le bien de l'autre.

Il n'avait donc jamais aimé Adèle; il l'avait désirée parce qu'elle était jeune,
parce qu'elle était belle... A cette heure, la situation ridicule dans laquelle elle
l'avait mis, la honte dont elle l'avait couvert, et surtout le danger dont elle était la
menace perpétuelle, par les deux accusations portées contre lui, transformait le
désir qu'il avait eu d'elle en une haine au moins égale à celle de sa mère.

Aussi, lorsque Jeanne lui dit que c'était Adèle qui les sauverait, il hocha la
tête, bien persuadé du contraire.

— Écoute-moi, fit Jeanne, et hâtons-nous; car si on venait ici également pour
t'interroger et que j'y fusse, tout ce que je veux faire serait impossible.

— Parle vite, alors...

— Le plus simple, c'est de te raconter mon interrogatoire... Écoute.

Alors Jeanne raconta, mot à mot, détaillant les impressions ressenties, l'effet
produit sur le magistrat par ses réponses, toute la scène à laquelle nous avons
assisté.

Quand elle eut fini, Rolland, étourdi et presque rassuré, la regardait avec
épouvante... Se disait-il qu'il était abominable de voir combiner ainsi la perte
de son enfant? Oh non! il pensait qu'il devait faire bien attention à lui, parce
qu'une femme capable d'une telle action, capable d'arrêter et de combiner avec

calme un tel plan, était bien redoutable, et que mieux valait avoir l'amour de la
Belle Bordelaise, si compromettant qu'il fût, que sa haine...

Alors ils arrêtèrent bien les points de défense, c'est-à-dire les minuties de
leur déposition pour ne point être démentis. Rolland alla même jusqu'à proposer à
la veuve de monter un des petits paquets qu'il lui donnait dans la chambre de sa
fille, et de le cacher dans un meuble; à la première perquisition, on le trouverait...

Jeanne refusa sèchement, disant qu'elle voulait bien profiter de ce qu'il y
avait, mais non y aider; il n'était pas nécessaire que sa fille fût gravement condamnée, il suffisait qu'on ne les condamnât pas, eux...

— Est-ce que tu aurais encore ici de cette poudre?

— Non, pas de danger; mais j'en peux toujours avoir.

— Tu en auras pour moi, un jour...

— Oh! qu'est-ce que tu dis là?

— Voyons, il faut que je te voie souvent; mais ni ici ni chez moi, pendant que
durera l'instruction... et jamais de lettres, tu sais...

— Pardi... Trouve-toi dans trois jours, après la fermeture de ta boutique, en
face de la gare Montparnasse.

— Bien!... Et surtout, lorsqu'on t'interrogera, du sang-froid...

— Oh! maintenant, je suis sûr de moi... Il fallait nous entendre.

Ils s'embrassèrent. La Bordelaise nouait les rubans de son chapeau, lorsqu'on
frappa à la porte... Ils sursautèrent ensemble. Rolland était tout pâle.

— Nous sommes perdus, disait Jeanne; ce sont eux!... Et elle cherchait à se
cacher. Rolland fit un effort et demanda :

— Qui est là?

— C'est un papier pour vous, monsieur Rolland.

Ils respirèrent bruyamment tous les deux, se souriant de soulagement.

— Quelle peur j'ai eue! disait Jeanne.

Rolland alla entre-bâiller la porte au concierge et lui prit le papier... Il lut...
C'était une citation à comparaître devant le juge d'instruction... Il tremblait en
lisant le papier... Il le montra à Jeanne, qui le regardait, inquiète.

— Eh bien! qu'est-ce que tu as? dit-elle.

— Cela me bouleverse... C'est ma citation...

— Mais, au contraire, cela doit te rassurer... C'est la preuve que tu n'es considéré que comme témoin... et cela t'assure qu'on ne viendra pas...

— C'est vrai... tu as raison!... fit-il plus calme.

— Maintenant que je ne crains pas qu'on nous surprenne, je reste; nous
aurons le temps de causer..., et elle le regarda avec des yeux brillants, en dénouant
son chapeau... puis elle dit, en souriant :

— Ah! je suis plus tranquille, maintenant...

VI

UN MAUVAIS RÊVE.

Le matin du jour où commence notre histoire, lorsque Mlle Adèle s'éveilla dans la chambre de la rue de la Monnaie, elle crut qu'elle avait fait un mauvais rêve; elle regardait autour d'elle surprise. Où était-elle? Cette grande chambre, haute de plafond, les murs couverts de tapisserie, ces vieux meubles sculptés, ce grand lit à colonnes dans lequel elle était perdue, cette vieille horloge à poids, dont le vaste balancier battait son toc toc mélancolique, cette vaste cheminée dans laquelle s'éteignaient quelques braises. Où était-elle?

Ce qu'elle croyait avoir rêvé était donc arrivé; c'était vrai; pendant qu'épouvantée par la vue de son père mort, s'étant sauvée dans sa chambre, où elle priait, un homme s'était jeté sur elle. Elle avait des frissons de dégoût au contact qu'elle avait ressenti. Sa mère était arrivée juste à temps lorsqu'elle allait devenir la proie de cet homme. Alors c'est sa mère qui l'avait outragée; elle lui avait jeté à la face des mots qu'elle n'avait jamais entendus. Elle l'avait insultée, l'injuriant, elle, ne la défendant pas, ne la protégeant pas contre cet homme.

Et cet homme, c'était l'amant de sa mère, et cet homme avait aidé sa mère dans un crime. Ils avaient tué son père. Son père, le seul être qui jusqu'alors avait eu pour elle de douces paroles et de bons baisers. Celui qu'elle aimait, celui qui la protégeait, celui qui avait compris sans qu'elle le lui dît qu'elle ne pouvait vivre avec Rolland, et qui avait repoussé la demande du misérable; car l'enfant, qui n'avait pas encore pu juger la conduite de sa mère, avait été dupe de la comédie de la demande en mariage.

Elle s'en souvenait; la veille, elle avait vu sa mère et le misérable comploter la mort de son père. Alors que s'était-il passé? Elle s'était sauvée comme une égarée, puis elle avait eu peur; le tonnerre grondait épouvantablement; elle était devenue comme folle, courant dans les rues sombres et désertes; elle était arrivée place de l'Hôtel-de-Ville, elle avait couru sur le pont, s'était jetée à l'eau.

Elle avait des frissonnements en évoquant tout cela. Mais elle ne se souvenait plus, il y avait une lacune dans sa mémoire. Elle s'était réveillée dans une chambre sombre, un homme, un jeune homme doux, respectueux, était à son chevet et la soignait... Était-ce dans cette chambre? elle ne la reconnaissait pas.

Ce n'était pas un rêve. Sa mère était une misérable indigne, femme coupable, épouse criminelle, mère dénaturée, elle ne pouvait la revoir, et son père n'était plus. Elle avait un peu plus de seize ans. Qu'allait-elle faire?

Mlle Adèle était accoudée, pensive, sur son oreiller; elle était oppressée par la pensée du père, étendu là-bas, gardé par les deux coupables. Qu'allait-elle faire? Elle ne pouvait pas cependant aller dénoncer sa mère; c'était épouvantable.

Elle avait failli être victime d'un misérable, qui l'avait frappée, torturée, qui l'avait déchirée, presque souillée, étant vaincue; c'est providentiellement qu'elle avait été sauvée; pouvait-elle aller dénoncer le misérable; c'était en même temps livrer sa mère, car les deux complices se tenaient; la punition de l'un obligeait au châtiment de l'autre.

Mais que faire? Elle n'avait aucune ressource, elle ne savait aucun métier, elle était à jamais perdue, elle était surtout effrayée du vide qu'il y avait devant elle.

Elle se souvenait bien qu'on l'avait rassurée, qu'on lui avait dit qu'elle ne devait pas se tourmenter. Mais elle ne croyait plus aux bons. Et sa seule pensée était de renouveler sa tentative. Elle n'avait plus de père; sa mère, c'était pis que si elle n'en avait pas, et assurément, l'œuvre tentée par le misérable, il chercherait à l'accomplir ou il se vengerait de sa défaite. C'était un ennemi qui devait la poursuivre. Sa mère allait également mettre la police à sa recherche, l'obliger à rentrer pour lui faire subir tous les affronts; l'artiste serait là, remplaçant celui qu'il avait tué, la guettant sans cesse; ce serait le maître.

Adèle était trop jeune pour la résistance, elle ne voyait que la menace; elle se sentait perdue sans ressource, et elle s'affermissait dans cette idée qu'elle n'avait qu'à mourir. Elle avait l'âme trop haute pour rien demander ni accepter de n'importe qui.

— Pauvre père! disait-elle — et de grosses larmes coulaient sur ses joues. — Mon pauvre cher papa, je te retrouverai, toi... Les monstres! toi si bon, si doux, ils t'ont empoisonné.

Alors, en pensant à son père, elle se rappela les dernières minutes qu'elle avait passées près de lui la veille.

Elle cessa de pleurer tout à coup, et le regard fixe comme si elle faisait des efforts pour se souvenir, elle dit :

— Mais papa se doutait de tout; il savait... mais il m'a fait jurer... oui, il me disait : « Si je venais à mourir, il y a dans le bahut de la petite chambre de là-haut, où je mets mes outils, un livre dans lequel est une lettre. Cette lettre, tu la prendras. » Il me l'a fait jurer. Je ne dois ouvrir cette lettre qu'ayant quitté la maison... Mais cela avait un but... Je dois avant tout exécuter sa volonté. Mais comment pourrais-je avoir cela... retourner à la maison?...

A cette pensée, il courut un frisson dans son corps.

— Non ; cela, jamais !... Mais que ferai-je ?... J'ai juré à mon pauvre papa et je dois lui obéir : il le faut, je le dois...

Mlle Adèle regarda autour d'elle ; elle vit un grand peignoir de femme ; elle voulut se lever, mais elle se sentit brisée ; elle ne pouvait agir qu'avec peine. Elle se leva cependant et s'habilla ; elle se regardait en disant :

— Mais à qui sont ces vêtements ?...

Sa pensée, alors, se porta sur ce qui s'était passé la nuit ; elle se souvenait. C'est un jeune homme qui l'avait sauvée ; à celui-là, qui la voyait désespérée, elle avait promis de ne pas recommencer, mais d'écouter ses conseils. Quel était cet homme ! Il lui avait dit son nom ; elle ne s'en souvenait plus.

C'était un bien mauvais rêve qu'elle avait fait là. Quel serait le réveil ? Pour un jeune cerveau, c'était trop, et la jeune fille, vêtue, s'assit dans un fauteuil, et prenant son front à deux mains, se demanda encore :

— Que vais-je faire ?

Elle était ainsi, perdue dans ses pensées depuis une demi-heure, lorsqu'elle entendit la porte de l'appartement qui s'ouvrait. Elle se regarda vite, s'assura qu'elle était décemment vêtue. On frappa à la porte ; elle alla ouvrir.

— Eh bien, mademoiselle, comment allez-vous ce matin ?

Avec un peu d'embarras :

— Je vous remercie, monsieur ; bien...

— Mademoiselle, je vous ai dit hier que je me mettais à votre disposition, me voici. D'abord, je vous apporte à déjeuner. Je vous déclare, en outre, pour vous tranquilliser, qu'ainsi que vous paraissiez vivement le désirer, personne ne se doute de rien. On ne m'a pas vu vous apporter ici. On ne sait pas qu'il demeure dans l'appartement une autre personne que moi.

— Je vous remercie bien pour tous les tracas que je vous donne.

— Les tracas ! Le plaisir, vous voulez dire. Si vous voulez bien, je vais vous préparer le déjeuner ; j'ai apporté tout ce qu'il faut. Dame, je n'ai qu'un petit logement de garçon, une antichambre et tout de suite ma chambre qui sert de chambre à coucher, de salon et de salle à manger.

Il roula la table près de la fenêtre et dressa le couvert.

Adèle était embarrassée, n'osant ni parler, ni agir ; elle se trouvait intimidée par les prévenances du jeune homme, et ne savait comment l'en remercier.

— Mon Dieu, que je vous donne de peine, et je suis toute honteuse... Je ferai tout cela.

— Comment !... Voulez-vous me laisser ? N'est-ce pas le devoir d'un homme de servir une femme ? Je ne vous demande qu'une grâce... Vous savez ce que vous m'avez promis, nous devons causer ce matin... Invitez-moi à votre table, nous causerons en déjeunant... Au bout de quelques minutes, vous me jugerez mieux.

— Monsieur, je suis absolument confuse de vos bontés.

— Ne parlez pas de ça. Vous savez. Je vous répète que je suis à votre disposition. Naturellement, vous n'allez pas rester enfermée sans avoir besoin de nouvelles; il faut me commander, j'irai, pour savoir ce que vous avez besoin de savoir.

— Ça, merci, j'accepte.

— A la bonne heure. Mais il faut également accepter le déjeuner.

— J'ai peu d'appétit.

— Ça va venir.

Le couvert était dressé, les plats servis; le jeune homme avait apporté le déjeuner dans un panier. Il plaça un petit fauteuil devant la table et, offrant la place :

— Là, mademoiselle, veuillez vous asseoir.

Puis, disposant un siège en face d'elle :

— Moi ici, et maintenant déjeunons et nous causerons.

— Je vous assure, monsieur, vous êtes si bon que vous m'embarrassez.

— N'ayez nulle crainte... Considérez-moi comme... votre frère.

— Merci.

— Voyons, vous avez des courses à faire?

— Oui.

— Certaines choses à savoir?

— C'est cela... et c'est très important.

— Je m'en doute bien. Parlez.

La jeune fille se trompait, en croyant qu'elle pouvait envoyer un ami discret prendre des nouvelles, si simple que fût ce qu'elle avait à demander; elle ne savait comment formuler sa demande. Elle voulait savoir ce qui était advenu après son départ; elle voulait savoir si sa mère n'avait pas chassé de chez elle le misérable dont elle avait failli être la victime; elle voulait savoir surtout ce qu'on pensait d'elle, si on avait appris sa tentative de suicide, si on la croyait vivante ou morte; enfin, si on était à sa recherche, ce qu'elle redoutait le plus.

Elle ne pouvait parler, il fallait absolument raconter ce qu'elle voulait garder secret; elle ne voulait accuser personne, car l'accusation de l'un entraînait celle de l'autre. Tout se tenait et le moindre mot obligeait à tout dire. Aussi resta-t-elle tout interdite devant le jeune homme. Celui-ci, ne s'expliquant cette réserve que par son embarras, bavardait pour la mettre à l'aise. Il lui raconta longuement sa situation, qui n'était pas longue à expliquer. N'ayant pas assez de fortune pour vivre dans l'oisiveté, il avait une place dans un ministère, dont le travail consistait en sa présence à peu près régulière, une sinécure.

Auguste racontait qu'il serait riche un jour : il n'avait pour toute famille que sa mère, une brave vieille femme, qui passait la moitié de l'année dans sa propriété, aux environs d'Orléans...

Ils se promenèrent le long de l'eau (PAGE 62).

Auguste de La Saussoye vivait seul, malgré les supplications de sa mère, qui voulait sans cesse le marier. Le jeune homme était rebelle; il n'avait jamais rencontré le cœur de son cœur, vivait d'une façon très simple, très régulière, sans relations, presque sans amis; très timide, un peu femmelette, comme les enfants élevés par les femmes, il s'ennuyait profondément; il avait trouvé un charme singulier dans l'aventure, et il déclarait que cela lui avait produit un tel effet, qu'assurément cela devait avoir une grande influence dans sa vie

Le jeune homme racontait tout cela à la diable, sans ordre, pressé de parler, voulant ne pas paraître embarrassé près de la jeune fille, et ne sachant que lui dire.

Adèle, au contraire, ne disait pas un mot. A mesure qu'il parlait, elle se rendait plus compte de sa situation et ne savait guère comment elle en pourrait sortir... Elle ne pouvait éternellement demeurer chez ce jeune homme; il fallait qu'elle gagnât sa vie...

— Alors, vous refusez mes services? finit-il par dire.

— Non, je n'en ai pas à demander.

— Je vois bien, vous ne voulez pas dire vos chagrins; vous ne voulez pas qu'on vous console?

— Il n'y a pas de consolation à mes chagrins.

— Ils ne sont pas éternels, cependant?

— Le temps seul peut les atténuer, sans les effacer jamais.

— Ah!...

Assurément, M. de La Saussoye avait une question à faire, car il regarda la jeune fille; leurs regards se croisaient, et leurs lèvres remuaient pour ne rien dire... Enfin, faisant un effort, tout rougissant :

— C'est un grand chagrin d'amour qui vous a poussée?...

La jeune fille eut un sourire triste :

— Oh! non, monsieur... C'est plus grave que cela...

— Ah bien! tant mieux! fit joyeusement Auguste... Je croyais que vous aimiez..., que vous aviez été trompée!...

Oh! qu'il était content de parler sur ce sujet, le brave jeune homme, et que les réponses de la jeune fille le ravissaient... surtout lorsqu'elle dit :

— Non, monsieur, je n'ai jamais aimé et n'ai jamais été aimée.

— Oh! ça... par exemple...

Il devint plus rouge encore, en voyant l'air étonné avec lequel Adèle le regardait; puis, toujours gêné par le silence, embarrassé de ce froid, il reprit :

— Voyons, mademoiselle, votre secret, c'est votre secret... je ne vous en parlerai plus... Quand vous aurez besoin de moi, vous savez que je suis là...

— Merci...

— Parlons... Que voulez-vous faire?... Oh! vous savez, je vous dis cela pour vous mettre à l'aise, pour vous aider... Je vous l'ai déjà dit; ici, ne vous gênez en rien, au contraire... J'ai une bonne amie qui remplace maman.

— Vous êtes trop bon... Je vous dois doublement la vie... Hier, j'étais folle, je voulais mourir à tout prix... Le bien-être que j'ai trouvé chez vous, la sympathie que vous m'avez témoignée m'ont rendu la raison... Aujourd'hui, je veux vivre... Il faut, monsieur, que je travaille...

— Oh! vous avez le temps!

— Vous vous trompez, monsieur... Vous m'avez montré trop de respect pour ne pas reconnaître que j'en serais indigne, si je consentais à faire autrement... Vous me proposez de m'aider?... C'est ainsi que j'accepte vos services...

— Le sentiment qui vous dirige est trop honnête pour que j'ose le blâmer. Quel est votre métier?

— Je n'en ai aucun. Ce que je puis vous dire sur moi, le voici : j'étais en pension et voyais très peu mes parents, qui sont des commerçants. Je fus retirée de pension il n'y a pas deux ans; depuis cette époque, j'aidai ma mère dans les soins du ménage. Je n'ai pas appris de métier. Je me crois très adroite dans la couture; c'est le métier que je vais choisir. Je suis sans famille.

Ces derniers mots étaient dits sourdement, et de grosses larmes coulèrent sur les joues de la jeune fille, qui acheva :

— Je ne puis ni ne veux dire le nom de mes parents. Je viens de perdre mon père et je me suis sauvée, et ai voulu me tuer parce que je suis décidée à ne jamais revoir ma mère, et que sans eux je suis sans ressource.

— Il y a une bien triste histoire dans tout cela.

— Oh! oui, monsieur, et si vous voulez que nous restions bons amis, ne m'en parlez jamais.

Il y eut encore un silence. Depuis longtemps déjà ils avaient terminé le repas, auquel la jeune fille avait à peine touché. Auguste de La Saussoye lui dit :

— Voyons, mademoiselle, parlons du présent. Vous me considérez comme un ami. A ce titre, vous me permettrez de vous aider dans ce que vous voulez faire.

Elle ne répondit pas. Alors le jeune homme s'écria :

— Voyons, si vous ne voulez rien accepter de moi, voulez-vous que je fasse ceci : Je vais écrire à ma mère que je connais une jeune fille digne d'intérêt à tous égards; que je la prie de s'intéresser à elle en l'aidant à s'établir. Ma mère ne m'a jamais rien refusé.

La jeune fille le regarda en souriant, émue de la délicatesse du procédé.

— J'accepte, dit-elle en lui tendant la main. Maintenant que vous placez votre mère dans nos relations, je suis moins gênée pour être votre amie.

— A la bonne heure! Vous m'avez donc cru un... comment vous dirai-je ça? un garçon léger, voyant dans le service rendu le prétexte d'une bonne fortune.

— Non, non, je vous ai jugé tout de suite. Vous êtes bon!...

— Maintenant, puisque nous sommes plus familiers, causons encore.

Et alors il fut entendu que la jeune fille resterait encore un jour dans la chambre du jeune homme; celui-ci allait passer la soirée près de sa mère et lui parler de sa protégée. Le lendemain, il serait de retour à Paris; on louerait une chambre où la jeune fille s'installerait; c'était le côté principal, et elle commen-

cerait à se mettre au courant du métier qu'elle choisissait en se faisant un trous-
seau et des robes pour elle. Tout cela à titre de prêt de Mme de La Saussoye; elle
le voulait ainsi, et cette honnêteté, cette dignité charmaient le jeune homme.

Quand tout fut entendu, prêt à partir, M. de La Saussoye lui dit :

— Maintenant, j'ai encore quelque chose à vous demander; vous n'allez pas
vous fâcher, au moins?

Elle le regarda en souriant, croyant que, comme la veille avant de se retirer, il voulait l'embrasser; un peu rougissante, elle tendait la joue.

— Ce n'est pas cela, fit-il gaiement, mais je le prends tout de même.

Et il l'embrassa.

— Qu'est-ce donc?

— Nous causons tous les deux depuis longtemps; vous m'appelez monsieur seulement, mais vous savez mon nom, et moi je suis fort embarrassé; il faut cependant que, parlant de vous, je dise à maman un nom avec mademoiselle.

— Je vous l'ai dit : de ce jour, je ne veux plus porter le nom de ma famille.

— Votre prénom?

— Adèle.

— Très bien; mademoiselle Adèle, nous vous trouverons un nom.

— J'ai bien, fit-elle en riant, un sobriquet qu'on m'avait donné d'abord à
ma pension et duquel on appelait toujours mon père... quand il n'était pas
malade.

— Dites-le.

— Beau-Sourire.

— Oh! mais c'est très joli, ça, et c'est bien trouvé. Si vous le permettez,
mademoiselle Adèle, c'est ainsi que je vous nommerai désormais : Mlle Beau-
Sourire.

Et comme elle souriait, il exclama :

— Oh! oui, voilà un nom justifié... Au revoir, mademoiselle Beau-Sourire...; à
demain; et vous pouvez être tranquille désormais et arrêter dans votre cerveau
ce que vous voulez faire. Demain, je vous rapporte le nécessaire pour fonder la
maison Beau-Sourire, commanditée par Mme la baronne de La Saussoye.

— Merci!

Il partit, et lorsqu'elle fut seule, la jeune fille pensa :

— Mon Dieu! est-ce vrai que je pourrai vivre heureuse et honnête? Tous les
gens ne sont pas méchants!

Sortant de Paris, Auguste de La Saussoye était bien décidé à demander à sa
mère de vouloir bien s'occuper de sa protégée, et cela lui paraissait la chose la
plus simple du monde. Une jeune fille, pour une raison qu'elle voulait tenir secrète,
se trouvant sans ressources, sans moyen de vivre, avait voulu se donner la mort;
il l'avait sauvée.

Cette jeune fille était pure, chaste, il en était convaincu; l'ayant arrachée à la mort, n'était-il pas naturel qu'il s'intéressât à sa vie? Était-ce bien là seulement ce qu'il y avait dans son cœur? Nous n'en répondrions pas. En tout cas, c'était tout ce qu'il voulait dire à Mᵐᵉ de La Saussoye, laquelle ne pouvait manquer de ressentir pour Mˡˡᵉ Beau-Sourire la même sympathie que son fils avait pour elle.

Ce beau plan dura jusque chez sa mère; mais en se trouvant en face, il en reconnut la difficulté; il se trouvait dans l'impossibilité de parler; il était convaincu que sa mère éclaterait de rire à son nez, en le priant, à l'avenir, d'être plus discret sur ce qu'il appelait ses bonnes actions. Et il se décida tout simplement à garder son aventure pour lui, à s'occuper seul de sa protégée, en lui assurant cependant qu'il n'agissait que sous la direction maternelle.

Il demanda de l'argent à sa mère, qui le gronda sur ses grandes dépenses, et le lendemain il était de retour à Paris.

Quelques heures après, il avait loué et fait meubler un petit logement composé de trois pièces dans la grande rue de Passy.

Il avait commandé, dans un grand magasin, tout le linge et les étoffes nécessaires, et le soir même Mˡˡᵉ Beau-Sourire se trouvait installée chez elle, et elle recevait la commande.

Rien ne peut rendre son état; elle était comme ahurie, refusant de croire ce qu'elle voyait, n'osant prendre la situation sérieusement.

— Maintenant, je vous le répète, disait Auguste, vous ne me devez rien. C'est maman qui a tout fait et je vous le laisse. Je ne vous demande qu'une grâce, c'est de me permettre de venir vous voir.

Cela fut entendu, naturellement.

Le jeune homme, heureux et content, partit. On éprouve tant de bien à faire une bonne action, sans arrière-pensée, et, nous l'affirmons, c'est sans arrière-pensée qu'Auguste agissait, n'écoutant que son cœur, ne se rendant pas compte de l'amour qui naissait en lui.

Seule, Mˡˡᵉ Beau-Sourire pleura; elle pensait à son père mort, qu'elle ne devait plus revoir; c'était le dernier, le seul ami qu'elle avait eu, et elle pensait que, si l'âme survit à la matière, il la voyait toujours restée digne de lui.

La jeune fille se mit ardemment au travail, levée tôt et se couchant tard; chaque jour, le jeune homme venait la voir en sortant de son ministère.

Jetez-leur la pierre, si vous l'osez, aux pauvres enfants. Au bout de dix jours, Auguste avait avoué à Adèle qu'il l'aimait. Celle-ci était devenue rouge et n'avait pas répondu. Il avait parlé de mariage quelques jours après; elle avait pleuré, et, tout ému, il lui avait dit :

— Alors, vous ne m'aimez pas..., vous me repoussez?

— Oh! non..., monsieur Auguste. Je vous aime, mais je ne peux pas me marier.

— Et pourquoi?

— J'ai ma mère..., et je ne veux pas la revoir.

— J'irai, moi.

— Oh! jamais! jamais!

Auguste fut un peu surpris, mais ce fut tout. Pendant quelques jours encore, il en fut ainsi; mais chaque jour le mal devenait plus grand; ils s'adoraient et ils avaient peur l'un de l'autre. Cet amour sans issue ne pouvait durer.

Il avait bien été question une fois d'attendre l'âge où l'on est son maître, mais cela n'était pas sérieux; ils étaient trop jeunes l'un et l'autre pour que la chute n'arrivât pas. Un jour, Auguste était venu lui rendre visite un peu plus tôt. Il faisait un temps magnifique, une de ces belles soirées de fin d'été. Il lui proposa d'aller se promener jusqu'à Suresnes; elle accepta, et ils partirent pour dîner bras dessus bras dessous; ils traversèrent le bois de Boulogne, se grisant au rude parfum des bois, riant ensemble, se regardant avec des yeux luisants, se pressant plus fort les bras à chaque regard. Ils arrivèrent ainsi à Suresnes, et ils se promenèrent le long de l'eau.

Le soleil couchant empourprait le fleuve, illuminant les feuillées des berges et du bois; il faisait beau et gai, et regardant, appuyée sur son bras, la tête un peu penchée sur son épaule, elle dit :

— Aujourd'hui, l'eau est belle et riante...; ce n'est pas comme l'autre soir.

Ils frissonnèrent ensemble au souvenir qu'elle évoquait. Alors, Auguste la prit dans ses bras, et il l'embrassa en disant :

— Oh! ne parlez pas de cette nuit!

Il sentit qu'elle lui rendait inconsciemment son baiser...; il devint rouge; ils se reprirent le bras, se pressant un peu plus, et ils marchaient, ne trouvant plus un mot à se dire, elle toujours souriante et la tête baissée, lui embarrassé.

Arrivés devant un grand restaurant, il fut heureux de pouvoir rompre le silence en disant :

— Adèle, si vous voulez, nous allons dîner.

Elle acquiesça de la tête; le jardin était plein de monde; cela les ennuya. Le garçon proposa un petit salon qui donnait sur l'eau; ils acceptèrent et il les dirigea.

VII

CE QU'ON VOIT DANS UNE GLACE.

Arrivés au premier étage, le garçon voulut les faire entrer dans un cabinet qui donnait sur le jardin; mais ce fut Auguste qui lui désigna le petit salon qui se trouvait en angle; la fenêtre s'ouvrait sur une petite terrasse couverte de verdure qui jetait une ombre discrète. Pendant qu'il commandait le dîner, Adèle regardait autour d'elle, émerveillée.

— Oh! que c'est joli ici! Cette fenêtre est comme un bosquet; l'on voit l'eau et le bois.

Il revenait, et elle lui dit en riant :

— C'est la première fois que je dîne dans un restaurant; mais c'est joliment riche ici...; mais nous allons être tout seuls...

— Oui; ne me disiez-vous pas que vous désiriez n'être pas vue?

— Oh! j'aime mieux cela; ici, personne ne nous voit, on est chez soi.

Et cela était dit bien honnêtement. Elle retourna à la fenêtre, regarda encore et répéta :

— Mon Dieu, que c'est joli!

Quand elle revint pour se mettre à table, elle parut embarrassée, et elle lui dit :

— Nous aurions mieux fait de dîner dans le jardin.

— Pourquoi?

— C'est plus gai.

— Nous essayerons d'être gais... Là, ma chère Adèle, nous pouvons causer à notre aise... Nous causerons de l'avenir, que je vois, quand je suis près de vous, riant et clair comme ce jour.

Elle ne répondit pas; le garçon les servit.

Pour parler, Auguste dit :

— J'aime beaucoup ce petit coin de Suresnes; la semaine on y est bien libre, à l'abri des indiscrets et des importuns.

— Ah! vous connaissiez cette maison?

Le jeune homme devint tout rouge; il répondit :

— Je la connais peu... J'y suis venu une fois ou deux..., avec ma mère.

Mon Dieu ! que ce mensonge avait de la peine à sortir, et comme il semblait craindre que la jeune fille n'eût remarqué le salut familier que lui avait adressé le patron à son entrée. La grande Adèle n'avait rien vu, rien ; elle était tout entière à ce monde nouveau pour elle.

Le cabinet, avec son ameublement sans harmonie, lui paraissait une merveille de luxe. Cette belle table, ce beau divan, ces glaces, ces dorures..., c'était admirable. Des gens venaient ordinairement prendre leur repas en ce lieu ; car on était en semaine, et le jardin était plein de monde, et l'on entendait les garçons aller et venir pour servir dans des petits salons semblables à celui dans lequel elle était ; et quelle gaieté ! les éclats de rire s'entendaient à travers les cloisons.

A cette heure, Mˡˡᵉ Beau-Sourire n'avait plus de sombres pensées ; toute cette vie, toutes ces joies l'envahissaient, et son adorable sourire s'étendait sur son charmant visage. De sa vie elle n'avait éprouvé sensation pareille.

Peu à peu, elle se familiarisait, elle avait moins peur et se trouvait plus à l'aise ; et tout en dînant ils recommencèrent à bavarder et à rire, comme ils avaient fait au départ en entrant dans le bois de Boulogne.

C'est ainsi que le dîner se termina ; la nuit était venue peu à peu et Adèle se leva pour regarder encore le magnifique tableau qu'ils avaient devant les yeux ; elle s'accouda sur la fenêtre et Auguste y vint aussitôt.

Le dîner l'avait un peu animée ; sa riante petite figure était adorable, ses yeux brillaient ; sur ses belles lèvres passait parfois sa petite langue mignonne ; elle soutenait en riant les regards de son ami. Ils étaient penchés sur l'appui de la fenêtre trop étroite à cause de la feuillée qui l'enveloppait, obligés de se serrer si près, qu'Auguste dut passer son bras autour de sa taille, et elle ne parut pas s'en apercevoir.

Ils se parlaient tout près l'un de l'autre, les lèvres si rapprochées que leur causerie était comme un baiser. Adèle, voyant des gens qui s'arrêtaient, se recula toute confuse en disant :

— Oh ! on nous regarde.

Elle recula si brusquement qu'elle repoussa Auguste et ils retombèrent tous les deux assis sur le divan. Elle riant ; lui, mal à l'aise, dévoré.

En tombant, elle était dans ses bras et, n'y pouvant résister, il l'y retint, pencha la tête sur son visage et l'embrassa longuement sur les lèvres ; elle s'en défendait à peine et elle entendait :

— Oh ! que je t'aime, Adèle.

Le baiser la brûlait ; elle voulut se dégager et il la retint ; la raison s'envolait, la passion brûlait son sang. Il la tenait dans ses bras, elle essayait de se lever et la main du jeune homme glissait sur la cambrure de la taille et retombait sur les hanches ; il répéta qu'il l'aimait.

Je vous dis qu'on vous demande dans ma voiture (PAGE 68).

Adèle eut peur et se débattit nerveusement, ne voulant pas entendre les mots étranges qu'il lui disait :

— Laissez-moi; laissez-moi, c'est mal...

— Je t'aime.

Elle continuait ; mais, fiévreusement, Auguste la tenait. Elle fit un suprême effort, s'arracha de ses bras et courut vers la porte qu'elle ouvrit en disant :

— C'est indigne.

Elle se mit à pleurer.

Auguste restait tout niais, tout bête, tout honteux devant elle.

— Pardonnez-moi; j'ai eu un instant de folie.

— Je n'aurais jamais cru que vous agiriez ainsi.

— Adèle, je vous en prie, oubliez... Oui, c'est indigne, je le reconnais; mais pardon.

Elle ne répondait pas et pleurait toujours. Il lui prit la main et la baisa; elle le laissa faire, et il supplia encore :

— Ne pleurez pas. Si vous saviez ce que je souffre! Oui, l'homme qui veut abuser d'une femme contre sa volonté est un misérable; c'est l'excès de l'amour que je ressens pour vous qui m'a fait mal agir. Pardon... Ne pleurez plus. Je vous aime tant..., et ne devons-nous pas un jour être l'un à l'autre...

— Oh! jamais ainsi.

— Oui, Adèle; mais, je vous en prie, ne pleurez plus.

Ils étaient embarrassés d'être encore seuls et sans lumière dans le grand cabinet. Il sonna. La jeune fille essuya vivement ses larmes, ne voulant pas être surprise ainsi par le garçon. Pendant qu'elle se couvrait de son manteau et attachait son chapeau, Auguste était à la fenêtre, respirant bruyamment, tout honteux de son équipée, et cependant très satisfait de la résistance de la jeune fille.

Le garçon apporta de la lumière et Auguste demanda l'addition. Adèle se trouva plus à l'aise quand le cabinet fut éclairé. Auguste la regardait; leurs regards se rencontrèrent. Il dit aussitôt :

— Vous m'en voulez toujours..., vous ne me pardonnez pas...

Elle lui sourit. Il lui prit alors la main, la baisa et lui dit avec passion :

— Oh! Adèle, si tu savais comme je t'aime!

Elle retira bien vite sa main, toujours souriant; elle se coiffait debout devant la glace, elle rattachait les rubans de son chapeau. En voyant sur la glace des centaines de noms écrits au diamant, elle essaya de les lire et elle eut une petite exclamation qui fit tourner la tête à Auguste.

Celui-ci ne comprit pas le motif de l'exclamation; il soldait l'addition. Le garçon parti, il vint près d'Adèle. Elle ne regardait plus la glace, et se retournait comme ennuyée; alors niaisement le jeune homme s'écria :

— Ah! vous avez lu? Mais ça n'est pas moi, je vous le jure.

Il mentait, et si Mlle Beau-Sourire avait daigné lever les yeux sur lui, elle l'aurait vu à la rougeur de son front. Auguste de La Saussoye se souvenait que, dans ce même cabinet, il s'était passé une scène autrement terminée que celle à laquelle nous avons assisté. En souvenir de ce jour, les auteurs avaient signé sur la glace : Auguste de La S... et Francine Bien-A..., puis la date. Les deux noms avaient été rayés, mais on pouvait encore les lire.

C'était cette phrase qui avait motivé le petit cri de Mlle Beau-Sourire et la moue dédaigneuse qui le suivait.

Ils sortirent du restaurant moins gais qu'ils n'y étaient entrés, se donnant le bras et ne trouvant rien à dire. A la fin, Auguste prit un parti et dit :

— Voyons, Adèle, j'ai mal agi, c'est vrai ; mais vous pouvez pardonner un excès d'amour, puisque vous savez quelles sont mes intentions. Si vous vouliez, si vous pouviez vous marier, dès demain je m'en occuperais, et vous savez bien que je suis incapable de jamais vous abandonner.

— Je suis blessée de ce que vous m'avez jugée autre que je suis... Je ne suis pas Mlle Francine.

— Francine ! Ah ! vous pensez à la glace. Mais je vous assure que ce n'est pas moi... Je ne connais pas de Francine..., et puis, d'abord, je vous aime trop...

— Vous m'en avez donné une singulière preuve ce soir.

— Toujours, alors..., vous me le reprocherez... Vous refusez de vous marier... Alors vous n'aimez pas, et c'est un amour sans espoir.

— L'homme qui estime une femme ne devrait pas compter sur la violence pour s'en rendre maître.

— Pardon ! vous avez raison... Mais c'est mal à vous de me parler toujours ainsi, quand vous savez combien je regrette ce que j'ai fait.

Il y eut un long silence, au bout duquel Auguste dit encore en suppliant :

— Est-ce que nous allons nous quitter fâchés !

— Non, fit-elle : je n'en parlerai plus.

— Oh ! mais, vous savez bien, Adèle, que vous serez ma femme. Il n'y a que vous que j'aime en ce monde.

— Il me faudra l'écrire comme là-bas.

— Encore !

Ils étaient arrivés à Passy. La paix était faite, car Auguste avait cru demander ça :

— Ne m'aimerez-vous jamais et ne serez-vous jamais ma femme ?

— Cela dépendra de vous ; mais c'est moi qui choisirai l'heure.

Et Mlle Beau-Sourire remonta chez elle sur ce mot, le laissant tout embarrassé.

Cependant la phrase contenait une promesse formelle. Jusqu'alors, Auguste n'en avait pas eu, et la situation d'Adèle était fort délicate, puisqu'elle refusait absolument de revoir jamais sa mère, et qu'étant mineure, elle ne pouvait se passer de son consentement ; et, nous devons le dire, le jeune homme adorait la jeune fille, et, nature honnête et loyale, il était véritablement décidé à l'épouser : cette idée s'était encore fortifiée par la résistance d'Adèle et par la façon dont il avait été reçu.

Or, en quittant Mlle Beau-Sourire, il redescendait la Grand'Rue de Passy plus calme, plus tranquille, sans s'apercevoir que, depuis leur sortie du restaurant de Suresnes, ils avaient été suivis par une voiture marchant au pas.

Lorsqu'il arriva à la hauteur du Trocadéro qui n'avait pas encore été transformé à cette époque, la voiture s'arrêta, et le cocher, sautant de son siège, courut vers lui.

— Monsieur, monsieur, voulez-vous monter en voiture?

Croyant à l'offre d'un cocher revenant à vide, et ayant le désir de promener longuement ses désirs et ses pensées, il refusa :

— Merci, je ne cherche pas de voiture.

— Ce n'est pas ça... Je vous dis qu'on vous demande dans ma voiture.

Assez étonné, il répondit :

— Moi, on me demande... Et qui?

— Une dame, fit le cocher, clignant de l'œil.

Très intrigué, Auguste suivit le cocher, qui ouvrit la portière.

A la lueur de la lanterne, il vit une jeune femme, assise dans un coin et se reculant pour lui faire une place... Il la reconnut, et la rencontre lui sembla désagréable.

— Comment, c'est toi?

— Oui... j'ai à te parler... Monte un peu.

— Qu'est-ce que tu me veux?

— Monte d'abord; je ne te fais pas peur? Le cocher n'a pas besoin de savoir nos affaires.

Auguste regarda vivement autour de lui, craignant que celle qu'il quittait ne vît ce qui se passait... Tout était désert; il monta et prit place.

— Qu'est-ce que tu me veux, et comment te trouves-tu là?

— Je me trouve là... c'est bien simple... Je te suis depuis Suresnes... J'ai attendu que tu fusses seul pour te parler... Peu de femmes en auraient fait autant à ma place.

— Ah! depuis Suresnes... tu m'as vu..., fit Auguste, contrarié...

— Oui... maintenant, ce que je te veux... je vais te le dire...

La voiture marchait... La jeune femme se plaça devant Auguste et, le regardant bien en face :

— Savez-vous, monsieur de La Saussoye, que votre conduite avec moi est celle du dernier des goujats...

— Je te prie...

— Et que si je n'étais pas une femme qui se respecte, toi et cette...

— Je vous défends d'en dire davantage.

— Je dirai ce que je veux... et tu l'entendras...

— Parlez comme vous le devez, si vous voulez que je vous écoute...

Il y eut un moment de silence.

La jeune fille était fort gentille; elle avait de petits airs de méchante humeur qui lui allaient à merveille; nerveuse, s'agitant sans cesse, elle contrastait singulièrement avec son interlocuteur qui, tout sot, enfoncé dans son coin comme un enfant boudeur, était fort embarrassé de l'aventure.

— Monsieur, vous ne devez vous en prendre qu'à vous de ce qui se passe aujourd'hui. Puisque je ne peux vous voir, il est assez naturel que je vous cherche; et puisque vous refusez de me donner des explications, il faut bien que je les exige, n'importe où je vous rencontre.

Auguste ne broncha pas. La jeune femme impatientée reprit :

— Puisqu'il est défendu d'aller chez vous, je vous ai écrit, d'abord des lettres aimables, puis des lettres de reproches; à aucune vous n'avez daigné répondre. Vous pensez bien que je ne viens pas mendier votre amour. Dieu merci, je me respecte trop pour ça et ce n'est pas moi qui m'abaisserais à courir après un homme.

— Alors, qu'est-ce que tu veux?

— Comment, ce que je veux! mais une explication.

— Sur quoi?

— Mais sur... sur ta conduite.

— Je suis bien libre, je pense.

— Et libre de quoi? Je n'existe donc pas? Est-ce que tu as à te plaindre de moi?

Et cela était dit bien effrontément, en regardant bien en face, par celle que nos lecteurs ont reconnue, sans doute, par M¹¹ᵉ Francine Bien-Aimée, artiste lyrique.

— Voilà à quoi ça sert alors de vivre bien tranquille, en pot-au-feu, d'être sage, d'être fidèle à son amant? A la première occasion on vous lâche, et pourquoi?

— Francine, je vous défends de dire un mot sur cette femme.

— Avec ça que je me gênerai; tu ne vas pas me faire croire qu'elle vaut plus cher qu'une autre. J'espère bien que tu ne vas pas te marier avec?

— Vous vous trompez, dit gravement Auguste, et c'est pour cela que je vous prie de ne pas parler de cette demoiselle.

— Ah! en voilà une nouvelle! exclama M¹¹ᵉ Bien-Aimée; tu vas te marier et tu me le dis comme ça, simplement; tu vas dîner en cabinet particulier avec ta fiancée; tu faisais peut-être une répétition générale.

— Pour qui me prenez-vous, dit naïvement Auguste, rougissant au souvenir de sa scène du cabinet. »

— Oh! je le connais ce cabinet-là, tu m'y as menée et je sais pourquoi.

— En voilà assez! Que me voulez-vous?

— Il le demande! Ainsi tu me quittes, c'est bien arrêté; car je ne crois pas à ton mariage. C'est le mariage des petits oiseaux : d'un nid à l'autre. La mairie où tu te maries, c'est le restaurant. Tu te maries par *divan* M. le garçon, qui porte son tablier en écharpe, tu jures sur un buisson d'écrevisses. Non, mon petit, il ne faut pas me la faire, celle-là. On ne me quitte pas comme ça.

Auguste en était absolument abruti; il ne connaissait pas cette Francine-là; jamais il ne l'avait vue sous ce jour; il était habitué à la voir près de lui douce, aimante, câline et surtout respectueuse; jamais on ne s'était fiché de lui de cette façon... Jamais surtout on ne lui avait parlé sur ce ton persifleur. C'est que Mlle Francine Bien-Aimée connaissait la nature faible et naïve de son amant; elle le voyait absolument pris par une nouvelle passion; elle voyait que tout était fini pour elle; si Auguste l'avait encore aimée, il lui aurait parlé tout autrement; elle n'avait plus rien à ménager. On se quittait, c'était bien; mais elle voulait avoir le beau rôle.

— Mon petit, ça ne sera pas long; j'ai été assez bête pour perdre ma position pour toi; j'ai refusé des offres magnifiques, préférant être sage pour vivre avec toi. J'ai fait des dettes, et voilà la récompense.

— Comment des dettes! mais il me semble que je...

— Ah! oui, une belle affaire que tu me donnais, trois cents francs par mois; et tu crois que je pouvais vivre avec... Mais, avant toi, mon petit, j'avais mille francs par mois, j'avais voiture et c'était un autre homme que toi. Enfin, voilà le plus clair de la chose, ma position est perdue, et pour qui? Pour un monsieur qui me lâche pour la première personne qu'il rencontre.

— Ah! en voilà assez, Francine; voilà trois fois que je te dis de ne pas faire intervenir cette personne dans nos affaires. Je te le défends.

— Ah! mais dites donc, vous, je ne veux pas que vous me parliez comme ça...

Puis, sans raison, fondant tout à coup en larmes :

— Vous m'abandonnez et vous m'injuriez maintenant. Oh! je n'aurais jamais cru ça de vous; il faut qu'un homme soit descendu bien bas pour traiter ainsi une femme qui a eu la faiblesse de lui céder...

— Mais je ne t'injurie pas; je n'ai rien dit qui puisse te faire pleurer.

— Ah! oui, mes larmes te font rire; tu ne comprends pas qu'on puisse pleurer un homme; tu ne sais pas ce que c'est que d'aimer; tu ne m'as jamais aimée, et j'ai été assez sotte pour croire le contraire; je vois la vérité aujourd'hui; mes larmes te semblent ridicules. Tu n'as pas de cœur...

Et Mlle Bien-Aimée pleurait, mais pleurait! une averse! Auguste en était presque ému, et, d'un ton amical, il reprit :

— Écoute, Francine, sois raisonnable. Toi-même, tu me disais tout à l'heure que tu ne tenais pas à moi.

— Est-ce qu'on pense ce qu'on dit quand on est en colère?.... Si je ne t'aimais pas, crois-tu que depuis tantôt je serais dans cette voiture, t'épiant, te suivant, te voyant avec elle, elle que tu me préfères? Oh! cette femme, j'aurais voulu la tuer!

— Voyons, voyons, Francine, sois raisonnable...

— Ah! oui, tu en parles à ton aise, tu ne souffres pas, toi.

Et comme elle mentait avec aplomb, Mlle Bien-Aimée! elle sortait du restaurant de Suresnes lorsqu'elle avait vu Auguste et Adèle, bras dessus bras dessous, se dirigeant vers le bois de Boulogne.

Comme elle n'était pas seule, elle s'était cachée dans sa voiture, avait fait le tour du lac, puis elle avait revu les jeunes gens qui rentraient par la porte d'Auteuil. La personne qui l'accompagnait l'ayant quittée, elle avait dit au cocher de suivre au pas les jeunes gens. Nous avons vu le reste.

— Écoute, Francine, tôt ou tard il faut être raisonnable; un homme doit penser à l'avenir; tu savais bien que je ne me marierais pas avec toi... et je t'avais dit : « Je ne te quitterai que pour me marier. »

— Ça n'est pas vrai, tu ne vas pas te marier avec celle-là.

Et Francine pleurait plus fort.

— Francine, je te jure que si.

— Alors, bien...; mais c'est le procédé qui me blesse.

— Quel procédé?

— Eh bien, la façon dont tu m'abandonnes; je vaux mieux que ça, et tu me traites comme la dernière des filles... Quand on est resté avec une femme assez de temps pour la juger, pour savoir qu'elle est honnête, qu'elle est restée sage avec vous, on ne la quitte pas comme ça, sans une visite, sans un mot, ne daignant pas même répondre à ses lettres.

— Là, Francine, j'ai eu tort; c'est vrai, je n'ai jamais eu un mot de reproche à t'adresser; mais je ne voulais pas te quitter comme ça; je voulais te voir et te raconter la vérité.

— C'est vrai, ça?

— Pardi! Voyons, en nous quittant pour me marier, je veux te donner et te laisser un bon souvenir de moi. Pour cela, j'irai chez toi.

— Veux-tu venir ce soir?

— Lorsque j'irai, ce sera pour la dernière fois.

— Eh bien, ce soir, veux-tu? Oh! si tu viens, je te pardonne tout... Tiens, regarde, je ne pleure plus.

— Eh bien, oui!

— A la bonne heure! fit Mlle Francine le prenant dans ses bras, l'embrassant en disant : Oh! Auguste, jamais, jamais on ne t'aimera comme je t'aimais!

Et le baiser de Mlle Francine fit tressaillir Auguste; les feux qu'avait allumés Mlle Beau-Sourire se ravivaient; s'abandonnant aux caresses de Francine, le monstre fermait les yeux, son cerveau évoquait une autre image et ses lèvres disaient tout bas :

— Adèle!

Ce fut la nuit des funérailles de l'amour.

Mlle Bien-Aimée était bien la plus charmante personne qu'on pût voir, dans l'intimité. De l'ardent brasier allumé par Mlle Adèle elle ne laissa que les braises.

Nos lecteurs ont pu juger déjà la nature d'Auguste de La Saussoye. C'était la bonté, la faiblesse, la naïveté mêmes. Succombant aux regards d'une femme adroite, il devenait une proie facile. On se souvient du jugement que Mlle Francine portait sur lui en racontant à Rolland qu'elle avait toute liberté.

Élevé près des cotillons de sa mère, il croyait aux bons et aux sages. Les femmes pouvaient être légères, elles n'étaient jamais sans cœur, sans âme, sans foi. Il était resté dans ses croyances à la petite grisette s'abandonnant jeune pour se ranger après. Il n'allait pas au delà dans le vice. Mlle Bien-Aimée lui avait raconté l'éternelle histoire des déclassées : la famille barbare qui repousse l'enfant et, par son abandon, la fait glisser du travail dans le vice. Elle avait raconté qu'heureusement l'art l'avait sauvée. Et Auguste y avait cru. Il y a un âge, pour certains, où la vie apparaît tout autre ; comme le fruit dont la cosse éclate à la maturité, il semble pour ceux-là qu'un voile qui enveloppait le cerveau se déchire, et ils voient vrai. C'est par cette transformation que passait le jeune homme.

Il commençait seulement à voir juste dans la vie de Mlle Bien-Aimée. Et pourtant, au contraire des viveurs qui font raconter, après un souper dans un cabinet particulier, à la demoiselle debout devant la glace, regrafant sa robe et lissant ses cheveux, « les malheurs » qui l'ont obligée à faire ce triste métier, c'est Mlle Bien-Aimée qui, n'ayant pas sommeil, voulut « brûler une cigarette » au milieu de la nuit ; et, si peu vêtue que nous glisserons sur ce détail, accoudée sur l'oreiller, demanda au jeune Auguste :

— Ainsi, c'est fini..., c'est la dernière fois que nous nous voyons, c'est entendu... Mais enfin, pour l'être si vivement décidé, c'est ta famille qui t'a forcé ?

— Non, ma famille n'en sait rien encore.

— Et tu dis que tu vas te marier bientôt ?

Le cri du cœur de Mlle Bien-Aimée fut :

— Elle est donc bien riche ?

— Elle est pauvre...

Et, se croyant très spirituel, Auguste ajouta :

— C'est là toute ma joie.., elle plus pauvre que toutes, sans rien..., rien, entends-tu ?... qu'elle...

Francine, éclatant de rire, dit :

— Rien ! Elle n'est pas toute nue ?

Et lui, gaiement :

— Plus que toi en ce moment..., quand je l'ai connue.

— Oh ! Et sa cigarette tomba des lèvres. Quelle stupéfaction ! C'est pas vrai ! tu ne prends pas une femme comme ça !

Mlle Francine avait pris le bras de Rolland (PAGE 80).

— C'est mieux encore; elle me devra tout..., tout... C'est à moi qu'elle doit la vie.

Mlle Bien-Aimée se recula un peu dans la ruelle du lit; elle se demanda si le jeune homme avait bien toute sa raison.

— Cela t'étourdit..., et c'est vrai.

— Mais comment l'as-tu connue? C'est une dame du monde?... Qu'est-ce qu'elle est?... Un grand nom?

Auguste pensa que de dire le sobriquet d'Adèle, ce n'était pas être indiscret; lui seul, il le pensait, lui donnait ce nom, et il répondit gaiement :

— Elle a un nom dans le genre du tien. Elle se nomme Beau-Sourire.

— Qu'est-ce que tu me dis là? C'est un nom de cocotte, ça...; tu te moques de moi.

— Ma parole d'honneur, non !

— Tu ne veux pas dire son nom, alors..., et tu sais bien que tu n'as rien à craindre de moi. Tu te maries?... Adieu !... Tu me quittes pour en prendre une autre. Moi, j'en fais autant. Quitte à quitte; je ne t'en veux pas pour ça... Tu peux donc parler franchement; je ne suis pas de ces femmes qui vont vous faire des scènes à la mairie.

— Je le sais bien. Je te jure, Francine, que c'est la vérité.

— Elle se nomme Beau-Sourire; elle n'a rien, elle est sage?

— Ça, je le jure encore...

— Oh ! moi, je te l'aurais fait jurer pour moi, il y a un an... Mais ça ne me regarde pas.

Auguste eut un mouvement de tête négatif.

— Oui, oui, maintenant c'est entendu... Je suis gentille, bonne fille, je ne déplais pas, là; mais tu ne m'aimes plus; je parle de l'époque où tu m'aimais. Ça ne fait rien; si c'est vrai, c'est un drôle de mariage. C'est parce que tu l'aimes que tu te maries... Et quand tu l'as connue, elle était dans un costume un peu négligé pour une fiancée...

Auguste de La Saussoye éclata de rire et reprit :

— Cela ne justifierait guère ce que je t'ai dit : qu'elle était chaste et pure. Écoute-moi et tu comprendras.

— Tu vas me conter comment tu l'as connue?

— Oui.

— Oh ! va, ça m'amusera l'histoire d'un amour sérieux.

Et, ayant roulé une nouvelle cigarette, elle se plaça bien à son aise, presque la tête sur son épaule, pour écouter le plus curieusement du monde l'histoire qui lui avait enlevé le cœur de son amant.

Celui-ci, le plus naïvement du monde, raconta toute la scène terrible à laquelle nous avons assisté, un peu fier de sa belle action.

Quand il eut fini, Mlle Bien-Aimée bâillait en lui disant :

— Eh bien, tu sais, à ce prix-là, j'aime mieux ne pas trouver de mari... C'est pas moi qu'on repêchera jamais... Je tombe de sommeil. Bonsoir.

Puis, avant de s'endormir, elle observa :

— C'est drôle tout de même; c'est la seule fois que tu passes la nuit chez moi, et c'est la dernière fois que nous nous voyons.

Et Mlle Bien-Aimée s'endormit, rêvant de cette jeune fille qui se jetait à l'eau. Auguste, étendu à ses côtés, rêvait d'Adèle.

Mais oui, rêvait d'Adèle! Cela choque; cet amoureux qui sort tout ému des bras de celle qu'il aime, qu'il adore, la joue encore humide de son baiser, et qui consent le même soir à se livrer aux caresses d'une autre, et d'une telle autre!... C'est mal, mais c'est vrai. Le cœur était resté là-bas, voilà tout, et le pis, c'est que le lendemain matin, en se sauvant, honteux, il ne pensait encore qu'à l'heure où il retrouverait M¹¹ᵉ Beau-Sourire, où il lui jurerait qu'il ne pensait qu'à elle, qu'il avait beau la quitter, que son souvenir l'enveloppait toujours. — Et il ne mentirait pas.

M¹¹ᵉ Bien-Aimée, au contraire, ne pensait qu'à une chose, elle avait liquidé sa situation avec *son* Auguste; depuis quelques jours, elle ne le voyait plus, elle était inquiète... pour son terme. Ce terme avait été le dernier souvenir qu'il lui avait laissé.

Or, M¹¹ᵉ Francine, quand elle avait bu le vin qu'elle aimait, lorsqu'elle avait fini son verre, passait une dernière fois la langue sur ses lèvres. Ainsi en amour. Cette dernière nuit, elle avait effacé, par son dernier baiser, jusqu'au souvenir de son Auguste.

Quand il partit au matin, elle lui dit, maussade d'être éveillée :

— Oui, adieu, laisse-moi dormir... Puis elle ajouta méchamment : Dis donc, si jamais je tombe à l'eau, ne me sauve pas... J'aimerais mieux mourir que de t'épouser...

Auguste fut blessé de la plaisanterie et il partit en pensant :

— Ai-je été naïf! Avais-je besoin de raconter ça.

VIII

UNE AUTRE NUIT DE M. ROLLAND.

Les soupçons qui avaient plané d'abord sur la Belle Bordelaise avaient mis celle-ci sur ses gardes et modifié ses plans. Le crime abominable qu'elle avait prémédité et consommé de complicité avec Rolland avait pour but de se délivrer de son mari, et de lui permettre de vivre avec son amant qui réorganiserait la maison d'une façon toute moderne. Ils avaient déjà décidé, comme le chasseur de la fable, de tout ce qu'il devait faire. Le cabaret, le petit restaurant, se transforméraient en un café-concert que dirigerait Rolland et dans le comptoir duquel trônerait la belle Jeanne.

Mais cela était impossible. Du jour où ils afficheraient leur intimité, les soupçons renaîtraient; ils étaient forcés de se voir secrètement pour leur sûreté. Et la nature ardente de la Bordelaise souffrait de cette contrainte. Elle avait tué son mari pour vivre avec son amant, elle voulait son amant. Pour vivre avec Rolland, il fallait se défaire de la maison. C'est ce qu'elle était décidée à faire.

Les affaires de la succession allaient assez rapidement; tout cela avait été régularisé avant le décès du malheureux, sur le conseil de Jeanne. Elle héritait de tout, les biens étant au dernier et, du reste, sa fille étant mineure. Le fonds de commerce fut mis en vente, et dès lors elle y resta à peine dans la matinée; elle passait toutes ses journées avec Rolland ou à sa recherche quand elle ne l'avait pas rencontré; quand elle l'avait trouvé, ils allaient s'enfermer tous les deux dans un hôtel ou dans une chambre meublée des environs de Paris. Cette vie fougueuse plaisait par sa nouveauté à la Belle Bordelaise; mais peu à peu elle s'en lassa, et leurs rendez-vous furent moins suivis.

Ce dont elle ne s'était pas rendu compte, lorsqu'elle était mariée, c'est que ses désirs vicieux s'augmentaient de l'impossibilité de les satisfaire; elle aimait Rolland avec passion parce qu'elle ne pouvait le voir à son aise; ils se parlaient dans un coin, bien vite, disant une phrase souvent d'un mot, et quel mot! qui faisait rougir l'un ou l'autre et briller leurs yeux; quand ils passaient l'un contre l'autre, leurs mains se cherchaient; leur rencontre n'avait de mobile que l'obscénité.

Maintenant qu'ils étaient libres, ils se recherchaient moins. Il semblait à la Belle Bordelaise que Rolland n'était plus galant, qu'il était grossier avec elle; il était si certain d'être le maître qu'il ne se gênait plus; elle était souvent blessée de ses manières et de ses façons.

Rolland était très ennuyé de la réserve qu'il devait observer; il avait cru que Jeanne veuve il l'épouserait et mènerait la vie douce d'un directeur de café, qui n'a d'autre occupation que de servir de partenaire à ses clients, lorsqu'ils veulent jouer. Il avait alors pensé à quitter Paris avec elle pour aller s'établir dans une grande ville de province.

Jeanne aurait peut-être accepté dans les premiers jours, mais maintenant elle refusait; elle était bien aise d'être obligée de rester veuve, d'avoir une raison pour refuser à Rolland.

Celui-ci avait toujours l'esprit tourmenté par le souvenir d'Adèle. Au contraire, Jeanne n'y pensait pas; nous savons la piètre estime dans laquelle elle tenait la jeune fille, de quelle façon elle la jugeait.

La Belle Bordelaise était très contente d'être débarrassée de son enfant, qui devenait trop belle et qui était trop grande : cela criait trop son âge, et Jeanne, quoique paraissant jeune, prétendait n'avoir que vingt-six ans. Mᵐᵉ veuve

Cordier était convaincue que sa fille vivait avec un amant, et elle disait : bon débarras !

Si Rolland pensait à la jeune fille, ce n'est pas que l'amour le tourmentait, oh ! non ; mais la crainte ; car Adèle savait-le crime : c'était le témoin redoutable. Aussi, lorsque la Bordelaise lui avait dit que les soupçons se portaient sur l'enfant, en avait-il été soulagé ; il se savait assez audacieux pour se défendre contre elle : l'accusation venant de l'accusée même perdait toute sa force. Et puis, ils avaient tout arrêté avec Jeanne. D'autre part, si la grande Adèle avait été condamnée, il n'y avait rien d'étonnant à ce qu'il épousât la mère.

Le premier pas fait, on glisse sur le chemin du crime, on ne juge plus sainement, le sens moral s'éteint. Ce qu'il voyait simple, possible, était absurde, dangereux et abominable. Suivant une voie fausse, il est naturel qu'on voie faux.

Nous avons dit que l'amour de la Belle Bordelaise se calmait. Elle restait plus longtemps sans voir Rolland. Celui-ci, qui le voyait peut-être, aurait voulu brusquer la situation et cherchait un moyen.

Un soir, ils s'étaient donné rendez-vous aux Champs-Élysées. Ils devaient aller passer la nuit ensemble à Auteuil.

Jeanne arriva toute bouleversée, regardant autour d'elle pour s'assurer qu'elle n'était pas suivie. Rolland lui prit le bras et, inquiet, lui demanda :

— Qu'est-ce que tu as ?

— Marchons vite, je crains d'avoir été suivie.

— Prenons une voiture.

— Non, non, je ne puis rester ce soir avec toi, je peux être surveillée. Il ne faut pas que je découche... Marchons.

Et, s'appuyant sur son bras après avoir encore regardé autour d'elle, ils marchèrent.

— Mais qu'est-ce qu'il y a de nouveau ? demanda Rolland.

— Il y a, qu'hier, on est venu à la maison faire une perquisition. Aujourd'hui, on est revenu en faire une nouvelle.

— Dans la chambre de la petite ?

— Partout.

— Et ont-ils trouvé quelque chose ? demanda Rolland tremblant.

— Non, mais j'ai peur. On m'a encore interrogée très longuement.

— On t'a parlé de moi ?

— Oui, beaucoup.

Elle sentit le tremblement du bras de Rolland sur le sien.

— Qu'est-ce qu'ils ont dit ?

— Ils m'ont répété ce qu'ils avaient dit la première fois, que dans le quartier l'on affirmait que tu avais été mon amant.

— Et tu l'as nié ?

— Absolument. J'ai dit que tu m'aimais peut-être, mais que tu ne me l'avais jamais montré autrement que par la galanterie qu'un homme bien élevé a toujours pour une femme jeune.

— C'est ça. Et alors ?

— Alors, on m'a interrogée sur toi : quand tu venais ; si tu étais revenu depuis la mort de mon mari. On m'a demandé si j'avais des nouvelles de ma fille ; on m'a demandé si je ne pensais pas que tu l'avais enlevée.

— Moi !

Et Rolland, secoué par la crainte, devenait livide ; il demanda :

— Alors leur piste vient sur moi !

— Sur nous deux... Cependant on trouve toujours bien étrange le départ de la petite ; mais tu comprends que, quoique je lui en veuille, j'aime mieux qu'on ne la trouve pas... Qu'on l'accuse de ça... Bien ; mais je ne sais pas si je serais assez forte pour l'en accuser moi-même.

— Il le faudrait cependant... Si cela arrivait, ne t'y trompe pas, c'est notre tête qui serait en jeu.

— Oh ! ne dis pas cela, fit la Belle Bordelaise avec un tressaillement et passant vite une main sur son col.

Ils marchèrent un peu plus vite, sans parler, sentant l'un et l'autre à leurs bras qu'ils tremblaient.

Jeanne reprit :

— Je suis venue te dire qu'il faut prendre nos précautions. Jusqu'à nouvel ordre, nous ne nous verrons plus... Lorsqu'ils iront chez toi.

— Tu crois qu'ils vont venir chez moi ?... Mais je n'ai rien à dire de plus que l'autre fois.

— Mais l'autre fois, on t'avait appelé comme témoin.

— Et ce serait qu'ils me considéreraient comme accusé s'ils venaient ?

Et, en disant cela, les dents du misérable claquaient.

— Je ne dis pas cela ; mais il ne serait pas étonnant qu'on fît une perquisition chez toi.

— Oh ! je n'ai rien à craindre de ce côté-là.

— Tu n'étais pas chez toi aujourd'hui ?

— Non !

— Il se pourrait qu'ils y fussent allés en sortant de chez moi, et, n'étant pas là, ils ne se gênent pas ; ils auront fait ouvrir la porte pour faire la perquisition.

— Je ne crains rien, et j'aimerais mieux ça que d'y assister.

— Quittons-nous !... Moi, je vais rentrer ; je crains déjà qu'on n'ait remarqué mon absence... Tout dépend de notre conduite... Ainsi, fais attention...

— Oui... Quand nous reverrons-nous ?

— Je ne sais pas... Je trouverai un moyen de te faire savoir quand il n'y aura pas de danger...

Et ils se quittèrent... Ils oublièrent de s'embrasser.

Jeanne entra, rue Saint-Honoré, dans un grand magasin d'épicerie, acheta quelques fournitures et revint chez elle, en les portant elle-même; en entrant, elle les plaça sur le comptoir, et dit haut :

— Ah ! je suis fatiguée ; c'était lourd, ça : mais il le fallait absolument ce soir... et on ne me l'aurait apporté que demain...

Elle donnait ainsi l'explication de sa sortie.

Rolland, resté seul, regagna les quais, et marcha lentement, réfléchissant sur ce qu'il venait d'apprendre. Il était impossible de ne pas le reconnaître: la situation devenait menaçante. Rolland n'avait pas de remords, mais il avait des regrets. Le crime qu'il avait commis ne lui servait à rien; au contraire, il rendait irréalisable le plan qu'il avait conçu... Et, maintenant, il devait vivre, sans cesse poursuivi par la crainte d'être découvert... Qu'allait-il faire ? Le séjour de Paris ne lui semblait pas prudent ; il pensa à s'engager en province... C'était peut-être ce qui le tranquilliserait le plus.

En tout cas, il ne voulait pas rentrer chez lui le soir. Il se trouvait à la hauteur du pont Neuf, près du café-concert où chantait Mlle Bien-Aimée ; il y avait presque deux mois qu'il ne l'avait vue, la nuit de la mort de Cordier, justement. Il se secoua à cette pensée.

Le concert allait bientôt finir, il se hâta. Effectivement, il arriva lorsque l'on chantait la dernière chanson.

Mlle Bien-Aimée était assise sur l'estrade, bâillant derrière son éventail ; elle le vit et lui sourit ; alors, en quelques signes, voici le dialogue qui s'engagea entre eux :

— Quelle miracle, on te voit si tard !

— Oui ! je viens spécialement te voir. Es-tu seule ?

— Oui, je suis seule.

— Veux-tu passer la soirée et la nuit avec moi ?

— Mais certainement.

Et il y eut encore un signe et un rire de satisfaction qui ajoutait :

— Ça tombe bien, je m'ennuyais ce soir ; nous rirons.

Rolland se fit servir une consommation.

Rolland était connu dans l'établissement ; il y avait souvent fait entendre ses élèves lorsque ceux-ci donnaient une audition pour se faire engager ; on y jouait aussi quelques-unes de ses œuvres musicales. Or c'est à cause de cela qu'on le servit encore, car l'orchestre finissait de jouer le dernier morceau que les étudiants du quartier connaissaient : la *Marche des Chameaux*.

Tout le monde quittait brusquement sa place, les chanteuses se levaient et se retiraient de la scène, commençant déjà à déboucler leur ceinture et à dénouer leurs rubans, afin d'être plus vite en tenue de ville pour sortir. Autour de l'orchestre se trouvaient quelques habitués spéciaux, gens du métier, chanteurs ou musiciens, avec lesquels Rolland causait. Par eux, il apprit qu'une troupe se formait pour aller terminer la saison dans une ville d'eaux. Il demanda quel était le correspondant chargé des engagements; on lui répondit que c'était le directeur lui-même qui engageait. C'était justement l'affaire qu'il cherchait, et ce qui lui plaisait, c'était de ne pas passer par les agences pour traiter.

La salle était à peu près vide; il ne restait que les musiciens qui rangeaient leurs instruments; les garçons desservaient hâtivement les tables; la caissière comptait sa recette; le maître de la maison, une ancienne basse de province, allait et venait, surveillant et commandant : il était de mauvaise humeur. Rolland étouffait dans cette atmosphère empestée par les odeurs de vin chaud, de citron et de fumée.

Les artistes sortaient une à une, se hâtant pour prendre le bras de l'amant qui attendait à la porte.

Quand Mⁱˡᵉ Bien-Aimée parut, Rolland se leva; elle vint vers lui et l'embrassa en lui disant :

— Tu as eu une bonne inspiration de venir ce soir... Attends un peu, je reviens tout de suite... et nous partons.

Elle se dirigea vers le gros homme brun, l'ancienne basse, le patron de la maison... Rolland remarqua qu'elle semblait se disputer; il vit tous les deux se diriger vers le comptoir. Le patron donna de l'argent à Mⁱˡᵉ Bien-Aimée. Celle-ci l'empocha, puis, haussant les épaules, elle paraissait continuer de se quereller.

Elle termina par un geste familier aux gamins de Paris, et qui manque absolument de distinction; c'est-à-dire que, ployant un bras, elle frappa à petits coups son coude, en disant :

— Et puis, zut!... voilà pour vous, marchand d'eau chaude!

L'ancienne basse allait se fâcher et ficher Mⁱˡᵉ Bien-Aimée à la porte; mais Rolland arrivait justement pour lui offrir le bras.

Ils sortirent.

— Tu quittes le Beuglant?

— Mais oui; figure-toi que cette espèce de marchand d'eau chaude veut me donner des leçons... Ah! je l'ai secoué... Parce qu'il a chanté les basses dans les chœurs, cet homme croit chanter quand il se gargarise!... Ah! non, ce n'est pas lui qui en apprendra à Mⁱˡᵉ Bien-Aimée... Dis donc, mon chéri, achetons quelque chose pour souper en rentrant.

— Oui, ça va...

Sans autre façon, Mⁱˡᵉ Francine avait pris le bras de Rolland, et l'emmenait tout naturellement, comme s'il venait tous les soirs.

Adèle s'agenouilla et pleura (PAGE 86).

Les provisions furent vite faites, et, quelques minutes après, ils étaient à moitié déshabillés, attablés devant le petit guéridon, dans la chambre de Mlle Bien-Aimée.

— Tu as bien fait de venir ce soir ; j'aurais été triste.

— Je craignais que tu ne sois pas libre.

— Ah! si tu savais comme je suis libre, maintenant, fit-elle en riant : plus d'amant, plus de patron ; j'ai donné le compte à tout le monde ; je n'ai plus que toi...

— Tu es fâchée avec ton amant?

— Oui, d'hier soir... Il se marie... une drôle d'histoire... Je te conterai ça...

— Et qu'est-ce que tu vas faire?

— J'ai envie d'aller aux eaux... Figure-toi que, pour finir la saison, Balandin et sa femme montent une petite troupe : trois personnes, un homme et deux femmes; avec eux, ça fera cinq... J'ai presque promis tantôt... Je dois donner réponse demain, et prendre mes avances; on part le soir...

— C'est l'affaire dont on m'a parlé au Beuglant?

— Probablement; ils sont venus tantôt pour me chercher; c'est de là que je me suis disputée avec le patron...

Mlle Bien-Aimée, câline, se pencha sur Rolland :

— Ainsi, mon petit chéri, c'est toi qui auras ma dernière nuit.

Ils s'embrassèrent, et Rolland reprit :

— Dis donc, cette ville d'eaux, où est-ce?

— En Belgique, à Spa... Connais-tu ça? on m'a dit que c'était gentil comme tout... On joue, tu sais !

— Tiens, fit Rolland, mais ça m'irait ça.

— Tu viendrais bien?... demanda gaiement Mlle Bien-Aimée... Fais-le donc, nous partirons ensemble, comme si nous étions mariés... Tu vois, il paye bien, Balandin... J'ai vingt francs de cachet !

— Mais a-t-il engagé un accompagnateur?

— Non... Il doit en chercher un là-bas... mais il préférerait te prendre.

— J'irai le voir demain matin.

— Nous irons ensemble, il faut que j'aille toucher une avance. Oh ! ça sera amusant, si tu viens.

— C'est plus que probable.

— A la bonne heure.

Rolland était très satisfait de trouver l'occasion qu'il cherchait; ce qui lui plaisait surtout, c'était de quitter la France quelque temps. Il avait absolument peur, il avait idée qu'il était sérieusement menacé. Son absence pouvait peut-être tout sauver. Quand il se trouvait avec Mlle Bien-Aimée, le gai visage de la gentille artiste chassait ses mauvaises pensées. Nous savons que Mlle Francine n'aimait pas le silence; aussi babillait-elle sans cesse.

— Je suis libre; ainsi je suis à toi.

— Mais ton amant viendra peut-être te retrouver.

— Non, non, c'est bien fini... je te dis qu'il va se marier... C'est un type, mon amant; il n'a rien inventé, tu sais. C'était un bon petit garçon, auquel je faisais croire tout ce que je voulais.

— Que tu ne le trompais jamais...

— Pauvre petit, s'il avait su ça... il aurait joliment souffert. Mais, écoute

donc, tu vas voir sa naïveté. Je suis sûre qu'il va épouser une roublarde de
la plus belle eau. Leur connaissance est tout un poème. Ils se sont connus
dans l'eau.

— Aux bains de mer?

— Non, sous le pont Notre-Dame, fit Mlle Bien-Aimée en éclatant de rire.

— Comment ça?

— Tu te souviens de la dernière fois que tu es venu... cette nuit du grand
orage.

— Oui, oui, je me souviens, fit Rolland, frissonnant malgré lui en se rappelant
la nuit du crime.

— C'est cette nuit-là. Mon amant revenait de soirée, lorsque, suivant le quai,
il voit une femme qui court et se jette par-dessus le pont... Tu sais, c'est un
brave garçon, lui. Il ne fait ni une ni deux, il se jette à l'eau et il repêche la
jeune fille. Il paraît qu'elle est belle comme tout. Je l'ai à peine vue.

— Tu l'as vue?

— Oui, je les ai vus ensemble, hier au soir. Mais il faisait nuit... Enfin, elle
a dix-sept ans à peine... Il en est devenu amoureux... et en avant la noce!...
Tu vois ça?

— Eh bien! ça peut être un bon mariage, elle peut être très honnête. Si c'est
la misère qui la faisait se tuer, il faut une certaine vertu à une femme jeune
et jolie pour préférer mourir que faire la noce.

— Oh! on ne se tue pas seulement que par misère... Elle n'a pas le nom d'une
fille sage.

— Tu vas juger de la sagesse au nom?

— Dame, tu ne vas pas me dire que Rigolboche, ça pose une femme.

— Comment se nomme-t-elle?

— Elle s'appelle Beau-Sourire.

— Beau-Sourire! exclama Rolland, dix-sept ans..., la nuit...

— Eh bien, qu'est-ce que tu as?

Rolland était pris d'un tremblement nerveux. Pour le dissimuler et pour éviter
de répondre, il éclata de rire en répétant :

— Beau-Sourire... Beau-Sourire. Ah! ah!

Un moment, Mlle Bien-Aimée le regarda, croyant qu'il se moquait d'elle; alors
il put dire :

— Ah! ce nom! évidemment, c'est un nom de guerre... On ne se nomme pas
comme ça...

— Mon Dieu! le nom est gentil!... Il ferait bien au théâtre...

— Oui.

Rolland avait de la peine à se remettre. Il voulait cacher le désir qu'il avait
d'en savoir plus; il voulait interroger et il n'osait, redoutant de donner l'éveil

à Mlle Bien-Aimée, qui n'aurait pas manqué de demander des explications; faisant tous ses efforts pour paraitre indifférent, il reprit :

— Quelquefois ces mariages-là sont très heureux, tu sais. Ton amant, est-ce qu'il est bien?

— C'est un homme très chic, un homme du monde et timide comme une jeune fille; j'en ai été bouleversée quand j'ai appris ça; jamais je ne l'aurais cru capable d'une pareille action.

— De se marier?

— Non; d'aller pêcher une fiancée, cria Francine.

— Et cette jeune fille, qu'est-ce qu'elle fait?

— Je ne sais pas. Elle a l'air assez bien, comme il faut, il dit qu'elle a dix-sept ans; elle en parait vingt.

— Et tu les a surpris ensemble?... Tu as dû faire une belle vie...

— Voilà ce qui te trompe. Je n'ai rien dit du tout. D'abord, il pouvait se trouver avec une parente, avec une amie; je voulais voir et je les ai suivis.

— Et alors?

— Je l'ai vu qui la conduisait jusqu'à sa porte, Grande-Rue, à Passy, au coin de la petite place... Je les ai vus s'embrasser, se quitter, puis une fois que j'ai vu mon petit bonhomme seul, alors j'ai fait ma scène, et le résultat c'est que nous nous sommes quittés.

— Ce qui tombe à merveille, puisque demain matin je te quitte de très bonne heure pour aller faire ma malle et je pars avec toi...

— Tu es gentil comme tout.

— Mais raconte-moi donc cette scène de baignade...

Mlle Bien-Aimée ne se fit pas prier, elle ajouta même à l'histoire de nombreux détails. Pour Rolland, le doute n'était pas possible : c'était bien la grande Adèle, la fille de Jeanne, celle qui savait, celle qu'on avait sacrifiée, celle qu'on devait livrer pour donner à la justice la proie qu'elle cherchait. Toute la nuit, le misérable pensa à l'indigne action qu'il allait commettre; mais ce plan était arrêté, il ne recula pas. Le matin, dès qu'il fût levé, il prit une feuille de papier à lettres, et il écrivit quelques lignes de la main gauche, pour qu'on ne pût jamais reconnaitre son écriture; il glissa la lettre sous enveloppe, mit l'adresse et descendit la jeter à la poste.

Il se rendit alors chez lui; il redoutait qu'on n'y fût venu en son absence, ainsi que la Belle Bordelaise le lui avait dit. Elle s'était trompée. Il dit alors à son concierge qu'il venait de signer un engagement de quelques mois pour la province; il devait partir le soir. Au cas où on le demanderait, il ne serait de retour à Paris que dans deux ou trois mois.

Une heure après, sa malle était faite et portée chez Francine. Il allait avec la jeune artiste chez le directeur, qu'il connaissait au reste, et son engagement était aussitôt signé. Ils devaient se trouver tous les deux le soir même à la gare.

Toute la journée, ils firent des emplètes, et le soir ils montèrent en wagon. Dans le même compartiment se trouvait toute la troupe. Tous gais, riant. Rolland était heureux de ce mouvement, de ce changement dans sa vie; il était tout joyeux, et depuis le matin, au reste, il était plus calme. Mlle Bien-Aimée, toujours gaie, semblait être reprise du plus grand amour pour l'artiste, et, en somme, le voyage se présentait dans les meilleures conditions.

Pas une minute depuis la veille Rolland n'avait pensé à la Belle Bordelaise; il était tout entier à lui, satisfait de l'heureux hasard qui lui avait fait savoir ce qu'était devenue la grande Adèle, et se hâtant de la perdre pour ne pas être perdu par elle.

IX

LES TOURMENTS DE Mlle BEAU-SOURIRE.

Le lendemain, lorsque Mlle Beau-Sourire s'éveilla dans sa petite chambre, seule, accoudée sur l'oreiller, elle pensa à la scène qui s'était passée la veille dans le cabinet du restaurant de Suresnes. La dureté avec laquelle elle avait été élevée, les catastrophes qui l'avaient frappée en avaient fait une femme de bonne heure. Elle jugeait sainement, logiquement. Lorsque, bien décidée à se tuer, elle avait été si miraculeusement sauvée, elle avait envisagé froidement sa vie nouvelle; soutenue, encouragée par celui auquel elle devait la vie, elle avait repris courage.

Pas une seule fois elle n'avait pensé au mal; le jeune homme, en mêlant le nom de sa mère à la bonne action qu'il accomplissait, l'avait tout à fait rassurée. Aussi Mlle Beau-Sourire était-elle convaincue que l'argent qu'avait dépensé pour elle Auguste de La Saussoye lui était prêté par sa mère.

Tout entière à son travail, voyant sa clientèle se faire, l'avenir lui paraissait plus riant, et elle voyait la possibilité prochaine de rembourser ce qu'on lui avait avancé. Reconnaissante de ce qu'Auguste avait fait pour elle, charmée par sa distinction, lui trouvant une qualité de plus dans sa timidité, elle s'abandonnait sans réserve à cette amitié. C'est la veille seulement qu'elle avait vu sur quelle pente elle glissait.

Elle était aimée, et elle aimait; ce qui avait été tenté la veille devait immanquablement se renouveler. Tôt ou tard, elle céderait. Était-ce là ce qu'elle s'était promis? Non. Certainement, Auguste lui avait dit qu'il était prêt à l'épouser, et elle le croyait. Mais, alors qu'elle y consentirait, il y avait à ce mariage une impossibilité matérielle : il lui fallait le consentement de sa mère; celle-ci pourrait le lui refuser, mais en tout cas elle était bien décidée à ne pas le lui demander.

Adèle croyait que, depuis la mort de son père, Mme Cordier vivait avec Rolland, et cela lui donnait des accès de rage; elle cherchait les moyens de venger son père, mais elle reculait devant le châtiment qui frapperait sa mère. Elle n'aurait voulu atteindre que le misérable qu'elle haïssait doublement. Un jour ou l'autre elle agirait.

Mais le matin où nous la retrouvons, une seule pensée l'occupait : quelle conduite avait-elle à tenir vis-à-vis de son sauveur? Si elle voulait résister, il fallait au plus tôt lui défendre de venir, renoncer à le voir; et cela était impossible, c'eût été de l'ingratitude, puis son cœur s'y refusait absolument; et, en continuant à voir aussi librement Auguste, immanquablement la scène de la veille ne tarderait pas à se reproduire, et aurait-elle encore le courage de résister?

D'abord Auguste l'avait mise en demeure de se prononcer; il voulait en faire sa femme, et, en lui déclarant qu'elle ne pouvait se marier, elle avait cependant répondu : Oui.

Elle avait dix-sept ans; elle pouvait attendre sa majorité pour se marier à sa guise, mais cela était bien enfantin. Elle devait se rendre à l'évidence; ils étaient tous les deux pleins du même désir; leur sang jeune coulait plus chaud lorsqu'ils se trouvaient ensemble, leurs mains brûlaient quand elles se touchaient, leurs lèvres se cherchaient. Et si la veille Adèle avait résisté, c'est que l'attaque avait été brutale et l'avait révoltée. Auguste avait eu la maladresse des timides; pour se rendre hardi il était devenu grossier.

Mais elle avait trop souffert en le voyant, après, si doux, si humble, si repentant, et son cœur était touché par ses supplications. Elle le sentait enfin, elle ne résisterait pas à la première attaque. Que devait-elle faire?

La tête lourde d'une mauvaise nuit, pleine de songes fous, elle se leva et s'habilla; puis elle se rendit au cimetière du Père-Lachaise. Elle demanda au gardien où était située la tombe de son père; sur les renseignements qu'elle donna, on l'y conduisit. Elle ne remarqua pas que les gardiens semblaient étonnés de cette visite, qu'ils se faisaient des signes, puis que sur la tombe on l'observait.

Adèle s'agenouilla et pleura; puis, penchée sur l'entourage de fer, la tête entre ses deux mains, elle dit à voix basse, comme si elle parlait au corps :

— Père, ta fille a toujours été honnête et sage, tu le sais; père, aujourd'hui je ne puis vivre seule, toujours seule, et cependant je ne puis épouser celui que j'ai choisi; il me faudrait pour cela revoir tes assassins, et je ne les reverrai que pour te venger. Père, n'est-ce pas que tu me pardonneras? n'est-ce pas que je ne serai pas une malhonnête fille si je consacre ma vie à celui qui m'a sauvée?...

La jeune fille resta longtemps ainsi, priant, pleurant, semblant parfois écouter. Au bout d'une grande heure, les yeux rouges, mais le cœur plus calme, la jeune fille sortait du cimetière et rentrait chez elle. Mlle Beau-Sourire avait pris une résolution.

Toute la journée elle travailla, impatiente, attendant l'heure où venait ordinairement Auguste. Celui-ci n'arriva pas à l'heure habituelle, et elle fut inquiète; elle se dit que la veille elle avait été bien sévère avec lui lorsqu'il l'avait quittée; peut-être l'avait-elle blessé et n'osait-il plus revenir; elle allait presque pleurer lorsqu'on frappa.

Elle courut ouvrir. C'était lui, tout timide, plus embarrassé.

— Entrez! dit-elle.

Il entra; elle le fit asseoir. Il ouvrit la bouche enfin.

— Mademoiselle Adèle, il faut que je vous parle sérieusement.

— Ah!

— Vous voudrez bien m'entendre?

— Certainement.

— Vous ne m'en voulez plus d'hier?

— Ne parlons pas de ça, fit-elle, rougissant.

— C'est que ce que j'ai à vous dire est grave.

— Eh bien, tant mieux, je vous répondrai.

— Comme vous me dites cela!

— C'est que, moi aussi, j'ai de graves choses à vous dire.

— Oh! mon Dieu, sont-ce des reproches que vous allez me faire?

Et comme il la regardait, il vit son aimable sourire, et il fut rassuré; alors il reprit aussitôt :

— Écoutez, Adèle, la vie que je mène est une torture de toutes les heures; votre pensée ne me quitte pas; le jour, la nuit vous êtes sans cesse à mon chevet; ce que j'éprouve pour vous, je ne l'ai jamais ressenti.

Mlle Beau-Sourire était toute rouge de s'entendre parler ainsi, et bien plus pour se donner une contenance que pour nier, elle hochait la tête d'un air de doute.

— Vous ne me croyez pas? protesta Auguste.

— Je vois toujours écrit là-bas, sur cette glace : Auguste et Francine...

— Oh! je vous en supplie, ne parlez plus de ça; rien que ce nom prononcé par vos lèvres me blesse. Adèle, l'amour que j'ai là est sans précédent. Rien ne pourrait l'entraver. Je vous aime, je vous aime follement. Aucune mauvaise pensée ne se mêle à ce sentiment.

— Mais ce n'est pas cela que vous vouliez me dire?

— Je veux vous dire que je me sens incapable d'y résister plus longtemps.

Il lui prit les mains.

— Vous m'avez dit une fois que vous m'aimiez; est-ce vrai?

Elle ne répondait pas.

— Adèle, vous ne m'avez pas trompé?

— Vous le savez bien, balbutia-t-elle.

— Eh bien!... la vie sans vous m'est désormais impossible, quoi qu'il arrive, vous serez ma femme. Ne m'opposez pas la raison que vous m'avez déjà donnée, il le faut; vous savez où trouver votre mère.

— Oh! cela, jamais!...

— Il le faut, Adèle. Il le faut, je vous aime trop; écoutez: je suis incapable de me contenir plus longtemps; en venant sans cesse, je renouvellerais la folie de l'autre soir, et je ne sais jusqu'où cela irait; mais j'aime trop, je souffre trop pour ne pas obéir à mon sang qui me parle près de toi.

Adèle avait la tête baissée; elle ne répondait plus; ce qu'il disait, elle le comprenait bien, et elle fut violemment secouée lorsqu'il acheva:

— Ou tu seras ma femme, ou tu seras à moi contre ta volonté, je le sens... Mais je suis un honnête homme, et maintenant qu'il me reste assez de force pour le faire..., je partirai et je renoncerai à vous voir... Cette vie, presque commune, que nous menons, ne peut continuer; je me suis cru plus fort que je ne le suis, lorsque j'ai cru que je pourrais vivre près de vous, comme un frère aîné... Adèle, répondez: aimez-moi, ou chassez-moi...

Elle ne répondit pas.

— Mais je voudrais que vous soyez ma femme, et pourquoi refusez-vous? Ce que vous trouvez si difficile peut se faire sans que vous vous en mêliez.

Elle le regarda et dit:

— Je ne vous comprends pas...

— Je ne sais pas les raisons qui vous font volontairement renoncer à voir votre mère; elles doivent être graves, car la façon dont vous en parlez est singulière... Assez souvent les antipathies sont partagées; si vous n'aimez pas, c'est que vous n'êtes pas aimée... Votre mère ne s'occupe pas de vous; que peut lui importer votre mariage? Vous ne voulez pas la voir, on ira...

Adèle réfléchissait; il semblait que ses idées se modifiaient. Auguste s'en aperçut, et il acheva:

— Voici le plan que j'avais conçu; vous allez voir: Je vais voir ma mère; je suis sûr d'elle, elle ne refusera pas de laisser faire à son fils ce que son mari a fait.

— Que voulez-vous dire?

— Mon père avait une petite fortune et un beau nom; il devint amoureux

— Demain, Auguste, tu m'amèneras *ma fille* (PAGE 92).

de la couturière de sa mère, une excellente jeune fille, un ange, comme vous...
Elle n'avait pas un liard; il l'aimait, il l'épousa... C'est ma mère, une bonne
bourgeoise qui, lorsque je lui raconterai notre histoire...

— Mais vous la lui avez contée..., elle me connaît...

— Certainement, certainement, fit Auguste en rougissant; mais je ne lui ai pas
encore parlé de cela... Or, ma mère me dira simplement : Tu l'aimes, épouse-la...;
va la chercher... Et elle vous appellera sa fille.

Mon Dieu! que tout cela faisait donc plaisir à entendre, et quel heureux sourire s'étendait sur l'admirable visage de la jeune fille!

— Moi, je ne puis plus vous voir comme cela, seule, en tête-à-tête; j'en deviendrais fou; mais je veux vous voir toujours cependant; eh bien! je vous conduis chez ma mère et je vous y vois tous les jours. Une personne que je trouverai ira chez votre mère..., et il faudra bien qu'elle se décide à donner son consentement. On ne dira pas où vous êtes; vous aurez quitté Paris et serez donc à l'abri de ses recherches... Adèle, voulez-vous?

— Mon Dieu! que vous êtes bon..., et comme je vous aime!...

— Vous dites : Oui?

— Mon cœur vous dit : Oui... Mais ma mère...?

— Qui vous dit que ce n'est pas son plus ardent désir, votre mariage?... Mlle Beau-Sourire dit avec amertume :

— Son plus ardent désir serait ma mort.

— Vous m'effrayez. Quelle femme est-ce donc?

— Vous la verrez, car j'aurais mauvaise grâce à refuser sans cesse la seule chose honnête que nous puissions faire. Nous allons l'essayer.

— Vous acceptez?

— Oui. Mais si vous voulez éviter de plus grands malheurs, il faut que vous agissiez prudemment, c'est-à-dire que vous cachiez très rigoureusement et ma situation et le lieu où je me serai retirée.

— N'ayez crainte; l'homme que je vais charger de cela est adroit. Si elle refusait, n'avez-vous rien qui puisse faire pression sur elle?

Mlle Beau-Sourire le regarda à ce mot; elle vit qu'il l'avait dit sans y mettre aucune intention; elle devint sombre et sembla hésiter à répondre. Puis elle dit tout à coup :

— Écoutez; puisque je me décide, il n'y a pas à hésiter, et tous les moyens sont bons; on ira demander à ma mère son consentement, et, si elle refuse, on retournera près d'elle avec une lettre de moi..., et alors elle ne refusera pas.

— Ah! vous voyez bien!...

— Mais, avant tout, vous me promettez de ne jamais m'obliger à parler de ce que je lui écrirai?

— Et pourquoi voulez-vous que je vous demande ça?

— Quand ira-t-on?

— Demain, dès le matin, et je pars d'ici pour aller annoncer à maman que demain je lui amènerai ma fiancée. Vous verrez quelle bonne femme que maman. Vous avez eu cette douleur de ne pas connaître une bonne mère?

— Moi, je n'ai connu qu'une mère belle..., trop belle.

— Il faut que vous me disiez votre nom, cette fois.

— Oui; ma mère se nomme Jeanne Cordier; elle est veuve depuis deux mois. Mon père, vous le savez, est mort la nuit même où vous m'avez sauvée. Je crains, hélas! que l'on ne trouve, chez nous, la place prise par un misérable.

— Où demeure-t-elle!

— Rue Saint-Denis, presque en face la halle. C'est un café-restaurant connu sous l'enseigne du *Café de la Bordelaise.*

Auguste avait écrit tout cela. Puis il dit :

— De ce pas, avant de partir à Orléans, je cours chez mon homme, celui qui va aller demain la voir.

— Il ne faut pas qu'on y aille avant que j'aie quitté Paris.

— Mais de quoi avez-vous peur?

— Oh! voyez-vous, je sais ce qu'un mouvement de mauvaise humeur peut lui faire faire.

— Songez donc que l'homme qui va se présenter ne vous connaît pas, ne sait pas où vous serez.

— C'est vrai, mais j'aime mieux cela.

— Il sera fait à votre guise. Ce soir, préparez votre malle, car demain vous venez avec moi. Et maintenant laissez-moi vous embrasser de tout mon cœur, ma fiancée.

Elle lui tendit ses lèvres; il la pressait dans ses bras; il fit un effort brusque pour se retirer en disant :

— Oh! près de vous, mon sang me brûle. Au revoir, Adèle. A demain matin.

— A demain.

Seule, Adèle s'assit, s'accoudant sur la table à côté de son ouvrage abandonné; elle resta ainsi pensive assez longtemps. C'est que, en quelques minutes, sa vie venait tout à coup de s'éclaircir. Jusqu'alors elle avait reculé devant la demande à sa mère, et il avait fallu, pour qu'elle découvrît qu'elle n'avait rien à redouter, que la phrase d'Auguste, si simple, le lui révélât :

« N'avez-vous aucun moyen de faire pression sur sa volonté? »

Elle n'avait pas pensé à cela; sa mère avait tout intérêt à se débarrasser d'elle; elle était encore trop jeune, trop coquette, trop belle pour supporter à ses côtés une grande fille, admirablement belle, qui criait son âge.

D'autre part, elle-même voulait croire qu'elle n'avait pas d'enfant; elle avait toujours détesté sa fille; en la portant dans ses flancs, les plus criminelles pensées lui étaient venues, et cette haine s'était toujours augmentée.

Sans la présence du père de l'enfant, de Cordier, la petite Adèle, assurément, aurait disparu. Tout cela lui revenait à la mémoire; elle ne pouvait que plaire à sa mère en la délivrant tout à fait d'elle. Il était donc tout simple qu'on allât lui demander cette autorisation qu'elle ne manquerait pas de donner. Il fallait être prudent, car si l'on se trompait; si, dans le seul but de faire une méchanceté, la

mère voulait faire revenir sa fille et la punir de sa fuite en la faisant enfermer
jusqu'à vingt ans? elle le pouvait; c'est cela qu'il fallait éviter.

La phrase d'Auguste lui avait fait voir qu'on pouvait agir et braver la volonté
maternelle, puisqu'en cas de refus, elle écrirait à sa mère qu'elle n'hésiterait pas
à les dénoncer, elle et son amant, si on la tourmentait et si on refusait de lui
accorder ce qu'elle demandait.

Est-ce qu'elle le ferait? Oh! non, elle en était incapable; elle n'aimait pas
sa mère, mais elle ne se sentait aucune haine contre elle; celui qu'elle détestait,
c'était l'homme; c'est lui surtout qu'elle accusait; c'est lui qui avait entraîné sa
mère, qui l'avait poussée d'abord à sa faute, puis au crime; elle en était convaincue; elle avait vu ce que le misérable avait tenté sur elle.

Elle menacerait donc s'il le fallait, mais avec l'intention bien arrêtée de ne
jamais exécuter sa menace, et il était plus que probable que la menace suffirait.
Tout cela lui paraissait possible. Elle n'aurait plus ainsi à les redouter ni l'un ni
l'autre.

Adèle était heureuse; elle souriait à l'avenir, l'avenir si désespérant encore le
matin, car elle était revenue du cimetière sans avoir pris de résolution. Elle allait
se marier, retrouver une véritable famille, et la petite pauvre, abandonnée et
vouée au malheur, allait se trouver presque riche. Elle était bien heureuse en
pensant à cela, la grande Adèle!

Auguste, en la quittant, n'avait pas perdu une seule minute; il avait été
trouver son homme d'affaires et l'avait chargé de faire la demande dans les
termes arrêtés avec Mlle Beau-Sourire. L'homme devait y aller le soir et lui donner
réponse le lendemain à son retour.

Cela entendu, il se rendit au chemin de fer. Deux heures après, il était
agenouillé devant sa mère, lui racontant la longue histoire que nous savons, et,
quand il eut fini, sa mère le fit se relever, l'embrassa en pleurant et lui dit :

— Demain, Auguste, tu m'amèneras *ma fille*.

X

L'ABANDONNÉE.

Rolland, bien calme, bien confiant dans l'avenir, partait en Belgique. Il n'avait plus peur, il avait dépisté la police ; la gaieté de ceux qui l'entouraient l'enveloppait et chassait ses noires pensées. Il allait sans souci finir la saison, espérant rentrer en France lorsque l'affaire serait absolument terminée.

Ce mot affaire était gros de menace ; il entendait l'accusation du crime commis par lui portée sur celle qui lui avait résisté. Nous le laisserons à sa quiétude.

A l'heure où il partait, une femme descendant la rue des Martyrs, puis le faubourg Montmartre, gagnait le boulevard ; sa robe de soie éraillée grinçait en balayant le trottoir ; la taille, mince, grêle, jouait dans le velours d'un manteau bordé de fourrure, — nous sommes fin d'été ; — sa figure était grillée par un voile noir. Elle marchait vite, vite, pressée d'arriver au café qui fait l'angle du boulevard Montmartre et du passage Jouffroy, au café des Princes. Arrivée, elle changea tout à coup d'allure ; la pauvre femme, qui descendait hâtive le faubourg, déjà fatiguée avant d'avoir atteint le but, se redresse tout à coup, et, droite, l'air arrogant, clignant de l'œil, elle marche sur le boulevard comme sur une terre conquise, provoquant les hommes.

En arrivant devant le café, elle voit tout d'un coup d'œil, puis s'assied à une table placée sur le devant de la terrasse.

Elle connaît le garçon du café ; c'est par son petit nom qu'elle l'appelle. C'est en souriant et familièrement, à voix basse, qu'elle lui commande sa consommation.

Sa consommation... Un verre d'absinthe dans lequel elle trempe un morceau de sucre.

Pour boire, elle doit lever son voile.

Oh ! ce n'est plus la même femme ; qui pourrait dire son âge ? jugez : ses joues, d'un blanc mat, ont les pommettes roses ; ses lèvres, d'un rouge criard, sont lippues, déprimées aux coins ; ses yeux ont le regard vague ; les paupières, lourdes, ombrées, sont bordées de noir ; les cheveux se plaquent en anneaux égaux sur la céruse de son front ; les doigts blancs et longs ont l'extrémité brunie par le tabac ; ses lèvres ne quittent la cigarette que pour boire.

Chaque fois qu'un homme passe, ses yeux se tournent vers lui, le regard brille ; quand l'homme est passé, la lueur s'efface.

Ce soir, disions-nous, où l'artiste était tranquillement dans un wagon, se rendant à Spa, la femme était assise devant la terrasse du café. Un homme vint s'asseoir près d'elle ; elle se recula d'abord.

L'homme haussa les épaules et dit :

— Je veux vous parler ; ne craignez rien.

— Je ne crains rien. Qu'est-ce que vous voulez ?

— Avez-vous des nouvelles de votre mari ?

— Rolland ! fit la femme en tressaillant. Dieu merci, non.

— Vous ne le voyez jamais ? fit l'homme en la regardant fixement.

— Oh ! voilà trois ans que je ne l'ai vu... Mais pourquoi me demandez-vous ça ?

— Pour rien.

— Vous avez une raison pour venir ici, à cette heure, me trouver pour me parler de mon mari ?

— Aucune.

— Oh ! il y a quelque chose que vous ne voulez pas dire. Je vous connais, vous ; quand vous vous occupez de quelqu'un, ce n'est pas pour lui faire du bien.

— Est-ce que vous voulez toujours faire du bien à Rolland ?

— Oh ! non, fit la femme.

— Et pourriez-vous m'aider à le trouver ?

Un homme passait, qui vint parler à la femme, et elle dit vite, tout bas :

— Appelez-moi Louise, ne parlez pas de Rolland.

L'homme se tut ; la femme, que nous connaissons, nous savons qu'elle était Mᵐᵉ Rolland, causa quelques minutes avec celui qui sortait du café ; elle se leva pour prendre son bras. Celui qui avait parlé d'abord lui dit :

— Il faut absolument que nous causions ensemble.

— Demain, venez chez moi, répondit-elle à mi-voix.

La femme partit et, quoique l'homme eût pris pour le lendemain rendez-vous avec elle, il la suivit ; sans doute elle ne regagna pas sa demeure ; car, lorsqu'il la vit entrer avec l'homme qui la conduisait, il inscrivit le nom de la rue et le numéro de la maison.

L'individu, ayant serré son carnet dans sa poche, redescendit le faubourg, suivit les boulevards et gagna le quartier du Marais. Là, après avoir consulté ses notes, il entra dans une maison et, s'adressant au concierge, il demanda M. Rolland.

— C'est ici, monsieur.

— A quelle heure le trouve-t-on ordinairement?

— Oh! monsieur, quand il est à Paris, il ne rentre guère que pour se coucher.

— Comment, quand il est à Paris? Il n'est pas ici en ce moment?

— Non, monsieur.

— Quand est-il parti?

— Aujourd'hui même.

— Ah! fit l'homme d'un air singulier.

Le concierge reprit aussitôt :

— Mais..., si vous aviez à correspondre avec lui, il faudrait écrire.

— Vous savez où il est?

— Non. Il est engagé pour deux ou trois mois..., je crois que c'est dans une troupe ambulante qui exploite le Midi; mais il m'a dit que je conserve les lettres, et que de temps à autre il me dirait où je dois les lui envoyer.

— C'est tout?

— Oui.

— Vous ne savez pas le nom du directeur?

— M. Rolland ne me raconte pas ses affaires; je vous dis ce qu'il m'a dit; maintenant, c'est tout ce que je sais.

— Et c'est ce matin, dites-vous, qu'il est parti?

— Oui, monsieur.

— C'est bien. Au revoir, monsieur; demain, je vous demanderai d'autres renseignements.

L'individu partit, laissant le concierge stupéfait.

Une fois dehors, il regarda encore ses notes, s'orienta et se dirigea du côté des Halles. Arrivé rue Saint-Denis, à l'endroit que nous connaissons, ayant lu sur l'enseigne : *Café de la Bordelaise*, il entra, prit place à une des tables et se fit servir une consommation.

Il demanda à la servante :

— C'est bien ici l'endroit qu'on appelle *A la Belle Bordelaise*?

— Oui, monsieur.

Puis, d'un air aimable :

— Est-ce à cause de vous, la belle enfant?

— Oh! non, monsieur, c'est la patronne que l'on appelle ainsi.

— Où est-elle donc?

— Elle est sortie. Depuis la mort de son mari, Mme Cordier n'est pas souvent à la maison.

— Ah!

— Autrefois, c'était gai ici, mais c'est bien triste maintenant; la maison est un peu abandonnée; au reste, madame cherche à vendre.

— Ah! elle cherche à vendre. Est-ce qu'il y a acquéreur?

— On dit que oui.

— Et elle quitterait bientôt, alors?

— Oh! je crois que oui, monsieur.

— Merci.

L'individu donna quelque menue monnaie à la servante, la priant de lui donner de l'encre. Il tira alors de sa poche son carnet, une plume et se mit à écrire.

Après avoir consulté de nombreux petits morceaux de papier qu'il tirait des poches du carnet, voici ce qu'il écrivit :

« Rolland est marié à une fille Emma. La fille Emma avait été arrêtée, accusée d'avoir empoisonné son enfant; les preuves n'étant pas suffisantes, elle fut acquittée. Il paraît que Rolland ne croyait pas à l'innocence de sa femme, car de ce jour il l'abandonna. La séparation fut prononcée entre eux. Depuis ce jour, la femme Rolland, abandonnée, sans ressources, est inscrite.

» Des renseignements que j'ai pu prendre pendant la journée d'hier, elle n'a jamais revu son mari; elle a pour lui le plus profond mépris et en a peur.

» Elle se fait appeler Louise Dupin, du nom de sa mère. Quelques personnes qui l'ont connue l'ont entendue accuser son mari de tout ce qui lui était arrivé. Elle aurait même dit que le crime qui lui avait été imputé était l'œuvre de Rolland, qui avait joué une infâme comédie en la dénonçant pour se débarrasser d'elle. Je dois la voir demain, et pense avoir sur son mari des renseignements précis. Rolland est parti de Paris ce matin, disant qu'il était engagé dans une troupe d'artistes lyriques allant donner des concerts dans quelques villes du Midi.

» Depuis l'époque qui m'a été désignée, Rolland rentre très rarement chez lui. On ne sait ce qu'il fait. Il était tard lorsque j'ai pu me rendre à son domicile; je n'ai pu ainsi prendre que des renseignements vagues, me réservant de revenir demain avec une lettre du commissaire qui me permettra d'interroger plus longuement le concierge.

» Je me suis rendu alors au café qui m'était indiqué. La veuve Jeanne Cordier était absente. Depuis la mort de son mari, l'établissement paraît abandonné.

» Elle est en marché pour le vendre. On croit que cette vente sera prochaine.

» Tels sont les renseignements que j'ai pu obtenir dans ma journée; demain, j'en aurai de plus étendus sur Rolland, que vous m'avez principalement recommandé, par sa femme et par le concierge de la maison où il demeure. »

L'individu termina son rapport par un petit griffonnage absolument illisible qui lui servait de signature, et, glissant la lettre sous enveloppe, mit la suscription, et ayant soldé sa consommation, sortit et alla jeter sa lettre à la poste.

Quand Mme Cordier rentra chez elle, et que la servante lui raconta qu'un individu était venu, l'avait demandée, s'était renseigné sur ses agissements, puis avait passé un quart d'heure à écrire; la Belle Bordelaise pâlit; elle demanda :

Ses yeux ne quittaient plus le regard de celui qui écrivait (PAGE 93).

— Et cet homme a-t-il dit qu'il reviendrait?

— Non, madame. Mais une autre personne était venue deux heures avant, qui vous a demandée également, disant qu'il fallait absolument qu'elle vous parle demain matin. Ce que ce monsieur avait à vous dire était, paraît-il, très grave, très important.

Jeanne eut peur, sa voix tremblait lorsqu'elle demanda :

— Est-ce un des hommes que vous avez vus ces jours-ci?

13e Liv.   13

— Non, madame. C'est un monsieur qui a l'air très bien... Il avait un porte-feuille sous le bras, il était fort convenable, très poli.

La Belle Bordelaise ne répondit pas; elle souffrait, elle avait hâte de cacher son émotion, car elle était convaincue que, des deux hommes qui étaient venus dans la journée, l'un était un magistrat et l'autre un agent.

C'était une épouvantable vie, qu'il fallait maintenant accepter, de tourments, de craintes, de menaces; c'était le commencement du châtiment.

Elle remonta chez elle, suant la peur, arracha plutôt qu'elle ne dégrafa sa robe et se jeta sur son lit tout habillée.

La boutique fermée, quand tout était silencieux dans la maison, à chaque heurt, chaque bruit, chaque cri dans la rue, elle croyait qu'on venait la chercher.

Il y avait deux jours qu'elle n'avait vu Rolland; celui-ci avait-il été arrêté comme elle le redoutait et l'avait-il dénoncée? Avait-on trouvé une preuve contre elle?... Ce fut une épouvantable nuit, et le jour la trouva éveillée, accoudée sur son oreiller, l'œil fixe, les joues humides de larmes.

Elle était dans cet état nerveux, lorsque la première personne qui était venue la veille vint la demander le matin; humble, avenante, s'efforçant de sourire, elle la reçut et lui demanda ce qu'elle voulait.

On le devine, le visiteur n'était autre que l'homme d'affaires envoyé par Auguste de La Saussoye pour demander à Mme Cordier la main de sa fille.

D'abord stupéfaite, aux premiers mots, quand elle comprit, elle se transforma, s'emporta violemment, se payant sur le pauvre homme des tourments de sa nuit. Elle refusa net, déclarant qu'elle se considérait comme n'ayant plus de fille; qu'elle ne donnerait jamais son consentement, qu'elle ne voulait pas la revoir, qu'elle pouvait bien continuer la vie qu'elle menait, sans l'obliger à souscrire, par son acceptation, à la duperie de l'homme qu'elle avait choisi.

A l'heure même où l'homme d'affaires d'Auguste de La Saussoye était si vio-lemment repoussé de chez la Belle Bordelaise, l'homme que nous avons suivi dans son enquête, la veille au soir, se présentait chez la femme de Rolland.

La malheureuse l'attendait; elle le fit entrer, et son regard anxieux cherchait à deviner sur son visage ce qu'il venait lui demander.

L'homme, disons le mot, le mouchard, l'agent des mœurs lui dit avec légèreté :

— Je ne viens pas pour vous, ma fille; vous n'avez rien à craindre, si vous répondez bien sincèrement à ce que je vais vous demander.

La pauvre fille, tremblante, dit :

— Que voulez-vous?... Parlez...

— Vous n'avez pas revu Rolland, ces jours-ci?

— Oh! je vous l'ai dit hier... Je vous le jure, il y a trois ans que le misérable m'a repoussée, et, chaque fois que je l'ai rencontré depuis, je me suis sauvée.

— Voyons, quand vous vous êtes mariée avec Rolland, vous l'aimiez ?

— Oui... oh ! oui..., appuya la jeune femme...

— Il vous aimait ?

— Je n'ose plus le croire aujourd'hui...

— Mais, alors, vous le croyiez ?

— Oh ! oui...

— Vous vous entendiez bien ensemble ?

— Oui, monsieur...

— Mariés, votre ménage fut heureux ?

— Pendant six mois...

— Six mois seulement, répéta l'agent d'un ton monotone, en prenant son carnet et en tirant ses notes.

En le voyant agir, la femme eut un tressaillement ; elle subissait un interrogatoire... Que se passait-il ? quelles recherches nouvelles faisait-on sur elle et sur lui ? Est-ce que l'accusation de laquelle elle s'était sauvée si tristement renaissait ?

Ses yeux ne quittaient plus le regard de celui qui écrivait.

— Après, que se passa-t-il ? Quelle raison vous a fâchée avec Rolland ?

— Il ne rentrait plus, monsieur ; j'étais huit ou dix jours sans le voir ; il vivait avec des artistes, des chanteuses, et m'abandonnait.

— Et vous n'aviez rien à vous reprocher ?

— Oh ! rien, je vous le jure.

— Mais vous avez été mère après ?

— Non, monsieur, je...

Et la jeune femme semblait embarrassée ; elle parut faire un effort pour dire :

— Nous avions des relations avant de nous marier. Oh ! mais je vous le jure, monsieur, je n'avais connu qu'un homme, Rolland... Lui, je l'adorais, et c'est justement lorsqu'il sut que j'allais devenir mère qu'il m'épousa.

Et la jeune femme fondit en larmes.

— Oh ! c'est alors qu'il m'aimait, allez, et je l'aimais bien. Il était si heureux d'avoir un enfant... Oh ! les beaux rêves que nous faisions à ce moment. J'étais belle, très belle ; lui est toujours resté le même ; il est beau. A ce moment, je ne voyais, je ne pensais que par lui, et nous étions misérables, nous étions pauvres, on s'aimait, on n'y faisait pas attention. C'est lorsque j'eus mon enfant, mon premier, qu'il commença à ne plus rentrer à la maison.

— Ah ! vous avez eu deux enfants ? observa l'agent en écrivant aussitôt.

— Oui, monsieur, deux enfants.

Et d'un ton étrange, le regard fiévreux, l'œil farouche, la jeune femme ajouta :

— Deux enfants que j'adorais, qui sont morts, et qu'on m'a accusée d'avoir empoisonnés.

» Quand le premier mourut, sans que je le sache, tout autour de moi, une accusation circulait tant que l'autorité dut s'en occuper.

» Une perquisition fut faite chez nous ; mon mari, auquel je demandais toujours pour nos enfants de quoi vivre, ne répondait pas ; c'est à peine si je le voyais une fois tous les huit jours ; vous pensez, ici, seule chez moi, lorsque je vis arriver ces gens, je fus tout épouvantée. Un enfant mort, une autre petite de trois ans, et la police chez nous ! »

L'agent, vivement impressionné, regardait la femme ; évidemment, il y avait dans son regard, dans ses allures, les prodromes de la folie. Elle avait bien souffert, et le cerveau était atteint.

L'agent n'interrogeait plus, il observait, il écoutait et prenait ses notes.

La fille Emma, le regard fixe, obéissant à celui dont elle avait peur, à l'agent des mœurs, disait tout..., et elle continua :

« Quand les agents et le médecin entrèrent dans la chambre, je me cramponnai à un meuble pour ne pas tomber. Jugez donc, moi, moi la mère, on m'accusait d'avoir empoisonné mon enfant. Oh ! je tenais dans mes bras celui qui était vivant..., je l'embrassais.

» Et, révoltée, je dis :

» — Allez, messieurs, cherchez..., cherchez..., afin que vous puissiez répondre aux misérables qui osent accuser une mère de tuer son enfant...

» Ils fouillèrent partout, dans les meubles, dans les armoires ; moi, j'étais derrière eux, haussant les épaules de leur insistance ; mon autre petite fille était là, pendue à mon jupon, jouant, s'amusant de cette perquisition ; elle aussi, elle les imitait, la pauvre petite, remuant les chiffons qu'on sortait des tiroirs.

» On n'avait rien trouvé dans ces recherches et, las, le commissaire et les agents allaient se retirer, lorsque l'un des hommes, se précipitant sur mon enfant, lui arracha des mains un paquet de poudre blanche... L'ayant goûtée, il s'écria, menaçant, en s'adressant à moi :

» — Misérable ! après avoir assassiné le premier, vous alliez laisser mourir l'autre !

» Je crus que j'allais devenir folle, quand il dit au commissaire, en lui tendant le paquet de poudre :

» — Tenez, monsieur le commissaire, c'est de l'arsenic...

» Tous les gens qui étaient là se mirent à regarder, trempèrent leur doigt dans la poudre, la mirent sur leur langue, puis, se retournant de mon côté, m'insultant, m'injuriant...

» Oh ! monsieur, quand j'y pense...! c'est affreux !

» On m'emmena, on me mit en prison ; on m'interrogeait tous les jours, me répétant sans cesse :

» — Avouez que vous avez tué votre enfant!...

» Pauvre petite que j'avais tant soignée, la tuer..., la tuer..., moi; c'était épouvantable. »

Et la malheureuse restait les bras pendants, le regard fixe, comme si elle voyait encore le tableau dont elle rappelait le souvenir.

L'agent couvrait toujours son papier de notes. Il profita de ce moment de silence pour demander :

— Et votre mari, que faisait-il?

— Mon mari..., mon mari..., oui, il venait parfois dans la journée...; nous ne nous parlions pas...

— Il venait tous les jours?

— Oui, mais il ne restait pas.

— Est-ce qu'il s'occupait de ses enfants?

La femme eut alors un mouvement de rage, puis, comme si elle ne pouvait se contenir plus longtemps, elle dit avec volubilité :

— Mon mari! mon mari! j'en suis certaine, j'en suis convaincue, c'est mon mari qui venait pour tuer ses enfants. Mon mari voulait se débarrasser de moi, se débarrasser de sa famille. Eh bien! c'est ce que vous vouliez savoir? N'est-ce pas, c'est lui qui a empoisonné mes enfants, c'est lui qui a mis dans le coin d'un meuble cette poudre qui a été la cause de mon accusation?

L'agent était un peu surpris par l'allure de la femme; celle-ci, croyant qu'il doutait de ce qu'elle disait, reprit plus vigoureusement :

— Si vous venez ici pour avoir des renseignements sur mon mari, je vais vous les donner... C'est lui qui a assassiné notre enfant, c'est lui qui est cause de la mort de la seconde, c'est lui qui m'a fait accuser, qui a tout machiné contre moi pour être libre...; c'est lui qui est la cause du métier que je fais..., ce qui le réjouit, allez..., parce qu'une femme comme moi n'existe plus, elle n'a plus le droit de se plaindre..., on ne croit plus à ce qu'elle dit. Je ne suis rien, moi... Du jour où, femme honnête, des agents m'ont prise chez moi pour m'emmener en prison, où, mère malheureuse, accusée de cet épouvantable crime, l'infanticide, j'ai été séparée de mon enfant vivant pour me faire juger sur la mort de l'autre... j'étais perdue. J'ai été acquittée...; mais tous les gens qui me connaissaient disaient toujours : C'est la femme qui a tué son enfant..., et mon mari, pour justifier son abandon, l'affirmait. Alors, chassée par tout le monde, méprisée par ceux que je connaissais, repoussée par ma famille, qu'avais-je à faire?... Rien, n'est-ce pas?... qu'à suivre l'homme qui m'a dit : « Viens, je payerai ta nuit... » C'est ce que j'ai fait... Je suis une fille publique! Avez-vous besoin d'autres renseignements, monsieur? dit la fille Emma, femme Rolland, après une grande minute de silence, pendant laquelle l'agent griffonnait toujours sur son carnet.

L'individu rangea ses notes et, sans aucune émotion, lui dit :

— Ma fille, il est probable que vous serez citée demain ou après. Ne manquez pas de vous y rendre, si vous voulez vous éviter des désagréments.

Puis, remettant son carnet dans sa poche, et, d'un air gai, il prit congé, disant.

— Au revoir, Emma!

XI

LA FILLE ET LA MÈRE.

Oh! la belle nuit qu'avait passée Mlle Beau-Sourire! quels songes heureux elle avait eus! L'avenir était riant, la vie avait des horizons roses. Elle retrouvait une famille, elle allait vivre enfin avec des affections autour d'elle; elle aimait, on l'aimait; oh! les beaux rêves.

En se levant, elle était gaie, elle avait son beau sourire. Il faisait un clair soleil; tout était renouveau en elle.

Elle attendait, pleine d'espoir, celui qui la devait venir chercher. Dans ses songes, elle avait vu sa mère acceptant tout ce qu'elle demandait. Elle allait enfin épouser celui qu'elle aimait. Tout le noir du passé s'effaçait. Rieuse, elle chantait, allant, venant dans sa chambre, chiffonnant, préparant sa petite valise; elle avait des impatiences en regardant l'heure, attendant Auguste qui devait la venir prendre pour la mener chez sa mère.

La mère d'Auguste allait être une véritable mère; elle ne la connaissait pas, et elle l'aimait, cette femme, car c'était elle qui l'avait faite ce qu'elle était.

Sur la seule recommandation de son fils, elle lui avait donné ce qu'elle avait. Elle était bonne, et elle avait hâte de lui montrer qu'elle n'était pas ingrate.

Pour paraître devant Mme de La Saussoye, elle voulait être belle; constamment devant son miroir, elle lissait ses cheveux, soignait sa toilette, essayait ses sourires.

Était-ce coquetterie? Non, elle voulait plaire; elle voulait que le premier regard de la mère de celui qu'elle aimait fût sympathique.

La pauvre grande enfant ne se connaissait pas; elle ne savait pas que tout était charme en elle, qu'il suffisait de la voir pour l'aimer.

Elle revenait sans cesse devant son miroir, s'étudiant, ennuyée de ses mouvements fiévreux nés de l'impatience qu'elle avait de ne point voir venir celui qu'elle attendait.

On frappa à sa porte. Toute tremblante, elle courut ouvrir.

C'était lui.

— Eh bien? fit-elle.

Il ne répondit pas; il entra, et, en voyant sa mine sombre, son air embarrassé, elle demanda :

— Elle a dit non?

Il répondit en affirmant par un mouvement de tête.

Les malheureux enfants étaient l'un et l'autre si impressionnés qu'ils oublièrent de s'embrasser.

Auguste semblait écrasé, anéanti; elle, au contraire, se redressa :

— Qu'a-t-elle dit?... Qu'a-t-elle dit? demanda-t-elle fiévreuse.

Auguste, tout timide, répondit :

— Vous aviez raison; elle a été bien cruelle..., bien cruelle!...

— Elle a dit non?

— Elle a dit qu'elle ne voulait plus vous voir; elle a dit que vous n'existiez plus pour elle... Elle a dit que vous pouviez faire ce que vous vouliez...

— Et... qu'a-t-elle dit pour justifier son refus?... A-t-elle dit quelque chose sur moi?...

En disant cela, M\ue Beau-Sourire avait un air de défi tel, que le jeune homme reprit vivement :

— Adèle, moi je ne sais rien..., rien que le refus... J'arrivais à Paris si heureux!... Ma mère m'avait dit : « Amène-moi ma fille »..., et je venais... Et puis, je suis allé chez l'homme que j'avais chargé de la demande... Il m'a dit qu'il n'y avait aucun espoir, qu'il avait été reçu d'une façon épouvantable..., et je suis venu ici désespéré... Il ne faut plus penser à cela... Vous allez venir avec moi, chez ma mère... Lorsque vous serez là-bas, bien à l'abri, eh bien, nous agirons...

Le pauvre garçon était lamentable.

D'une voix sèche, Adèle dit :

— Où est l'homme qui a vu ma mère?

Il répondit, tout larmoyant :

— Il est en bas; nous sommes venus ensemble. Il est dans la voiture.

— Ah! il est là... Descendez le chercher; il faut que je lui parle.

Un peu étourdi, mais obéissant, le jeune homme descendit pour revenir aussitôt, amenant son homme d'affaires.

— Monsieur Auguste, dit alors M\ue Beau-Sourire, je vous en prie, permettez-moi d'interroger seule.

Auguste se retira aussitôt, acquiesçant à sa demande, semblant soulagé de ne pas être obligé de raconter lui-même ce qui lui avait été dit, balbutiant :

— Demandez-lui..., demandez-lui ce qu'elle a dit...

Il sortit en pleurant. Adèle souffrait; elle ne savait rien, elle redoutait tout; elle se demandait ce que sa mère avait pu dire, à quelle cause elle avait attribué sa fuite; elle avait été si souvent injuriée et maltraitée injustement, qu'elle avait tout à craindre.

Seule avec l'homme d'affaires, elle le pria de lui dire toute la vérité, de ne rien lui dissimuler, de ne rien lui cacher; elle voulait savoir ce qu'avait dit sa mère en refusant ce qu'elle lui demandait.

L'homme était un peu gêné pour répéter mot à mot ce qu'on lui avait dit; mais, sur l'insistance de la jeune fille, il raconta tout.

Adèle, en l'entendant, devint rouge; elle allait parler, elle allait tout dire; elle se contint, et, faisant un effort, grimaçant son merveilleux sourire, d'une voix calme, elle dit :

— Monsieur, veuillez rejoindre M. de La Saussoye; je vous demande dix minutes pour écrire une lettre, que vous porterez à ma mère. Après ce qui vient de se passer, je n'ai pas de raisons pour me cacher; je devais partir, j'attendrai. Vous voudrez bien, monsieur, vous charger encore de porter cette lettre? j'attendrai ici la réponse.

— Je suis à vos ordres, mademoiselle, mais je crains bien que ce que vous allez faire ne serve à rien.

— Vous le verrez, monsieur; vous m'accordez dix minutes, n'est-ce pas?

L'homme se retira et alla rejoindre Auguste, auquel il raconta ce que la jeune fille venait de lui dire.

Alors le jeune homme exclama :

— Je vais avec vous; vous lui porterez la lettre, et je vous attendrai en bas; si elle vous refuse encore..., eh bien! j'irai lui parler, moi.

Mlle Beau-Sourire appelait.

L'homme d'affaires vint; elle lui remit la lettre qu'elle venait d'écrire, en lui disant :

— J'attends ici la réponse.

Alors Auguste parut.

— Adèle, dit-il, je l'accompagne pour avoir plus tôt cette réponse.

La jeune fille eut un triste sourire :

— Allez, fit-elle..., allez..., vous aurez une bonne réponse; revenez, aussitôt nous partirons.

— Oh! dit alors le jeune homme, qu'elle accepte ou qu'elle refuse, Adèle!.., vous partirez, il le faut, ma mère vous attend.

— Au nom de la loi, je vous arrête (PAGE 110).

XII

UNE FEUILLE DU CARNET D'UN AGENT DES MŒURS.

L'homme que nous avons vu interroger la fille Emma terminait son rapport, relatant ce que nous avons raconté, par ces lignes :

« Pour peindre d'un mot la femme Rolland, fille Emma, je joins à ce rapport un article fait sur elle par un des habitués du café qu'elle fréquente :

« La préfecture de police vient d'interdire aux *dames seules* le séjour des cafés pendant les nuits de bal. »

Avant qu'elles disparaissent, les *dames seules*, voulez-vous me permettre de vous en présenter une?

Huit heures sonnent à la pendule de zinc doré du concierge de son hôtel garni; elle quitte sa chambre et descend pour gagner les boulevards.

Sa taille élégante joue dans le velours de son manteau bordé de fourrures; sa figure est voilée de noir; son pied est fin, cambré, un pied de Parisienne.

Elle marche vite pour arriver à son café. Son café, c'est celui que vous voudrez, du boulevard Montmartre au boulevard des Italiens.

Elle est arrivée; alors la *dame seule*, changeant d'allure, embrasse d'un coup d'œil ceux qui l'entourent, gagne sa table, celle qui est placée sur la terrasse, celle sur laquelle elle consomme chaque soir.

La *dame seule* a l'habitude d'appeler le garçon par son petit nom :

— Polyte, un bock!

— Un bock terrasse, un!!!

Elle est assise devant le verre au long col où la bière pétille... Son voile se lève. Quel âge a-t-elle? Devinez?

Les joues, d'un blanc mat et épais, ont des pommettes roses; ses lèvres sont d'un rouge criard, mais déprimées et lippues, sans vigueur; ses yeux verdâtres roulent dans leur orbe sans jeter d'éclairs; ses paupières lourdes, ombrées, sont bordées de noir comme les lettres de deuil; ses sourcils et ses cils, qui sont noircis au cosmétique, en gardent encore les traces, et sa chevelure, arrachée au crâne d'une morte, tombe grasse sur son front.

A dix pas, c'est un ange..., à deux, c'est un monstre..., et si près qu'on la regarde, ce n'est jamais une femme!

Ses doigts blancs et longs ont l'extrémité jaunie par le tabac.

Chaque fois qu'un homme tourne ses regards vers elle, la *dame seule* répond par un gracieux sourire.

Neuf heures!!! La *dame seule* est encore là, souriant aux passants.

Dix heures!...

Onze heures!!! Elle est là, toujours, toujours là, avec son éternel sourire.

Minuit!!!

Les théâtres se ferment, la foule s'éloigne; sur la chaussée du boulevard, on voit de loin en loin, s'avançant ou s'éloignant dans la nuit, des pataches immenses..., monstres aux yeux verts ou rouges, qui portent sur leur dos des hommes grelottants...

Des chevaux-ombres qui, titubant sur leurs jambes, traînent des véhicules gémissants, sur lesquels dodelinent d'affreux automédons..., et des conscrits avinés jetant dans la nuit leurs chants éraillés...

Un gros monsieur s'avance; ses breloques sonnent sur son ventre obèse; la *dame seule* sourit, sa prunelle brille...

Le monsieur passe.

La flamme de l'œil, les fossettes des joues, la tension des lèvres, le sourire enfin..., le sourire s'éteint d'un coup, et la bouche crie :

— Polyte, un bock !

Deux heures !...

Le boulevard est désert... Les arbres étendent dans le vide leurs branches épileptiques, et le gaz, qui danse dans les réverbères, jette des reflets sur les kiosques noirs.

De temps en temps passent de longs hommes coiffés de képis et couverts de lévites noires; des épées battent leurs flancs! Peut-être sont-ce des ombres de guerriers qui regagnent les *Champs Élysées*.

. On entend des grelots; c'est un chicard mis à la porte du bal de l'Opéra.

La *dame seule* relève la tête..., elle sourit.

Mais le chicard est triste, il passe sans lever les yeux..., il passe...

D'un coup, le sourire s'éteint, et l'on entend :

— Polyte, un bock !

Quatre heures !!!

C'est l'heure où si, revenant du cercle ou de chez Mme Charbonneau, vous dirigez vos regards étourdis sur les vitres embrasées de chez Brébant, madame, il vous tombera sur le nez une sauce blanche ou un quartier de daim... Vous, monsieur, une bécasse ou un homard les pattes tendues !

C'est l'heure où le *Royal-Plumeau* commence ses manœuvres sur le macadam et jette à l'aube naissante ses nuages de poussière.

Dans les nuages, un homme :

Son paletot est limé, son linge est douteux, sa cravate est dénouée, sa casquette penche sur ses cheveux ébouriffés; il écrase sous son bras une botte de fleurs achetées à la Halle et qui doit être pour son épouse l'excuse de sa nuit d'orgie.

C'est un ouvrier en goguette.

La *dame seule* incline la tête et sourit..., l'ouvrier passe, il passe encore !

Le sourire s'éteint et elle crie :

— Polyte, un bock !

Cinq heures !!!

L'heure des hiboux de Paris... Gens sans aveu, au teint pâle, aux yeux caves, aux lèvres sèches... les gouailleurs de la *dame seule*.

Elle sent le danger, sa tête se penche et son œil se rive sur la table où s'étalent la blague béante, le carnet vide et les quatre verres.

Quatre bocks! le précipice qu'il faut combler pour partir... Déjà le jour jette sa teinte bleuâtre sur les longs boulevards; le rouge et le blanc se gercent sur la peau pour tomber en écailles; il faut partir.

— Polyte!

La *dame seule* se penche et parle à l'oreille du garçon... C'est lui qui sourit, cette fois; il dessert la table sans rien réclamer.

Elle est debout et va partir.

Les ombres des guerriers repassent encore... L'une d'elles s'arrête, sa main s'appuie sur l'épaule frissonnante de la *dame seule*, et sa voix grave dit :

— Suivez-nous!

« Je joins cet article à mon rapport, parce qu'il donne une idée exacte de la personne.

» Je vous laisse le soin d'apprécier la valeur des déclarations qui m'ont été faites par elle; cependant j'ajoute que j'ai la conviction qu'elle n'a pas menti; la fille Emma doit avoir dit la vérité, elle n'a plus de haine pour son mari, elle en a peur.

» J'attends des ordres pour savoir si je dois continuer mon enquête. »

C'est ainsi que se terminait le rapport que l'agent de la sûreté envoyait le lendemain à la préfecture de police.

A la réception du rapport, l'instruction prit alors son cours régulier. Les magistrats instructeurs chargés de l'affaire discernèrent aussitôt qu'il n'y avait que deux coupables : Rolland, dit l'artiste, et sa maîtresse, la fille Adèle Cordier, dite *Beau-Sourire*.

La fille Cordier n'était mise en cause que par une lettre anonyme adressée au parquet, mais dont le contenu correspondait absolument avec les dépositions de la femme Cordier, dite la Belle Bordelaise, et avec les informations prises par les agents du quartier.

Pour Rolland, c'était tout autre chose; les dossiers appuyaient ce que la fille Emma, femme Rolland, avait déclaré.

Les renseignements précis du rapport de l'agent permettaient d'agir en toute sûreté. Rolland seul y était visé. Or, quelques jours après les événements que nous venons de raconter, Rolland sortait du Kursaal de Spa. Une représentation avait été donnée le soir. Mlle Bien-Aimée s'était fâchée avec lui; ils s'étaient disputés sous le long couloir qui mène au théâtre. Francine, haussant les épaules, avait pris le bras d'un monsieur qui l'attendait. Rolland avait eu un mouvement de rage qu'il avait réprimé aussitôt. Il était le compagnon, l'ami, mais non l'amant de Mlle Francine; elle venait au reste de le lui crier tout haut dans le grand couloir.

Il traversa la cour, monta le grand escalier des salons du Kursaal (on jouait encore à Spa à cette époque). Les artistes régulièrement engagés au théâtre n'avaient pas le droit de jouer, mais Rolland était en représentation, et par cela considéré comme un étranger.

En entrant dans les salons de jeu, il était souriant, et, pensant à la scène qu'il venait d'avoir avec Mlle Francine Bien–Aimée, il dit :

— Bah ! faisant glisser les quelques louis qu'il avait dans sa poche, bah ! malheur en femmes, bonheur au jeu.

Et il jeta cent francs sur un numéro de la table de la roulette, en disant :

— Nous allons voir si les proverbes sont vrais. Voyons, allons jusqu'au bout... sur l'âge de Francine... elle doit avoir vingt-sept ans.

Le croupier criait :

— Faites votre jeu, messieurs !

Il dit à un des croupiers :

— Mettez ces cinq louis sur le 27.

L'employé du Kursaal obéissant plaça la petite somme sur le numéro désigné.

Le croupier criait encore :

— Faites votre jeu, messieurs.

Puis :

— Rien ne va plus ?

Et la bille tournait dans la petie rigole.

Oh ! mon Dieu, pendant les quelques secondes que dura le tournoiement de la petite machine, Rolland, indifférent, insouciant, regardait autour du tapis vert, cherchait un joli visage ; il n'en trouvait pas.

La bille venait de s'arrêter dans un cran ; une tête se leva blonde, fraîche, charmante, qui lui souriait, et du regard semblait le complimenter. Rolland la regarda ; ses yeux furent charmés, ses oreilles entendirent :

— Vingt-sept... Noir... Impair et passe.

Et l'or tinta ; les trois cent cinquante louis tombèrent en cascade, sonnant joyeusement sur le tapis ; Rolland exclama assez haut pour que la femme qui l'avait regardé pût l'entendre :

— Oh ! non, ce sera bonheur au jeu et bonheur en femmes.

Et il ramassa la poignée de louis qu'il enfouit dans ses poches.

Clignant de l'œil à la femme qui lui souriait d'un air provocant.

Celle-ci comprit et se leva aussitôt ; ils sortirent ensemble.

C'est lui qui l'enveloppa dans ses fourrures, lorsqu'elle prit son manteau au vestiaire ; il faisait froid, mais le ciel était beau, étoilé, une belle nuit d'automne. La jeune femme lui prit le bras, se penchant câlinement sur sur son épaule, en lui disant :

— Où allons-nous ?

— Nous promener.

— Où me menez-vous ? fit-elle en riant.

— Nous allons souper, si tu veux, au *Rocher de Cancale.*

— Oui, je veux bien.

Ils marchèrent.

— Allons nous promener un peu, fit Rolland.

La femme, obéissante, s'abandonnait; ils arrivaient au bout de la rue et allaient s'engager sur la promenade de *Sept-Heures*, lorsque Rolland vit deux hommes s'avancer et s'arrêter devant lui.

Craignant qu'on ne vînt lui disputer la femme qu'il emmenait, il la fit reculer un peu d'un mouvement de bras; se plaçant devant elle, faisant face aux individus, il leur demanda :

— Qu'est-ce que vous voulez?

— Vous êtes M. Rolland? fit l'un.

— Oui, monsieur, et puis après?

Et, menaçant, il se mit sur la défensive. Celui des deux individus qui avait parlé étendit les bras, posa la main sur son épaule en disant :

— Au nom de la loi, je vous arrête.

L'attitude défensive de Rolland s'affaissa aussitôt; on eût dit que, sous le poids de la main de l'homme, il allait s'écrouler; c'est à peine si l'on put entendre ces seuls mots qui sortirent de sa gorge :

— Moi!... moi!... Vous m'arrêtez?

Et il s'abandonna.

Les deux hommes durent le soutenir chacun sous un bras pour l'emmener.

La femme, au premier mot et reconnaissant les deux hommes, avait presque entièrement troussé ses jupes pour mieux courir.

Elle se sauvait, disant :

— Oh! les agents de ville!

La nuit même, Rolland, réclamé par la police française, était dirigé sur Bruxelles pour être interné en attendant son extradition.

Et l'artiste fredonnait dans le chemin de fer, en caressant les louis qu'il avait dans sa poche, l'air de *Robert :*

Oui, l'or est une chimère.

XIII

LA LETTRE D'ADÈLE.

Lorsque l'homme d'affaires de M. de La Saussoye descendit de voiture et se présenta devant Mme Jeanne Cordier, celle-ci lui dit brusquement :

— Que voulez-vous encore? Il est inutile d'insister, je vous ai dit que je ne voulais plus entendre parler d'elle.

L'homme lui dit avec la plus grande politesse :

— Excusez-moi, madame, de venir encore vous importuner; je ne viens pas renouveler près de vous la demande que je venais vous faire; je viens vous apporter une lettre.

— D'elle?

— Oui, madame; j'ignore ce qu'elle contient. Mlle Cordier m'a dit qu'elle était importante et que vous deviez la lire.

— Que je devais la lire?... fit la Belle Bordelaise en haussant les épaules. Gardez cette lettre, monsieur, ajouta-t-elle sèchement; je vous ai dit que je me considérais comme n'ayant plus d'enfant; je ne veux plus entendre parler d'elle. Elle a cru devoir m'abandonner à l'heure la plus cruelle de ma vie, au moment où je perdais son père. Le plus que je puisse faire pour elle, c'est de ne rien dire des circonstances qui ont précédé ce départ. Ma fille sait bien ce que je pense d'elle. Elle n'a aucun espoir de pardon; jamais je n'oublierai sa conduite. Il faut bien qu'elle le sache. Toute tentative de rapprochement avec elle serait inutile. Vous voyez, monsieur, que je suis calme, que je n'ai plus le même emportement que j'avais lorsque vous m'avez surprise par cette demande. J'étais convaincue d'une chose, c'est que jamais mon enfant n'oserait s'adresser à moi.

L'homme restait interdit, un peu étonné.

— Lisez toujours cette lettre, je vous en prie, madame, puisque Mlle Cordier m'a affirmé que son contenu devait absolument modifier vos sentiments.

— Mais, mon Dieu, monsieur, je sais ce que contient votre lettre..., des mensonges, des prières; je ne veux ni croire aux uns, ni m'attendrir aux autres.

— Permettez-moi, madame, encore d'insister, en vous suppliant au moins de jeter un coup d'œil dessus.

— Oh! mon Dieu, fit brusquement la Bordelaise, monsieur, comme vous me tourmentez là bien inutilement; donnez-la, cette lettre.

L'homme tendit la lettre. Jeanne la prit, brisa l'enveloppe et, visiblement ennuyée, s'avança vers la fenêtre pour la lire plus facilement.

Se souvenant de ce que lui avait dit la jeune fille, l'homme de confiance d'Auguste de La Saussoye observait la Belle Bordelaise, voulant voir sur son visage l'effet produit par cette lecture.

Oh! cet effet ne se fit pas attendre : il fut foudroyant.

La Belle Bordelaise devint livide. La main qui tenait la lettre tremblait fébrilement; de l'autre main, elle parut s'accrocher à l'espagnolette de la fenêtre pour ne pas tomber; et, s'adressant à l'homme, elle demanda avec inquiétude :

— Est-ce que, monsieur, vous avez eu communication de cette lettre?

— Non, madame.

— Ma fille vous a, peut-être, raconté ce qu'elle allait écrire?

— Non, madame; cette lettre m'a été confiée avec la recommandation absolue de ne la remettre qu'à vous.

La Belle Bordelaise sembla soulagée pendant que, se redressant, passant la main sur son front, semblant lisser ses bandeaux, mais véritablement comme pour en chasser les pensées terribles qui venaient de traverser son cerveau...

L'homme d'affaires reprit :

— L'on m'a dit, madame, que la lecture de cette lettre devait absolument modifier vos idées; l'on m'a dit que je devais attendre votre réponse, et qu'assurément elle serait bonne.

Jeanne Cordier fit un effort. D'une voix tremblante, elle répondit :

— Oui... oui... elle avait raison... Je ne savais pas cela, ce qu'elle m'apprend me fait changer d'avis.

Et elle courait dans la chambre, cherchant son chapeau, son manteau, puis revenant devant l'homme, elle lui demanda :

— Où est ma fille, monsieur?

— Madame, fit vivement celui-ci, je ne puis pas vous le dire.

— Comment, vous ne pouvez pas me le dire?... Mais il faut que je la voie... Mais vous ne savez pas, monsieur, que ce n'est pas pour lui chercher querelle... au contraire. J'accepte, je vous dis... Mais il faut que je le lui dise moi-même... Je veux la revoir!... Je veux la revoir!...

Devant le ton, l'allure, les manières de la jeune veuve, l'homme était tout décontenancé. Il ne savait ce qu'il devait faire.

— Mais, voyons, monsieur, vite, vite, emmenez-moi, je vous dis... il faut que

Elle s'arrêta, se demandant si elle devait se tuer ou fuir (PAGE 119).

je la voie à l'instant... Je vous le répète, c'est pour lui dire : « Où est l'homme que tu as choisi, je consens. »

— Madame, voulez-vous m'accorder quelques minutes. Je ne suis pas venu seul. En bas, dans la voiture...

— Elle est là! elle est là! fit vivement la Belle Bordelaise.

— Non, madame, c'est lui... la personne qui la demande en mariage.

— Oh! fit-elle en reculant; puis : allez, monsieur, je vous attends.

L'homme sortit aussitôt; dès qu'elle fut seule, la Belle Bordelaise se laissa tomber dans un fauteuil et, couvrant son visage de ses mains, elle gémit :

— Oh! mon Dieu, mon Dieu!... mais je suis perdue! Il faut à tout prix que je la voie.

Moins d'une minute après, l'homme reparaissait et lui disait :

— Madame, M. Auguste de La Saussoye vous prie de descendre, il va vous conduire près de votre enfant.

— Monsieur? interrogea-t-elle.

— M.... Auguste de La Saussoye.

— Ah! celui qu'elle veut épouser?

Et elle descendit aussitôt.

La boutique était à peu près vide; le café, réputé pour son côté pittoresque, était abandonné.

La veuve n'était pas au comptoir; les clients ne venaient plus.

La mort avait chassé tout le monde, enfant et clients.

Du cabaret riant, il ne restait que l'ombre: le café de la Belle Bordelaise avait *vécu*.

Sans cesse, dans la journée, il venait des gens étranges, que des individus mal vêtus promenaient partout; des agents d'affaires amenant des acheteurs pour le fonds.

C'était lugubre.

Ils se plaçaient à une table, discutaient longuement; après avoir consommé, ils partaient; et l'homme, qui semblait avoir fait cirer son paletot et vernir son chapeau tellement ils brillaient, disait à la servante déjà habituée :

— Vous direz que c'est pour M. de Saint-Phar, son homme d'affaires... qui amenait des acquéreurs.

Ces visites étaient très fréquentes et n'avaient pas peu contribué à éloigner la clientèle.

L'abandon venait surtout de l'absence de la superbe maîtresse de la maison, de la Belle Bordelaise.

En traversant la boutique, Jeanne Cordier eut cette impression d'abandon, et elle en frissonna : c'était déjà le vide autour d'elle.

En voyant, à travers les vitres, la voiture qui attendait devant la porte; en voyant la tête d'un homme, penchée sur la portière et dont le visage semblait anxieux, elle eut peur.

Elle prit l'homme qui la dirigeait par le bras et lui dit :

— Monsieur, je vous en prie en grâce... ne m'obligez pas à me trouver avec la personne qui me demande ma fille... Laissez-moi voir mon enfant avant.

Comme l'homme d'affaires eut un mouvement, elle lui dit vite :

— Oh ! ne craignez rien, monsieur; je vous jure que je veux voir Adèle pour lui donner mon consentement... Je vous jure que vous n'avez rien à redouter.

L'homme d'affaires la regarda; et absolument certain qu'elle était sincère, il lui dit doucement :

— Vous accordez la main de mademoiselle votre fille à M. de La Saussoye?

— Oui, monsieur, oui!... je vous le jure!

— Vous donnez à votre fille l'autorisation de se marier immédiatement?

— Monsieur, je vous répète que je me mets à sa discrétion...; je vous affirme que, demain, c'est moi qui irai à la mairie faire faire les publications...

— Que voulez-vous, alors, madame?

— Je veux voir ma fille seule!... Je veux lui parler seule...

— Mais je ne sais comment faire, madame; vous me semblez être franche...; je le serai également... Elle m'a fait promettre de vous refuser ce que vous demandez.

— Alors, monsieur, je refuse de vous suivre... Je ne peux pas, je ne veux pas me trouver avec ma fille en présence de M. de La Saussoye.

— Vous refusez?... fit l'homme, ennuyé de voir ce qu'il croyait fait se briser.

— Non, monsieur, je ne refuse pas à ma fille... Dites-lui bien que je suis prête à faire ce qu'elle voudra...; mais il faut que je lui parle... à elle seule... Si elle ne veut pas me dire où elle demeure, fixez un endroit où elle se trouvera, et vous viendrez me chercher pour m'y mener...; mais je veux la voir avant de voir celui qu'elle a choisi.

Il y avait dans la voix, dans le ton, dans l'air de la Belle Bordelaise, la vérité; et l'homme lui dit :

— Madame, j'ai confiance en vous, je mens à tout ce que j'avais promis, j'espère que vous ne voudrez pas m'en faire repentir. Je porte le plus grand intérêt à M. de La Saussoye. J'ai pour lui une sincère affection, et c'est parce que je crois le servir que j'agis contre ce que j'avais promis. Je remets à vous, madame, de juger ce que vous avez à faire... Vous voulez savoir où reste Mlle Cordier? A Passy, Grande-Rue, n°..., elle est couturière. Allez la voir; dans une heure, seulement, nous vous rejoindrons avec M. de La Saussoye.

— Ah ! merci, monsieur, merci.

— Mais il ne faut pas qu'il vous voie partir...

— Oh! n'ayez crainte... Merci, monsieur... Je vais sortir par la porte de l'allée... Dans une heure, amenez-le chez Adèle, et c'est elle qui lui dira que sa mère donne son consentement.

— C'est sur cette assurance, madame, que je me retire.

L'homme s'attabla pendant que la Belle Bordelaise, sortant par la porte de l'arrière-boutique, se jetait dans une voiture et se faisait conduire à Passy.

Auguste de La Saussoye, anxieux, inquiet, s'impatientait dans le fiacre; il regardait sans cesse par la portière s'il voyait quelqu'un. Il était descendu, avait marché un peu, puis était remonté dans la voiture.

Pour tromper son impatience, il avait voulu fumer, et ne voulant pas redescendre de voiture, il avait pris une cigarette, ou tout au moins du tabac pour en faire une.

Le cocher lui avait donné un cornet presque vide, en lui disant :

— Voilà ce qui me reste, notre bourgeois...

Il avait roulé une cigarette, l'avait fumée, et son homme ne venait pas...

Pour tromper son impatience, il prit le cornet de tabac qu'il venait de vider et essaya de lire ce qui était imprimé dessus.

Son attention fut attirée par ces mots : « *Affaire de la rue Saint-Denis* »... Tout le commencement se trouvait coupé... cela reprenait : « ... l'autopsie a prouvé que le malheureux était mort empoisonné; du rapport des docteurs, il résulte que la poitrine et le ventre prouvent une phlogose; le foie est plus volumineux, les poumons sont flasques, légèrement adhérents; l'estomac, qui ne montre rien de particulier extérieurement, contient une certaine quantité de liquide noirâtre, comme du sang décomposé, dans lequel on trouve en plus grande quantité une matière cuivreuse, de couleur grisâtre, paraissant métallique et ressemblant sous les doigts à du sable... »

— Oh! oh!... Diable! il ne viendra donc pas...? Comme c'est gai, ça..., fit le jeune homme en jetant le papier.

La Belle Bordelaise se fit conduire à Passy.

Seule dans la voiture, blottie dans un coin, elle tremblait.

Ah! c'est que la lettre de sa fille était épouvantable dans son laconisme; elle n'avait que dix lignes, mais ces dix lignes, c'était l'échafaud.

Il fallait se soumettre, mais il fallait encore bien plus vite empêcher une indiscrétion qui la livrerait.

Depuis quelques jours, elle ne voyait plus Rolland, et, il faut l'observer, elle ne désirait plus le voir.

Elle l'aimait lorsqu'il lui était défendu de l'aimer. Libre, maintenant, l'amour, ou plutôt le désir, était mort dans sa satisfaction.

N'étant plus jalouse de l'homme, elle jugeait avec plus de colère; et la lettre d'Adèle lui affirmait qu'elle s'était trompée.

Sa fille haïssait Rolland; or, c'était le misérable qui voulait abuser d'elle..., c'était lui qui avait conçu ce plan abominable, et qu'elle avait refusé au reste, de placer dans la chambre d'Adèle un des paquets qu'il lui donnait pour mettre dans le breuvage du malheureux Cordier.

Et peut-être, agissant ainsi, s'était-il dit :

— J'accuserai la fille et la mère; je suis l'amant de l'une et j'ai compromis l'autre.

Mais tout cela ne tenait guère; la chose à craindre, c'était la vérité, c'était l'enfant disant :

— Je les ai entendus tous les deux décider la mort de mon père; cet homme était l'amant de ma mère.

Cela était effrayant et épouvantable, et dans les cahotements de la voiture, Jeanne Cordier, subissant les terreurs de sa nature impressionnable, voyait déjà sa situation au pis. Elle était accusée, arrêtée; elle allait être condamnée.

La tête en arrière, sur les coussins de la voiture, les yeux à demi clos, elle voyait déjà la grande salle de la cour d'assises, les robes rouges, son avocat en noir, comme portant déjà son deuil; et elle était écrasée par les preuves..., elle ne pouvait nier..., elle était coupable; c'était découvert, prouvé, affirmé, et tout son passé était venu s'ajouter à l'accusation, ce dont les femmes qui ont fauté ne se relèvent jamais.

On l'accusait avec sa misère d'enfant, avec sa beauté de jeune fille, avec son éducation négligée; tout ce qui avait été la cause de son malheur, de sa mauvaise conduite, au lieu d'être son excuse, servait d'accusation nouvelle.

Elle se voyait, se redressant tout à coup, après la plaidoirie de son défenseur finie, dans un silence accablant, et protestant contre la condamnation qu'elle redoutait en disant :

— Mais, messieurs les heureux, de quel droit me condamnez-vous? Je n'ai connu, étant jeune, que la misère et le désespoir; est-ce qu'enfant j'ai eu père et mère pour m'apprendre à aimer?... J'étais une enfant perdue, sans guide, sans soutien.

Jeune, la société ne m'a pas guidée, ni protégée; de quel droit me condamne-t-elle?... J'ai appris la vie, comme l'apprennent tous les malheureux, par l'abandon. Lorsque les mains se tendaient vers moi, c'était pour me prendre la taille.

Si je me suis mariée, c'est parce que mon amant était heureux d'avoir un enfant... Est-ce la femme qu'il a épousée? Non, c'est la mère. J'étais sa femme; il avait honte de moi, et cependant j'étais belle, très belle...

Moi, je n'ai pas été élevée comme vous, je ne vois pas la morale et la vie selon les règles de votre société; je vois la vie dans mes sens, et la morale dans mon amour... J'aime le beau; j'étais belle et l'on m'aimait...; j'avais le droit de choisir un beau...

Je n'avais jamais pensé au ménage, je voulais vivre comme on m'avait élevée, sans souci; c'est ma maternité qui fut cause de mon mariage... Mais, comme mon ancienne éducation ne m'avait pas préparée à cela, je maudis l'enfant qui allait venir pour me rendre moins belle, et j'acceptai le mariage parce qu'il me faisait un nom respecté; il effaçait le passé.

Quand je me suis mariée, je n'aimais plus mon mari, et lui n'avait pour moi que l'amour de la chair...; mais il me méprisait, il me trouvait belle... Ne me sentant pas aimée, n'étant pas dirigée, j'ai mal fait, j'ai aimé, et à mesure que j'aimais, je haïssais plus mon mari.

Nous ne pouvions plus nous voir. C'était, ne pouvant nous séparer, puisque la loi vous sépare en vous défendant de vous unir de nouveau, comme un duel moral; nous jouions à qui mourrait le premier. J'aurais peut-être attendu, mais mon amant m'a conseillée, et nous avons fini...; je l'ai tué...; condamnez-moi.

Elle en était là de son hallucination, lorsque la voiture s'arrêta dans la Grande-Rue de Passy.

Elle se secoua vite, heureuse de se débarrasser de ses lugubres pensées.

Elle descendit de voiture, et elle vit alors un rassemblement devant la porte, des agents entraînaient une femme qui se débattait... Elle s'avança et reconnut sa fille.

Se précipitant, elle s'écria :

— Laissez-la! laissez-la!... C'est ma fille!

La jeune fille était traînée jusqu'à la voiture; les gens qui regardaient laissaient agir. Les uns disaient :

— Il paraît que c'est une fille que l'on arrête.

Lorsque Jeanne se précipita pour arracher son enfant aux agents, Adèle la vit, la reconnut, et elle dit à sa mère :

— Oh! vous commettez encore cette indignité! Il vous juge cependant là-haut.

La Belle Bordelaise restait en place écrasée, ne trouvant plus un mot à dire. Terrifiée, elle n'osait dire à son enfant :

— Tais-toi.

Et elle redoutait de l'entendre parler.

Adèle avait été portée dans la voiture; deux agents s'étaient placés à ses côtés, et le fiacre était parti. Les curieux s'éloignaient, et Jeanne Cordier restait là, comme étourdie, balbutiant :

— Je suis perdue..., je suis perdue.

Adèle, qui ne pouvait, la pauvre enfant, redouter l'abominable accusation portée sur elle, était convaincue qu'elle était arrêtée sur l'ordre de sa mère, qui, usant de son autorité maternelle, voulait, pour punir sa fille, la faire enfermer dans une maison de correction jusqu'à l'âge de vingt ans. Assurément, sa mère n'avait pas reçu sa lettre.

Elle regardait par la fenêtre de la portière, lorsqu'elle vit passer la voiture où était Auguste de La Saussoye. Elle voulut se lever pour l'appeler, les agents la prirent brutalement et l'obligèrent à se rasseoir. Elle se mit à pleurer.

C'était effectivement Auguste qui revenait plein d'espoir. Son cerveau était plein de la pensée de celle qu'il aimait; il ne se fût point étonné si, en passant, dans la voiture qu'il venait de croiser, il avait aperçu une femme ressemblant à Adèle; il voyait Beau-Sourire partout. Il était bien assuré, au reste, que ce ne pouvait être elle; la femme était tout échevelée, les vêtements en désordre.

Il arriva à la porte et descendit; l'homme, lui montrant Jeanne toujours anéantie, dit à mi-voix :

— Voici sa mère.

Il sembla à Auguste qu'il l'aurait reconnue; sans ressembler à sa fille, elle avait des airs d'elle. Il s'avança près de Jeanne, tout rouge d'émotion, bien respectueux, balbutiant :

— Madame, je suis heureux...

La Belle Bordelaise sursauta et le regarda les yeux hagards; elle reconnut l'homme qui était venu chez elle. Elle tressaillit.

— Que me voulez-vous? Adèle...; ce n'est pas ma faute; je suis arrivée et n'ai pu empêcher les agents d'agir.

— Que me dites-vous là? fit le jeune homme qui pâlit aussitôt. Adèle est arrêtée!

Jeanne, toute tremblante de peur, répondit :

— Oui, d'un signe de tête.

— Oh! madame, ce que vous avez fait là est indigne. Vous êtes une grande coupable; mais je la vengerai..., et prenez garde.

Et après cette seconde d'emportement, le jeune homme remontait en voiture et, s'appuyant sur l'épaule de celui qui l'accompagnait, il fondit en larmes en gémissant :

— Oh! je suis bien malheureux! bien malheureux! Il faudra que je la retrouve.

La Belle Bordelaise marchait au hasard, sans voir, entendant bourdonner la phrase d'Auguste dans ses oreilles :

— Vous êtes une grande coupable!

Il savait donc aussi; mais alors tout le monde savait son crime. Elle répétait :

— Je suis perdue!

Et, en passant devant la Seine, elle s'arrêta une minute, se demandant si elle devait se tuer ou fuir.

DEUXIÈME PARTIE

UNE MÈRE BELLE

I

« QUE LE CIEL EST BRILLANT, ET MON AME EST SI SOMBRE. »

Jeanne Cordier était épouvantée; elle sentait sa raison s'envoler, elle était folle de peur. Mourir? Non, elle ne s'en sentait pas le courage. Elle était trop jeune et trop belle, elle voulait vivre. Elle était criminelle; son crime n'avait eu d'autre but que de lui rendre la vie libre, la vie facile, la vie à sa guise, le droit d'obéir à sa nature impétueuse. Et c'est à tout cela qu'il fallait renoncer... Non! non!

Revenant sur ce moment de faiblesse, elle se redressa en disant :

— Je lutterai.

D'abord il fallait sauver son enfant. Tant qu'elle avait dû injurier, menacer, châtier sa fille, elle n'avait rien ressenti. Jeune et belle, elle était jalouse de son enfant plus belle qu'elle. Elle était jalouse surtout de son enfant parce que, égarée, elle croyait que la malheureuse recherchait les tendresses de son amant. Mais elle savait maintenant que sa fille était une brave et honnête enfant, et elle la méprisait! L'homme était un misérable et elle l'avait adoré! Un sentiment nouveau naissait en elle; elle se prenait à aimer celle qu'elle avait méconnue; elle avait des frissonnements en pensant à ce qu'elle avait vu. Sa fille brutalisée, entraînée par des agents, traitée comme une prostituée, elle avait vu cela; et la criminelle n'avait pas osé se jeter sur les agents pour défendre sa fille; elle avait craint qu'en voulant la protéger on ne la prit, elle; fuir avait été sa première pensée, mais elle s'en sentait incapable; elle ne pouvait pas laisser sa fille sous l'accusation du crime horrible qu'elle avait commis, et cependant elle n'était pas assez forte pour la sauver en se livrant elle-même.

— Laissez-moi..., laissez-moi... Pour qui me prenez-vous? (PAGE 126).

Car tout était là. La liberté de son enfant tenait à la vérité déclarée par elle.

Et c'était dans le cerveau de la misérable une tempête. Sa raison peut-être allait y sombrer. Elle courait sur les quais et les passants la regardaient; elle le vit et redevint calme. Il fallait agir; elle ne jugea pas si cela était prudent; elle se rendit chez Rolland; on lui dit qu'il était parti depuis quelques jours et qu'il était recherché par la police.

En entendant cette dernière phrase, elle faillit tomber.

16e Liv.   16

On recherchait Rolland ; on savait tout alors, et sa fille n'était arrêtée peut-être que comme témoin ; peut-être pendant qu'elle était sortie était-on venu chez elle pour l'arrêter aussi. Elle se sauva sans savoir où elle allait ; voulant s'éloigner de chez elle, elle marchait toujours sans savoir où elle allait.

Elle cherchait l'ombre, et la misérable ne trouvait qu'un gai soleil ; elle marchait espérant ne plus voir autour d'elle les gens riant qui passaient, ne plus entendre ceux qui la remarquaient en disant :

— La belle fille ; regarde-moi cet œil.

Oh ! ce jour ! ce soleil !

Et cependant il est si bien venu pour les bons !

Oh ! le soleil !... Il vient sans façon, dès l'aube, embrasant les vitres, crevant les rideaux, faisant joyeusement scintiller les cadres dorés, que le temps a ternis..., incendiant la chambre ; il parle de santé, de gaieté et d'amour.

Et, faisant miroiter sous ses rayons sa poudre d'or, il dit au pauvre gars qui dort dans son lit dur :

— Lève-toi, me voici !

Oh ! c'est un généreux, le vieux père de la nature ; quand il passe, il met de l'or sur tout ce qu'il touche ; sous son regard, tout s'illumine.

Les vieux chênes noirs se garnissent de bronze doré, les portraits rient sous leurs cadres, les cheveux blancs s'argentent et les cheveux blonds se dorent.

Le poëte nous l'a dit :

> Dans le salon, quand il regarde,
> Il rajeunit les vieux tableaux ;
> Il fait chanter dans la mansarde
> Les enfants avec les oiseaux.

Aimé et chanté, il est bien venu partout, le vieux brûlant.

> Au paradis, comme sur terre,
> On aime sa joyeuse humeur ;
> Il est bien avec Dieu le père,
> Qui l'a fait son ambassadeur.

Le pauvre gars, il se sent revivre en recevant son heureuse visite ; aussi il obéit vite, il se lève.

Si le soleil se contentait de jeter sa jeunesse autour de lui, il le bénirait.

Mais le lâche, le traître, il lui frappe sur le front... il lui monte au cerveau... et...

Alors, le pauvre garçon, il veut boire un peu de cette atmosphère printanière..., il désire courir par les rues et les boulevards encombrés.

Mon Dieu! qu'il les trouve jolies, les femmes qui font chanter leurs robes sur l'asphalte gris!

Pour fêter la venue du soleil, elles ont quitté les fourrures et le velours. La taille enveloppée de dentelles transparentes, les cheveux pendant en anneaux sur les épaules, elles se promènent souriantes sous l'or de ses rayons.

Mon Dieu! qu'il les trouve jolies!

Les petites ouvrières qui envahissent le marché aux fleurs, marchant trois par trois, en taille, sans collerette, sans bonnet, exposant, insoucieuses, leur cerveau faible au feu turbulent du soleil de mars...

Bavardant, riant, jacassant, surtout agaçant les passants... et se grisant du parfum des premières fleurs.

Leurs poitrines, que l'air vicié des ateliers oppresse, se dilatent sous les caresses du vieil ami.

Mon Dieu! qu'il les trouve jolies!...

Les petits bébés qui dansent en rond! qu'ils sont roses et frais! comme on sent bien la vie et la santé sur leurs faces joufflues!

Quand le regard du soleil darde sur une maison :

D'abord, les rideaux se soulèvent un brin, un petit nez rose se montre, une haleine tiède ternit la vitre, un sourire achève le tableau et la fenêtre s'ouvre.

Les bancals et les boiteux mettent leur canne sous leur bras; les goutteux offrent de jouer aux barres; tout le monde rit, cause, chante.

Il voit — lui que la pauvreté tient à la gorge — s'agiter un monde nouveau, inconnu, où chacun tend la main, où chacun tend les lèvres.

Oh! le soleil, quel grand décorateur! Comme tout devient riche, beau, superbe sous son pinceau!

Fier, il marche, le bohème, l'œil joyeux, la face épanouie, aspirant à pleine poitrine cet air de bonheur qui l'environne, oubliant tout, le passé et l'avenir, souriant à tous et à toutes.

Convaincu que le soleil, qui rajeunit et embellit tout, lui accorde ses faveurs, il est grisé par sa chaleur et marche, marche l'œil rivé sur un point lumineux que son regard a peine à soutenir.

C'est encore le soleil qui, orgueilleux, darde, pour les répercuter, ses rayons sur une glace immense.

Comme une alouette aveuglée, il avance vers ce foyer éclatant, attiré malgré lui par ce feu qui ne réchauffe pas.

Quand il est devant la glace, il s'interpose entre elle et le soleil.

Bon Dieu! rougissant, il recule confus et honteux.

Pauvre gars, qu'il est mal vêtu.

Les hardes crient misère, et le soleil, qui dore les autres, rougit son chapeau, blanchit son habit, dont les coutures montrent le fil et dont l'étoffe chauve est luisante.

Oh! traître soleil! traître!

Il s'en va, soucieux, alors pensant et se disant :

« Il est de beaux tableaux qui veulent un riche cadre ;

» Des toilettes qui veulent de belles femmes;

» Des fleurs qui veulent du soleil;

» Des femmes qu'un rayon embellit.

» Mais il est aussi des gens auxquels il faut l'ombre, et que la lumière montre, mais n'éclaire pas. »

Et la malheureuse Jeanne marchait toujours, poursuivie par cette clarté.

Elle marchait, et, sans savoir comment elle y était venue, elle se trouva devant sa boutique; il lui sembla qu'elle avait une allure tout autre, que les gens qui passaient la regardaient curieusement; elle n'osa entrer et se sauva, marchant droit devant elle; elle se trouva alors devant la préfecture de police. En regardant le monument, elle eut comme un soubresaut, et, là encore, il lui sembla que les soldats du poste, que les agents de service avaient les yeux fixés sur elle. C'était fini; elle n'avait plus ni calme ni bon sens; la fièvre la dévorait, la peur l'affolait..., et le soleil lui faisait peur. Que la nuit était longue à venir! Elle ne savait où aller; dans ses oreilles bourdonnait constamment l'imprécation d'Auguste de La Saussoye :

— Vous êtes une grande coupable!

Ainsi sa fille avait tout dit à son amant; car, pour Jeanne, Adèle n'avait pas un fiancé, elle avait un amant; jugeant les autres par elle-même, et incapable seule de résister à l'homme qu'elle aurait aimé, elle était convaincue que sa fille « chassait de race. »

Il n'y avait d'autre ressource pour elle que la fuite, et elle se sauvait. Elle arriva ainsi jusqu'au jardin du Luxembourg. Là, se trouvant seule dans une allée, elle s'assit sur un banc, cherchant à remettre un peu de calme dans ses idées, à voir bien nettement sa situation et à décider ce qu'elle devait faire.

Assise sur le banc, abattue, la tête basse, l'œil fixe, elle pensait; vainement elle voulait rester immobile, ses bras s'agitaient, ses mains tremblaient. Ce qu'elle voyait se dresser devant elle, c'était l'accusation.

On savait tout; sa fille, ayant toutes les raisons pour cela, allait la déshonorer; déjà Rolland était accusé, arrêté peut-être, puisqu'elle ne l'avait pas vu. On savait tout et on la cherchait.

Le soleil était chaud, et elle frissonnait; elle tremblait la fièvre, et son front était mouillé par une sueur froide. On la poursuivait, on la cherchait. Déjà le matin elle avait pensé à mourir, mais, malgré elle, l'instinct vital réagissait, et elle disait :

— Non, non! je veux vivre!

Après une grande heure passée ainsi, elle se dompta, et, envisageant plus froidement sa situation, elle l'établit nettement en se demandant ce qu'elle devait faire.

Elle avait été dénoncée, — elle le croyait, — on était à sa recherche. Rolland était arrêté; elle ne l'aimait plus, elle le jugeait ainsi qu'il le méritait, et elle se disait qu'il avouerait le crime en le rejetant sur elle. C'est alors seulement qu'elle pensa que lui n'avait rien fait; c'était elle, elle seule qui avait empoisonné son mari. Rolland avait dirigé, conseillé, mais comment prouver cela : ce n'était plus possible, puisqu'elle avait nié ses relations avec lui, puisqu'elle avait laissé supposer, dans ses interrogatoires, qu'il était l'amant de sa fille; or, Rolland l'accusant et sa fille l'accusant à son tour, c'était fini, elle était perdue.

Oh! comme la haine venait maintenant remplacer l'amour! — c'est à ce point qu'elle ne pouvait croire qu'elle avait jamais aimé cet homme.

Il fallait envisager la situation sous son côté terrible. — Elle était poursuivie, elle devait se soustraire aux recherches; elle avait peu d'argent sur elle; avec quelques bijoux, c'était tout ce qu'elle possédait, — car il ne fallait pas penser à aller au café, qui devait être bien surveillé.

La nuit venait, c'était déjà une protection, et la fraîcheur du soir lui donna un peu de courage. Où allait-elle aller? C'était la grande question. L'hôtel, c'était dangereux. C'est là qu'on irait la chercher d'abord, dans les hôtels, où la police va à toute heure... Elle creusait son cerveau pour se trouver une amie; personne; depuis la mort de son mari, tout le monde avait semblé la fuir.

C'est à ce moment seulement qu'elle fit la remarque que la froideur de ceux qui l'entouraient datait de ce jour. On se doutait donc. Mais elle avait été aveugle, et tout cela pour lui, pour Rolland. Oh! quelle haine elle ressentait!

Elle se promenait dans le Luxembourg, cherchant toujours. La nuit était tout à fait venue; on allait fermer les portes du jardin, il fallait sortir. Où allait-elle aller?

Tout ce qui était lumière lui faisait peur; elle n'osait entrer dans un café, et avec le calme, la nature reprenant le dessus, elle avait faim; puis elle était lasse. Elle se promenait autour de l'Odéon; elle remarqua qu'un homme la suivait; elle eut peur, elle pressa le pas. L'homme la suivait toujours.

Elle ne se tenait plus debout, elle titubait en marchant; c'était l'agent, elle n'en pouvait douter; la fuite n'était pas possible, car il était tout à fait derrière elle. C'était fini, elle était prise.

Elle voulut éviter le scandale d'une arrestation dans une voie fréquentée, et elle se jeta dans une petite rue. L'homme l'y suivit.

Prête à tomber, elle s'arrêta, s'appuyant sur le mur, elle s'attendait à sentir la main de l'agent s'appuyer sur son épaule; elle se rendait. Elle sentit qu'on lui prenait la taille; elle était si surprise, qu'elle ne résista pas, qu'elle ne dit pas un mot. L'homme la prit dans ses bras, l'embrassa, et c'est alors seulement qu'elle l'écarta faiblement en disant :

— Mais que faites-vous donc, monsieur? que me voulez-vous?

— Je veux vous dire que vous êtes belle; je veux vous dire que vous avez des yeux qui m'ont tout bouleversé, que...

— Laissez-moi..., laissez-moi... Pour qui me prenez-vous?

— Oh! ma chère enfant, ne vous y trompez pas. J'ai vu que je vous faisais un peu peur, j'en ai profité... Mais je ne vous juge pas mal pour cela..., au contraire... Si je vous ai fâchée, je vous en demande bien pardon.

Jeanne regarda seulement alors celui qui lui parlait; c'était un beau garçon de vingt-quatre à vingt-six ans, grand, robuste, beau, un blond aux yeux bleus, au visage gai, à l'air bon.

Cela la rassura.

— Ma belle amie, voulez-vous me permettre de vous offrir le bras; le temps de causer avec vous pour vous prouver que je vous juge bien.

Est-ce que la nature de Jeanne s'éveillait? Est-ce que cette aventure de rue tentait son cerveau dépravé? Elle sourit à l'homme, et lorsque celui-ci, un peu en la forçant, l'obligea à lui donner son bras, c'est à peine si elle lui résista...

Il l'entraîna en lui disant des choses folles; il l'adorait comme ça tout d'un coup, de l'avoir vue passer sous les arcades de l'Odéon; elle avait des yeux à nuls autres pareils! Et c'était vrai; ses yeux avaient des lueurs de fièvre, ses joues étaient roses; de sa course, il restait en elle un air las et chiffonné qui la rendait tout à fait séduisante.

Lorsqu'il la ramena vers la rue Dauphine, elle semblait gênée par les lumières. Le jeune homme le remarqua et lui dit :

— Vous avez peur?

— Moi? oh non!... fit-elle vivement.

— Vous paraissez craindre de rencontrer quelqu'un.

Elle frissonna et dit vite :

— Eh bien! vous me demandiez tout à l'heure ce que j'avais à trembler; la vérité, la voici... Je suis mariée...

— Eh bien! mais c'est charmant...

— Mon mari... me bat... Je me suis sauvée...

— Vous en cherchez un autre... Me voilà...

— Non... Vous plaisantez..., et j'ai peur en restant dans la rue.

— Je vais vous protéger... Nous allons rentrer chez nous...

— Oh! monsieur...

Une heure après ils soupaient ensemble, et, sortant de souper, le grand blond emmenait la Belle Bordelaise, bien convaincu que la pauvre femme, à la suite d'une querelle, abandonnait le toit conjugal.

Jeanne n'obéissait ni à son cœur ni à ses sens. Jeanne se sauvait; elle venait de trouver ce qu'elle désirait, et, coûte que coûte, elle payait de sa chair...

Elle était libre! elle ne trompait personne; elle n'aimait plus rien qu'elle, elle se protégeait en acceptant un gîte certain, où on n'aurait pas l'idée de la venir chercher.

Lorsque la malheureuse se trouva dans la chambre de celui qui l'emmenait, elle parut rassurée, et le grand blond, attribuant son mouvement de satisfaction à un autre motif, la prit dans ses bras et voulut l'embrasser. Mais aussitôt elle se recula, le repoussant brutalement, à ce point que le jeune homme en resta tout stupéfait.

— Eh bien! qu'est-ce que tu as?

Elle eut conscience de sa situation, et elle sourit en disant :

— Oh! si vous saviez ce que j'éprouve en ce moment! Ce que je fais est indigne.

— Pourquoi donc? Ton mari te bat, tu le quittes: quoi de plus simple?

Jeanne se tut. C'était l'histoire qu'elle avait contée; il fallait tout subir si elle voulait se sauver, car c'était en ce lieu seulement qu'elle était en sûreté.

Si misérable qu'elle fût, jamais elle n'avait pensé en arriver là. Qu'était-elle devenue, l'indigne; à quel degré arrivait-elle! Fille légère, femme infidèle, épouse criminelle, mère sans âme et enfin fille, fille!

— Oh! cela était atroce, et elle ne pouvait y échapper; il fallait s'abandonner, il fallait se livrer pour échapper à ceux qui devaient la poursuivre.

L'homme qui l'avait emmenée avait pour elle certains égards; assurément il croyait à la fable qu'elle avait racontée..., mais elle était à lui...

Lorsqu'au milieu de la nuit elle se dressa sur le lit, car elle avait vainement cherché le sommeil, l'homme qui l'avait emmenée dormait. Elle pensa, et elle se mit à pleurer.

C'était épouvantable ce qu'elle avait fait; elle aurait dû mourir.

En se tuant, elle écrivait une lettre qui justifiait son enfant et livrait à la justice le misérable auquel, à cette heure, elle attribuait tout. Non, elle avait été lâche, et sa lâcheté l'avait fait descendre plus bas qu'elle n'avait jamais été.

Elle ne pouvait rester ainsi; ce lit lui brûlait la peau, cet homme endormi près d'elle lui répugnait; et puis, elle était tourmentée sans cesse par cette pensée que sa fille était enfermée, qu'un juge allait l'interroger et qu'elle répondrait :

« Ceux qui ont tué mon père?... C'est ma mère et son amant... »

Non, non, il ne fallait pas cela; elle serait perdue, mais elle voulait sauver sa fille; est-ce qu'elle existait, elle, désormais? Le vice, la débauche, le crime la rejetaient de la société... Qui consentirait à la voir?... C'était fini...

L'homme ronflait... Elle se leva...

Le noir qui envahissait la chambre emplissait son âme; elle se leva, ayant pris une grande résolution : elle voulait mourir, mais elle voulait sauver son enfant...

Sans bruit, elle s'habilla, et elle sortit de la chambre en disant :

— J'aurais dû me décider avant et m'épargner cette dernière souillure...

Elle descendit l'escalier toute frissonnante de fièvre; lorsqu'elle se trouva dans la rue, elle regarda autour d'elle, redoutant les agents; elle ne voulait pas être prise; elle voulait se livrer.

La rue était déserte; elle marcha, et elle pensait :

— Je suis résolue à sauver ma fille et à livrer l'homme qui m'a perdue : celui-là est la cause de tout. Je vais rentrer chez moi; les agents doivent y être postés, on me prendra... Je me livre; on m'emmène en prison; dès le premier jour on m'interrogera; je demanderai à être confrontée avec ma fille et avec Rolland... Alors...

Et la misérable marchait sans s'apercevoir qu'elle parlait haut :

— Alors, je dirai :

« L'assassin! c'est lui, c'est cet homme, c'est cet homme qui m'a prise par mes vices, qui m'a rendue malhonnête, que j'ai aimé et qui a fait de moi sa complice. Ce qu'il voulait, c'était la petite fortune que mon malheureux mari avait gagnée. Prenez-le, punissez-le; je suis sa complice, je me livre également. »

Et alors je me retournerai vers ma fille, je m'agenouillerai devant elle et je lui dirai :

« Adèle, je suis une misérable, pardonne-moi... »

Puis, au juge je dirai :

« Laissez-la, elle est innocente... »

Et cette action rachètera le passé...

Elle marchait toujours; elle eut des frissonnements en ajoutant :

— Alors, Rolland livré, certaine qu'il sera puni, ma fille sauvée, rendue libre, pouvant se marier à celui qui l'aime, je me ferai justice moi-même; je me tuerai dans la prison... Eh! mon Dieu! la mort vaut mieux que la vie de tourments, de malheur et de mépris que je trouverais...

Et, relevant la tête, elle ajouta :

— J'ai eu le courage de tuer les autres..., je me tuerai bien... Oh! je me méprise tant!...

Jeanne était arrivée rue Saint-Denis; il faisait petit jour. Elle se redressa, voulant faire face au danger; cette fois, elle cherchait le jour. La boutique était encore fermée, mais à travers les interstices des volets on voyait de la lumière. Elle eut une crispation et elle dit :

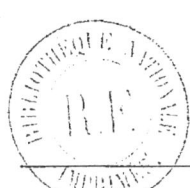

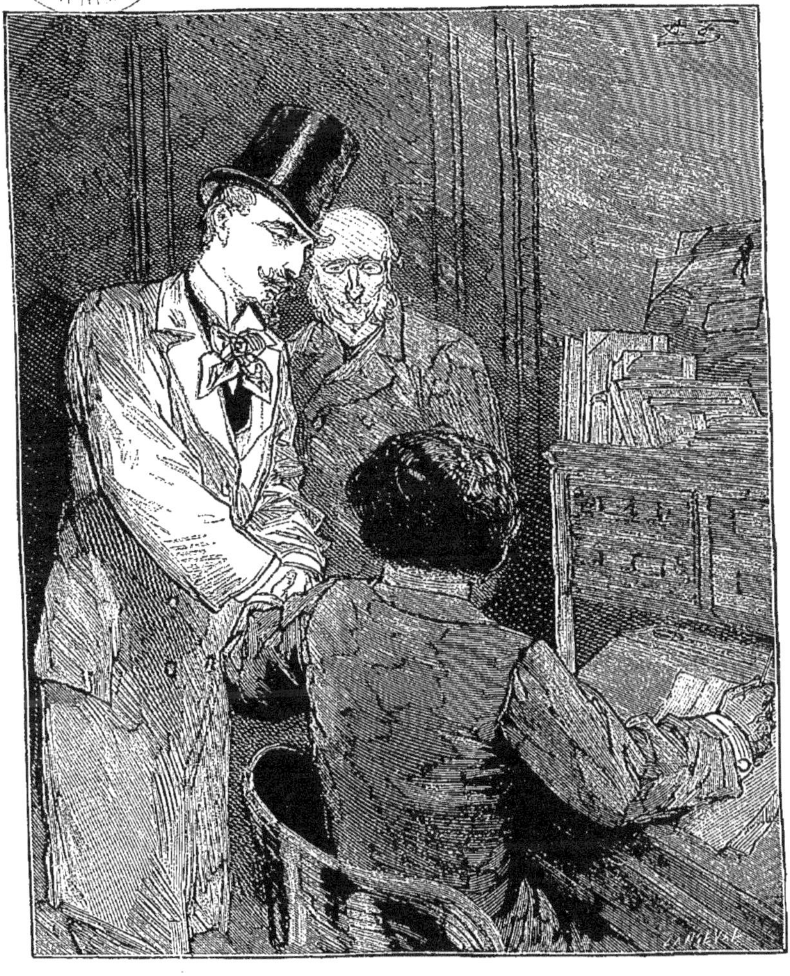

Il lui expliqua en quelques mots le but de sa visite (PAGE 131).

— Ah! ils sont là, ils guettent. Allons, je me livre!

Et tirant une clef de sa poche, elle entra.

Elle vit la servante qui, endormie, accoudée sur une table, s'éveilla et dit avec joie :

— Ah! vous voilà donc, madame! Oh! que nous avons eu d'inquiétude!

Jeanne resta tout étourdie. Elle était libre, elle était chez elle! Elle n'était donc pas accusée!

17ᵉ Liv.   17

II

OU EST-ELLE?

Malgré les conseils de celui qui l'accompagnait, Auguste de La Saussoye, en revenant de Passy, voulait absolument se rendre à la préfecture de police pour réclamer Adèle. Il était impossible que la jeune fille fût ainsi incarcérée de par le caprice d'une mère monstre qui l'avait abandonnée et même repoussée.

Auguste était fou de désespoir. Le malheureux garçon, qui se contentait de la place humble qu'il occupait, qui n'avait pas osé faire une démarche pour changer sa situation, se trouvait tout à coup transformé.

Pour Adèle, il était prêt à tout, il parlait d'aller trouver le préfet de police, de s'adresser au ministre; un peu plus, il se serait adressé à l'empereur.

L'homme d'affaires plus calme lui disait:

— Nous avons été joués par Mme Cordier, c'est sur votre conseil que j'ai agi; je ne voulais pas lui donner de renseignement sur sa fille.

— Voyons, monsieur Butin, est-ce normal? est-ce possible à penser qu'une femme, dans la situation dans laquelle celle-ci se trouve, refuse son consentement à sa fille; et, pensant qu'elle ne refusait que pour se faire prier, lorsque je vous conseillais de lui indiquer la demeure de sa fille, n'était-ce pas raisonnable?

Je ne désirais et ne pensais qu'une chose, c'est que cela lui donnait le moyen d'un raccommodement avec son enfant. La mère se remettait avec sa fille... Pouvais-je penser qu'aussitôt elle irait chercher la police pour faire enfermer sa fille?

Est-ce que la raison, le bon sens peuvent faire supposer cela?

— Je vous avais prévenu que cette femme était singulière, qu'elle m'avait parlé de sa fille d'une étrange façon.

— Vous m'avez dit cela d'abord, mais non lorsque vous l'avez vue la seconde fois.

— C'est vrai; j'ai cru, alors, qu'elle était sincère; j'ai cru que véritablement elle était pleine d'affection pour sa fille; j'ai cru, enfin, qu'elle désirait autant que vous l'union que vous demandiez.

— Monsieur Butin, il faut agir. Je ne veux pas qu'Adèle passe la nuit dans une prison. J'ai, Dieu merci! quelques amis influents; nous nous adresserons à eux; il faut qu'elle soit libre, il le faut, je le veux.

M. Butin hochait la tête. L'autorité maternelle n'était pas discutable; l'enfant, car Adèle était considérée ainsi, s'était sauvée de chez ses parents; on la prenait, et, pour punir l'escapade, on avait le droit de la faire enfermer.

A ces raisons, exposées par son conseil, Auguste répondait par des négations. Adèle n'avait pas pour sa mère un grand respect; or, c'est que celle-ci était méprisable, car ce qu'Adèle pensait était juste, ce qu'elle faisait était bien.

De la discussion, il advint que le père Butin, cherchant un point attaquable, demanda :

— Est-ce que la jeune fille a un subrogé tuteur?

— Que me demandez-vous là?...

— Lors de la mort de son père, un conseil de famille a dû nommer un subrogé tuteur, lequel a dû donner son consentement pour réclamer l'incarcération de l'enfant; la mère seule n'aurait pu agir.

— C'est cela! exclama joyeusement Auguste; c'est cela, elle agit contre son droit. Adèle n'a pas de subrogé tuteur; elle a fui la maison paternelle la nuit de la mort de son père; sa mère n'a pas d'autorité sur elle. Monsieur Butin, je vous en prie, venez avec moi à la préfecture de police, nous allons la faire sortir, l'arracher des mains de cette marâtre.

Et le jeune homme était désolé; il était si triste, si malheureux, que le père Butin n'osa pas protester; il feignit d'être de son avis et lui dit :

— Je suis prêt, mon ami, allons à la préfecture.

Aussitôt arrivé, Auguste de La Saussoye monta dans le bureau d'un de ses amis, employé supérieur; il lui expliqua en quelques mots le but de sa visite. Le voyant si bouleversé, les yeux rouges, encore humides de larmes, l'ami s'empressa de se mettre à sa disposition.

— Assurément, dit-il, cela est sans importance, attendez quelques minutes et je vais faire mettre la personne en liberté.

Auguste, heureux, attendait; il était absolument certain qu'on allait lui ramener la jeune fille. Au bout d'un grand quart d'heure, son ami revient et lui dit :

— Je n'ai pas trouvé ce que vous me demandez; il n'y a pas eu d'arrestation de ce genre ce matin. On n'a pas remis au Dépôt la personne que vous réclamez.

— Mais alors, qu'est-ce que cela veut dire?

— Je ne puis vous renseigner à ce sujet. Vous êtes certain de l'arrestation ce matin?

— Absolument.

— Sur l'ordre de la mère?

— Je suis arrivé; la mère était encore là, et les agents venaient d'emmener la fille.

— C'est curieux; j'ai vu tous les bureaux; il n'y a rien de semblable, il n'y a eu ce matin d'arrestation de femme qu'au criminel... rien en simple police.

— Mais, enfin, les agents que j'ai vus ne sont pas de faux agents!

— Vous les avez vus?

— Oui, dans une voiture, je l'ai vue, on l'emmenait; d'abord, car cela me semblait si impossible, je croyais m'être trompé, mais c'était elle.

— Vous me disiez que c'était sur l'ordre de la mère?

— Je vous le répète, j'ai croisé la voiture dans laquelle les agents l'emmenaient, et en arrivant la mère était encore là; c'était elle qui avait assurément dirigé les agents; elle avait assisté à l'arrestation de sa fille.

— Vous l'avez vue?

— Mais je vous l'assure.

— Ah! cela est singulier. Je ne trouve rien de semblable ce matin... Voyons, monsieur de La Saussoye, je veux que vous soyez bien assuré que je me mets entièrement à votre discrétion. Veuillez me donner de nouveau les noms, je vais demander dans les bureaux.

— La jeune fille se nomme Adèle Cordier; elle demeure à Passy.

— Très bien; elle a été arrêtée à la requête de sa mère?

— Oui... et cela a dû être fait très rapidement, car ce matin encore elle ignorait son adresse. La mère, Mme veuve Cordier, a été obligée de venir ici pour la faire prendre; elle a dû partir avec les agents.

— Mais, fit en riant l'ami d'Auguste, vous pensez qu'on vient ici demander des agents comme on va chercher des commissionnaires; on a sa voiture à la porte, on les fait monter pour aller arrêter quelqu'un? Mais il fallait un mandat d'amener, et il ne faut pas qu'une demi-heure, c'est le temps que vous déclarez, pour l'obtenir.

— Alors vous pensez que l'arrestation a été faite par de faux agents, que c'est l'œuvre de Mme Cordier?

— Je ne vous dis pas cela; je vous demande si l'arrestation a été faite seulement sur l'ordre de la mère.

— Ah! fit tout à coup Auguste de La Saussoye; il se pourrait que la mère ait, depuis deux mois déjà, fait rechercher sa fille; or, le mandat d'amener était délivré et elle est venue seulement donner l'adresse que l'on n'avait pas...

— Ceci serait possible; mais l'exécution, moins d'une heure après... c'est bien singulier... Mon ami, voulez-vous m'accorder encore quelques minutes? Je vais aller au bureau de la sûreté, je saurai les ordres d'aujourd'hui et vous serez renseigné.

— Allez, allez! Je vous en prie.

Et Auguste était presque rassuré; assurément, l'arrestation de Mlle Beau-Sourire était illégale; c'était la mère qui avait fait enlever sa fille; alors plus de prison, plus de tourments. Cela devenait une question familière à traiter avec la mère, et il était convaincu qu'il réussirait à la décider.

Au fond, cela était absolument logique et moral.

La jeune fille s'était sauvée de chez sa mère. Dès que celle-ci savait où elle était, elle ne cherchait qu'une seule chose, la faire revenir chez elle; et elle simulait une arrestation pour réussir.

Cependant, c'est très anxieux qu'il attendait le retour de son ami.

Celui-ci revint pour lui dire avec découragement :

— Je n'ai rien pu savoir, ou du moins je n'ai pas vu ce nom-là. Tantôt, lorsque le chef de la sûreté sera là, je le lui demanderai, et, si vous le voulez, je vous ferai aussitôt parvenir sa réponse.

— Eh bien, c'est cela, se hâta de dire de La Saussoye..., car il avait peur qu'on ne vit un délit dans l'action de la mère.

Pour Auguste, maintenant, c'était certain, Adèle n'était pas arrêtée, Jeanne Cordier l'avait fait enlever; et il avait hâte de partir, convaincu qu'il allait la retrouver chez sa mère.

Il serra la main de son ami en disant :

— Eh bien, c'est cela, je compte sur vous, envoyez-moi deux mots.

Le même jour, Rolland, assis entre deux agents dans un compartiment de seconde classe, revenait à Paris.

Ah! que son visage était loin d'avoir l'expression qu'il avait lors du départ, au milieu du groupe d'artistes qui l'accompagnaient.

Placé dans un coin, ayant un agent à côté de lui, un autre devant, il était pelotonné, la tête dans ses mains, tourmentant ses cheveux de ses ongles; il était sans force, il voulait penser, mais son cerveau était rebelle. L'heure allait sonner où, lasse de ses méfaits, la société allait lui demander des comptes; où ses victimes, ses dupes allaient réclamer la réparation de ce qu'elles avaient souffert.

On était en automne, les soirées étaient plus froides. Était-ce de cela qu'il tressaillait? était-ce de ses pensées?

Le temps était sombre comme ses rêves; le noir envahissait son cerveau; sombre la nature, sombre l'âme du misérable.

Ses yeux avaient des lueurs singulières; sa bouche était serrée sur ses dents qui grinçaient. Au moindre bruit, il regardait comme effrayé autour de lui; il ne rencontrait que le regard vigilant des deux agents qui semblaient se méfier de lui.

Rolland se persuadait qu'il avait été dénoncé.

La dernière fois qu'il s'était trouvé avec Jeanne Cordier, il lui avait trouvé un air singulier, et il était prêt à croire, il croyait même que c'était elle qui le livrait.

Et plein de rage, de haine, il pensait :

— Maintenant, c'est la lutte avec elle; c'est naturel... A l'amour succède la haine. A l'heure où je crois ma vie assurée, où je crois que tout va réussir, tout s'écroule, et, tombé, voilà que l'on veut m'écraser. Ah! mais non; malheur à vous, vous en serez cause; j'ai vécu du mal, je ne changerai pas... J'en ai vécu... j'en vivrai ou j'en crèverai... Vous tuez les gens et vous voulez mettre ça sur le compte des autres; l'amant, le complice... en prison, et vous, bien tranquille auprès du feu, les pieds sur les chenets, parlant de lui en le méprisant. Vous menez la conduite la plus dépravée, vous ne savez pas devenir une femme, vous restez la fille... Mère, vous êtes jalouse de votre enfant... mais vous volez l'estime publique... Imprudente, oubliant ce que vous avez fait, vous renvoyez sur moi les argousins qu'on lançait sur vous... Je suis perdu maintenant, peut-être à cause de vous; mais si je suis perdu, je ne le serai pas seul... Imbécile! mais elle ne sait donc pas que je suis capable de tout! Je ne respecte rien, moi... Je n'ai pas de famille, pas de parents, pas d'amis; je n'aime personne, je n'aime les autres que pour leur arracher ma vie.

Ah! tu verras, Jeanne, si je sais me défendre! Je vis pour jouir de la vie, non pour en faire jouir les autres... Cet assassin veut me perdre, elle sera perdue... Gare à qui se place devant moi. Tu es bien perdue, va... Après tout, ce n'est pas la mort que nous avons à redouter; si tu me donnes une chaîne, tu auras la tienne.

Et comme il avait des tressaillements et des mouvements nerveux, comme son regard avait des lueurs étranges, les deux agents se rapprochèrent de lui; il s'en aperçut et il fit tous ses efforts pour devenir plus calme.

Quelques minutes après, le train entrait en gare; il montait en voiture avec les agents. Une heure après, la voiture entrait dans la prison de Mazas.

Au moment où elle s'enfonçait sous la voûte sombre, il entendit l'orchestre d'un bal voisin, près du pont d'Austerlitz, qui jouait sa dernière valse, les *Éclats de rire*. Là, seulement, il eut une honnête pensée; se jugeant, il dit :

— Va, paresseux, pourquoi n'est-ce pas au travail que tu as demandé ta vie?

En sortant de la préfecture de police, Auguste de La Saussoye dit à M. Butin qui l'accompagnait :

— Nous allons aller chez la mère.

— Mais qu'espérez-vous d'elle?

— D'abord, des nouvelles.

— Vous n'avez donc rien appris?

— Non.

M. Butin était plus calme; il jugeait plus froidement la situation, et il lui dit :

— Cela est bien singulier; d'après ce que vous m'avez dit, l'ami auquel vous alliez demander des renseignements a une certaine situation à la préfecture; il peut savoir; en vous répondant ce que vous me dites, il savait. Or, Mlle Cordier n'aurait pas été arrêtée, mais aurait été enlevée.

— Écoutez, monsieur Butin : mon ami, j'en suis convaincu, a fait tout ce qu'il lui était possible pour me renseigner, et il m'a absolument affirmé qu'il n'y avait point d'arrestation faite sur mandat d'amener à Passy.

— Alors, fit le conseil de M. de La Saussoye, la chose est absolument claire. J'ai été la dupe de Mme Cordier. J'ai cru à la promesse formelle qu'elle me faisait de vous donner son consentement. J'ai cru qu'elle trouvait dans la demande qui lui était faite un prétexte tout naturel pour revoir sa fille et se remettre avec elle en lui accordant ce qu'elle désirait. Au contraire, lorsqu'elle a eu l'adresse de sa demeure, elle l'a immédiatement fait arrêter et, probablement, l'a fait enfermer soit dans un couvent, soit dans une pension.

— Mais non, monsieur Butin, cela n'a pu être fait. Rien de ce que vous dites n'est possible. Aussi bien pour la faire enfermer que pour la faire ramener chez elle, dans les conditions où nous avons vu que cela était fait, il fallait une action judiciaire; mon ami me l'a encore déclaré tout à l'heure. Si ce sont des agents qui l'ont arrêtée, il leur fallait un mandat d'amener. Ce mandat, elle n'aurait pas encore eu le temps de l'obtenir.

— Mais enfin, dit l'homme d'affaires, arrivons tout de suite à la question de fait ; quelle est votre pensée alors?

— Elle est bien simple : c'est que la mère, dès qu'elle a su l'endroit où restait sa fille, qu'elle a vu la possibilité de la punir, a embauché quelques individus qui, se faisant passer pour des agents, l'ont arrêtée.

— Et pourquoi faire, mon Dieu? .

— Pour la ramener chez sa mère.

— Mais la mère se trouvait à Passy lorsque nous y avons été; elle paraissait même consternée en nous voyant arriver.

— Mon Dieu! cela s'explique bien facilement : elle venait assurément d'avoir avec sa fille une explication peu agréable.

— Cela me semble bien singulier, reprit l'homme d'affaires; cette femme avait un air, une voix, un accent de vérité qui m'ont frappé; j'entends encore la phrase qu'elle nous disait, paraissant redouter notre colère :

« Que me voulez-vous?... Vous cherchez Adèle?... Ce n'est pas ma faute..., je suis arrivée et n'ai pu empêcher les agents d'agir. »

Auguste de La Saussoye était méconnaissable. Ce n'était plus le même homme, et lorsqu'il répondait, M. Butin, son conseil, le regardait, étonné de lui voir cette crânerie. Il disait :

— Tout cela est une comédie dont je ne suis pas la dupe; cette femme mentait; elle parlait d'agents pour faire croire à une arrestation légale. La vérité, c'est que c'est elle-même qui a conduit et dirigé les hommes qui ont emmené sa

fille. Vous allez me dire qu'elle en avait le droit; je le sais bien; mais, en me
parlant d'arrestation, elle mentait, et cela pour empêcher mes recherches; je suis
absolument édifié à ce sujet, puisque mon ami m'a dit :

« Il n'y a pas eu d'arrestation ce matin. »

Or, c'est donc Mme Cordier qui est venue, non arrêter, mais chercher sa fille
pour la ramener chez elle, et, j'en suis convaincu maintenant, c'est là qu'elle est.

M. Butin regardait le jeune homme; il paraissait bien ne pas croire absolument
à ce qu'il affirmait, mais, ne voulant pas le contrarier, il dit :

— Et que comptez-vous faire?

— Oh! mon Dieu, ce que j'aurais dû faire depuis le premier jour, ce que ma
sotte timidité a empêché.

— Quoi donc?

— Aller voir Mme Cordier et lui demander une explication

— Oh! cette fois, fit en souriant M. Butin, vous avez absolument raison; si
c'est là ce que vous voulez faire, je vais avec vous.

— Oui, monsieur Butin, vous allez m'accompagner; vous m'attendrez, parce
que je veux avoir un entretien sérieux; vous comprenez que je dois apprendre les
mystérieuses raisons de cette antipathie entre la mère et la fille. Il faut voir juste
dans la situation; vous, monsieur Butin, qui êtes un homme logique, dites-moi
quelles raisons sérieuses que la femme que vous avez vue, dont nous connaissons
la situation, pourrait opposer à ma demande. Sans être riche, j'assure en me
mariant l'avenir de ma femme. Maintenant, je vous ai tout dit et vous n'ignorez
pas dans quelles circonstances j'ai connu Adèle, il y a là-dessous un drame qui
doit être la clef de tout.

— Mlle Cordier ne vous a donc jamais raconté les motifs qui l'avaient poussée
à cette tentative de suicide?

— Jamais.

— Mais vous avez pu, vous, en juger quelquefois?

— Jamais, jamais; maître Butin, ne parlons pas de cela. Elle m'avait fait
promettre de ne jamais lui demander les raisons qui l'avaient poussée à cette
extrémité. J'avais promis, j'ai tenu.

— Ainsi, nous allons maintenant chez Mme Cordier; votre conviction est que
sa fille est chez elle?

— Non, je crois, au contraire, qu'elle n'est pas chez elle. Mais elle sait où
elle est; c'est elle, c'est là ma croyance, qui l'a fait enlever et qui l'a fait conduire
ou chez une parente, ou chez une amie, ou dans une pension. Mais je sais bien
qu'elle n'est pas chez elle; la démarche que je vais faire est trop naturelle pour
qu'elle ne l'ait pas prévue.

— Mais, enfin, qu'allez-vous lui demander à cette femme?

— Vous le savez bien.

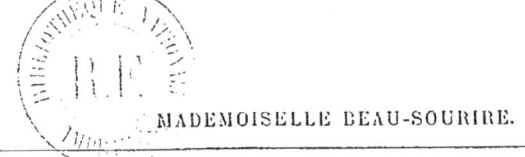

On fut obligé de la porter (PAGE 141).

— Ce n'est pas cela que je veux dire... Dans quels termes, enfin comment espérez-vous obtenir ce que l'on vous a refusé? Vous étiez maître de la situation, la jeune fille était chez elle, c'est-à-dire comme chez vous. Elle n'avait aucune autorité, aucune force d'action, et elle refusait, elle n'a feint d'accepter que pour retrouver son enfant et en redevenir absolument maîtresse. Comment supposez-vous que, dans ces conditions, toutes à son avantage, elle accepte maintenant ce qu'elle avait refusé?

L'argumentation serrée et pleine de bon sens de M. Butin rendit le jeune homme un peu confus. Cela était vrai ; en se présentant chez Mᵐᵉ Cordier et en lui demandant : « Madame, où est votre fille? » il était naturel qu'elle lui répondît : « Ceci ne vous regarde pas ; je ne suis obligée de dire à personne le lieu où je l'ai placée. » Insistant et disant : « Madame, nous nous étions fiancés, je viens vous demander sa main, » elle pouvait encore répondre : « Je m'en tiens, monsieur, à ce que j'ai dit, lorsque cette demande m'a été faite : je ne veux pas marier ma fille, elle est mineure, je resterai sa maîtresse jusqu'à sa majorité ; jusque-là, personne n'a le droit de s'occuper d'elle. »

L'observation si simple de M. Butin avait donné à son cerveau cet état possible de la situation ; et il se trouvait tout à coup arrêté dans sa fougue, un peu gêné pour aller à une mère qu'il savait être son ennemie, qu'il n'avait vue que le matin, et à laquelle il n'avait adressé que de mauvaises paroles. Mais, réagissant contre cette faiblesse momentanée, il dit :

— Qu'importe, advienne que pourra, je veux lui parler ; non, non, ce n'est pas possible ! On ne m'enlèvera pas Adèle !

La voiture s'arrêtait à l'adresse qui avait été donnée. Aussitôt le jeune homme se sentit repris par sa timidité ; il devint tout rouge ; cependant, résolu, il descendit de voiture.

Avant d'entrer dans la boutique, il revint vers M. Butin et lui dit :

— Monsieur Butin, vous êtes mon conseil, soyez donc assez aimable pour venir avec moi ; vous me dirigerez.

Le vieil homme d'affaires connaissait son jeune client ; il sourit et descendit aussitôt.

C'est lui qui le précéda.

La boutique était triste, vide ; la femme qui gardait la maison en l'absence de la Belle Bordelaise, seule, occupait une table ; elle se faisait une réussite.

En reconnaissant l'homme qui était venu le matin causer avec sa maîtresse, elle se leva bien vite. Lorsque M. Butin lui demanda :

— Nous voudrions parler à Mᵐᵉ Cordier, mademoiselle.

— Monsieur, je croyais justement que vous rentriez avec elle ; elle est partie ce matin en même temps que vous, elle n'est pas rentrée depuis.

— C'est cela, fit rageusement Auguste, elle est allée la mener ; je vous le disais bien, pardié !

M. Butin le contint d'un geste, et, s'adressant à la jeune fille :

— Mademoiselle, savez-vous à peu près à quelle heure elle rentrera?

— Oh ! ma foi non, monsieur ; jamais madame ne me prévient.

— C'est bien, mademoiselle, je vous remercie, dit M. Butin, saluant et se disposant à se retirer.

Auguste s'avançait, et commençant :

— Il faut que je...

M. Butin lui prit vivement les mains, l'attirant vers lui ; il se tut.

La jeune fille demanda alors :

— Monsieur, si vous désirez voir madame, je puis lui dire que vous êtes venu, et lui fixer un rendez-vous.

— Oh! fit M. Butin, prenant encore le bras d'Auguste pour le faire taire, c'est inutile, mademoiselle ; vous n'avez pas même besoin de lui dire que nous sommes venus.

Ils sortirent. Une fois dehors et remontés dans leur voiture, Auguste demanda à son conseil :

— Et pourquoi faites-vous cela? Pourquoi ne pas lui donner un rendez-vous?

— Mon ami, parce que, si nous devons obtenir d'elle ce que nous voulons, il faut la surprendre demain matin. Nous reviendrons.

Comme le jeune homme était désespéré, son vieil homme d'affaires le reconduisit jusque chez lui.

En arrivant, le concierge lui remit une lettre.

Voyant dessus le timbre de la préfecture de police, il se hâta de rentrer chez lui pour la lire.

Chez lui, enfermé, il ouvrit la lettre et lut :

« Mon ami,

» J'apprends à l'instant qu'effectivement une fille Adèle Cordier, dite *Beau-Sourire*, a été arrêtée ce matin — au criminel — sous une accusation épouvantable. Venez demain, je vous renseignerai. »

Le jeune homme, effrayé, pâlit ; en même temps, anéanti, il se laissa tomber dans un fauteuil.

La lettre lui échappa des mains.

Il murmurait :

— Oh! mon Dieu! qu'est-ce que cela veut dire?

III

UN CALVAIRE.

De Passy à la préfecture de police, le voyage avait semblé bien long à M{{lle}} Beau-Sourire, dans le fiacre, entre les deux agents qui l'avaient maltraitée pour la prendre; elle était navrée.

C'était là qu'aboutissait toute une vie honnête, parce qu'elle avait été mal élevée, mal dirigée, et que cependant elle était restée honnête, parce qu'elle n'avait jamais failli, parce que, dans les circonstances les plus graves, elle avait courageusement lutté; que, dans un milieu indigne, elle était restée pure, — fleur éblouissante, s'épanouissant sur un fumier, — voilà où elle aboutissait...

Elle était arrêtée comme une fille publique, chez elle, en plein jour, par des argousins, des agents des mœurs; on l'avait presque portée dans la voiture, et on l'emmenait, où? Assurément dans une maison de correction.

Et qui avait demandé cela?

Sa mère!...

Ah! sa mère était bien audacieuse après la lettre qu'elle avait reçue d'agir ainsi avec elle.

Qu'allait-elle faire? Fallait-il, pour échapper à la réclusion qui la menaçait, raconter l'épouvantable histoire? Devait-elle livrer aux juges celle à laquelle elle devait le jour? Ce fut d'abord sa pensée, mais cette idée traversa son cerveau comme un éclair, ce fut tout; sa tête retomba, des larmes vinrent à ses yeux, et elle dit :

— Non, non.

Il fallait tout subir; la pauvre enfant avait tant souffert déjà qu'elle accepta la situation; écrasée, anéantie, elle pleura, car Adèle était absolument convaincue qu'elle n'était arrêtée que par la volonté de sa mère.

Pouvait-elle penser autre chose? Elle avait abandonné ses parents; sa mère la faisait chercher, la faisait reprendre, et, pour la punir, allait la faire enfermer. Cela était commun, cela devait être; malgré le secret terrible qu'elle savait, qui aurait dû arrêter sa mère et qui ne servait à rien, on avait passé outre : cela l'effrayait.

La voiture qui la conduisait entra à la préfecture de police, on la fit descendre; la malheureuse enfant était comme hébétée en se voyant toujours suivie des deux agents qui la traitaient comme la dernière des femmes. Elle ne pouvait s'expliquer qu'on considérât si peu une jeune fille, dont la faute, au fond, n'était qu'un mince délit.

On l'emmenait de bureau en bureau, l'interrogeant et lui parlant toujours sévèrement; les gens autour d'elle avaient des mouvements répulsifs qu'elle ne pouvait s'expliquer.

On l'enferma dans une chambre particulière. Elle ne comprenait absolument rien; vainement elle cherchait à s'expliquer sa situation; aux questions qu'elle faisait, on répondait brutalement.

Elle passa là une épouvantable journée; le soir seulement un individu vint et lui demanda :

— C'est bien vous qui êtes M\ue Beau-Sourire ou du moins que l'on appelle ainsi; vous vous nommez Adèle Cordier?

— Oui, monsieur, fit-elle, espérant qu'on venait la délivrer.

— Vous demeurez à Passy?

— Oui, monsieur.

— Vous connaissez M. Auguste de La Saussoye?

— Oh! mais oui, monsieur, oui! exclama Adèle.

Et elle attendit, regardant l'homme; mais celui-ci, au contraire, se retira en gémissant :

— Oh! mon Dieu, mon Dieu! ah! c'est affreux.

L'homme partit, la porte se referma et la jeune fille, restée seule, regardait autour d'elle, inerte, cherchant à comprendre.

— Qu'est-ce que cela voulait dire? pourquoi s'éloignait-on d'elle ainsi? c'était épouvantable. Il n'était pas possible que sa mère eût exigé un pareil châtiment.

Elle se jeta sur le lit qui était dans la petite cellule, et, désespérée, elle fondit en larmes. Elle était écrasée, elle se sentait sans force pour réagir.

Quelques heures après, la porte s'ouvrit; elle était toujours étendue sur le lit et pleurait; des hommes vinrent qui lui parlèrent grossièrement en l'emmenant; elle traversa encore une fois les grands couloirs humides pour arriver dans la cour de la préfecture où une horrible voiture attendait.

C'était la voiture qui sert à mener chaque jour du Dépôt à Saint-Lazare les filles arrêtées dans la nuit, la voiture cellulaire.

La pauvre Adèle n'existait plus.

On fut obligé de la monter, de la porter dans la petite cellule.

A partir de ce moment, pour elle ce fut comme un affreux cauchemar. Les femmes, placées dans les compartiments de la voiture, s'appelaient pour se reconnaître; des propos épouvantables s'échangeaient; puis elles se mirent à chanter ensemble. Le garde avait protesté d'abord, mais, n'obtenant pas le silence, il les laissa faire. Cela dura tout le long du trajet, puis la voiture s'arrêta.

Elle était encore dans une geôle.

Adèle avait pensé qu'on la menait dans un couvent, que toutes les femmes qui l'entouraient, dont elle entendait la voix, les propos obscènes, les chants singuliers, étaient des jeunes filles punies comme elle, qu'on menait ou dans un couvent ou dans une maison de correction.

Lorsque, descendant de voiture, elle vit la cour étroite, les murs sombres, la grille, les soldats, des gens qui l'entraînaient, elle eut peur. Elle était en prison; elle eut une minute la pensée de résister. Elle ne voulait pas entrer; des gens la poussant, elle cria; alors on la saisit, la bousculant; on la porta, et elle entendit derrière elle les femmes qui, descendant de la voiture, riaient de sa rébellion. Elle entendit une phrase qu'elle comprit à peine et qui l'épouvanta :

— Elle est jeune, c'est la première fois qu'elle est *planquée;* elle s'y fera.

Elle s'y faisait si peu, la pauvre enfant, qu'elle jeta un dernier cri, et, défaillante, elle tomba dans les bras de ceux qui la conduisaient. On la porta évanouie dans la chambre qui lui était destinée.

Quand Mlle Beau-Sourire reprit ses sens, elle était étendue sur un petit lit de fer dans une chambre étroite dont la fenêtre était grillée; une sœur de charité était à son chevet; effrayée, croyant être encore sous le coup d'un cauchemar, elle regardait autour d'elle, cherchant à s'expliquer où elle était.

Elle demanda à la sœur :

— Mon Dieu, madame, où suis-je donc ici?

La religieuse dit sèchement :

— Vous êtes à Saint-Lazare.

A ce mot, Mlle Beau-Sourire se dressa sur son lit et dit :

— Oh! les misérables! les misérables!

Ainsi, pour la punir d'avoir honnêtement agi, voilà ce qu'on avait trouvé : on l'enfermait avec les filles perdues, avec les voleuses; et c'était sa mère, la femme coupable, qui avait choisi cette punition. C'était sa faute, au reste; elle avait prévu que sa mère agirait ainsi; elle l'avait dit, on aurait dû la croire. Mais cela ne pouvait durer longtemps. Auguste allait s'occuper d'elle; et puis, elle s'étonnait de cette action de sa mère, après avoir reçu sa lettre.

Toute la journée elle resta dans le coin de sa petite chambre, car c'est une chose qu'elle remarquait avec satisfaction, on l'avait enfermée seule, on ne l'obligeait pas à la société de ses compagnes.

Le lendemain, on vint la chercher, on la fit monter en voiture; elle crut qu'on la changeait de résidence; on allait sans doute la mener dans une maison spéciale au cas pour lequel on l'enfermait.

On la menait au Palais de justice. Elle ne savait ce qu'elle y venait faire, et elle s'en étonna; on lui fit suivre de longs couloirs pour la faire monter trois étages où, conduite par un garde de Paris, on l'introduisit dans un vaste cabinet. Devant un bureau deux hommes étaient assis, se faisant face. L'un, silencieux, l'observant et écrivant; l'autre, digne, froid, le ton sévère, qui, se tournant vers elle et ayant paru surpris et de sa jeunesse et de sa beauté, lui dit :

— Pour perpétrer l'odieux forfait qui vous est reproché, vous n'étiez pas seule, vous aviez un complice?

Adèle regarda celui qui lui parlait en manifestant le plus grand étonnement.

— Répondez. Si vous voulez attendre quelque miséricorde de la justice, ce n'est que par la loyauté de vos déclarations, le repentir de vos fautes que vous pourrez l'espérer.

— Monsieur, je ne vous comprends pas.

— Vous vous êtes sauvée de chez vos parents la nuit même de la mort de votre père?

— Oui, monsieur.

— Quels sont les motifs qui vous ont contrainte à prendre cette résolution?

— Je ne puis les dire.

— Ah! nous y arrivons, fit le magistrat, en regardant son greffier et en lui indiquant qu'il ait à souligner la phrase qu'elle venait de répondre. — Vous aviez à vous plaindre de votre père?

— J'adorais mon père, monsieur le juge, et je n'ai eu qu'à me louer de lui; si je suis restée une honnête fille, c'est à son exemple, à ses conseils que je le dois.

— Vous prétendez être restée une honnête fille?

— Je l'affirme, monsieur, fit-elle, toute rougissante.

— Ainsi, vous trouvez qu'on est honnête en se sauvant de chez ses parents pour aller vivre avec un jeune homme?

— Oh! monsieur, cela est faux. Je vis seule, je vis de mon travail.

— Vous appelez ça votre travail? Vous aimiez un homme qui venait ordinairement chez vous. D'une nature mauvaise, écoutant plus vos sens que votre raison, vous vouliez absolument vous marier, et votre père refusait son consentement, vous trouvant fort justement trop jeune, et l'homme que vous aviez choisi ne lui paraissant pas avoir les qualités d'un bon époux...

Mlle Beau-Sourire regardait avec ébahissement le magistrat pendant qu'il débitait monotonement sa longue phrase; puis elle demanda :

— Mais de qui me parlez-vous?

— Soyez donc sincère, et ne me demandez pas d'explications sur ce que vous comprenez; votre système de défense est mauvais.

— Monsieur, je vous jure que je ne vous comprends pas. Lorsque j'étais chez mes parents, on ne s'est jamais opposé à mes projets, car jamais je n'ai pensé à me marier, jamais je ne leur ai demandé chose semblable.

— Vous entendrez quelqu'un qui vous confondra.

— Mais de qui parlez-vous?

— De M. Maurice Rolland ; vous le connaissez celui-là ?

— Moi, ce misérable... je...

— Ne niez pas, fille Cordier, nous savons qu'il était votre amant; c'est à cause de lui que vous vous êtes fâchée avec votre père. Cordier, voyant votre conduite indigne, chassa cet homme de chez lui et alors vous avez résolu de vous venger de votre père.

— Moi, fit-elle, commençant à comprendre.

— Votre père mettait un obstacle à vos désirs.

— Vous me dites que cet homme, ce Rolland, fut mon amant?

— N'essayez pas de nier... C'est avec lui que vous avez décidé de commettre le crime abominable.

Adèle était comme étourdie de ce qu'elle entendait ; elle avait des yeux hagards, elle passait les mains sur son front comme pour en chasser un nuage obscurcissant sa raison ; elle ne pouvait croire ce qu'elle entendait; elle fit un effort et exclama :

— Mais, monsieur, vous me dites que c'est moi qui ai empoisonné mon père !

— N'essayez point de le nier, ce serait peine perdue, nous avons des preuves. Nous vous demandons si Rolland, votre amant, était votre complice, s'il vous a aidée dans l'œuvre abominable, ou...

Adèle avait résisté d'abord, mais elle sentit tout à coup le froid envahir son sang ; elle vacilla quelques secondes et elle tomba raide sur le tapis.

IV

L'HONNÊTE M. ROLLAND.

Rolland, nous l'avons vu, était persuadé que Jeanne était arrêtée, qu'il avait été dénoncé par elle ; se voyant perdue, elle le perdait, et il était résolu à user de représailles. Dès son premier interrogatoire, il vit qu'il s'était trompé. Seul il était arrêté ; sa complice était libre, rien n'était perdu. Il nia énergiquement, surtout lorsqu'il s'aperçut que la justice n'avait aucune preuve en main. Tant que

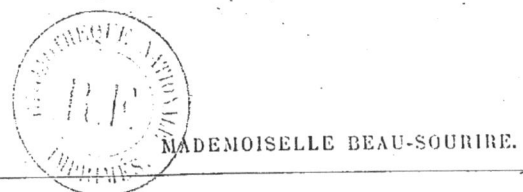

... Et, surpris par un épouvantable orage, j'ai dû me mettre à l'abri (PAGE 147).

la Belle Bordelaise serait libre, que l'accusation ne porterait pas vers elle, il ne risquait rien; celle-ci devait le défendre, l'accusation de l'un entraînant celle de l'autre. L'instruction dirigée contre lui ne portait guère que sur ses mauvais antécédents, et cela était bien insuffisant dans une accusation capitale.

On l'avait laissé quelques jours, après son arrivée à Paris, sans l'interroger. Il n'avait subi qu'un interrogatoire sommaire en arrivant, et il avait eu le temps de bien bâtir sa défense, se conformant en tout point à ce qu'il avait arrêté avec Jeanne.

Il ignorait si Adèle Cordier avait été arrêtée, et cela le tourmentait ; lorsqu'il avait écrit sa lettre, il croyait, en lançant la police sur cette piste, la détourner de lui ; il ne croyait pas qu'on irait le trouver jusqu'en Belgique. Si Adèle n'était pas arrêtée, il n'avait pas d'inquiétude à avoir, il pouvait, ainsi que cela avait été convenu, faire planer sur elle de vagues soupçons.

Si Adèle était prise, il était disposé à tout, il se vengerait des dédains, du mépris et des menaces de la malheureuse enfant. La jeune fille avait entendu la conversation de sa mère et de son amant la nuit même de la mort de Cordier. Or, il était bien entendu avec Jeanne que cette nuit-là il était parti le soir avant la fermeture de la boutique.

Lorsqu'on l'interrogea, toutes ses réponses étaient préparées ; il déclara donc qu'il était l'ami très respectueux de la Belle Bordelaise ; il avait seulement jeté les yeux sur la jeune fille, car celle-ci le provoquait. On lui demanda s'il n'avait pas été question de mariage entre lui et la jeune Adèle. Il reconnut que c'était vrai et cet aveu lui coûtait.

C'est seulement en entendant la question qui lui était adressée qu'il comprit la faute commise ; en bâtissant avec Jeanne la fable d'un mariage projeté entre lui et Beau-Sourire, il n'avait pas voulu avouer à sa maîtresse qu'il était marié, et cela allait embarrasser ses déclarations, car le juge d'instruction lui dit :

— Comment se fait-il qu'un mariage était projeté entre vous et cette jeune fille puisque vous êtes marié ?

— Monsieur, je n'ai pas dit que je voulais me marier, moi, je vous ai dit que Mlle Cordier me parlait de mariage, mais jamais je n'en ai eu l'idée. Je n'avais pas besoin de raconter à tout le monde les malheurs de ma vie. Au contraire, je tenais à passer pour un célibataire, et vous comprenez, monsieur, que voyant une jeune fille qui voulait se livrer, il m'eût été difficile de la repousser, il m'était impossible de lui raconter à elle ma situation.

— Je ne vois pas pourquoi il vous était difficile de repousser les avances d'une enfant trop jeune pour savoir ce qu'elle faisait.

— Oh ! Adèle savait ce qu'elle faisait.

— C'était la fille de votre ami.

— Je n'ai pas dit, monsieur, que Cordier était mon ami, j'ai dit que je le connaissais.

Une autre fois, interrogé sur la nuit de la mort de Cordier, l'autopsie ayant démontré que Cordier avait été lentement empoisonné, mais que la mort était due à une dernière absorption plus forte que les autres, qui avait précipité la catastrophe.

Or, c'était pendant la dernière nuit que le crime avait été consommé.

On demanda à Rolland jusqu'à quelle heure il était resté chez Cordier. Il répondit sans embarras.

— Je me souviens de cela comme aujourd'hui. Le soir j'avais fait une partie avec des amis; je gagnais, et j'allai au comptoir où je plaisantais avec Beau-Sourire. C'est ainsi que nous appelions familièrement Adèle. Mme Cordier vint vers nous faire quelques reproches à sa fille, lui disant en s'adressant indirectement à moi, qu'elle n'aimait pas [qu'elle plaisantât avec les consommateurs; qu'au lieu de rire elle devrait pleurer; que sa place serait plutôt près de son père. La jeune fille, furieuse, quitta le comptoir, semblant dire : « Quand donc serai-je libre de faire ce que je voudrai » Moi, ennuyé de l'algarade, je pris mon chapeau et partis. C'est le lendemain que j'ai appris, en voyant la boutique fermée, que le malheureux était mort. Du reste, je n'en fus pas surpris, on s'y attendait de jour en jour.

— Et cette nuit, vous êtes rentré chez vous?

— Je ne m'en souviens pas bien, maintenant.

— Vous disiez tout à l'heure vous rappeler cette nuit, comme si c'était aujourd'hui.

— Oh! mon Dieu, monsieur, en faisant quelques efforts de mémoire...

— Cela est nécessaire. Des gens interrogés, avec lesquels vous partiez le soir, ne vous ont pas vu sortir de chez Cordier; et vous n'êtes pas rentré chez vous. Justifiez de l'emploi de votre temps.

L'accusation se précisait, et Rolland n'en parut pas embarrassé. Il sembla se recueillir quelques minutes, puis se souvenant tout à coup, il dit :

— Je me souviens positivement, je suis sorti avant ces messieurs; de là je suis allé dans un café tout à fait en face de la Halle.

— Mais vous sortiez d'un café où vous aviez consommé?

— J'allais rentrer chez moi, et surpris par un épouvantable orage, j'ai dû me mettre à l'abri. Je restai dans le café pendant l'averse; puis, ennuyé de rentrer seul, je changeai d'avis et me décidai à aller passer la nuit chez une petite femme avec laquelle j'avais des relations passagères. C'est avec la même femme que j'étais à Spa.

— La personne qui vous accompagnait lorsque vous avez été arrêté?

— Non, monsieur, la personne avec laquelle je suis parti de France se nomme Bien-Aimée, elle demeure rue de l'École-de-Médecine. J'ai passé la nuit chez elle le lendemain, j'y ai déjeuné et c'est la concierge qui nous a servis. Je dis cela pour indiquer un témoin.

— Ainsi vous affirmez ne pas être resté chez Mme Cordier après la fermeture du café?

— Absolument, monsieur. Je vous répète que j'ai passé la nuit de ce jour et du lendemain chez Mlle Bien-Aimée, qui pourra vous le déclarer.

— N'aviez-vous pas de relations avec Mlle Cordier?

— Moi, non monsieur... Je ne dis pas que je n'ai pas espéré en avoir.

Le juge d'instruction le regarda fixement et lui demanda :

— Nous avons des déclarations formelles qui disent le contraire. C'est vous qui avez fourni à la malheureuse le poison qui a servi à tuer son père?

— Moi, moi... Je voudrais bien entendre quelqu'un m'expliquer sur quoi s'appuie cette nouvelle accusation.

— L'accusation portée contre vous n'est pas nouvelle, vous le savez. Ce n'est pas la première fois que vous êtes accusé d'un fait semblable.

— Je n'ai jamais été condamné, monsieur. Vous faites allusion à une affaire dans laquelle je n'ai même pas été poursuivi. C'est ma femme qui a passé en jugement.

— Je sais cela... Vous êtes accusé d'avoir empoisonné Cordier, en aidant sa fille Adèle.

— Ah! ah! fit Rolland d'une voix forcée. Pour accuser quelqu'un, il faut une preuve.

— Nous allons vous en donner une.

Sur un signe du magistrat, on fit entrer dans le bureau Adèle Cordier.

En la voyant, Rolland devint pâle. Adèle, en reconnaissant le misérable, eut un mouvement de répulsion.

— Fille Adèle, vous reconnaissez cet homme?

— Oui, monsieur, cet homme venait souvent chez nous.

— Quand l'avez-vous vu la dernière fois chez vous?

— La nuit de la mort de mon père... Il est resté jusqu'à une heure du matin.

— Qu'avez-vous à répondre, Rolland?

— Moi? que ce que dit Adèle est faux, absolument faux. Je vous ai dit, monsieur, que cette jeune fille avait tenté de m'attirer à elle, et c'est par dépit qu'elle m'accuse.

— Vous mentez, misérable! Ne m'obligez pas à tout dire... Mon père vous connaissait, et il avait raison en vous chassant de chez nous.

— Il aurait dû nous chasser ensemble.

— Ce que vous dites est odieux.

— Taisez-vous, fille Cordier, et ne répondez qu'à mes questions. Rolland nie s'être trouvé chez vous la nuit du crime; il prétend que c'est vous qui avez été chargée par votre mère de rester près de Cordier. Dites-nous dans quelles circonstances vous avez surpris Rolland.

— Monsieur, je venais de voir mon père sur l'ordre de ma mère; dans la pièce voisine de la chambre, j'étais allée porter du linge; j'entendis monter et je regardai qui venait. Je reconnus avec étonnement M. Rolland; je me cachai pour voir ce qu'il venait faire. Mon père était au plus bas. Je vis M. Rolland rentrer dans la chambre et s'avancer près du lit.

— Moi! exclama Rolland, qui d'abord était devenu livide en l'entendant commencer son récit et qui était tout stupéfait des derniers mots.

Il dit alors d'un ton singulier :

— Vous m'avez vu entrer dans la chambre de Cordier?... et votre mère, elle, ne m'a pas vu, elle.

— Ma mère, dit froidement Beau-Sourire, était en bas, occupée dans une arrière-boutique, et elle ne vous a pas vu monter; et vous êtes sorti par la porte de l'allée.

Cette fois, Rolland restait comme abruti; il dit encore :

— Vous avez vu ça, vous?... Vous avez vu ça?... Ah! vous avez un fier toupet!...

— Ainsi, vous affirmez toujours que Rolland a empoisonné Cordier?

— Monsieur, sur mon pauvre père mort, je vous jure que cet homme est son assassin.

— Rolland prétend être parti de chez vous avant la fermeture de la boutique.

— Non, monsieur, Rolland se cachait chez nous; il faisait la cour à ma mère et non à moi. Ma mère aimait mon père; c'était l'obstacle pour Rolland, et de ce jour la mort de mon père, déjà malade, fut résolue par lui. Voilà la vérité.

— Et votre mère souffrait la présence de Rolland?

— Ma mère est coquette; elle ne se rendait pas compte, j'en suis bien sûre, si Rolland lui plaisait; elle l'écoutait comme toutes les femmes écoutent les galanteries. Voilà toute sa faute, et lui s'est cru encouragé. J'ai vu, monsieur, de mes yeux vu, M. Rolland verser une poudre blanche dans un breuvage destiné à mon père, et il l'a fait porter par ma mère.

— Mais votre mère était donc sa complice?

— Oh! non, monsieur. Pendant qu'elle s'occupait au comptoir, il a versé la poudre.

— Et vous n'avez rien dit à votre mère?

— Mais, monsieur, c'est cette nuit-là que je me suis sauvée, et c'est à cause de cela.

Et alors, avec prolixité, elle raconta ce qu'elle avait vu et ce qu'elle savait de Rolland, répondant à ses démentis par des affirmations dont l'accent de vérité ébranlait la conviction du juge d'instruction.

Rolland s'en aperçut; il eut un mouvement de colère et il injuria la jeune fille; l'incident servit Mlle Beau-Sourire, car le juge tança vertement l'accusé, et la confrontation se termina tout en faveur d'Adèle.

Le lendemain, Adèle fut confrontée avec sa mère, et elle fut étonnée du changement qui s'était opéré en elle. Au contraire de ce qu'elle croyait, sa mère venait la défendre et suppliait les juges de lui rendre la liberté; un moment même, elle crut que sa mère allait déclarer que Rolland était coupable et que c'était de complicité avec elle que Cordier avait été empoisonné.

Adèle répéta alors ce qu'elle avait dit la veille, de façon que sa mère comprît que c'était cela qu'il fallait affirmer. La Belle Bordelaise comprit alors qu'elle pouvait être sauvée ; il n'y avait pas de preuves contre elle, la déclaration de sa fille ainsi faite perdait Rolland, mais l'écartait de l'accusation ; elle répéta, en l'augmentant, ce qu'avait indiqué Adèle.

Lorsqu'on lui demanda pourquoi elle n'avait pas fait cette déclaration dès le début de l'instruction, elle dit que c'était assez d'une victime ; elle ne voulait pas dénoncer un homme dans la crainte de le livrer au bourreau ; et puis c'était un gros scandale qu'elle avait voulu éviter. Si elle se décidait à parler, c'est qu'on avait arrêté sa fille, c'est qu'on portait sur elle cette épouvantable accusation. Maintenant elle voulait sauver son enfant en proclamant la vérité.

— La vérité, monsieur, je vous le déclare, la voici : Rolland m'aimait et il croyait que si je n'avais plus mon mari je lui céderais ; il m'avait toujours dit qu'il était célibataire ; au fond, il cherchait à vivre à mes dépens ; car il n'avait pas plus d'affection pour moi que pour une autre ; j'ai su par ma fille qu'il avait tenté de devenir violemment son amant. J'étais une femme légère, ses galanteries me plaisaient ; mon mari était toujours malade, et je ne dis pas que je ne pensais pas à Rolland ; mais je ne savais pas que le misérable avait ces épouvantables desseins. Souvent, lorsque je préparais les potions de mon mari, il venait plaisanter, et il a dû profiter peut-être de cela pour commettre le crime.

— Vous deviez, madame, dès le premier jour, nous dire ce que vous dites aujourd'hui ; vous dirigiez alors notre enquête, et nous avions des résultats immédiats, tandis que l'instruction s'est égarée.

— Monsieur, pardonnez-moi ; j'ai eu tort, je le sais bien, puisque l'on accuse mon enfant... Et Adèle adorait son père, à ce point que j'en étais jalouse.

— Ainsi, vous êtes convaincue que votre fille n'avait aucune relation avec Rolland ?

— Je le jure. Elle le haïssait ; lui, au contraire, la recherchait. Je vois plus loin : si ma fille avait été capable de lui céder, je suis presque certaine qu'il aurait tenté sur moi l'œuvre commise sur mon mari, afin de rester avec elle maître de la maison.

— Mais comment receviez-vous un homme que vous jugez ainsi ?

— C'est maintenant seulement que je le juge. Ce que je le vois faire, ce qu'on m'en a dit... Et accuser Adèle pour égarer la justice en se vengeant de ses refus !...

— La nuit du crime est-il parti de chez vous à la fermeture de la boutique !

— Non, monsieur ; il est resté quelque temps après.

— Vous étiez seule avec lui ?

— Non, monsieur. Ma fille était là. Je lui dis de monter près de son père, voir comment il allait, et je lui préparai la potion que je lui montais en allant me coucher. Mon mari allait plus mal ; je montai le voir. Je redescendis prendre la potion; je croyais M. Rolland parti; en montant, je le trouvai dans l'escalier. Je lui fis une scène, croyant qu'il était là pour ma fille. C'est alors qu'il partit. J'étais en colère. Je vous ai dit qu'alors, je jugeais mal mon enfant; et ce soir, énervée par l'orage, je ne me connaissais pas, je la battis et la chassai.

— Votre mari se mourait pendant ce temps.

— Oh! ça, monsieur, je ne le savais pas, je ne le voyais pas si mal. Quand j'entrai dans la chambre, et que je le vis raide déjà, je me sauvai; j'étais seule dans la maison, il faisait un orage épouvantable, j'avais peur, j'éveillai tout le monde...

— Et vous n'avez pas pensé alors que la mort de Cordier était le résultat d'un crime?

— Jamais je n'ai eu cette pensée; c'est vous qui me l'avez appris.

Et tout cela dit avec un accent de conviction, de sincérité, qui faisait le plus grand honneur au talent de comédienne de la Belle Bordelaise.

M{llo} Beau-Sourire ne déclarait qu'une chose, c'est qu'elle avait vu Rolland tenant le poison à la main, c'est qu'il était près de la chambre de son père la nuit de sa mort et quelle s'était sauvée chez elle pour lui échapper, ne comptant pas sur la protection de sa mère, et redoutant le misérable.

Elle avait déjà raconté sa tentative de suicide, que l'enquête, immédiatement faite, avait affirmée; de plus, elle déclarait que sa mère était la dupe du misérable; que sa mère, si elle s'était doutée du crime abominable qu'il consommait chez elle, l'aurait aussitôt chassé.

Après cette confrontation, plus calme, la Bordelaise rentra chez elle et Adèle fut ramenée en prison. Le soir même, une ordonnance de non-lieu était rendue en sa faveur et elle était mise en liberté.

Sa mère, avisée de ce résultat, était venue l'attendre à la porte de la prison. Lorsqu'elle sortit, elle alla au-devant d'Adèle, et voulut la prendre dans ses bras, l'embrasser, la remercier; mais la jeune fille la repoussa doucement en lui disant :

— Ma mère, pas plus qu'avant, maintenant, nous ne nous reverrons.

— Oh! Adèle.

— Non, ma mère. J'ai pu vous sauver..., mais je ne puis vous pardonner...

Et elle partit, laissant la malheureuse femme écrasée sous la honte et le mépris.

Ah! cela était un châtiment aussi cruel que la prison. C'est sa fille qui la jugeait, qui la jugeait justement et qui la condamnait.

V

LES SUITES D'UNE RENCONTRE.

De ce jour, l'instruction marcha rapidement, absolument dirigée contre Rolland ; celui-ci, voyant la tournure qu'avait prise l'affaire, après une scène violente qui avait eu lieu, refusait de répondre à toutes les questions qui lui étaient adressées ; il avait formellement déclaré qu'il ne dirait plus un mot que devant le tribunal ; il ne trouvait pas dans l'instruction assez d'impartialité. Au fond, c'est que Rolland ne pouvait rien dire sans s'accuser lui-même, et qu'il cherchait un système. En reconnaissant que c'était Jeanne qui avait empoisonné son mari, il se livrait, puisqu'il était le complice, et, à cette heure, il n'était pas bien certain que le tribunal apprécierait ainsi ; il redoutait d'être jugé comme seul coupable, ayant entraîné la jeune femme inconsciemment, et il ne pouvait compter que sur elle ; or, malgré ce qui s'était passé, il ne désespérait pas de voir Jeanne revenir vers lui, pour essayer de le défendre.

Toute sa haine était pour la jeune fille ; oh ! celle-là ! s'il parvenait à sortir sain et sauf, il se réservait de lui faire payer cher sa dénonciation. D'abord il l'avait aimée et il n'avait pas réussi près d'elle, une chose que certains hommes ne pardonnent pas. C'était elle qui devait tout payer plus tard, car c'était elle qui était la cause qu'il était là. Ce qui avait encore plus chargé Rolland, c'est que la lettre qu'il avait adressée au parquet pour dénoncer la jeune fille avait été reconnue être de lui ; c'était une charge terrible, elle prouvait que toute l'accusation portée était fausse, et cela avait contribué à ce qu'on refusât de croire à ce qu'il disait.

Il demanda, voyant que son affaire allait bientôt être tout à fait instruite, à être confronté avec Jeanne Cordier. On le lui refusa ; mais celle-ci fut appelée pour être interrogée de nouveau.

Jeanne avait vendu le petit café de la rue Saint-Denis ; elle vivait seule à Passy, espérant que sa fille reviendrait sur sa décision de ne plus la voir. Mais ce n'était plus la même femme ; elle était toujours abattue, tremblante : elle s'isolait. Il était visible que cela ne devait être que passager ; elle était dans l'état d'une convalescente. C'est que la secousse avait été terrible... Elle s'était crue perdue, et elle

— Eh bien, tu ne me parles pas de mon affaire ? (PAGE 157).

n'était pas encore bien rassurée ; tant que l'affaire ne serait pas jugée, elle avait
tout à craindre ; elle aurait voulu être bien loin, pendant ce jugement, mais il lui
était défendu de s'éloigner ; et ce qui n'était pas sa moindre appréhension, c'était
de servir de témoin...

Qu'allait-il se passer ? Si Rolland l'accusait violemment, aurait-elle, devant
le tribunal, l'audace qu'elle avait eue dans le cabinet du juge d'instruction ?... Elle
se persuadait qu'elle serait forte, mais elle avait peur...

Elle était dans cet état de crainte constante, lorsqu'elle reçut un nouvel avis de se présenter au parquet, et ce n'était pas devant le même juge d'instruction : cela contribua à l'effrayer plus encore. Elle fit demander à sa fille si elle avait été également citée... Adèle n'avait rien reçu.

Qu'y avait-il de nouveau?...

C'est toute tremblante qu'elle se rendit au parquet... Introduite dans le cabinet du juge, elle eut de la peine à retenir un cri de surprise en le voyant. Sur un signe de l'homme, elle se contint... Celui-ci dit au greffier de le laisser seul avec le témoin...

La porte refermée, celui qui remplaçait le juge d'instruction lui dit :

— Comment, c'est vous qui êtes la femme Cordier?

— Oh! monsieur, ne me rappelez pas ça. Voyez ma honte!... C'est toujours à cause de cette épouvantable affaire... Ne me jugez pas ce que je ne suis pas... J'avais peur, je croyais, comme je le crois toujours, qu'on allait venir m'arrêter; je n'osais pas rentrer chez moi...

— Voyons..., fit le grand jeune homme, un peu étourdi de reconnaître dans celle sur laquelle il était chargé de prendre des renseignements de détail pour la rédaction de l'acte d'accusation la femme qu'il avait emmenée chez lui un soir..., ma chère enfant, il faut être sincère; nous nous connaissons un peu, vous n'avez rien à redouter de moi, au contraire...

— Que voulez-vous savoir?

— L'instruction, attentivement poussée, nous a fait supposer que, si vous n'étiez pas la complice véritable de Rolland, vous l'avez au moins laissé agir.

— Non, fit crânement Jeanne, comprenant qu'il fallait porter un coup décisif pour se mettre à l'abri, et se trouvant surtout avec une personne qui lui était favorable, je vais vous dire la seule chose que j'ai cachée.

— Dites.

— Rolland, je ne voulais pas l'avouer à cause de ma fille, Rolland était mon amant; du jour où mon mari est mort, je ne l'ai jamais revu, et lorsque l'on m'a dit que mon mari était mort empoisonné, j'ai accusé Rolland, c'est parce qu'il avait des relations avec moi, qu'il allait et venait à sa guise dans la maison, qu'il a pu commettre son crime.

— Ceci est grave, mais c'est la clef de tout, et il est probable que l'incident aurait été soulevé à l'audience; il vaut mieux le déclarer.

— Je vous ai tout dit..., j'ai si peur...

— Vous n'avez pas à avoir peur... si vous avez dit la vérité.

— Oh! je vous jure que je l'ai dite...

Le jeune homme la regardait en souriant, et il lui dit tout bas :

— Ne crains rien, c'est moi qui suis chargé de faire l'acte d'accusation. Écoute, il faut venir m'aider à le faire chez moi.

La Belle Bordelaise était toute rouge de confusion; mais, en même temps, elle reprenait courage. Ce jeune homme pouvait absolument la sauver, il fallait qu'elle fût assez adroite pour lui raconter la version qu'elle avait imaginée et qu'il était impossible à Rolland de combattre, et cela était des plus simples. Rolland était son amant. Cela s'expliquait, puisque son mari se mourait depuis des années. Rolland n'aurait jamais osé lui proposer le crime; les soins qu'elle donnait à son mari depuis qu'il était malade prouvaient son affection pour lui; elle trompait son mari, parce que sa nature de femme ne pouvait vivre sans un homme. Elle pouvait le tromper, mais elle eût refusé de le tuer. Or Rolland savait que le mari voulait le faire chasser; c'est alors qu'il avait conçu le projet de l'empoisonner. Mais elle n'avait jamais pensé seulement pareille chose.

Cela bien raconté, presque dicté, Jeanne était sûre de l'avenir.

Elle dit donc avec un embarras bien joué :

— J'irai, oui, la faute est maintenant commise.

— C'est cela, fit-il en lui prenant la main. Viens ce soir.

— Oui.

— Pas un mot maintenant.

Il sonna; le greffier rentra.

— Asseyez-vous, je vais vous dicter.

Puis reconduisant Jeanne :

— Madame, maintenant cela nous suffit, si j'avais besoin de vous entendre de nouveau, je vous en aviserais.

Et elle sortit.

En sortant du cabinet du juge d'instruction, Jeanne était encore toute bouleversée, tout étourdie de la rencontre; au souvenir de la façon dont elle avait connu cet homme, le rouge lui montait au front, la honte lui piquait la peau, elle était donc née pour ne trouver d'aide et de soutien que par le vice.

Elle s'aperçut qu'elle avait dans la main une carte de visite, elle n'avait pas senti qu'il la glissait dans ses doigts, tant elle était émue; elle lut la carte pour savoir surtout quel était le titre de celui qu'elle prenait pour un magistrat et qu'elle trouvait de composition si facile. Il n'y avait sur la carte que le nom et l'adresse sans profession :

Félicien Duhamel

Rue de l'Ancienne-Comédie.

Elle ne se souvenait même plus de la rue où cet homme l'avait emmenée; elle savait seulement qu'il demeurait dans le voisinage de l'Odéon.

Mon Dieu, est-ce que, à cette heure, elle se trouvait embarrassée pour revoir

ce grand jeune homme? Non; il était beau, il paraissait bon; après tout, elle était
absolument libre d'elle, et cet homme devait la protéger, et elle avait besoin de
trouver quelqu'un qui s'intéressât à elle; c'était pénible de vivre sans cesse avec
la crainte, la peur, sans avoir jamais une consolation.

C'est que sa vie était bien changée, à la suite de la catastrophe, des propos
qui avaient été tenus; la vie pour elle était devenue impossible dans le quartier
des Halles; elle ne pouvait sortir sans se sentir sous les regards méprisants de
ceux qui autrefois lui souriaient. Elle était belle, très belle; jusqu'alors elle n'avait
été habituée qu'à la tendresse. D'ordinaire, on la recherchait, et elle sentait qu'elle
était devenue un objet de réprobation; on la fuyait.

C'est alors qu'elle s'était hâtée de vendre sa boutique; il était temps, car
les clients la désertaient, et elle était allée se cacher dans un petit appartement,
à Passy. Elle avait espéré que sa fille reviendrait vers elle; mais Adèle l'évitait
avec soin. C'était une vie lugubre qu'elle menait, seule, toujours seule, et n'ayant
sans cesse dans le cerveau qu'une pensée : comment se terminerait la terrible
affaire? Tout occupée par cela, elle n'avait de goût pour rien, elle ne faisait rien et
ne se décidait à rien faire, attendant toujours la fin de ce procès qui la rendrait
maîtresse d'elle-même. Aussi, l'on juge facilement de quelle peur elle était prise
lorsque seule chez elle, la nuit, ne trouvant pas de sommeil, elle envisageait avec
calme et justice sa situation. Sa liberté ne tenait à rien. A un mot, à une preuve,
la moindre des choses pouvait surgir et la faire prendre et juger avec Rolland. Oh!
à cette pensée elle avait des frissons, elle tremblait et la fièvre la prenait; elle ne
pouvait dormir qu'au jour.

C'était un changement tout à fait pénible pour elle d'être passée de la vie
active, bruyante, gaie, du commerce, à celle de la bourgeoisie vivant seule dans
sa chambre, et seule forcément, elle avait peur de se lier; elle redoutait toujours
de voir dans ceux qui la recherchaient non des amoureux, mais des agents; elle
se croyait surveillée.

Toute la fin de la journée, elle pensa à ce qu'elle dirait, et elle bâtit solidement son plan, afin de ne pas se tromper. Le soir venu, elle alla rue de l'Ancienne-Comédie. Ce n'est pas sans appréhension qu'elle frappa à la porte du petit
appartement de M. Félicien Duhamel. Celui-ci la reçut dans ses bras, commençant
l'interrogatoire auquel elle était prête par deux gros baisers. Elle se sentit plus
forte, ce langage lui faisait moins peur.

Mais si M. Félicien Duhamel l'avait priée de venir le voir, ce n'était pas
pour parler affaire. Assurément, M. Félicien pensait comme les employés qui,
sortis du bureau, ne veulent plus entendre parler de rien; car il ne fit même
pas allusion à ce qui occupait tant la Belle Bordelaise. Il lui demanda pourquoi
elle s'était sauvée de chez lui, le matin, sans attendre son réveil; elle lui dit la
vérité : elle avait peur de rentrer chez elle le soir, elle avait commis une faute

parce qu'elle n'avait plus sa tête à elle, le matin elle s'était éveillée et avait eu honte, elle avait espéré que jamais de sa vie elle ne reverrait l'homme auquel elle s'était si facilement livrée; maintenant, c'était autre chose elle était libre, Duhamel savait qui elle était, elle ne se posait pas en vertu, mais enfin elle n'était pas ce qu'il avait pu la juger... Félicien lui plaisait; elle ne demandait pas mieux que d'avoir un amant.

Et en disant cela par de longues phrases, elle pensait :

— Si je suis sa maîtresse, si je me fais aimer..., ça, j'en suis certaine, il me dirigera, il me défendra, il me sauvera enfin.

Et comme M. Félicien jouissait à ce moment de son indépendance de cœur, il fut convenu qu'ils s'aimaient comme cela tout simplement.

Mais, pour passer une nuit calme, Jeanne avait besoin d'être rassurée; et c'est elle qui, assise sur ses genoux : ·

— Eh bien, tu ne me parles pas de mon affaire?

— Je n'ai rien à en dire... Le coquin est le dernier des misérables... Tu avais été choisir là un joli monsieur...

Et M. Félicien, ressentant déjà l'aversion que tout homme éprouve pour celui qui a été aimé de la femme qu'il aime, acheva :

— Il n'en est pas à son coup d'essai.

— Comment cela?... fit-elle toute pâle; car elle commençait à croire elle-même que c'était Rolland le seul coupable; elle n'avait été complice que par son silence, et elle tremblait à l'idée de s'être livrée à un véritable assassin.

Alors Félicien lui raconta ce que nous savons des antécédents de Rolland, et il conclut en lui conseillant, puisque personne ne pouvait témoigner qu'elle avait été la maîtresse de Rolland, de ne pas le dire, cela ne servait en rien l'affaire et cela la déconsidérait aux yeux du tribunal; il fallait s'en tenir au résultat de l'enquête et de l'instruction qui lui était favorable; elle n'était coupable que de coquetterie et de légèreté. Pour Rolland, sa culpabilité était absolument évidente, et l'on savait que son système était, s'il ne pouvait se sauver, d'essayer d'atténuer son crime par la complicité des autres. Mais ce qu'il dirait ne serait pas écouté; il était perdu par son passé, par ses antécédents. Il serait condamné sur cela, car au fond on n'avait pas de preuves, on n'avait rien trouvé; la constatation de l'empoisonnement n'avait été que le résultat de l'autopsie. Or, son avocat, dit-on, plaiderait le suicide possible d'un malade en proie depuis deux ans à d'intolérables souffrances.

— Assurément, concluait M. Duhamel, tu es hors de cause, et tu n'as pas à te tourmenter; c'est une corvée d'ennui le jour de l'audience... Ce ne sera pas long; vous êtes deux témoins, toi et ta fille, et, s'il n'est pas acquitté, il sera condamné à peu de chose.

Un mot fit tressaillir la Belle Bordelaise, qui s'était tout à fait sentie revivre

en entendant son nouvel amant que, décidément, elle allait aimer beaucoup pour
le bien qu'il lui faisait : c'était la possibilité de l'acquittement de Rolland, elle
n'admettait pas cela. Rolland était coupable; elle devait être sauvée, mais Rolland
devait être condamné; elle ne voulait plus revoir cet homme dans sa vie.

VI

LE JUGEMENT.

L'instruction était entièrement terminée, et Rolland avait été visité plusieurs
fois par son avocat; la communication des pièces lui avait été faite; de l'accusation, il y avait deux choses contre lesquelles il n'avait rien à opposer, ou du
moins sur lesquelles ses dénégations auraient peu de poids. C'était le rapport des
médecins d'abord, qui affirmaient la mort par un empoisonnement lent, qu'une
dernière dose plus forte avait précipitée; l'autre, la plus redoutable, c'était la
déposition d'Adèle, car Adèle serait crue malgré tous ses démentis et malgré
ses calomnies, peut-être à cause de cela. Il ne s'expliquait pas la sympathie dont
chacun semblait être pris pour la jeune fille, qui, au début de l'affaire, était au
contraire un sujet d'horreur. C'est par celle-là qu'il serait le plus cruellement
atteint; aussi de quelle haine était-il rempli pour elle.

Il avait remarqué avec satisfaction que Jeanne, au contraire, ne l'avait pas
accusé, et n'avait agi que dans son intérêt personnel, tout en ne le faisant pas
à ses dépens, et cela modifia ses premiers desseins.

Après une étude approfondie de la cause, l'avocat crut pouvoir assurer à
son client qu'il n'avait rien à redouter. Et cela rendit un peu de courage au misérable. Déjà il avait pensé à tenter une évasion; il se résigna à attendre le jour de
l'audience.

Ce n'est pas seulement Rolland qui tremblait à l'idée de l'audience; Mᴵˡᵉ Beau-
Sourire en était certainement préoccupée.

Du jour où Auguste, désolé, revenait de chez sa mère pour apprendre l'arrestation de la jeune fille, le jeune homme n'avait pas perdu une minute pour faire
délivrer celle qu'il aimait. Terrifié lorsqu'il avait été voir son ami et qu'il avait
appris la grave et odieuse accusation portée contre elle, il connaissait trop celle

qu'il avait choisie pour fiancée pour ne pas être convaincu que cela était une infamie ou une erreur. Et ces démarches n'avaient pas peu contribué à faire faire une enquête plus minutieuse, à la suite de laquelle, la vérité s'étant faite, la jeune fille avait été mise en liberté.

Alors, Mlle Beau-Sourire, n'ayant plus de raison pour cacher les motifs qui l'avaient fait se sauver de la maison paternelle, raconta toute l'histoire à son fiancé ; elle la raconta ainsi qu'elle l'avait racontée au juge d'instruction, disant la vérité, n'en retenant que ce qui était relatif à sa mère, qu'elle ne voulait pas accuser. Elle raconta, mais discrètement, que sa mère lui paraissait faible avec Rolland, que ce dernier avait fait sur elle une odieuse tentative, à quoi le jeune homme, furieux, avait répondu :

— Le misérable, si la justice l'épargne, je le retrouverai.

— Je ne veux pas que vous vous commettiez avec cet homme, jamais.

Ainsi qu'ils en étaient convenus avant l'arrestation, Mlle Beau-Sourire fut conduite chez la mère d'Auguste de La Saussoye. Mme de La Saussoye fut immédiatement prise au charme que Mlle Beau-Sourire répandait autour d'elle. En quelques jours, Adèle se trouvait là mieux que chez elle ; elle avait véritablement retrouvé une famille. Sur les conseils d'Auguste, on ne dit pas à la mère les derniers événements et on ne lui parla pas du procès.

Tous les deux jours, Auguste venait à Orléans voir sa jeune fiancée et faire avec elle les éternels beaux projets d'avenir.

C'est à cause de cela que vainement Jeanne Cordier cherchait à rencontrer sa fille dans Passy.

Le lendemain du jour où nous avons vu Jeanne chez M. Félicien Duhamel, l'homme qui était venu lui demander son consentement au mariage de sa fille, et qu'elle avait si sévèrement reçu, se présenta chez elle. Cette fois, il fut bien accueilli. Jeanne donna son consentement écrit, et dit :

— Monsieur, dites bien à Adèle que je l'aime, que je lui demande en grâce de ne pas me tenir rigueur... Dites-lui que je fais des vœux pour son bonheur... ; dites-lui qu'elle oublie, car je souffre de ne pas la voir.

— Je le lui dirai, madame.

— Je n'ai plus de famille, je n'ai qu'elle au monde à aimer, et il serait bien mal qu'elle me refusât la consolation de la voir quelquefois.

Cela était dit avec un tel accent de prière que l'homme en fut tout ému. Lorsque cela fut raconté à Mlle Beau-Sourire, elle eut un mouvement d'épaules qui montrait qu'elle ne croyait guère à ce repentir. Au reste, c'est au tribunal qu'elle se réservait de juger sa mère.

Le jour du jugement arriva ; la cause n'avait pas fait grand bruit, et il y avait peu de monde ; ceux qui étaient là encore ne connaissaient-ils rien de l'affaire dont les journaux n'avaient pas parlé. Rolland en fut satisfait ; il était plus à l'aise.

Quand il parut, pâle, l'œil fiévreux, il y eut un mouvement d'étonnement dans la salle. Quel pouvait être le mobile qui avait dirigé le crime lâche de l'empoisonnement pour un garçon si beau et qui paraissait si bon.

Dans le crime, on s'explique plus facilement pour l'homme l'attaque, la lutte, que cette lâcheté mystérieuse, l'empoisonnement. Après les questions d'usage, on passa à l'acte d'accusation. Il était beaucoup moins redoutable qu'il ne l'avait craint d'abord; l'hypothèse du suicide y était combattue, mais, y étant soulevée, donnait une arme à la défense.

Lorsqu'on demanda à Rolland s'il reconnaissait avoir empoisonné son ami Cordier, il déclara hautement que Cordier n'était pas son ami; que le récit fait sur un projet de mariage était encore faux, puisqu'il était marié.

Sur le conseil de son défenseur, il devait se défendre sans aucune passion.

Aussi, lorsqu'il fut question de ses relations avec la Belle Bordelaise, dit-il :

— Non, monsieur le président, je n'ai jamais eu de relations avec Mme Cordier. Mme Cordier est très belle, très coquette; moi et beaucoup d'habitués du café nous plaisantions librement avec elle; les médisants ont vu dans mes galanteries une situation qui n'existait pas. Mme Cordier aimait son mari et elle était trop inquiète de son état, qui s'aggravait chaque jour, pour penser à une autre personne qu'à lui.

— N'avez-vous pas essayé d'en faire votre maîtresse?

— J'ai essayé, c'est vrai; mais j'ai vu bien vite que Mme Cordier pouvait aimer à rire, à plaisanter, mais qu'elle n'irait pas plus loin.

— On vous a vu l'embrasser.

— Cela est vrai; mais si tous ceux qui l'embrassaient chez elle avaient été ses amants, il faudrait compter presque tous les clients. Je vous ai dit qu'elle était jolie et légère; or, assez souvent, on la surprenait en lui prenant la taille et en l'embrassant; tant que ça ne visait qu'à une plaisanterie galante, cela passait; mais si l'on insistait, elle se fâchait.

Lorsqu'il fut question d'Adèle, il dit franchement :

— C'est vrai, monsieur le président, Mlle Cordier est très jolie; je fus très épris d'elle et je cherchais à en faire ma maîtresse.

— Vous cherchiez à faire une maîtresse de la fille d'un de vos amis.

— Mais je répète que Cordier n'était pas de mes amis. Je l'ai vu quatre ou cinq fois; il était toujours malade.

— C'est une maladie à laquelle vous avez contribué.

— Non, monsieur, non, je suis victime d'un complot, d'une vengeance; c'est faux. Je n'étais pas assez libre dans la maison pour y aller et venir à ma guise. Mais enfin quel aurait été le mobile de ce crime? Je n'avais pas de relations avec Mme Cordier et son mari ne me gênait pas.

— Vous désiriez la fille?

— Mais je n'avais pas besoin pour elle de chercher à tuer le père.

Roland était livide, la sueur perlait sur son front (PAGE 163).

— Le père n'aurait jamais consenti à vous la donner; il avait pour vous la plus grande antipathie?

— Mais je n'avais pas à la lui demander; si je recherchais Adèle, c'était pour en faire ma maîtresse, puisque je suis marié.

— Vous ne l'aviez dit à personne?

— Je n'aurais pas été me flatter de ça; celle qui porte mon nom est trop méprisable pour que je m'en occupe.

— Ainsi, la mort de Cordier est naturelle?

— Nous l'avons tous attribuée à un suicide, car le pauvre homme souffrait énormément.

Puis, répondant à une nouvelle demande du président, qui lui demandait de justifier sa présence dans le voisinage du malade, la nuit de la mort de Cordier, il dit :

— Il y a là une erreur certaine, une confusion dans l'enquête; je l'ai prouvé en indiquant les endroits où je me trouvais à l'heure où l'on prétend que j'étais dans les appartements de Cordier : j'étais avec Mlle Bien-Aimée... Ce témoin est absent; mais, monsieur le président, vous avez son témoignage écrit.

Le président lut la déclaration de Mlle Bien-Aimée qui attestait que l'accusé l'attendait, à minuit, à la porte de son concert, qu'il avait soupé et passé la nuit et la journée du lendemain avec elle, qu'il était très calme, très gai même.

Cette lecture fit une visible impression sur le jury qu'impressionna plus encore la réfutation de Rolland, lorsque le président lui demanda encore :

— Mais, avant de partir de chez Cordier, n'êtes-vous pas monté au premier étage?

— Oui, monsieur le président, j'étais au comptoir, je parlais à Mlle Cordier, je dis que je l'embrasserais bien; elle me répondait assez sévèrement.

— Vous avez dit, au cours de l'instruction, que c'était elle qui vous provoquait?

— C'est vrai, monsieur, mais sa mère était là qui nous regardait; or, elle se sauva, je crus que c'était pour me provoquer, je la suivis; c'est seulement à ce moment que je montai au premier, mais presque aussitôt Mme Cordier apparaissait et faisait une scène à sa fille; moi, je descendis et partis... Je crois qu'alors l'orage éclata, les femmes eurent de folles terreurs, et est-ce à cause de cela qu'aujourd'hui Mlle Cordier, sur les sentiments de laquelle je m'étais mépris, croit que j'étais encore dans la chambre, et se figura m'avoir vu; c'est-à-dire que l'orage grondant, le malade mourant, et cela après une violente scène de colère, les deux femmes ne voyaient autour d'elles qu'avec la peur... C'est ce qui explique également la fuite de Mlle Cordier.

— D'abord vous accusiez Mlle Cordier.

— Je l'ai cru quelque temps, comme il n'y avait qu'elle qui soignait son père, mais cela serait si épouvantable que je n'ai pas insisté, et je crois au suicide du malade.

— Vous l'aviez dénoncée par une lettre?

— Je nie absolument avoir écrit cette lettre.

— MM. les jurés apprécieront.

Alors commença l'audition des témoins. Lorsque Adèle se trouva devant la tribunal, elle regarda avec un souverain mépris le misérable, mais celui-ci soutint le regard avec calme. Cependant ses mains étaient crispées sur le banc et il dépensait une grande force morale pour cacher son émotion. C'est que Mlle Beau-Sourire était adorablement jolie; sa tenue modestement élégante, son air d'honnêteté avaient fait une vive impression, assurément elle allait être écoutée avec intérêt et avec sympathie. Lorsque le président lui dit d'expliquer les faits, elle déclara de nouveau.

— Monsieur, je renouvelle ce que j'ai vu : M. Rolland dans la chambre voisine de celle de mon père; je l'ai vu ayant à la main un paquet de poudre.

— Vous lui avez vu verser cette poudre?

— Non, monsieur, je n'ai pas dit cela; j'ai dit que c'était ma conviction que c'était lui qui, avec cette poudre, avait empoisonné mon père, j'ai dit que ce jour, s'il avait cette poudre à la main, c'est qu'il venait pour la verser. Mais je ne l'ai pas vu faire.

— Vous avez été plus affirmative devant le juge d'instruction.

— C'est, monsieur le président, que je me serai mal expliquée ou que j'aurai été mal comprise. Je ne veux dire que la vérité et en l'atténuant plutôt. Au reste, je ne cherche pas à diminuer l'importance de ce que j'ai dit, puisque je déclare que ma ferme conviction c'est que M. Rolland est l'assassin de mon père, c'est que c'est lui qui, dans la nuit de sa mort, a apporté et versé dans la dernière potion le poison qui l'a tué.

Il y eut un grand mouvement dans la salle en entendant cette phrase dite d'un ton solennel, avec un geste qui en faisait comme un serment. Rolland était livide, la sueur perlait sur son front; il aurait voulu crier, il ne pouvait parler, il aurait dit :

— Tu te venges, saleté, parce que j'ai voulu te prendre de force, parce que tu étais à moi sans la jalousie de ta coquine de mère. C'est elle qui est la coupable.

Mais il était contenu par son avocat qui le rassurait en lui disant :

— Tout cela ne tient pas, ce ne sont que des mots, il n'y a pas une preuve, au contraire. Sa déposition d'aujourd'hui détruit la déclaration de l'instruction.

Rolland était épouvanté; c'est que Mlle Beau-Sourire disait la vérité, elle y mettait bien un peu d'hypocrisie en déclarant qu'elle ne disait que la vérité en l'atténuant plutôt. C'était vrai, elle atténuait, mais au profit de sa mère; elle avait vu Rolland montrer le poison à sa mère, puis il était descendu le verser, c'était Jeanne qui avait porté le breuvage à son père, — elle atténuait en ne racontant pas ce qu'elle avait entendu, mais tout cela ne profitait qu'à la Belle Bordelaise.— Et Rolland se perdait s'il cherchait à accuser Jeanne. Il s'en garda bien.

— Mais, pour se trouver près de la chambre de Cordier, comment Rolland était-il venu là?

— Demandez-lui.

Rolland dit aussitôt :

— Tout ce qu'elle dit est faux, je n'avais pas de paquet à la main; j'étais près de la chambre, je l'ai avoué, parce que je la suivais, je voulais l'embrasser.

— Rolland est un misérable; ce n'était pas assez du crime qu'il commettait, pour son cerveau dépravé, il me suivait, il me prit même dans ses bras, et je dus soutenir une lutte affreuse contre lui. Monsieur le président, j'étais comme folle, je venais de voir mon père mort, lorsqu'il se précipita sur moi, me jeta par terre. J'étais perdue, lorsque ma mère, accourant au bruit et se méprenant sur ce qui se passait, m'injuria; ma mère croyait sans doute que c'était moi qui l'avais attiré.

Ce récit fit une grande impression sur l'auditoire.

Le président reprit :

— Vous êtes dans un état nerveux qui vous fait exagérer la situation, car Mme Cordier n'a pas raconté la scène tout à fait ainsi.

— J'ai dit, monsieur le président, que je ne voulais dire que la vérité.

— Revenons à la présence de Rolland. Quelle heure était-il?

— Je ne puis dire cela, monsieur le président. Je ne le sais pas. Je sais que c'est quelques minutes avant l'orage.

— Rolland, qu'avez-vous à dire?

Rolland se leva, passa son mouchoir sur son front mouillé de sueur, et, comprenant que dans les dispositions du jury et de l'auditoire pour Adèle, il se ferait du tort en l'attaquant, il dit doucement :

— Monsieur le président, il y a plus que de l'exagération dans le récit de Mlle Cordier; j'ai su depuis quels étaient les sentiments qu'elle avait pour moi, qui ne m'étaient pas favorables; mais alors je croyais bien un jour ou l'autre obtenir ses faveurs, et je m'obstinais à la poursuivre; c'était pour elle que je fréquentais le café de la Bordelaise; elle me haïssait, et moi je l'aimais. Le soir de la mort de M. Cordier, je la suivis, c'est vrai, mais seulement pour lui parler de près, pour lui prendre la taille, l'embrasser. Ce n'est pas lorsque son père était mourant que j'aurais fait pareille tentative; ce n'est pas en sortant de verser le poison que j'aurais eu de semblables idées. Mlle Cordier est jeune, très nerveuse. Ce soir-là il y avait de l'orage; elle était surexcitée, elle venait d'être violemment secouée par la mort de son père, et elle s'est figuré tout cela. Je répète, monsieur le président, que je n'ai jamais apporté de poison chez Cordier; que ce soir-là je me disposais à partir et voulais, en façon de plaisanterie, embrasser Adèle que je poursuivais dans l'escalier, lorsque sa mère parut et lui fit des remontrances; moi je partis avant l'orage, puisqu'en traversant les Halles, la pluie commençant à tomber, je dus entrer dans un café et de là j'allai au concert de la rue Contrescarpe.

— MM. les jurés apprécieront.

C'était le tour de la Belle Bordelaise; elle aussi fit une vive impression sur l'auditoire, car elle était très belle et très digne dans son costume de veuve, et personne ne pouvait croire que cette jeune femme était la mère de la grande jeune fille qui venait de quitter la barre.

Au contraire d'Adèle, Jeanne tournait la tête, évitant autant qu'elle le pouvait les regards de l'accusé. Rolland avait les yeux fixés sur elle.

Le président lui demanda quelles relations elle avait avec l'accusé. Sans embarras, Jeanne répondit :

— M. Rolland venait journellement à la maison depuis deux ans environ, c'était un de nos fidèles clients; il était toujours très empressé, très galant, mais il passait pour un coureur de femmes. Je n'avais avec lui d'autres relations que les rapports que peut avoir la maîtresse de la maison avec un bon client.

— Vous dites un bon client, on a remarqué qu'il ne payait presque jamais.

— Il payait comme tout le monde, mais il avait un compte ouvert chez nous; il y prenait souvent pension, et comme il se trouvait sans argent, je lui faisais crédit.

— Lorsqu'il dînait, vous diniez avec lui.

— Oui, monsieur, avec lui et d'autres habitués; ceux qui mangeaient à la pension dînaient à notre table, c'était comme une table où qui voulait pouvait s'asseoir.

— Il était alors à côté de vous.

— Ordinairement oui, monsieur.

— Il prenait avec vous certaines privautés?

— Non, monsieur, ni lui, ni personne; ma fille était à côté de moi, et alors que j'aurais été assez faible pour permettre à un homme de me manquer, je ne l'aurais pas permis devant mon enfant.

— On dit que vous étiez jalouse de votre enfant?

— Oui, monsieur, j'étais jalouse de son affection.

— Ainsi vous n'aviez aucune relation avec l'accusé?

— Mais non, monsieur le président; je sais bien qu'on a répandu cette calomnie, parce que j'étais aimable, rieuse avec lui, comme avec tout le monde, au reste; c'est une obligation, pour une commerçante tenant une maison dans le genre de la mienne, d'être avenante avec les clients. Peut-être avec M. Rolland étais-je un peu plus libre, parce qu'il était plus gai, plus amusant, plus plaisant que les autres; c'était un artiste qui ne causait pas comme tout le monde et dont la conversation me semblait plus agréable.

— Ainsi il ne vous a pas fait la cour?

— Peut-être si, mais ça n'a pas été bien loin, j'ai feint de ne pas m'en apercevoir.

— Il était galant avec votre fille.

— Oui, monsieur, et sur ce point j'étais très sévère et lui ai défendu de parler à Adèle.

— Croyez-vous que votre fille ait été coquette avec lui?

— Non, monsieur, j'affirme le contraire, c'est lui qui la poursuivait sans cesse.

— Rolland connaissait-il votre mari?

La Belle Bordelaise, au souvenir de son mari, parut émue et versa quelques larmes, mais de vraies larmes.

Le président, renouvelant sa question, elle répondit :

— Très peu, monsieur; mon pauvre Cordier était depuis deux ans malade, et il descendait très rarement dans la boutique; dans les derniers temps, il n'y descendait pas du tout.

— Votre mari était depuis deux ans malade, et Rolland venait chez vous depuis deux ans?

Rolland vit où tendait l'observation, et il interrompit :

— Lorsque je suis venu chez Mme Cordier pour la première fois, son mari était déjà malade, très malade, et on attribuait sa maladie à l'épuisement, suite de l'abus des plaisirs.

La Belle Bordelaise rougit quand le président lui demanda de répondre.

— C'est vrai, monsieur, fit-elle..., mon mari était déjà très malade.

— Arrivons à la dernière nuit de votre mari.

Et le président posa à la mère les mêmes questions qu'il avait posées à la fille.

Jeanne raconta qu'elle ne se rappelait les faits de cette nuit-là que très difficilement, à cause des secousses qu'elle avait eues; très nerveuse, très impressionnable de sa nature et ayant très peur du tonnerre, l'orage l'avait toute bouleversée. Elle se rappelait bien que Rolland lutinait sa fille, elle lui avait ordonné très sévèrement de la laisser tranquille, il lui avait obéi et était parti. Très excitée, et croyant que sa fille avait été un peu coquette, sa colère était retombée sur elle, elle n'avait plus son bon sens, elle venait de voir son mari qui se mourait. Elle ne pouvait rien préciser sur le départ de Rolland; mais, ce qu'elle pouvait affirmer, c'est que c'était elle qui avait préparé les derniers breuvages du malade, c'était elle qui les lui avait portés, et elle n'avait pas remarqué la présence de Rolland autour d'elle.

Rolland, qui l'écoutait, lui souriait.

A la demande du président :

— Ainsi, vous ne croyez pas que l'accusé, que votre enfant déclare avoir vu avec un petit paquet de poudre à la main, vous suivant lorsque vous prépariez la potion ordonnée, ait rien jeté dans le breuvage?

— Si j'avais pu voir semblable chose, c'est immédiatement que j'aurais moi-même fait arrêter M. Rolland.

— Ainsi l'accusé n'était pas près de vous quand vous prépariez le breuvage?

— Je ne m'en souviens pas.

— Il n'avait pas à la main un petit paquet blanc?

La Belle Bordelaise tremblait presque en répondant :

— Non, monsieur...

Le président commanda qu'on fît revenir le précédent témoin. Cette fois, la peur reprit Rolland. Qu'allait dire la jeune fille? elle avait tout vu; en persistant à dégager sa mère, comment allait-elle le charger, lui? C'est que la scène qu'elle avait vue était sans équivoque, c'est que ce qu'elle avait entendu était accablant, écrasant. On s'en souvient, Adèle, à travers la porte, avait entendu les reproches et les injures que son père mourant adressait fort justement à sa femme sur la conduite qu'elle menait avec le beau Rolland ; sa mère sortait de la chambre pour préparer la potion et la tisane du malade, juste devant la porte derrière laquelle elle était cachée et devant laquelle attendait Rolland ; sa mère s'arrêta et dit à son amant d'une voix sourde :

— Tu as entendu la scène?

— Oui, à peu près.

— J'ai peur que demain il ne fasse appeler quelqu'un pour te chasser.

— Oui, j'ai vu ça. Mais il n'en a plus pour longtemps, et si tu veux...

— Je te jure que je n'ose plus maintenant...

— Alors, il ne fallait pas commencer. Je t'ai apporté ce qu'il faut... Finis-en.

— Je n'ose plus, je te le jure, j'ai peur.

— Mais puisqu'il est condamné par le médecin... Le docteur l'a dit encore tantôt qu'il n'en avait pas pour deux jours.

— C'est vrai ; il vaut mieux attendre.

— Tu sais ce qu'il t'a dit... Veux-tu qu'il ait le temps d'agir, et te laisse sans rien? c'est ce qu'il espère... Puis Rolland avait dit plus bas, et d'un ton menaçant :

— Si tu n'en finis pas, je pars...

— Non, non, reste..., il faut que tu sois là..., tu l'auras veillé... Donne..., mais tu resteras...

Et Rolland avait donné à la Belle Bordelaise le petit paquet, en lui disant :

— Il faut que tu restes près de lui ; et, comme les autres fois, emporte le verre, casse-le et brûle le papier...

— Oui, je sais ; je resterai jusqu'au bout mais tu seras là...

— Je vais l'attendre là-haut.

— Descends d'abord avec moi, tu prépareras la potion...

C'était cela qu'avait entendu la jeune fille, c'était cela qu'elle devait raconter au tribunal. Mais comment allait-elle arranger tout cela, pour l'accabler, lui, en sauvant sa mère? Il savait bien qu'il n'avait rien à espérer d'elle, il revoyait à cette heure la scène de quelques minutes qui avait suivi celle qu'elle avait entenduc. Ces minutes de lubrique folie où, ayant vu la jeune fille à moitié nue sur son lit, il s'était jeté sur elle comme un satyre, la brutalisant, la jetant à terre ; il la tenait, c'en était fait, elle était à lui, si la mère n'était entrée. Oh ! certainement non, Beau-Sourire n'aurait pas de pitié pour lui, car c'était sur elle que la mère s'était vengée ; elle l'avait frappée, souffletée à tour de bras. Il revoyait toute la scène et il était atterré. Il se rappelait les derniers mots de la jeune fille se sauvant :

— Assassin ! je vais me venger !

Et Jeanne criait alors ; il lui dit de se taire, qu'elle allait donner l'éveil au malade, et la Bordelaise lui avait dit :

— Canaille ! Joseph est mort, et après avoir tué le père, tu veux prendre l'enfant !...

Joseph mort, c'est à ce mot effrayant que, perdant la tête, il s'était sauvé. Est-ce qu'elle allait préciser cette heure, la Beau-Sourire ? Oh ! qu'il avait peur ! Un grand mouvement de curiosité se produisait dans l'auditoire et lui baissait la tête, accablé, s'apprêtant à tout. Au moment où Mlle Beau-Sourire entra, il se redressa tout à coup, semblant dire :

— Je ne crains plus rien !

En évoquant la scène dans sa mémoire, il venait de découvrir un point capital pour servir sa défense et pouvoir répondre à tout. Il regarda fixement Adèle, qui ne baissa pas les yeux. Ce fut Jeanne qui trembla.

Rolland se souvenait que Cordier était mort pendant que Jeanne lui préparait sa potion ; or ce n'était donc pas, ainsi que l'accusation l'affirmait, le soir même de sa mort qu'il avait été empoisonné ; cela regardait les médecins, mais lui permettait d'affirmer absolument qu'Adèle, en déclarant qu'elle lui avait vu du poison dans les mains, mentait.

La jeune fille fut priée par le président de répéter sa déposition, ce qu'elle fit avec le plus grand calme, mais en affirmant toujours que Rolland était monté jusque près de la chambre de son père, qu'elle lui avait vu un paquet de poudre dans les mains et qu'elle était certaine que ce paquet contenait le poison avec lequel on avait empoisonné Cordier.

Jeanne baissait la tête et avait des mouvements d'épaules qui exprimaient qu'elle n'était nullement de cet avis ; que, pour elle, son mari était mort de la maladie dont il souffrait depuis longtemps.

Rolland, interpellé, dit :

— L'autopsie faite par les docteurs les a éclairés sur la maladie dont Cordier était mort ; ont-ils déclaré que Cordier avait été empoisonné ? Non ! ils ont trouvé du poison, mais cela peut être de la provenance des médicaments qu'il consommait chaque jour.

On murmura dans l'auditoire et le président dut commander le silence.

On dut emporter le misérable et suspendre l'audience (PAGE 172).

Rolland continua :

— Si Cordier est mort empoisonné, c'est qu'il s'est suicidé ; s'il est mort empoisonné et si ce poison a été absorbé la nuit même de sa mort, on a dû en retrouver une certaine quantité à l'autopsie, puisque ça aurait été la dernière boisson prise par le malade, — et vous ne voyez rien de ça dans le rapport.

— Ainsi vous niez absolument avoir apporté du poison, vous niez de vous être rencontré à la porte de la chambre de Cordier avec sa fille ?

— Je ne nie pas d'avoir vu Adèle, au contraire, puisque c'est elle que je montais trouver.

— Que vous ai-je dit? fit Adèle.

— Je ne sais, vous m'avez injurié en vous défendant lorsque je voulais vous embrasser.

— Vous avez l'audace de dire que vous vouliez m'embrasser. En m'arrachant de vos mains, je me suis sauvée en vous disant : Vous êtes un assassin, je vous dénoncerai. Vous en souvenez-vous? Vous n'avez pas protesté alors.

— Vous avez pu me dire cela. Les femmes, en se défendant, disent assez souvent cela : Laissez-moi, vous m'assassinez.

Des murmures plus nombreux se firent dans l'auditoire, et le président dit sèchement à l'accusé :

— Rolland, n'ajoutez pas encore par votre cynisme au crime qui vous est imputé, MM. les jurés apprécieront; retirez-vous, mademoiselle, retirez-vous, madame.'

Les deux femmes allaient sortir et purent constater la sympathie qui les entourait, à mesure que l'accusé devenait répulsif.

Rolland sentit l'impression produite, et, ne pouvant se contenir, il s'écria :

— Tout cela est faux, entendez-vous bien; je n'ai eu dans tout ceci qu'un tort: d'aimer trop Mlle Cordier et de vouloir l'avoir quand même. J'ai pu mal agir avec elle, mais elle s'en venge cruellement. Non, non, je n'ai pas empoisonné Cordier, et, pour le faire, il aurait fallu que j'y fusse aidé. Je ne l'aurais pu faire que de complicité avec Mme Cordier, puisque c'est elle qui préparait les breuvages pour son mari. Si bien que je fusse dans la maison, je n'allais pas dans la cuisine avec elle et je n'allais pas dans la chambre du malade. Tout cela est un conte de jeune fille qui se venge.

Jeanne faillit se trouver mal; elle dut s'appuyer sur le bras d'Adèle pour ne pas tomber.

La jeune fille tressaillit, comprenant ce que contenait la défense de Rolland c'était la menace d'accuser sa mère, si on le chargeait ainsi !

Mais, très bravement, elle se retourna vers l'accusé, et, d'un ton écrasant de mépris, elle lui dit :

— Après avoir assassiné mon père, il ne vous manquait plus que de déshonorer ma mère.

Dans la salle il y eut presque des applaudissements.

Et Rolland resta stupéfait.

Il regarda autour de lui, d'un air hébété. Ce mouvement était si bruyant, il était si visible que tous, juges, jurés et public s'intéressaient à Mlle Beau-Sourire, acceptant ce qu'elle disait, ne faisant aucun cas des négations de l'accusé, que la colère commença à gronder dans son cerveau; il se vit perdu, les appréhensions

premières revinrent, on allait le condamner. Tout le calme, le sang-froid qu'il
avait déployés ne servaient à rien. Il se trouvait en face d'une accusatrice plus
terrible que le procureur impérial. La rage le prit et, lorsque le président se
tourna vers lui pour lui dire :

— Qu'avez-vous à répondre?

Son regard se dirigea sur Adèle; celle-ci le soutint et répéta encore :

— Vous êtes l'assassin de mon père; et, vous le savez bien, je n'ai pas dit
toute la vérité...

La phrase était imprudente; elle produisit sur Rolland l'effet d'un coup de
cravache; car, se redressant aussitôt, tout plein de colère, la face rouge, le front
suant, et frappant violemment sur le banc, ne voyant pas les gestes de son
défenseur qui le suppliait de se contenir, le misérable s'écria :

— Non, non, tu ne dis pas la vérité tout entière; je vais la dire...

Il se produisit une vive sensation dans le public, puis un grand silence
solennel.

Le président, les juges s'étaient redressés; les jurés se pénétraient attentifs;
le public était haletant; d'une voix vibrante, il continua :

— La vérité... la vérité... écoutez... Oui, Cordier est mort empoisonné; oui,
j'ai aidé à cet empoisonnement; oui; mais les assassins, ce sont elles : la mère,
dont j'étais l'amant et qui devait partager avec moi les dépouilles de celui qui
gênait nos amours; la fille qui devait être, qui était ma maîtresse... La vérité,
vous la voulez? La voilà!... Nous sommes trois assassins : la mère, la fille
et moi.

Il y eut dans la salle un tel mouvement de réprobation que, penchant la tête,
il reprit plus violemment :

— Vous ne me croyez pas? Vous ne me croyez pas? Eh bien, chaque soir
j'apportais à la Cordier, la Belle Bordelaise, un petit paquet... ce petit paquet de
poudre dont vous a parlé la fille, et c'est aussi bien à la fille qu'à la mère que je
le donnais. Toutes deux voulaient la mort de l'homme, l'une parce qu'elle serait
libre avec moi, l'autre parce qu'elle croyait que je la préférerais à sa mère, et
qu'après nous être débarrassés de Cordier, nous serions les maîtres, puisque la
mère était notre complice.

Le procureur impérial s'était levé, épouvanté; un long murmure se produisait dans l'auditoire; le ministère public réclamait du président de faire taire
l'accusé. C'était un tumulte difficile à apaiser. Rolland continuait toujours, perdant
absolument la raison.

— La dernière nuit, c'est vrai, j'ai apporté un paquet de poison, je l'ai remis
à Jeanne pour le mêler au breuvage de Cordier, et pendant qu'elle le préparait, je
suis revenu chez sa fille. Quand Jeanne est montée, elle m'a cherché, elle m'a
trouvé couché avec Adèle. Ç'a été une scène insensée; elle m'a injurié, elle a

voulu... elle a frappé sa fille et l'a chassée ; elle a dit que Cordier était mort... et
je me suis sauvé. Vous vouliez la vérité ? La voilà, et...

Dans la salle, ce n'était qu'un murmure de protestation. Le président avait
ordonné aux gendarmes d'emmener l'accusé qui parlait, qui refusait de se taire.
Adèle était devenue livide. Jeanne s'était évanouie, c'était un scandale indes-
criptible. Rolland se débattait contre les gendarmes qui l'entraînaient, criant
plus fort :

— Voilà la vérité : la mère, la fille, des catins, je les avais, l'une et l'autre
sont mes complices..., voilà la vérité.

On dut emporter le misérable et suspendre l'audience, au milieu du tumulte, et c'était bien épouvantable, car, à part l'accusation portée sur elle, il
avait dit véritablement la vérité, et, pour sauver sa mère, voilà ce qu'elle
s'était attiré.

Qu'allait-il advenir ? Elle ne fut rassurée que lorsqu'elle vit le président or-
donner qu'on s'occupât d'elles, qu'elle s'aperçut que l'exagération de l'accusation
de Rolland en avait détruit l'effet.

L'audience fut reprise au bout d'une heure. Jeanne ne put se représenter
devant la cour, elle était en proie à une épouvantable crise de nerfs. Seule,
Mlle Beau-Sourire vint de nouveau affirmer ce qu'elle avait dit. Rolland avait été
presque porté sur un banc. Il était anéanti : la sottise qu'il venait de commettre
l'écrasait. Revenu à lui, il avait entendu son défenseur qui lui avait affirmé qu'il
avait perdu sa cause par cette scène folle... Il lui conseilla de s'excuser. Mais
Rolland refusa : il était sans énergie, il s'abandonnait.

La sympathie était tout entière pour ces deux malheureuses femmes,
toutes deux victimes des calomnies du misérable. Pauvre Mme Cordier, si belle,
si outragée ; c'est à elle surtout que l'on devait cet entraînement en leur
faveur.

Elle était si belle, la Belle Bordelaise !

Et puis, pendant la suspension d'audience, allant et venant partout, M. Félicien Duhamel racontait d'elle des merveilles.

Ce qui acheva Rolland, ce fut la déposition de la fille soumise, femme
Rolland.

C'était un tolle général.

Aussi lorsque, répondant au défenseur, le ministère public réclama l'appli-
cation absolue de la loi contre le misérable qui n'avait pas craint, pour atténuer
son crime, de calomnier deux femmes : « une mère belle, bonne, une épouse
dévouée, » des applaudissements retentirent dans la salle.

Rolland paraissait absolument abruti, il s'écroula lorsque, après une suspension d'audience de dix minutes à peine, amené, ou plutôt traîné sur son banc,
il n'entendit de toutes les formules que sa condamnation.

Il était condamné à vingt ans de travaux forcés.

Les deux femmes, Jeanne et sa fille, en sortant du palais, eurent une ovation respectueuse.

Jeanne, toute tremblante encore, prit sa fille dans ses bras et l'embrassa ardemment, en lui disant :

— Je te reverrai maintenant, mon Adèle?

— Maintenant, fit Mlle Beau-Sourire, je vous ai sauvée. Adieu! je n'ai plus de mère...

TROISIÈME PARTIE

LE SUPPLICE D'UNE FEMME

I

SIX MOIS APRÈS.

C'était jugé !

Rolland ne voulait pas entendre les conseils de son avocat, qui l'engageait à signer son pourvoi : la cassation était certaine, assurait le défenseur, car c'était lui, Rolland, qui s'était volontairement perdu par son accès de rage et de colère. En agissant plus prudemment, en se servant des nouveaux renseignements donnés à l'audience, on pouvait agir sur une instruction nouvelle.

Rolland avait trop souffert pour faire une nouvelle tentative. Il se savait coupable, il était condamné, beaucoup moins qu'il ne méritait, et il ne voulait pas risquer l'épreuve. Sa tête avait été en jeu, il l'avait sauvée, il ne perdait que sa liberté.

Bah ! sa liberté, il espérait bien la reprendre, et cela lui suffisait.

Une fois seul dans sa prison, il envisagea froidement sa situation ; la vie était perdue, plus d'avenir, il avait été condamné. Il était chassé de la société. Il avait fait une folie criminelle. Il avait cru, le bohème, se faire une situation avec la Belle Bordelaise, une situation fausse, mais qui lui suffisait, la vie facile et paresseuse de l'amant d'une femme ayant une bonne maison, une maison gaie surtout. Cerveau mal équilibré, il n'avait vu dans son crime que l'existence assurée. Le passé de l'homme était mauvais. C'était un taré et il ne reculait pas devant les moyens. Il avait une mauvaise nature, ses vices le dirigeaient.

Aussi, à cette heure justement condamné, il semblait prêt à subir la condamnation en cherchant les moyens d'échapper à la peine. Il ne lui restait que de la haine pour les deux femmes qui l'avaient fait condamner, et il les plaçait toutes deux au même niveau. Il avait à peine l'idée du crime, lorsqu'il tuait Cordier; depuis longtemps il était comme mort pour lui. Il n'avait ni regrets, ni remords, il avait la rage d'avoir tout risqué pour ne pas réussir, car, au fond, la mort de Cordier profitait à sa femme, il savait bien lui que Jeanne n'aimait pas son mari. Maintenant, jugeant peut-être les autres sur lui-même, il se refusait à croire à l'honnêteté et à la vertu d'Adèle. Mlle Beau-Sourire ne voulait.pas de lui, mais en acceptait d'autres. Tel était le jugement que portait le misérable sur celle qui avait été la cause de sa juste condamnation. Mais de quelle haine farouche il se sentait plein, et pour la mère et pour la fille! Le bagne, il n'irait pas, il se sauverait, non pour échapper à la peine, mais pour se venger. Se venger, c'était là son unique pensée. Sa vie était finie, il avait mis le pied dans le crime, il irait jusqu'au bout. Oh! elles regretteraient cruellement ce qu'elles avaient fait. Si Adèle s'était tue, il était sauvé. Puisqu'elle sauvait l'un, elle devait ne pas accuser l'autre, car elle savait bien, elle, qu'ils étaient complices.

Jamais un homme n'avait été plus écrasé que lui; on l'avait injurié, on l'avait calomnié, on avait ajouté à son existence déjà si misérable; le relèvement n'était plus possible, il était flétri. Sortir du bagne le temps fait, la vie n'était plus possible; il était trop intelligent pour ne pas savoir qu'il pouvait, par son hypocrisie, par une dévotion feinte et par sa bonne conduite, faire effacer les trois quarts de sa peine. Mais la grâce ne lui rendait rien que la liberté, il ne pouvait plus espérer revivre. Avec la condamnation, il devait disparaître. Et dans son cerveau, il bâtissait sa vie nouvelle.

A tout prix, la liberté; une fois libre, il se transformerait, il deviendrait un autre homme, il porterait un autre nom, et là il poursuivrait sa vengeance, car il n'avait dans le cerveau qu'une pensée : se venger! se venger!

Ce plan bien arrêté, la transformation commença. Même en prison, il était la douceur même, il étonnait les gardiens par sa conduite. En quelques jours, il avait obtenu déjà une commutation de peine; il était artiste, pianiste remarquable, et il touchait l'orgue à l'église de la maison pénitentiaire dans laquelle on l'avait envoyé. Il travaillait courageusement, on lui faisait copier de la musique. Il était aimé de tous, toujours sombre, réservé; on attribuait au repentir, au remords ce changement de l'homme. En le voyant aussi souple, la surveillance se relâchait autour de lui, on le considérait mieux déjà; la légende dans la prison en faisait un criminel inconscient ; c'était l'amour d'une femme, la jalousie qui l'avait poussé au crime; ce n'était pas un malfaiteur; c'était un malheureux. Et tous les jours la peine s'atténuait. En moins de six mois, il paraissait presque dans la prison un prisonnier sur parole. Lorsque le directeur donnait une fête, on faisait venir celui qui avait repris dans le pénitencier le sobriquet qu'il portait autrefois : l'artiste.

Quand Rolland vit qu'il avait bien rassuré tout le monde, après qu'un jour dans une inspection il eut entendu le directeur de la prison dire de lui :

— Oh! celui-là, c'est un artiste, un bohème, plus heureux de la vie qu'il mène ici que de la misère qu'il endurait autrefois. On lui ouvrirait les portes qu'il refuserait de sortir.

Il se dit que l'heure était venue de faire rentrer le vengeur dans la société. Et il ne pensa plus qu'à son évasion, et surtout au moyen, une fois sorti, de n'être pas repris, pas reconnu surtout. C'était tout le passé à effacer, c'était à faire naître un homme nouveau. Il passa à arrêter son plan et ses jours et ses nuits. Quand tout fut bien arrêté, il chercha le moyen de sortir. Cela fut moins difficile avec les libertés qu'il avait.

C'était le septième mois qu'il était en prison lorsqu'il se décida à s'évader.

Depuis le jugement, un changement s'était opéré. La Belle Bordelaise n'ayant plus à le redouter, et ayant été repoussée par sa fille, s'était fait, elle aussi, une vie nouvelle et plus gaie, tout entière occupée de son nouvel amant, Félicien Duhamel; elle vivait au quartier Latin, redevenue folle, légère, oubliant absolument qu'elle avait une fille. Et, plus belle que jamais, Jeanne, qui n'avait pas trente-cinq ans, paraissait dix ans de moins. Elle était devenue ce qu'elle aurait toujours voulu être : une bonne fille. C'est le terme consacré pour cacher une vie facile.

Adèle, au contraire, très troublée par le scandaleux procès, vivait austèrement près de la mère d'Auguste; elle avait demandé à son fiancé de remettre à six mois leur union; elle souffrait, elle était sans cesse poursuivie par le souvenir de ce qui s'était passé à la cour d'assises; elle voulait que tout cela fût oublié et que la quiétude amenât la gaieté dans son cerveau troublé.

Cela avait été entendu.

Les six mois étaient passés. Auguste était venu voir sa mère, et il avait demandé à Adèle :

— Adèle, pensez-vous toujours à eux?

— Non! j'ai oublié, avait-elle répondu.

Et, le soir même, on avait prié Mme de La Saussoye de fixer le jour de l'hymen.

C'était le jour même que Rolland avait fixé pour son évasion.

Il n'attendait que l'occasion propice pour agir. A mesure que son désir d'être libre augmentait autour de lui, il se voyait entouré d'affections, et ce qui aurait dû lui servir lui nuisait.

Il passait toutes ses nuits cherchant toujours ce qu'il allait faire, en même temps qu'il était poursuivi par la curiosité de savoir ce que les deux femmes étaient devenues. Il vivait ainsi dans une fièvre constante.

Un jour, l'occasion de partir se présenta, il fallait réparer l'orgue; aidé par un ouvrier du dehors, il s'occupait à cette opération.

De là, vous gagnerez le bord de l'eau (PAGE 182).

Il avait combiné que le soir, au moment du départ de l'ouvrier, il pourrait accompagner celui-ci sous prétexte de porter quelques objets de l'orgue qui devaient être réparés au dehors.

Nous avons dit qu'il était peu surveillé, il était presque assuré qu'on le laisserait agir.

Toute la journée il y pensa. Lorsque l'ouvrier lui avait dit tout en travaillant :

— Mais vous êtes adroit, vous, vous devez bien souffrir d'être ici ?

— Pas trop, fit-il.

— Mais comment se fait-il qu'ayant le talent que vous avez, car vous jouez de l'orgue comme un maître, et vous vous connaissez au travail comme si vous n'aviez fait que ça, que vous soyez dans cette maison, dans celle-ci surtout?

— Vous voulez dire dans cette maison où il n'y a que des voleurs, n'est-ce pas? Oh! je ne suis pas un voleur, je ne devrais pas être ici; c'est justement à cause de mon savoir et de quelques protections qu'on ne m'a pas fait partir pour là-bas.

— Pour Cayenne?

— Pour Cayenne, oui.

— Ah! vous aviez été condamné aux...

— Oui, fit-il en hochant tristement la tête.

L'ouvrier s'arrêta de travailler pour le regarder.

Rolland, sentant la sympathie qu'il inspirait, raconta :

J'ai appris le même métier que vous; je travaillais dans les orgues et dans les pianos. Sans avoir eu de maître, et par mes seules inspirations, étant encore apprenti, j'essayais les instruments et jouais facilement. Des clients, des artistes m'ayant entendu dirent à mon patron que j'avais une vocation. C'est alors qu'on m'offrit de me donner gratuitement des leçons; j'y allais après mon travail. A mesure que j'apprenais, le travail manuel me déplaisait. Cependant je n'avais que mes bras pour vivre, et sottement, un jour, je quittai la proie pour l'ombre... Je quittai l'atelier pour donner des leçons; d'abord, pour accompagner dans les concerts, triste métier qui ne rapporte presque rien et qui donne des goûts insensés. Heureusement je devins un artiste de valeur. Au lieu de profiter de la veine que j'avais, charmé par le monde nouveau dans lequel je vivais, je me laissai aller aux succès faciles que j'avais près des artistes.

— Vous vous êtes mis à faire la noce, quoi! conclut l'ouvrier.

— Non, ce n'est pas cela, reprit Rolland. Vous êtes ouvrier, vous savez ce que vous gagnez, vous savez qu'avec cela on ne peut pas mener grand train, on ne peut pas dépenser ce qu'il faudrait pour avoir la femme que l'on veut; on vit, enfin, de privations. On a tous les désirs sans pouvoir jamais les satisfaire. J'étais très beau garçon...

— Ça vous est resté, fit en rien le compagnon.

— Quand j'arrivai dans ce monde d'artistes, je n'avais qu'à tendre les lèvres pour en rencontrer d'autres.

— C'est ça, c'est les femmes qui vous ont perdu, c'est toujours comme ça; je le dis tout le temps à la mienne.

— Vous vous méprenez, dit Rolland, devinant la pensée de l'ouvrier. Je vous ai dit que je n'étais ici ni pour escroquerie ni pour vol.

— Mais, mon petit père, reprit l'autre goguenard, vous n'allez pas me faire accroire que vous êtes ici avec une mention honorable.

— Je suis ici pour une cause tout autre que celle que vous supposez.

— Oh! une affaire de femme.

— Oui, je me suis battu avec l'homme qui aimait la femme que j'aimais... Je l'ai tué...

— Très bien, dit l'ouvrier en clignant de l'œil, vous vous êtes battu avec une seule arme, pour vous deux, et c'est vous qui l'aviez.

Rolland ne répondit pas.

— Vous avez été condamné, et alors votre peine a été commuée.

— Oui, mais la loi est la loi; mais j'espère bien par ma conduite et par mon travail arriver à être gracié.

— C'est ce que l'on m'a dit quand on vous a envoyé avec moi. On m'a dit que vous étiez un bon sujet.

— Oh! mon Dieu, quand serai-je libre?

L'ouvrier le regarda et vit qu'il avait deux grosses larmes dans les yeux; il fut ému et pour cacher son émotion se mit à travailler.

Au bout d'un quart d'heure, l'ouvrier s'arrêtant tout à coup regarda Rolland et lui demanda :

— Si vous avez besoin de quelque chose, si vous vouliez avoir des nouvelles de quelqu'un au dehors, il ne faut pas vous gêner, je pourrais, en revenant demain, vous donner les renseignements que vous voudriez.

Rolland soupira tristement et répondit :

— Je vous remercie. Je n'ai rien derrière moi; la vie passée est tout à fait finie. Si un jour je sors d'ici, je m'en irai loin, dans un pays où, inconnu, je pourrai travailler et chercher à me faire une famille.

Rolland entendit celui qui lui parlait dire tout bas :

— Pauvre homme, va!

Puis, tout à coup :

— Mais c'est donc bien difficile de sortir d'ici? Il me semble que ce n'est pas si malin que ça... Si j'étais à votre place, moi, je ne serais pas long à déguerpir; d'autant que vous, vous rencontrerez toujours des gens prêts à vous aider. Vous n'êtes pas un voleur, un escroc; vous avez eu un mouvement de jalousie, le plus honnête homme a ça. Les affaires de femmes, ça dépend de la classe dans laquelle on se trouve; pour les gens chics, c'est une question de mode. On va sur le terrain, on se bat, on tue le monsieur, enlevé! il n'en est plus question. Au contraire, de celui qui reste, on dit : c'est un brave. Quand ça arrive entre ouvriers, on se rencontre dans la rue, on se saute dessus, on se tape, il y en a un qui écope; on arrête l'autre, on le juge, on le condamne; il a commis un crime. J'ai bien compris; votre affaire, c'est ça, n'est-ce pas?

Rolland dit oui d'un mouvement de tête.

L'ouvrier regarda autour de lui, dans la petite chapelle, si personne

n'était là pouvant les entendre. Sûr qu'ils étaient bien seuls autour de
l'orgue :

— Si vous voulez... Vous êtes un bon garçon, vous n'avez pas de mauvaises
intentions; et s'il vous faut un coup de main pour partir... J'ai encore du
travail ici pour demain... Pensez-y, et je suis votre homme...

Rolland ne répondit pas; il prit à deux mains la main de l'ouvrier et la serra
chaleureusement.

— C'est bien le moins, disait l'homme, que je fasse ça pour un ancien
copain.

On entrait dans la chapelle. Un surveillant venait voir s'ils travaillaient;
ils se turent.

Quand le surveillant fut parti, l'ouvrier reprit :

— Voyons, parlons peu, mais parlons bien. Qu'est-ce que nous pourrions
faire?

— Je ne sais pas, dit Rolland. Vous comprenez, je suis tout surpris, tout
confondu par votre sympathie.

— Parlez donc pas de ça. Occupons-nous de ce que je vous demande.

— Oui... Eh bien, quand vous venez, le matin, pour travailler, par où entrez-
vous, par la grande porte?

— Quand je viens pour travailler, non, je rentre par la porte où l'on amène
les provisions, où viennent les entrepreneurs.

— Tiens! fit Rolland, je ne savais pas qu'il y avait une entrée spéciale pour
eux. Je croyais qu'il n'y avait qu'une autre porte, celle par laquelle on nous fait
sortir pieds devant de l'infirmerie.

— Je ne sais pas si c'est celle-là.

— Est-ce qu'il y a un portier?

— Oui, un surveillant.

— Qui vous connaît?

— Pas plus que ça; c'est le deuxième jour qu'il me voit. J'entre le matin, je
sors à midi, je reviens à deux heures, ce n'est plus le même, et je sors le soir; il
ne fait pas plus attention à moi que ça.

— Croyez-vous qu'il vous reconnaîtrait?

— Je ne crois pas.

Rolland réfléchit longuement, puis il se pencha au-dessus de l'orgue pour
regarder si personne n'était dans la chapelle. Rassuré, il dit :

— J'aurais bien un moyen, mais vous n'accepteriez pas, il vous compro-
mettrait trop.

— Bah! qu'est-ce que vous voulez qu'on me fasse? Dites toujours. S'il faut
passer devant des sentinelles, qu'on risque de tirer, ah! non, je ne tiens pas à
me faire taper; mais s'il ne s'agit que de responsabilité, vous pouvez y aller.

Oh! non, non; vous ne courez aucun danger. Le matin, vous venez en apportant une pièce assez forte pour vous obliger à la porter sur l'épaule.

— Je comprends, on aide un peu à masquer les lignes.

— Oui, vous apporteriez pour votre déjeuner de deux heures.

— Je comprends, tout ça est facile.

— Vous savez, lorsque vous partez, je reste à travailler; nous mangeons nous autres ici, à dix heures et à cinq heures. Alors vous restez au travail, je m'habille comme vous. Je prends autant que possible vos allures, et alors, la pièce que vous avez apportée le matin sur l'épaule, je sors à midi, à l'heure habituelle. Vous m'indiquez la voie à suivre, ce que vous faites ordinairement, et je pars.

— Oui, c'est simple comme tout. Moi, je reste, je mange; si on me demande où vous êtes, fit l'ouvrier tout pensif, comme se parlant à lui-même, bâtissant déjà le plan dans son cerveau, je dis que vous êtes dans la prison, je ne sais où, que moi j'ai préféré manger près de l'ouvrage, parce que j'avais hâte d'en finir; on ne se doute de rien; une heure après je sors. Moi, je peux sortir à l'heure que je veux.

Rolland, l'œil fiévreux, le regardait avec anxiété, attendant son dernier mot qui fut :

— Eh bien, c'est entendu; je ferai ça et demain, mon vieux, nous prendrons une bonne bouteille dans un endroit que je vous fixerai.

— Oh! merci, merci, fit Rolland en lui serrant les mains.

— Il n'y a pas de quoi; demain, je me mettrai deux vêtements sur le corps. Je vous en donnerai un; étudiez bien ma tête, et maquillez-vous adroitement, ça ira comme sur des roulettes... Qu'est-ce que nous risquons, au fond?

— Il n'y a que vous, mon brave ami, qui risquiez quelque chose.

— Moi, allons donc, vous m'aurez monté le coup comme à eux, et voilà.

— Chut! voilà du monde, n'en parlons plus, nous causerons demain.

Il se remirent au travail, pendant que deux employés de la prison venaient curieusement regarder les réparations de l'orgue.

Dans le cerveau de Rolland, tout son plan d'avenir se combinait, et cependant il n'osait croire à ce qui lui était proposé. Tout cela avait été fait si vite, si simplement, qu'il n'osait y croire entièrement.

A cette heure, si l'ouvrier ne l'avait pas trompé, il était bien certain de la réussite; le plan était si ordinaire, si banal, qu'il devait réussir.

Mais que cette fin de journée lui sembla longue!

C'est plein d'espoir qu'il entendait l'ouvrier lui dire avec un signe d'yeux :

— A d m in.

Lorsqu'il retourna avec ses compagnons, tout pensif, il évita de rencontrer surveillants ou gardiens, redoutant que l'un ou l'autre ne lui donnât pour le lendemain une besogne autre que celle qu'il avait entreprise et ne le privât ainsi de ce qui était arrêté.

La nuit fut plus longue encore et sans sommeil. Alors il voyait surgir maints obstacles auxquels il n'avait pas pensé.

Ce qui, le matin, lui paraissait la chose la plus naturelle du monde, il la jugeait dans la nuit hérissée de difficultés et presque impossible; par moment même il désespérait.

Avec le jour, le courage revint; depuis qu'il était en prison, il avait, de l'un et de l'autre, lorsqu'il avait joué ou chanté, reçu quelque argent. Cet argent, il l'avait soigneusement caché; la somme était faible, mais elle était toujours utile, absolument nécessaire même dans l'occasion.

Il attendait avec impatience l'heure à laquelle venait ordinairement l'ouvrier; il était déjà dans la chapelle quand celui-ci vint; son cœur battit plus fort en le voyant paraître, portant un long panneau sur son épaule.

Comme le surveillant était venu lui ouvrir la porte, ils se saluèrent sans dire un mot et se mirent à l'ouvrage.

Le surveillant disparu, l'ouvrier dit :

— Vous voyez que je suis de parole, voilà l'affaire : maintenant, attendez.

Il retira sa blouse, il en avait une autre dessous; il retira sa cotte, qui en recouvrait une semblable, puis de sa poche il tira une vieille casquette.

— Voilà vos affaires.

Rolland cacha tout cela dans le buffet d'orgue.

— Et maintenant, comment allons-nous faire?

— Oh! c'est bien simple, tout sera fini à midi; je ne dois pas revenir cet après-dîner; voici ce que vous allez faire : à midi, vous partirez; vous marcherez jusqu'au bout de la grande rue; de là, vous gagnerez le bord de l'eau; en dix minutes vous serez à la gare. Voilà une adresse où vous irez à Paris, ce soir; vous m'y retrouverez, car, mon travail fini, je pars.

Alors, il lui expliqua dans tous ses détails ce qu'il avait à faire pour sortir sans qu'on le remarquât.

Rolland se trouvait mal à l'aise; il se sentait faible, il avait mal à la tête, il avait mal au cœur : l'émotion, la fatigue d'une nuit d'insomnie sans doute.

A midi, pendant que l'ouvrier écoutait à la porte si personne ne venait, Rolland revêtit la cotte, la blouse, modifia avec une estompe son visage, puis, l'heure sonnant, il serra la main de l'ouvrier et sortit.

Ce fut un moment de véritable émotion; malgré lui il tremblait; il rencontra un gardien, le même qu'il avait vu le matin et crut un moment qu'il venait vers lui; mais le gardien passa sans y prêter attention.

Il arrivait au guichet; le gardien n'était pas là, il était dans la loge; il fallait l'aller chercher; cette fois, il hésita; il avait peur d'être reconnu; enfin, il reprit courage, il frappa au carreau ainsi que lui avait dit l'ouvrier.

Il eut un soupir de satisfaction en voyant que, le portier absent, c'était sa femme qui venait le remplacer.

Elle ouvrit la porte, il sortit. Oh! qu'il avait envie de courir! combien il avait de peine à marcher calme! Il sentait ses jambes trembler sous lui, et toujours il avait ses frissons, ses maux de tête.

Ce qu'il avait prévu se passa le plus naturellement du monde. Il arriva jusqu'au chemin de fer; là, un incident inattendu : il ne s'était pas occupé de l'heure des trains, il fallait attendre deux heures. Il se demanda ce qu'il allait faire, mais avec bon sens il jugea que, si son évasion était découverte, la gendarmerie allait d'abord battre les routes. Ce n'est pas dans les gares qu'on irait le chercher. Et, en marchant, il serait bien plus tôt signalé sur les chemins où il passerait, et pour cela il serait plus facilement atteint.

Il attendit donc, couché sur le banc, feignant de dormir.

Quelques minutes avant l'heure du train, un gendarme vint; il pâlit, croyant qu'on le recherchait déjà; mais point; le gendarme venait à son service habituel. Puis il vit entrer son sauveur l'ouvrier, qui parut surpris en le voyant et lui fit signe de ne pas lui parler. Ils semblaient ne pas se connaître.

En prenant le train, ils montèrent dans le même compartiment.

Une fois la machine en route, l'ouvrier lui dit :

— Vous avez donc manqué le train?

— Oui, de quelques minutes; mais là-bas, comment êtes-vous sorti?

— Je suis sorti tout naturellement; on n'a rien vu; ils sont capables de ne s'en apercevoir que ce soir; j'avais votre toque, votre veste en paquet, ce qu'on a pris pour mes outils; je m'en suis défait en passant sur le bord de l'eau.

— Mais quand on vous a ouvert pour sortir, le gardien ne vous a rien dit?

— Si, nous avons causé, il ne m'a pas reconnu.

— Mais c'est une femme qui m'avait ouvert la porte.

— Ah! bien, c'est ça alors, ça allait comme sur des roulettes, et il n'a pas été étonné de me voir passer; nous avons causé; il m'a demandé pourquoi je partais si tard; je lui ai dit que le travail était fini, que je vous avais renvoyé à vos travaux, que c'est vous qui aviez les clefs de la chapelle. Je vous dis, ils en ont jusqu'à ce soir au moins sans rien voir.

— Oh! je ne serai tranquille qu'à Paris, dit Rolland; je souffre à ne pas voir clair.

— N'allez pas être malade, au moins.

— Oh! non, ce n'est rien; c'est l'émotion.

— Je comprends ça.

Une heure après, ils entraient en gare.

L'ouvrier emmenait Rolland chez lui, lui disant :

— Ici vous serez plus en sûreté qu'en garni. Vous comprenez qu'on ne va vous chercher que quelques jours. Dans trois ou quatre jours, on n'y pensera plus.

Le lendemain, quand Rolland s'éveilla, l'ouvrier vint lui dire qu'il serait prudent de ne pas sortir.

Rolland lui répondit que cela lui serait impossible : il se sentait tout à fait mal.

C'est l'émotion, dit à son tour l'ouvrier. Ça passera. Je suis tranquille. Je vous reverrai tantôt.

Et il sortit.

Rolland resta au lit toute la journée. Le lendemain, il lui parut qu'il allait un peu mieux; mais quand, le soir, son compagnon rentra, il était un peu plus souffrant.

Le compagnon lui dit gaiement :

— Je vais vous montrer quelque chose qui va vous remettre et vous rassurer.

Et il lui tendait un journal, lui montrant un entrefilet en disant :

— Lisez ça.

« On se souvient d'un nommé Rolland, condamné il y a environ six mois par la cour d'assises de la Seine au bagne. Cet individu avait vu sa peine commuée en dix ans de détention et était enfermé en la prison de Poissy, où il se faisait remarquer par sa bonne conduite. Le misérable était parvenu à s'évader hier, mais ce n'était pas pour jouir de sa liberté; se faisant justice lui-même, il s'est noyé dans la Seine, à une centaine de mètres de la prison, après avoir jeté ses effets sur le bord de l'eau.

» Son corps n'a pu encore être retrouvé. »

Rolland restait stupéfait, il n'aurait jamais espéré chose semblable; cette fois, il était sérieusement libre; c'est du jour où il était tué qu'il allait vivre.

II

UN AUTRE HOMME.

Ainsi le chemin se faisant libre devant lui, Rolland se sentait plus fort; il était bien évident pour lui que ceux qui devaient s'intéresser à sa personne allaient savoir aussitôt ce qui lui était arrivé. Ils se croiraient tout à fait délivrés; la Belle Bordelaise allait reprendre toute sa quiétude, et lorsqu'il se mettrait à

Il n'était plus le même ; sa face était couturée (PAGE 180).

leur recherche, il pourrait plus facilement les atteindre ; on ne se méfierait plus de lui ; il avait obtenu un résultat qu'il n'avait pas cherché, qu'il n'avait pas espéré surtout, et qui simplifiait absolument sa situation.

Il allait changer de nom.

Le lendemain, quand l'ouvrier vint le voir, Rolland était tout à fait malade ; il avait passé une affreuse nuit ; il avait tout de suite été au plus loin, s'était affolé en disant :

24ᵉ Liv.   24

— C'est juste au moment où je suis délivré que la mort va venir.

En le voyant la face rouge, les yeux gonflés et le corps tout agité de fièvre, en l'entendant se plaindre, l'ouvrier proposa d'aller chercher un médecin, ce que Rolland accepta.

Le médecin appelé déclara immédiatement que l'état de Rolland était grave; il était atteint de la petite vérole.

Le nom de l'épouvantable maladie effraya l'ouvrier; il dit au médecin :

— Moi, je reste en bas, avec ma femme, et s'il a cette maladie-là, je n'oserai pas le garder; ayant femme et enfant, cela sera plus prudent.

— Il n'est pas de votre famille? demanda le médecin.

— Non, monsieur, c'est un camarade d'atelier, n'ayant pas de logis; je lui ai prêté cette petite chambre, dans laquelle nous avions tant bien que mal dressé un lit.

L'ouvrier était un peu embarrassé; sans dire à Rolland le mal dont il était atteint, il lui dit que son état était assez grave, sans être dangereux toutefois, mais nécessitait les plus grands soins.

Rolland alla au-devant de ses désirs aussitôt, lui disant :

— Mon ami, je vous remercie bien des soins que vous m'avez donnés; mais vous avez une famille, vous avez besoin de travailler; je ne veux pas que vous ajoutiez cette charge à celles que vous avez déjà; je vous en prie, faites chercher une voiture et faites-moi conduire à l'hospice, le certificat du médecin me fera recevoir d'urgence.

L'ouvrier était prêt à tous les dévouements, mais on comprend facilement que c'est avec joie qu'il accepta ce que Rolland lui demandait.

Rolland fut immédiatement conduit à l'Hôtel-Dieu.

Il y fut reçu d'urgence; le soir déjà, le mal avait fait des progrès rapides. En proie au délire, il racontait tout haut d'étranges choses.

Le dimanche, lorsque son ami vint le voir, il se hâta de se retirer; Rolland ne le reconnaissait plus. Ce n'était plus qu'une masse informe, et la sœur à laquelle il s'adressa lui annonça que son état était désespéré.

Il donna son adresse pour qu'on le prévînt si un malheur arrivait, et il partit bien convaincu qu'il ne verrait plus son nouvel ami, M. Moreau, c'est le nom sous lequel Rolland s'était fait inscrire à son entrée à l'hôpital.

Il resta huit jours entre la vie et la mort; mais, jeune et robuste, il triompha du mal.

Trois semaines après, il était en convalescence.

Quand il allait tout à fait bien, c'est-à-dire lorsqu'il commençait à se lever, passant devant une glace, il se regardait et reculait terrifié.

Il n'était plus le même; sa face était couturée, le nez n'avait plus les mêmes lignes, l'œil seul avait le même regard; il était méconnaissable.

Et c'est tout triste qu'il monta dans la voiture qui mène les convalescents à l'asile de Vincennes.

Il était anéanti de s'être vu ainsi; puis, peu à peu, il reprit courage; un sourire vint sur ses lèvres; il dit même :

—Eh! baste! cela vaut mieux.

C'est qu'il venait de penser que désormais on ne pourrait le reconnaître, qu'il était tout à fait un autre homme, que Rolland était mort, bien mort, qu'il n'existait plus que M. Moreau, qui allait venger Rolland.

Lui n'avait plus rien à redouter; il pouvait tout braver; elles avaient tout à craindre, car il allait chercher maintenant des preuves; il n'avait plus à ménager l'homme qui n'était plus; il ferait recommencer ce procès; elles seraient à leur tour condamnées, ou c'est lui qui leur ferait un châtiment de chaque jour.

Enfin, il sortit de l'asile de Vincennes. Sa première visite fut pour celui qui l'avait servi.

Ayant pris son parti du mal qui avait bouleversé sa face, il s'y rendit presque gaiement, s'amusant de l'effet qu'il allait produire, car depuis la première visite l'ouvrier n'était pas revenu.

Quand il arriva, le concierge de la maison l'appela pour lui demander où il allait.

Il dit le nom de son ami ; le concierge lui dit alors qu'il était mort, et la femme veuve, avec l'enfant, était retournée dans sa famille.

— Mort, fit-il étourdi; mais quand cela?

Il y a un mois à peine.

—Oh! le pauvre bon garçon! et de quoi est-il mort?

— De la petite vérole.

Rolland le regardait ébahi, et il continua :

— Oui, le pauvre diable, il a attrapé ça en allant à l'hôpital voir un de ses amis.

— Rolland baissa la tête et sortit, il était navré.

Il se dit qu'il semait le malheur autour de lui; c'était encore lui qui était la cause de la mort de cet homme et du malheur de cette femme, de cet enfant.

Sombre, il marchait, se disant :

— Allons, c'est fatal, je suis fait pour le mal; tant pis pour ceux qui m'approchent, tant pis pour celui qui me touche.

Et il se dirigea du côté des Halles, où déjà il voulait savoir ce qu'était devenue la Belle Bordelaise.

III

UNE TROUVAILLE.

Était-ce la manie qu'ont les coupables, lorsqu'ils sont libres, de revenir au lieu où ils ont commis leur crime, qui dirigeait Rolland vers le petit café?

Non; Rolland ne savait rien des changements survenus dans la vie de Jeanne Cordier; il la croyait toujours à la tête de son établissement; c'est elle qu'il voulait revoir d'abord; c'est à elle qu'il voulait imposer les premières conditions.

Il n'admettait pas que sa maîtresse, sa complice, pût ainsi se débarrasser de lui.

Depuis longtemps, en outre, depuis son arrestation, il avait dû mener la vie austère du prisonnier, à laquelle il était peu habitué; sa nature, au contraire, violente, pleine de désirs, d'ardeurs, avait beaucoup souffert de cette sagesse.

Certainement, il avait de la haine pour la Bordelaise; mais, en même temps, il avait de violents désirs pour la femme. Assemblage singulier qu'on rencontre plus souvent qu'on ne croit, amour bestial, fait simplement de luxure, amour de criminel qui viole sa victime.

A mesure qu'il avançait vers les Halles, il se sentait pris d'une certaine émotion; qu'allait dire Jeanne en le voyant?

Sur son chemin, il s'arrêta encore devant une glace.

La maladie l'avait bien changé; cependant, il n'était pas laid, le masque n'était pas assez gravé pour avoir entièrement déformé les traits; un parent, un intime pouvait le reconnaître aussitôt; d'autres, pas.

Son regard avait toujours cette même puissance lourde; ses lèvres, leur fraîcheur pleine de luxure; le nez, la même ligne; les paupières, d'abord gonflées, avaient repris leur dessin.

En réalité, c'était la peau, le teint qui avaient le plus souffert.

Ainsi qu'il l'avait prévu, la porte qui, de l'allée, donnait sur l'escalier n'était pas fermée à clef. Il l'ouvrit sans bruit; sur la pointe des pieds, il grimpa jusqu'à la petite chambre qu'il ouvrit et dans laquelle il s'enferma.

Rien n'y était changé : le même petit lit dans le coin, un établi sur un côté, un bahut.

En vendant son fonds, Jeanne avait vendu tout le matériel et n'avait gardé que sa chambre à elle, ce qui aidait à faire croire à Rolland que la Belle Bordelaise occupait toujours la maison.

Une fois seul, il réfléchit aux conséquences que pourrait avoir sa découverte dans la chambre, et il eut peur.

A chaque bruit, il tressaillait ; d'abord, il se dit qu'il ne se laisserait pas prendre, se défendrait et se sauverait.

Mais pour se défendre, il n'avait rien, il chercha autour de lui un objet, un outil, qui pourrait lui tenir lieu d'arme ; ne voyant rien, il fouilla dans le bahut.

Il y trouva les outils de Cordier ; mais ce qui l'étonna, ce fut une large lettre bien soigneusement placée dans un coin, lettre cachetée, sur l'enveloppe de laquelle il lut : ·

« *A ma fille Adèle Cordier, pour l'ouvrir après ma mort.* »

Qu'était cela ? Un testament ! Pourquoi diable était-il caché là ? C'est tout tremblant d'émotion, oubliant ses transes, que Rolland, s'approchant de la fenêtre, brisa le cachet et lut :

« Ma chère enfant,

» Sentant ma mort prochaine et ne pouvant te préparer l'avenir, je veux te protéger. Ta mère ne t'aime pas et pourra te maltraiter, lorsque, ma chère aimée, je ne serai plus là pour te défendre. Je te donne cette lettre par laquelle tu pourras attester que je meurs victime d'un crime arrêté et consommé par Rolland et ta mère.

» Je sais que je suis perdu ; une dénonciation qui ne me sauverait pas serait un scandale dont tu subirais les conséquences. Il faut que l'indignité de ta mère reste un secret jusqu'au jour où, ayant besoin de lui résister, de te défendre, tu serais obligée de lui montrer cette déclaration.

» Je meurs empoisonné par ma femme, Jeanne Cordier, et Rolland, que j'ai surpris un soir l'une assise sur les genoux de l'autre, lui racontant l'effet produit par le poison qui m'avait été versé la veille, et Rolland lui affirmant :

» — Dès qu'il en a pris, c'est bien, on n'en revient pas, ce n'est qu'une question de temps.

» JOSEPH CORDIER. »

Rolland, lisant le papier, était devenu livide. Si cette lettre avait été entre les mains d'Adèle lors du procès, ils étaient bien perdus. Mais c'était sa tête qui tombait alors; car le crime était patent, il y avait préméditation. Rolland en resta quelques minutes comme étourdi; mais il se remit aussitôt en pensant au parti qu'il pouvait tirer de la lettre. Et d'abord il était certain maintenant que Jeanne Cordier ne le repousserait pas.

Serrant soigneusement la lettre et rendu plus audacieux par la force qu'il y trouvait, il résolut de ne pas attendre plus longtemps. Évitant de faire du bruit, il redescendit; passant devant la chambre, il écouta; Jeanne n'y était pas. S'il avait entendu du bruit, il aurait frappé, car il était décidé. Arrivé au bas, au lieu de sortir par la porte de l'allée, il rentra dans la boutique comme un habitué. En le voyant entrer par là, le garçon et la dame qui était au comptoir, ne le reconnaissant pas pour un client, le regardèrent avec étonnement; lui-même regardait tout le monde avec un certain embarras.

Se doutant de la vérité, il demanda alors :

— Est-ce que l'établissement n'appartient plus à Mme Cordier?

— Non, monsieur, oh! depuis plus de huit mois. Ah! vous croyiez qu'elle restait encore ici, et c'est pour cela que vous passiez par l'escalier des chambres?

Et la dame, en disant cela, avait souri malicieusement.

— Je connaissais beaucoup Cordier, et j'entrais plutôt par cette porte quand je venais.

— N'ayant pas les mêmes habitudes que Mme Cordier, nous ne nous servons de cette sortie que pour nous seuls.

— Je vous demande pardon, madame.

— Ah! ça ne fait rien, monsieur.

— Et pourriez-vous me donner un renseignement?

— Demandez, monsieur.

— Où demeure maintenant Mme Cordier ?

— En partant d'ici, elle est allée demeurer à Passy. Je vais en outre vous donner sa carte; elle nous en a laissé quelques-unes.

Et la dame donna la carte.

— Savez-vous, madame, si Mlle Adèle Cordier reste avec sa mère?

— Je ne pourrais pas vous dire, monsieur. Nous n'avons eu que de très courtes relations avec elle. Quand nous avons pris possession de la maison, nous ne l'avons plus revue, et nous n'avons jamais vu sa fille avec laquelle, nous a-t-on dit, elle n'était pas bien.

— Je vous remercie, madame.

Rolland se fit servir une consommation et regarda autour de lui.

Tout était absolument changé dans la maison. La clientèle, qui était partie à la suite de la catastrophe, n'était pas revenue, et ce n'étaient plus les habitués d'autrefois.

Rolland n'avait rien à redouter. Quoiqu'il fût bien convaincu qu'il était méconnaissable, il fut rassuré.

Il appela le garçon et lui demanda des renseignements de détail qu'il n'aurait pas osé demandé à la nouvelle propriétaire de la maison.

Il sut ainsi que la vente de la maison avait été faite par un représentant de Mᵐᵉ Cordier : elle n'avait paru dans l'affaire que pour donner sa signature.

Une difficulté avait été levée rapidement : la minorité de Mˡˡᵉ Adèle Cordier, émancipée par un conseil de famille ; elle avait fait une renonciation à l'héritage de son père au profit de sa mère.

On ne savait pas où était la jeune fille ; on savait que la mère était allée demeurer du côté de Passy et qu'elle y vivait de petites rentes que lui avait apportées la succession de son mari.

Rolland se leva, partit en disant :

— Je la retrouverai.

IV

OU L'ON RETROUVE LA BELLE BORDELAISE.

Le procès avait eu beaucoup d'influence sur la Belle Bordelaise ; l'austérité de sa fille, qui la condamnait alors qu'elle avait été acquittée par le tribunal, sa sévérité brève, alors qu'elle croyait que, considérant ses souffrances, elle avait pitié d'elle, l'avaient désespérée.

Si elle n'avait eu près d'elle une affection sérieuse, peut-être aurait-elle fait un coup de tête.

Heureusement, lorsque attristée, repoussée par sa fille, encore tout émue des incidents de l'audience, elle était rentrée chez elle, elle y avait trouvé M. Félicien Duhamel.

Elle pleurait, il avait essuyé ses larmes ; elle était triste, il l'avait consolée, et ses caresses lui avaient rendu un peu de courage ; surtout lorsque, assise sur

ses genoux, tenue dans ses bras, les lèvres près de ses lèvres, elle l'avait entendu
lui dire :

— Mais au lieu de te désespérer, tu devrais te réjouir; cette affaire pouvait
rester mystérieuse, et ce procès, en faisant le clair sur le crime, t'a montrée ce
que tu étais, une femme un peu légère, mais une bonne femme qui aimait bien son
mari, qui aimait bien sa maison, qu'un misérable voulait réduire par tous les
moyens.

Elle disait :

— Non, non... Après ce que cet homme a dit, on croira que je suis la cause
de la mort de Cordier.

— Je te répète, mon enfant, que tu sors de tout cela indemne, réhabilitée, si
tu avais eu besoin d'une réhabilitation; je vais te dire plus, fit M. Duhamel, prenant sa tête entre ses mains et la regardant fixement: quand je t'ai connue, puis
que je t'ai retrouvée, j'ai eu peur. Maintenant, je sais qui tu es, je n'ai pas à te
donner des preuves d'amour n'est-ce pas?

Et en disant cela, il l'embrassait.

— Mais je puis te donner une preuve d'estime. Je vis seul et m'ennuie; je t'ai
raconté une fois ma situation; si je pouvais me marier, je te dirais : « Tu es
veuve, libre, veux-tu être ma femme? » Je suis marié, je te l'ai dit, séparé judi-
ciairement, libre ainsi de mon cœur, mais non de moi-même : une stupidité de la
loi! Eh bien, si tu veux, Jeanne, nous vivrons ensemble, tu seras ma femme, ma
vraie femme... de cœur; nous aurons chacun notre logis, il le faut pour la situation
que j'occupe, mais j'aurai pour toi l'affection sévère et sincère d'un époux.

Jeanne Cordier le regardait n'osant croire à ce qu'elle entendait ; elle demanda

— C'est vrai..., c'est vrai, ce que tu dis là?

— Absolument vrai. Veux-tu?

— Oh! oui, fit-elle en se jetant à son cou.

Il était beau, Jeanne était belle; de ce jour, ils s'aimèrent; mais ils s'aimèrent sérieusement, sincèrement.

Jeanne était un peu plus vieille que Félicien, deux ans; mais elle était loin
de paraître son âge.

Félicien Duhamel était un charmant garçon; pauvre petit avocat, il était
devenu le secrétaire particulier d'un juge d'instruction.

Après sa séparation, redevenu libre, il avait repris sa vie de jeune homme,
vie de bohème, laborieuse, le jour au travail, le soir au plaisir.

C'est dans cette vie gaie qu'il entraîna la Belle Bordelaise, et Jeanne en était
bien heureuse; elle se retrouvait dans un monde nouveau, plus spirituel, toujours riant, n'ayant que le travail ou la fortune comme moyens d'existence.

Celui qu'elle appelait son mari gagnait sa vie par sa situation de secrétaire
du juge; d'autres, ses amis, avaient la pension que leur faisaient leurs familles.

Il ne voulait pas perdre de vue celle qu'il suivait (PAGE 199).

Tout cela était bien propre, bien digne, et surtout tout cela était joyeux.

Jamais elle n'avait vu la vie sous ces couleurs roses, mais peut-être, il faut le dire, jamais elle n'avait aimé personne autant que le grand garçon auquel, dans le fond de son cœur, elle le savait bien, elle devait sinon la vie, la liberté.

Sa conduite était absolument régulière; toujours belle, coquette, sa situation personnelle, que nous connaissons, lui permettait toute coquetterie sans avoir besoin d'être aidée par son amant.

Félicien Duhamel partait tard du cabinet du juge; puis il revenait la chercher pour l'emmener déjeuner dans un café ou dans un restaurant du quartier
Latin; dès qu'il avait fini au palais, il revenait le soir la prendre; ils dînaient ensemble et finissaient la soirée avec un groupe d'amis, soit à la brasserie, soit à
Bullier.

Les amis la respectaient, l'aimaient et l'appelaient madame Duhamel.

Enfin, Jeanne était heureuse, bien heureuse; la vie qu'elle avait retrouvée
lui plaisait; elle avait lu, c'est Félicien Duhamel qui le lui avait montré, le fait
divers relatant la mort de Rolland.

Cette nouvelle l'avait remplie de joie; désormais elle était bien libre, le passé
était bien fini, la faute, le crime absolument effacé.

Elle n'avait que le remords, le remords qui, à certaines époques, tourmentait ses nuits, des nuits d'insomnie, car ne pouvant dormir, elle se cachait
dans les bras de son amant; elle pleurait, elle tremblait; pour apaiser la fièvre
qui la dévorait alors, le jeune homme devait allumer des bougies dans la
chambre.

Avec la lumière, elle se calmait; mais elle ne pouvait s'endormir qu'au jour.

Les crises passées, elle en riait, s'excusait près de celui qu'elle aimait en
disant qu'elle avait ces attaques nerveuses depuis qu'elle était enfant; cela lui
venait d'une peur.

Aussi Félicien Duhamel n'y portait-il pas une grande attention.

Un autre tourment de Jeanne, c'était sa fille qu'elle se reprenait à aimer, qu'elle
désirait revoir à tout prix.

D'abord, Adèle n'avait pas voulu entendre parler d'elle; puis, à cause de la
succession de Cordier, elles avaient été obligées de se revoir; la jeune fille lui
avait paru plus douce; l'espoir lui était revenu.

A propos du mariage, elle avait dû se trouver avec le fiancé de sa fille, M. de
La Saussoye; là encore il y avait eu un commencement de rapprochement.

Adèle, alors, s'était fait renseigner sur la conduite de sa mère; ce qu'elle avait
appris l'avait encore rendue plus favorable; non qu'elle approuvât sa mère, mais
jugeant, en comparaison du passé, qu'elle ne pouvait que l'encourager dans la vie
régulière qu'elle menait.

Enfin, dans les circonstances importantes, la fille et la mère se retrouvaient;
mais Adèle, Mlle Beau-Sourire voulait que tout en restât là; elle ne voulait pas
qu'on dépassât ces relations.

Mais Jeanne espérait toujours.

Telle était la situation de la Belle Bordelaise, quand Rolland apprit, lorsqu'il
alla la chercher à Passy, que la veuve Cordier s'était remariée avec un nommé
Félicien Duhamel, qui restait rue Vavin. Nous l'avons dit, on appelait la Belle Bordelaise madame Duhamel.

Le misérable se rendit aussitôt rue Vavin ; il se renseigna, et c'est avec inquiétude et stupéfaction qu'il apprit que Félicien Duhamel était le secrétaire du juge d'instruction qui avait instruit son affaire.

— Oh ! oh ! fit-il, cela est grave.

V

LES NOCES.

Mlle Beau-Sourire était redevenue l'aimable et gaie jeune fille qu'elle était en pension, avant d'arriver dans la singulière maison de ses parents.

Elle avait repris cet éternel et radieux sourire auquel elle devait son nom ; c'est que maintenant l'avenir se faisait rose devant elle, plein de promesses de bonheur. Son mariage était décidé ; le petit graillon rebuté de l'estaminet de la Belle Bordelaise allait devenir bientôt Mme de La Saussoye ; elle allait retrouver une famille ; elle se sentait aimée, entourée d'affections, de sympathies.

Dans la mère de son fiancé, elle retrouvait une véritable mère. Auguste de La Saussoye avait demandé un congé, et depuis quinze jours déjà les jeunes gens ne se quittaient pas ; c'étaient de longues causeries pleines de chaste amour.

On avait absolument caché à Mme de La Saussoye la scandaleuse affaire à laquelle la jeune fille avait été mêlée. C'est Auguste qui l'avait voulu ainsi, quoi qu'en eût dit Mlle Beau-Sourire, dont la nature loyale et franche était gênée par ces cachoteries.

Lorsque, le mariage décidé, on en fixa le jour, il y eut quelques réunions de famille. On s'étonnait de ne voir personne autour de la jeune fille. On savait cependant qu'elle avait encore sa mère.

Mme de La Saussoye en parla doucement, et aussitôt, malgré ses répugnances, Adèle reconnut qu'en une circonstance aussi grave la présence de sa mère était absolument nécessaire.

Elle seule savait ce qu'était la Belle Bordelaise ; nous avons dit qu'elle était au courant de sa vie nouvelle.

Sans être absolument décidée au pardon, elle arrêta que sa mère viendrait au moins une fois et assisterait à son mariage.

Elle lui écrivit à ce propos.

Ah! la réponse de Jeanne ne se fit pas attendre; en recevant cette invitation de sa fille, elle se sentit bien soulagée; y attachant plus d'importance qu'Adèle n'y en avait mis, elle se voyait déjà pardonnée.

Il fut décidé qu'Auguste irait à Paris la chercher.

Nous avons dit que, tout en restant avec Félicien Duhamel, la Belle Bordelaise avait son domicile particulier.

Après avoir prévenu son amant des circonstances qui l'obligeaient à le quitter pendant quelques jours, elle restait chez elle. C'est là qu'Auguste vint la chercher. Il était bien embarrassé, près d'elle; jusqu'alors il l'avait à peine entrevue, il ne la savait pas si belle, ni d'apparence si jeune. Il fut immédiatement pris à son charme, à ses façons familières, mais sympathiques.

Il s'étonnait surtout, en la voyant ainsi, de la répugnance qu'avait Adèle pour sa mère.

Il pensait que la jeune fille devait la mal juger; car il n'était pas possible que cette femme, à l'aspect si aimable, si bon, fût une marâtre.

Évidemment, dans le regard, dans le sourire, il voyait un air provocant, révélateur d'une conduite un peu légère; mais, bah! était-ce bien à la fille à s'occuper de la conduite de sa mère, celle-ci étant libre et surtout cachant bien sa vie?

Homme, il jugeait moins sévèrement; il savait bien que dans le monde, assez souvent, s'il ne fallait pas recevoir les femmes seulement sous le pavillon qui les couvre, le nom du mari, si l'on devait chercher leur conduite, les relations seraient très restreintes.

En somme, il était plein de sympathie pour la mère, résolu au pardon et convaincu qu'il ramènerait la jeune fille tout à fait à sa mère.

Exemple rare, qui fera rire, du gendre chérissant sa belle-mère.

Tout heureuse et babillante, Jeanne partit à Orléans pour produire sur la mère la même impression qu'elle avait produite sur le fils.

Adèle lui fit le meilleur accueil; la jeune fille également était ravie et des façons, et de l'allure, et du ton de sa mère.

Ah! mais, c'est que Jeanne voulait plaire.

Et pour cela, la Belle Bordelaise savait comment s'y prendre.

Elle raconta des histoires d'enfant sur sa fille, elle parla de son mari avec émotion; elle allait peut-être raconter comment il était mort lorsque sa fille lui fit comprendre que M. de La Saussoye ignorait tout cela, et cela la ravit.

C'est à ce moment même qu'à Paris Rolland entrait dans un estaminet rue Vavin et écrivait ces mots:

« Madame, une personne qui a à vous parler d'une affaire grave, de laquelle dépend votre tranquillité, vous prie de vous rendre dans le jardin du Luxembourg,

en face de la fontaine Médicis, où elle vous attend. Ou, si cela vous plaît mieux, de
vouloir bien lui répondre en fixant vous-même un rendez-vous.

» Vous remettrez la réponse ou la lettre au porteur. »

Rolland allait se diriger vers un commissionnaire ; mais, plus prudent,
pensant que l'homme pourrait un jour être un témoin peut-être, il arrêta un
apprenti qui passait, lui donna quelques sous, lui disant :

— Tu vas demander Mme Duhamel, dans cette maison ; tu monteras ; si c'est
une dame qui vient t'ouvrir, tu lui demanderas si elle est Mme Duhamel et tu lui
remettras cette lettre ; si c'est un homme, tu lui demanderas n'importe quel nom
il te dira qu'il ne le connaît pas et tu redescendras.

— Compris, fit le gamin, clignant de l'œil ; c'est à la dame qu'il faut remettre
ça, et vous attendez la réponse ?

— Oui, dans ce petit café qui est là.

Quelques minutes après, le gamin venait lui dire que la dame qu'il demandait
n'était pas à Paris, et qu'elle ne serait de retour que dans quelques jours.

— T'a-t-on dit où elle est allée ?

— Non, monsieur ; la concierge m'a dit seulement qu'elle ne demeurait pas
là, qu'elle avait son domicile particulier deux maisons plus loin ; là, peut-être,
vous pourriez savoir quand elle doit être de retour.

— Ah ! fit Rolland, surpris et satisfait d'apprendre que Jeanne ne vivait pas
absolument avec le secrétaire du juge d'instruction. Ah ! elle demeure dans cette
maison ?

— Oui, monsieur.

Il donna quelques sous à l'apprenti, et certain de n'être pas gêné pour
demander des renseignements, puisque celle qui l'intéressait était absente, il
entra chez la concierge. Il sut que la jeune femme demeurait bien dans la maison,
mais y résidait à peine ; elle venait dans la journée une ou deux fois par
semaine, mais toujours seule ; jamais M. Duhamel ne l'accompagnait. La concierge
connaissait bien ses relations, mais elle n'avait jamais vu Félicien. C'était un renseignement utile que Rolland n'oublierait pas ; ainsi il était certain de pouvoir se
trouver seul avec Jeanne. Il demanda si, lorsque Mme Cordier était à Paris, elle
avait des jours fixes pour venir chez elle. La concierge lui dit que non. Il demanda
si l'on savait où elle était allée. Il ne put rien savoir. Jeanne avait prudemment
tu et le lieu et la cause de son voyage ; elle s'était bornée à dire qu'elle allait
pour quelques jours chez des amis à la campagne, sans fixer l'époque de son
retour ; mais elle ne pouvait rester longtemps, car elle n'avait presque pas emporté
de bagages.

Rolland savait tout ce qu'il voulait savoir. Il sortit et s'occupa aussitôt de
louer une chambre meublée dans le voisinage ; il voulait être près d'elle pour agir.
Cela lui convenait ainsi. Il avait besoin d'argent, il en aurait par Jeanne ; ce n'est

pas pour rien qu'il aurait commis le crime et subi partie de la peine ; il aurait la part qu'il devait avoir ; c'était là le côté pratique de sa vengeance.

Une fois installé chez lui, il revint le lendemain et le surlendemain s'informer ; le troisième jour, il apprit que Jeanne était revenue de la veille, mais elle n'avait fait qu'entrer chez elle pour faire sa malle ; sa concierge l'y avait aidée et elle devait la faire prendre le tantôt pour repartir. Elle devait rester cette fois quelques jours de plus.

Jeanne avait passé la nuit chez M. Duhamel.

Cette fois, il eût été imprudent d'y envoyer quelqu'un ; il était plus que probable que Jeanne, devant quitter son amant pour quelques jours, passerait toute sa journée avec lui. Et cependant il avait hâte d'agir.

Il se promena, cherchant ce qu'il devait faire. Écrire n'était pas prudent ; le mieux était d'avoir une entrevue ; c'est à ce plan qu'il s'arrêta.

Il se rendit chez lui, se prépara et revint se placer au coin de la rue Vavin dans un fiacre. Là, il surveillait tout ce qui se passait dans la rue. Après quatre heures de longue attente, il la vit paraître. Il éprouva à sa vue une vive émotion. Jeanne était plus belle que jamais ; depuis qu'elle avait quitté le commerce, elle était vêtue avec plus de recherche et d'élégance ; elle était adorable dans sa robe collante, indiscrète et charmante. Son visage était riant, on la devinait calme, heureuse, bien heureuse. Elle était accompagnée par M. Félicien Duhamel. Celui-ci monta avec elle à son appartement pendant que la concierge allait chercher une voiture sur laquelle on plaça deux grandes malles.

— Nous nous rencontrerons en chemin de fer. Ce sera drôle, pensait Rolland.

Mais il vit Jeanne monter en voiture et M. Duhamel l'accompagner.

La voiture se mit en marche. Il commanda à son cocher de la suivre. Arrivé à la gare d'Orléans, il vit le jeune homme prendre le billet, faire enregistrer les bagages, puis entrer immédiatement sur la voie avec Jeanne.

Décidément, il les voyait ensemble. Devait-il les suivre ? Oui, il voulait savoir où elle allait.

Il courut à la salle des bagages ; il regarda sur les deux grandes malles le petit papier numéroté qu'on y avait collé. Il lut de Paris à Orléans. Ils allaient à Orléans. Il prit aussitôt son billet.

Lorsque le train partit, il vit M. Félicien Duhamel, resté sur le quai, faisant un signe d'adieu de la main.

Jeanne était seule. A la première station, il la chercherait.

Le train s'arrêta à Étampes. Il descendit et la vit dans un coupé ; elle causait avec d'autres dames.

C'est à Orléans seulement qu'il pourrait la voir. Il reprit sa place. L'affaire, pour lui, était engagée et n'était plus qu'une question de temps.

Quand le train s'arrêta en gare, il sauta vivement sur le quai.

Il ne voulait pas perdre de vue celle qu'il suivait; il la vit sauter légèrement du wagon; il la suivit, mais rien ne peut peindre sa stupéfaction lorsqu'à la sortie de la gare il vit Adèle.

Adèle, accompagnée par un jeune homme et une vieille dame qui venait au-devant de sa mère et qui l'embrassa avec effusion.

Tout le monde s'embrassait.

Que voulait dire cela? Adèle était donc mariée et Jeanne venait à Orléans dans la famille de sa fille? Il en restait tout étonné, et la jeune femme et sa fille passèrent près de lui, le regardèrent même; il en fut embarrassé, mais personne ne le reconnut.

Il fut pris d'un accès de rage; ces gens étaient gais, ils riaient, eux, et il était sombre; sa haine son désir de vengeance s'augmentèrent. Comment! pendant qu'il était enfermé là-bas pour elle, à cause d'elle, on était si heureux que ça! Non, ce bonheur-là le gênait, il ne le supporterait pas; sa mauvaise nature se révoltait, et s'il n'y avait eu danger pour lui, il se serait précipité et se serait jeté en travers.

Il les suivit, les vit entrer dans une maison bourgeoise d'assez bonne apparence. Il se retira aussitôt, ne voulant pas être remarqué, et il se rendit à l'hôtel le plus voisin; il se fit servir à dîner, et, pendant qu'il mangeait, il interrogea la servante qui le servait.

Celle-ci lui apprit que le mariage de M. Auguste de La Saussoye et de Mlle Adèle Cordier devait avoir lieu dans quelques jours; le soir, on avait vu Mme de La Saussoye, la fiancée de son fils et M. Auguste se rendre à la gare pour chercher la mère; le contrat devait se signer le lendemain.

Il interrogea pour savoir ce qu'on disait de la fiancée.

Mlle Cordier était un ange; sa mère, une rentière de Paris, veuve d'un grand négociant, avait, disait-on, une très belle fortune. C'était un mariage heureux enfin.

Décidément il y avait trop de bonheur pour ces gens-là. Dès qu'il eut fini son repas, il alla encore rôder autour de la maison. On veillait et de la rue on entendait causer et rire. Et cela l'exaspérait d'entendre Jeanne rire; il lui semblait que c'était à lui cette gaieté; elle n'avait pas le droit d'être gaie, elle qui, après tout, avait véritablement commis le crime pour lequel il avait été condamné.

Qu'allait-il faire?

Il rentra chez lui sombre en se posant cette question; en arrivant à l'hôtel, il avait un mauvais rire, il disait :

— Ici c'est trop près, je vais coucher ce soir, et demain j'irai dans un hôtel au cœur de la ville, et, là, nous verrons. Ah! moi aussi je veux être heureux et faire la noce!

Le lendemain matin, il était dans la rue; il les vit encore tous les quatre qui venaient vers lui; son premier mouvement fut de se sauver, mais il était trop tard; il voulut juger de l'effet qu'il allait produire et se dressa, prêt à tout.

Elles passèrent encore sans le reconnaître.

— Allons, décidément, je suis bien changé. Il faudra bien, cependant, Jeanne, que tu me reconnaisses!

Rolland, dès le lendemain, s'installait dans les environs de la gare des Au-brays, à l'auberge du *Mûrier*, une vieille auberge, bien gaie, bien riante, aux murs tout ficelés de vigne, dont le vert semblait plus vif sur la brique rouge, aux grandes fenêtres qui jettent la clarté dans des chambres saines, une grande cour où les rouliers crient, où la volaille piaille; gentille auberge dont la salle com-mune est éclatante quand les embrasements du foyer font étinceler le cuivre des casseroles qui pendent au mur.

C'est une auberge et c'est un cabaret, cabaret discret; en entrant par le jardin, on y gagne de petites chambres que toute la jeunesse amoureuse d'Or-léans connaît.

C'est là que se donnent les rendez-vous, que se font les parties fines.

L'auberge a peut-être un défaut, c'est de compromettre ceux qui y entrent autrement qu'en voiture.

Rolland, qui s'était renseigné, l'avait choisi pour cela.

Installé dans sa chambre, il demanda de quoi écrire; lorsqu'il fut servi il écrivit :

« Madame,

» Pour une affaire grave, qui vous intéresse particulièrement, on vous prie de venir, à l'heure qu'il vous sera possible, à l'hôtel du *Mûrier*, où l'on vous attendra depuis midi jusqu'au soir; la personne qui vous attend était l'ami de Rolland. Avant de s'évader, pour se noyer, il lui a remis une lettre très importante pour vous; c'est cette lettre qu'on veut ne remettre qu'à vous-même.

» Vous comprendrez facilement que le secret le plus absolu est nécessaire; on vous suit depuis Paris; toute démarche qui aurait pour but de compromettre celui qui vous écrit aurait pour vous de *très redoutables* conséquences. »

Il signa : « MOREAU. »

La lettre terminée, il la lut, la ferma et la fit porter aussitôt.

On vint lui dire que la personne n'était pas là, elle était en ville; on avait laissé la lettre. Alors il descendit, se promena dans la cour de l'auberge, dans le

Regarde-moi, me reconnais-tu (PAGE 205)?

jardin, regardant les escaliers, les portes, étudiant les lieux enfin, pour pouvoir se dérober au plus tôt, si cela était nécessaire.

Bien renseigné, il remonta dans sa chambre et attendit sans trop d'impatience, pensant bien que, ne voulant pas être vue, Jeanne ne viendrait que le soir.

Quand Jeanne était rentrée avec sa fille et le fiancé d'Adèle, qu'on lui dit que l'on avait apporté une lettre, elle parut tout étonnée.

La bonne lui dit que c'était une personne de la ville qui l'avait apportée, et Adèle fit :

— C'est un des fournisseurs chez qui nous avons été hier qui, sans doute, envoie les prix que tu avais demandés.

— Sans doute... Où est cette lettre?

— Elle est dans la chambre de madame ; je vais aller la chercher.

— Non, non, laissez, ce n'est pas important.

Le déjeuner était servi, on se mit à table : un déjeuner gai, car le bonheur était dans la maison ; on riait, parlant du mariage, et l'on dit à Jeanne qu'assurément, le jour de la noce, les gens ne voudraient jamais croire que la mariée était sa fille, paraissant si jeune et étant aussi belle.

On rit en disant qu'un jour ou l'autre la veuve se remarierait, que le gendre conduirait sa belle-mère à l'autel, comme la mère allait dans quelques jours y conduire sa fille.

Jeanne ne protestait pas ; elle dit que, sa fille étant mariée, un jour ou l'autre elle se remarierait ; elle sembla même dire que son choix était fait.

Les sombres nuages étaient bien dissipés ; l'avenir s'éclairait radieusement ; heureuse de cette quiétude, qu'elle n'avait retrouvée que par une conduite régulière, Jeanne était tout à fait décidée à vivre sagement.

Le déjeuner terminé, elle monta dans sa chambre, trouva la lettre sur un guéridon ; elle la lut et devint pâle ; ses mains tremblaient, elle se sentit faiblir et fut obligée de s'asseoir.

Qu'arrivait-il encore? quelle chose nouvelle la menaçait? Elle relut encore la lettre, et un frisson courut en elle en relisant la menace : « pour elle de redoutables, très redoutables conséquences. » Qu'avait-elle à redouter? Que pouvait avoir écrit Rolland? Au delà de la mort, cet homme, ce misérable, la poursuivait encore! Oh! ce passé, comme elle le payait, quel châtiment!

Jeanne ne pouvait prendre de résolution. Qu'allait-elle faire? N'était-il pas plus dangereux, dans sa situation, d'aller au rendez-vous que lui donnait cet homme? Ne risquait-elle pas de se compromettre et de briser l'avenir de son enfant?

D'autre part, en ne répondant pas, l'homme n'allait-il pas immédiatement agir?

Elle relut encore la lettre, tant le commencement était plutôt une invitation qu'une menace ; elle pensa à répondre en donnant un rendez-vous dans quelques jours, c'est-à-dire qu'elle pouvait ainsi s'occuper du mariage de sa fille, puis après elle s'occuperait de ses affaires ; mais cela était impraticable.

On ne vit pas avec une pareille menace suspendue sur vous. Troublée, elle n'existerait plus, elle ne saurait que répondre quand on lui parlerait, toute préoccupée de la terrible affaire.

Un instant elle pensa à en parler à sa fille ; mais c'était encore une folie, c'était troubler les jeunes gens bien inutilement... Seule elle devait garder le secret... Toujours elle cherchait ce que pouvait être cette lettre très importante... Que contenait-elle?... Elle voulut se consoler, se persuadant qu'il n'y avait là que les dernières volontés d'un mourant à exécuter. Quelques recommandations, peut-être, sur sa famille, peut-être un dernier cri de pardon.

Mais, aussitôt, la fièvre l'agitait, la peur la reprenait, elle sentait d'instinct qu'il y avait là quelque chose de grave. Après de nombreuses hésitations elle résolut d'en finir ; elle pensa :

— Ce Moreau m'est inconnu ; c'est quelque misérable qui veut me vendre cette lettre. Au fond, il n'y a donc dans tout cela qu'une affaire d'argent. La lettre au moins, si elle est dangereuse, je peux la détruire ; tout se finit là... Je m'inquiète et me tourmente pour rien. Je pourrais dépenser plus follement de l'argent ; j'achète ainsi ma tranquillité, et il faut à tout prix que j'éclaire tout cela.

En allant faire des courses en ville, je vais à cet hôtel, je vois l'homme..., je reviens et tout sera fini... Cela est plus simple.

Bien résolue, elle descendit retrouver sa fille, lui disant avec légèreté :

— Ce sont des échantillons que j'avais fait demander hier qu'on m'annonce être à ma disposition. J'irai voir ça cet après-midi.

— Je t'accompagnerai si tu veux, dit sa fille.

— Non, non, fit-elle vivement, je préfère aller seule ; tu me blâmerais.

— Oh! alors je comprends, reprit Adèle en riant ; c'est un cadeau que tu veux me faire.

Jeanne eut un tressaillement et elle dit :

— Oui, c'est cela, c'est un cadeau.

Jusqu'au soir, elle fut nerveuse, impatiente. Autant à la lecture de la lettre elle avait redouté l'entretien, autant maintenant elle avait hâte d'être à ce rendez-vous.

Lorsque le jour commença à tomber, Jeanne dit qu'en attendant l'heure du dîner, elle allait faire ses courses ; elle sortit, mais elle ne savait de quel côté se diriger.

Cependant elle ne voulait interroger personne devant la maison.

Elle ne voulait pas qu'on la vît demander des renseignements.

Elle marcha au hasard, puis au bout de cinq minutes, s'adressant à une femme elle demanda :

Pourriez-vous m'indiquer, madame, l'hôtel du *Mûrier*?

Celle à laquelle elle s'adressait la regarda avec étonnement, riant malicieusement ; elle lui répondit :

— On m'a dit que c'était là-bas, du côté des Aubrays.

— Merci, madame, fit Jeanne qui ne remarqua pas le mouvement de la femme.

Vingt minutes après, elle arrivait à l'hôtel du *Mûrier* et demandait M. Moreau.

On lui indiqua la petite chambre qu'occupait Rolland.

Une servante, même, l'accompagna avec de petits airs mystérieux; les quelques personnes qui étaient dans la salle de l'auberge avaient souri malicieusement en la voyant.

Lorsqu'elle arriva dans la chambre, la bonne était entrée, avait prévenu Rolland que la personne qu'il attendait venait d'arriver

Les rideaux étaient à moité fermés; Rolland tournait le dos à la fenêtre et cela avec intention.

Après l'avoir salué, Jeanne demanda :

— C'est vous, monsieur, qui m'avez donné ce rendez-vous; qui êtes chargé de me remettre une lettre importante?

Sans dire un mot, Rolland acquiesça de la tête, fouilla dans sa poche, tendit une lettre en disant :

— Lisez.

Jeanne, toute bouleversée par l'allure, l'air, les façons de l'homme dont elle ne voyait que la silhouette, prit la lettre.

D'une main, Rolland indiquait la fenêtre; la lettre tremblait dans ses doigts; elle s'avança pour la lire jusque sous les rideaux et lut à demi-voix, sans s'apercevoir qu'elle parlait, tant elle était épouvantée en reconnaissant l'écriture de son mari :

« *A ma fille Adèle Cordier, pour l'ouvrir après ma mort.*

» Ma chère enfant,

» Sentant ma mort prochaine et ne pouvant te préparer l'avenir, je veux te protéger. Ta mère ne t'aime pas et pourra te maltraiter lorsque, ma chère aimée, je ne serai plus là pour te défendre. Je te donne cette lettre, avec laquelle tu pourras attester que je meurs victime d'un crime arrêté et consommé par Rolland et ta mère.

» Je sais que je suis perdu; une dénonciation qui ne me sauverait pas serait un scandale dont tu subirais les conséquences. Il faut que l'indignité de ta mère reste un secret jusqu'au jour où, ayant besoin de lui résister, de te défendre, tu serais obligée de lui montrer cette déclaration.

» Je meurs empoisonné par ma femme, Jeanne Cordier, et Rolland, que j'ai surpris un soir, l'une assise sur les genoux de l'autre, lui racontant l'effet produit par le poison qui m'avait été versé la veille, et Rolland lui affirmait :

» — Dès qu'il en a pris, c'est bien, on n'en revient pas; ce n'est qu'une question de temps.

» Joseph Cordier. »

Si elle ne tomba pas, la malheureuse, c'est qu'elle se cramponna à l'appui de la fenêtre; elle était terrifiée... et cet homme, qui lui apportait cette lettre tout ouverte, en savait le contenu.

— Et que voulez-vous, monsieur, lui dit-elle, que voulez-vous pour cette lettre?

Elle la tenait d'une main, la montrant.

Rolland la saisit vivement, disant :

— Ce que je veux, tu vas le comprendre; regarde-moi, me reconnais-tu..., Jeanne?

Et il soulevait le rideau, se plaçant dans le jour qui commençait à baisser.

Au son de la voix, Jeanne s'était reculée; elle regardait Rolland, se refusant à le reconnaître. Cela était impossible, Rolland..., Rolland..., lui! c'était impossible... C'était bien son regard, cependant; elle dit :

— C'est vous..., vous, Rolland?

— Oui, c'est moi. Je suis bien changé, n'est-ce pas?... c'est à peine si tu peux me reconnaître..., et c'est toi qui es cause de tout cela, c'est toi qui m'as fait condamner...

Jeanne était comme une folle; elle ne trouvait plus un mot à répondre; elle n'avait pas la force de pousser un cri. Elle balbutia :

— Que me voulez-vous?

— Ce que je veux! c'est toi d'abord... Si je t'ai aidée à tuer ton mari, c'était pour t'avoir tout entière..., pour vivre riche..., ou du moins heureux avec toi... Tu me dois cette part-là, je la veux; je veux que tu m'aimes toujours.

Cette fois, réagissant, Jeanne s'était redressée..., décidée à résister.

Elle répondit :

— Jamais!... De l'argent, oui..., mais vous ne me toucherez plus.

— Ah! cela, c'est ce que nous allons voir, fit Rolland éclatant de rire..., c'est par cela que je vais commencer, ma belle..., tu ne sortiras d'ici que demain matin... Si tu cries, je donne la lettre et nous partons ensemble. Allons, vite, viens ici...

Et il voulut la saisir dans ses bras.

Jeanne se débattait..., bravant tout, elle cria même.

L'étreignant vigoureusement dans ses bras, avec une rage bestiale, Rolland l'emporta, se jeta avec elle sur le lit en disant :

— Tais-toi donc, Jeanne..., tais-toi donc, je t'aime...

Mais Jeanne n'aimait plus, et ce fut une lutte odieuse. Pour étouffer sa voix, il avait mis sa main sur sa bouche, et il l'étranglait presque, et Jeanne perdit connaissance. Alors, tout fiévreux, tout tremblant de luxure, il la déshabilla, l'étendit sur le lit et se coucha près d'elle.

VI

SUITE DES NOCES.

Les petits oiseaux chantaient gaiement. Le soleil dorait les mûriers, tout était illuminé par la claire matinée d'été; dans la petite chambre, la fenêtre était ouverte, et la brise du matin soulevait doucement le rideau.

Il faisait gai lorsque Jeanne revint à elle; elle était sur le lit, sans vêtements, le corps las, les bras meurtris; elle cherchait à s'expliquer où elle était; se relevant sur le lit, elle regardait autour d'elle sans rien reconnaitre de la chambre.

Il lui semblait qu'on l'avait battue, tant elle souffrait de tous les membres.

Elle vit ses vêtements en désordre, elle se souvint alors.

Elle avait perdu connaissance en se défendant, et elle avait été livrée au misérable.

Elle eut un frisson de haine, de dégoût, puis elle fondit en larmes. C'était encore fini; il lui était impossible de se relever.

Chaque fois qu'elle voulait redevenir honnête, le passé se griffait à elle et la faisait retomber dans la boue.

Qu'allait-elle faire?

Abattue, découragée, elle se leva et s'habilla. Elle voulut regarder l'heure à sa montre, elle la chercha vainement.

Elle vit alors que Rolland lui avait tout pris: ses bijoux, l'argent qu'elle avait sur elle; pourquoi avait-il fait cela, puisqu'elle ne lui avait pas refusé d'argent?

Elle se hâta de s'habiller, cherchait l'histoire qu'elle allait conter pour rentrer chez M⁰ de La Saussoye.

La plus simple était la meilleure.

Elle partit de l'hôtel, et, en arrivant, elle trouva sa fille inquiète, qui lui dit que, quand on s'était aperçu de son absence, M. de La Saussoye s'était mis à sa recherche.

Jeanne raconta qu'elle s'était perdue, que, prise par la nuit, elle avait eu peur et était rentrée dans un hôtel où elle avait dormi.

Elle était gênée sous les regards de sa fille, qui paraissait douter de son histoire, et elle se pressa de remonter à sa chambre.

Seule, elle tomba accablée dans un fauteuil, se demandant encore ce qu'elle allait faire.

Rolland ne reculait plus devant rien; elle l'avait vu, elle était à sa merci, n'ayant rien à perdre, se souciant peu d'être libre ou de retourner en prison.

Elle croyait qu'il pourrait un jour où l'autre se servir de la terrible lettre lorsqu'elle ne consentirait pas à satisfaire ses demandes, à répondre à ses caprices.

C'était un affreux supplice qui se renouvellerait sans cesse. Mon Dieu! qu'allait-elle faire, quel était le but de Rolland, pourquoi s'était-il sauvé de l'hôtel en la laissant seule, en la volant, quand il n'avait qu'à lui demander, qu'à exiger l'argent dont il aurait besoin?

Elle se doutait de ce qui s'était passé.

Lorsque Rolland l'avait prise dans ses bras, la brutalisant, l'étouffant presque pour l'empêcher de crier; lorsqu'elle avait perdu connaissance, il avait pu faire d'elle ce qu'il avait voulu; elle était comme morte.

Après cet accès de folie, quand Rolland était revenu à lui, qu'il avait vu ce corps froid et inanimé, il l'avait crue morte.

Alors, il avait pris tout ce qu'elle avait sur elle, il s'était vivement sauvé, voulant échapper à ce qui se passerait lorsque l'on découvrirait la femme morte dans l'hôtel.

C'était une explication raisonnable; c'était la vérité au reste.

Mais Rolland saurait bientôt que Jeanne s'était réveillée, qu'elle vivait, et il recommencerait à la poursuivre.

Et cette poursuite, cette obligation de subir les caprices de cet homme, c'était pour Jeanne une condamnation bien plus cruelle que celle qu'elle voulait éviter.

Elle était accablée sur une chaise, lorsqu'on frappa. Elle dit d'entrer.

Elle vit entrer Adèle, le visage bouleversé, qui lui dit :

— Ce que tu viens de faire, mère, est indigne.

Jeanne devint livide.

— Tu pouvais faire à Paris ce que tu voulais. Tu avais demandé à venir ici, je t'avais reçue, et tu risques aujourd'hui d'empêcher mon mariage par ta conduite.

— Adèle!... Adèle!... Je t'en prie!

Et Jeanne pleurait.

— Ainsi, ce que M. de La Saussoye a appris est vrai, tu avais donné rendez-vous à ton amant à l'hôtel du Mûrier, et tu as passé la nuit avec lui?

Jeanne baissait la tête.

— Cela est déjà connu de tout le pays; et si Mme de La Saussoye l'apprend, une fois encore tu auras brisé ma vie. Il faut que tu partes.

Jeanne pleurait toujours. Adèle disait :

— C'est indigne, après avoir fait pour toi ce que j'ai fait, de me récompenser ainsi... Adieu...

Jeanne eut un cri déchirant, demanda grâce et tomba aux genoux de sa fille en disant :

— Adèle, mon enfant, aie pitié de moi, je ne suis pas coupable cette fois, je suis bien malheureuse, va... Écoute-moi..., écoute-moi, et tu verras combien je suis à plaindre. Je suis tombée dans un guet-apens épouvantable.

Adèle la regardait avec étonnement; elle dit même :

— Tu vas mentir encore ou me raconter une nouvelle histoire.

— Non, à toi je peux tout dire, car tu sais la vérité, et je ne pourrais me justifier pour les autres.

— Que veux-tu dire? fit Adèle avec inquiétude.

— Rolland vit.

— Rolland !

— Il vit... ; c'est lui qui m'avait écrit hier; c'est lui que j'ai trouvé à l'hôtel du Mûrier; lui dont j'ai été la victime, qui m'a meurtrie, presque assassinée; il m'a tout volé.

Adèle était tout étourdie, regardant sa mère, paraissant douter de ce qu'elle lui disait; alors celle-ci, dégrafant sa robe, releva ses manches et lui montra, sur ses bras et sur son col, la trace des violences qu'elle avait subies.

Adèle, aussitôt convaincue, dit :

— Mais tu étais dans l'hôtel, tu devais appeler au secours, chercher à lui échapper.

— Il a failli m'étrangler, j'ai perdu connaissance et ne suis revenue à moi que ce matin.

— Oh! mais c'est épouvantable cela ; il n'y a pas à hésiter; nous allons dénoncer cet homme, il faut le rendre à la prison.

— C'est impossible, gémit Jeanne.

— Et pourquoi?

— Parce qu'il a entre les mains une preuve que nous ne pouvons réfuter ni détruire.

— Une preuve?

— Une lettre de ton père qui t'était adressée.

— Oh! mon Dieu! fit Adèle..., cette lettre, je me souviens maintenant. Comment l'a-t-il trouvée?

Reprise aussitôt de pitié pour sa mère, elle sanglota. Elle la fit asseoir, s'assit près d'elle et lui demanda ce qu'exigeait Rolland.

Auguste sauta du siège et entra dans le cabaret. (PAGE 216.)

Jeanne conta à sa fille une partie de ce que nous avons vu. Elle lui dit le contenu de la lettre et ce que Rolland lui avait dit, ce dont elle se souvenait enfin.

Ce récit terrifia la jeune fille, qui d'abord consola sa mère, puis l'engagea à se mettre au lit, et elle descendit rejoindre son fiancé.

Nous savons quelle était l'affection d'Auguste pour celle que depuis si longtemps il désirait, quelle confiance absolue il avait en elle, dans quel amour profond il l'enveloppait.

27e Liv.   27

Lorsqu'il vit la jeune fille descendre et lui dire les larmes aux yeux :

— Auguste, ce que vous avez appris n'est pas la vérité, ma mère a été la victime d'un odieux guet-apens qui se relie à l'épouvantable affaire que vous connaissez. Il faut que vous me croyiez sans que je puisse vous donner de preuves ; l'homme, ce misérable que nous croyions mort, vit.

Le jeune homme était un peu étonné ; il demanda :

— De qui parlez-vous donc ?

— De ce misérable Rolland.

— Comment, il vit ?

— Il vit et il est libre ; c'est lui qui est venu jusqu'ici pour poursuivre ma mère et moi peut-être ; il veut se venger.

— Il faut immédiatement s'en débarrasser alors, et c'est ce que je vais faire ; je vais prévenir la police.

— En grâce, mon ami, ne faites rien ; c'est justement ce dont je vous supplie ; il faut que vous ne vous occupiez point de cela ; je ne voulais, en vous en parlant, que la justification de ma mère.

— Ma chère Adèle, ne pleurez pas, il suffit de ce que vous m'avez dit ; peu m'importent les médisants ; vous allez en avoir la preuve.

Et se dirigeant aussitôt vers la chambre de Jeanne Cordier, il entra.

Jeanne était restée sur son fauteuil, la tête basse, écrasée par ce qui arrivait, redoutant encore des malheurs plus grands ; de grosses larmes coulaient sur ses joues.

Le jeune homme courut à elle, la prit dans ses bras, l'embrassa en lui disant :

— Allons, chère maman, ne craignez rien ; courage, nous sommes là, je vous défendrai contre ce misérable, vous n'avez plus rien à redouter de lui.

Jeanne tressaillit ; elle regardait le fiancé de sa fille, terrifiée par ce qu'elle entendait. Est-ce qu'Adèle lui aurait raconté l'épouvantable scène ?... Est-ce que, maintenant, lui aussi connaissait son crime ? Elle crut un moment qu'elle allait devenir folle.

Le jeune homme, en la voyant ainsi, redoublait de tendresse et répétait :

— Ne craignez rien, madame Cordier ; remettez-vous, je sais, je sais tout, mais vous n'avez rien à redouter ; nous vous sauverons de lui ; vous avez un fils, un défenseur de plus.

Jeanne était atterrée..., il savait..., il savait !...

Le jeune homme continua :

— Nous aurons à redouter ici les mauvais propos ; mais bah ! vous ne devez pas rester à Orléans, pas plus que nous ; dans deux jours, tout sera fini, nous pourrons retourner à Paris.

Jeanne ouvrit la bouche pour dire :

— Jamais je ne serai tranquille maintenant, tant que je saurai cet homme libre, ayant cette lettre.

Heureusement, sa fille parut en ce moment et d'un signe rapide lui fit comprendre qu'Auguste ne savait rien.

Adroitement, en quelques mots, elle redit à sa mère ce qu'elle avait dit à Auguste; Jeanne alors redevint calme; elle avait besoin de cet appui.

Adèle dit alors qu'il était nécessaire, tout en ne dénonçant pas Rolland, de prendre quelques précautions au cas où le misérable viendrait troubler la cérémonie du mariage.

Auguste dit qu'il ne redoutait pas cela; ce que le bandit avait pu tenter dans l'ombre, il n'oserait le faire au jour.

Quand on fut plus calme, voyant chez Auguste le désir de savoir, au moins vaguement, dans quel guet-apens Jeanne était tombée, Adèle crut nécessaire de raconter une partie de l'histoire.

Jeanne alors montra la lettre qu'elle avait reçue. Elle dit qu'elle n'avait consenti, tout en ne redoutant rien, malgré les menaces qu'elle contenait, à se rendre à ce rendez-vous, que dans la crainte d'un scandale le jour du mariage.

Elle était arrivée à l'hôtel du Mûrier; aussitôt, Rolland s'était précipité sur elle, disant :

— Je vais me venger!

Elle avait crié; il avait étouffé ses cris, manquant de l'étrangler. Alors il l'avait battue, elle en attestait par les coups que l'on voyait encore sur son col et sur son bras, et l'avait laissée pour morte; puis il l'avait volée; elle n'avait plus un bijou, plus rien.

— Mais c'est bel et bien une tentative d'assassinat suivie de vol! exclama le jeune homme; mais un pareil crime ne peut rester impuni!

— Momentanément, il le faut, dit Adèle.

Auguste consentit à tout; mais, à la suite de ces événements, Jeanne avait eu une telle secousse, qu'elle en fut un peu malade.

Pendant que sa fille s'occupait des derniers préparatifs du mariage, elle garda la chambre. Seule, elle put penser à son aise; cela ne pouvait rester ainsi, il planait sur elle un danger trop grave pour qu'elle ne s'en occupât pas.

Il était bien évident que, si Rolland l'avait laissée pour morte, il apprendrait bien vite ce qui était advenu; il allait aussitôt recommencer ses poursuites; il n'avait rien et il comptait sur elle pour vivre.

Si on avait pu à prix d'argent lui acheter la lettre! Assurément, il ne consentirait pas. N'ayant plus cette arme entre les mains, après ce qu'il avait fait, il devait toujours craindre qu'on ne le livrât de nouveau.

Et puis, par qui pourrait-elle faire proposer un pareil marché? Assurément ce n'est pas elle qui voudrait revoir le misérable.

À Paris, elle avait un défenseur qu'elle aimait, Félicien Duhamel ; mais, pour obtenir sa protection, il fallait dire la vérité ; elle ne pouvait le faire.

Dumahel savait bien qu'elle avait eu des relations avec Rolland ; mais elle avait toujours affirmé qu'elle n'était pas son complice dans l'assassinat de Cordier ; elle ne pouvait donc s'adresser à lui.

Elle cherchait, sans trouver, un moyen d'échapper à la situation ; de plus, elle avait peur ; le mariage de sa fille pouvait être troublé par le misérable ; si pareille chose arrivait, on ne manquerait pas de le faire arrêter ; alors, Rolland montrerait la lettre, et elle serait irrémédiablement perdue.

Elle pensa à feindre tout à fait la malade ; ainsi, elle retournerait à Paris, chez Duhamel, qui la veillerait. Pendant ce temps, sa fille, qui n'avait rien à redouter, se marierait ; une fois ses enfants tranquilles, elle verrait ce qu'elle avait à faire.

Sa fille, à laquelle elle le dit, s'y refusa ; elle voulait que sa mère fût là. En disparaissant, elle justifierait les médisances, ce qu'elle ne voulait pas.

Quelques jours après, Jeanne parut plus calme. Adèle le remarquait avec satisfaction ; elle lui dit qu'elle avait trouvé moyen de se débarrasser de Rolland ; mais elle refusa de lui dire comment et lui assura qu'il n'y aurait ni danger ni scandale à redouter. Et alors on ne s'occupa plus que du mariage.

Le jour de la cérémonie arrivé, Jeanne tremblait encore ; mais tout se passa le mieux du monde ; les deux jeunes gens, que chacun remarquait à cause de leur beauté, sortirent de l'église sans qu'aucun scandale se fût produit.

Ils revinrent chez Mᵐᵉ de La Saussoye, où un repas, destiné aux plus proches parents, était servi.

Tout se passa le plus simplement du monde. Auguste devait, le soir même, emmener celle qui portait son nom.

Il devait la ramener dans la petite chambre de la rue de la Monnaie, là où il l'avait portée le jour où il l'avait sauvée.

Jeanne devait le soir même retourner chez elle. On se disposait au départ, lorsqu'un individu se présenta pour parler à M. de La Saussoye.

Comme Auguste allait partir à Paris, il crut que c'était un fournisseur qui, avant son départ, désirait lui parler. Il le fit entrer ; celui-ci lui présenta une lettre, il la lut : c'était un rendez-vous qui lui était donné pour une affaire d'honneur ; la lettre était signée du nom d'un de ses amis. Il lui demandait de sacrifier seulement quelques minutes, mais qu'il était nécessaire qu'on le vît avant son départ pour Paris.

Le nom de celui qui se réclamait de lui l'obligeait à se rendre à sa demande, et il prit du papier et répondit aussitôt que, partant le soir, il ne pouvait accorder que quelques minutes d'entretien à la personne et la priait de se trouver dans un café voisin de la gare.

Affaire d'honneur, disait la lettre; il était donc absolument nécessaire qu'il n'en parlât pas. Au reste, personne n'avait fait attention à l'incident.

Un jour de mariage, à chaque minute un visiteur vient vous adresser ses compliments; l'un, l'autre sont autour de vous; puis, il faut aller et venir, s'occuper de chacun.

L'heure venue, on se disposa à partir. Mme de La Saussoye devait monter en voiture avec Adèle et sa mère pour les reconduire jusqu'à la gare.

Auguste avait dit qu'il s'y rendrait à pied, qu'il marcherait à pied devant, afin de retenir un coupé; il partit, se rendit au café indiqué et chercha partout l'ami qui avait signé la lettre; il ne le vit pas. Il s'informa près du garçon; on lui dit qu'il n'était pas venu.

Au reste, cette personne n'avait pas l'habitude de fréquenter le café. Auguste pensa que son ami n'était pas encore arrivé; il dit :

— Qu'on le fasse attendre, s'il vient.

Et il courut à la gare prendre ses billets et faire enregistrer ses bagages. Il revint au café, l'ami n'était pas encore arrivé.

Il se dit :

— Au diable! Si serviable qu'on puisse être, le jour est mal choisi pour rendre un service.

Il vit avancer une voiture, de laquelle descendait sa mère et Jeanne. Il alla au-devant d'elles, se disant :

— Ma foi, tant pis, il m'écrira à Paris.

Il offrit la main à Jeanne et s'apprêtait à l'offrir à Adèle. Ne la voyant pas descendre de voiture, il demanda à Jeanne :

— Où est Adèle?

— Elle n'est pas avec vous? répondit Jeanne.

— Mais, non, fit-il inquiet.

— Eh! non, fit-elle; elle est partie dans l'autre voiture, à l'endroit où vous lui aviez donné rendez-vous.

— Quel rendez-vous? Que me dites-vous là?

— N'avez-vous pas envoyé, quelques minutes après votre départ, un enfant dire qu'ayant un rendez-vous pour causer quelques instants avec un de vos amis, vous priiez Adèle de prendre la voiture et de venir vous rejoindre avant de prendre le chemin de fer?

Auguste était épouvanté.

— Mais non, dit-il, je n'ai envoyé personne.

— Oh! mon Dieu! fit Jeanne, il y a encore là-dessous quelque affreuse chose.

— Non, ce n'est pas possible, dit Auguste tout tremblant.

Pendant que la mère s'écriait :

— Mais qu'est-ce que cela veut dire?

Ils ne pouvaient répondre. Tous deux se doutaient d'une machination nouvelle du misérable; ils ne devaient rien dire.

Auguste était livide; ses mains tremblaient. Jeanne était toute bouleversée. Il lui fit signe de ne rien dire, pour ne pas troubler sa mère, et, faisant un effort pour cacher son émotion, il dit :

— Je cours à la maison; il y a une erreur, on s'est trompé, Adèle va revenir. Restez ici, attendez-moi.

Et, du regard affirmant ce qu'il disait à Jeanne, il ajouta :

— Oh! je vais la retrouver.

Il sauta dans la voiture qui avait amené les deux femmes et se fit conduire chez sa mère.

Mᵐᵉ de La Saussoye disait à Jeanne :

— Ce n'est rien; Adèle ne va pas tarder à venir, elle sait que vous partez à sept heures.

Jeanne grimaça un sourire, pour ne pas tourmenter la mère, ainsi que le lui avait recommandé Auguste.

Quand celui-ci arriva chez lui, il ne trouva que la vieille servante; Adèle n'était pas revenue.

Alors, plein de rage, il s'écria :

— Oh! le misérable! si c'est lui, j'en finirai. Il faut me défaire de cet homme. Mais il fallait retrouver Adèle; où, comment, comment agir?

S'adressant au cocher qui l'avait amené et qui avait conduit à la gare sa mère et Jeanne Cordier, il lui demanda :

— Avez-vous vu la voiture qui est venue prendre une dame au moment où vous attendiez les deux personnes que vous avez conduites à la gare?

— Oui, monsieur; un petit coupé, duquel est descendu un gamin.

— Savez-vous d'où venait cette voiture?

— Parfaitement, monsieur. C'est le petit coupé de l'hôtel du Mûrier, et le gamin qui était dedans est celui qui aide le palefrenier de l'hôtel.

— Connaissez-vous le cocher?

— Le cocher, il n'y en avait pas : c'était un étranger.

— Que me dites-vous là? un étranger?

— Oui, monsieur; le petit coupé, on le loue à qui veut, à l'heure ou à la journée; on prend ou on ne prend pas de cocher, et celui qui conduisait est un individu que je ne connais pas, mais qui n'avait pas du tout l'allure d'un cocher.

A mesure que le cocher parlait, le malheureux tremblait; il était absolument épouvanté; c'était effrayant, cette fin de noces. Adèle allait assurément tomber dans un guet-apens tendu par le misérable Rolland. Il n'y avait plus à hésiter : il fallait livrer cet homme, il fallait le dénoncer, se faire aider dans les recherches; mais où aller, où aller pour les chercher? Il sentait son cerveau brûler dans son crâne sous les terreurs qui l'assaillaient. Il demanda, presque balbutiant :

— Avez-vous vu de quel côté se dirigeait le cocher?

— Il est parti avant moi et a pris le chemin de la gare.

— Mais nous en venons, et il n'y était pas.

— Mais, monsieur, c'est le même chemin pour aller à l'hôtel du Mûrier.

— A l'hôtel du Mûrier? C'est vrai. Vite, menez-moi là.

Et il sauta en voiture. Le cocher fouetta son cheval, qui partit rapidement. Arrivé à l'hôtel du Mûrier, le patron, qui connaissait Auguste, le regarda, étonné de le voir à cette heure chez lui le jour même de son mariage.

— Que voulez-vous, monsieur de La Saussoye?

— J'ai à vous parler, à vous seul.

— Venez.

Il l'entraîna dans sa chambre.

— Que désirez-vous?

— Qui a loué le petit coupé?

— Un voyageur que vous connaissez, qui a dit être venu pour assister à votre noce.

— Il a dit qu'il était venu pour assister à mes noces?

— Mais oui.

Et même le patron de l'hôtel du Mûrier paraissait embarrassé. Auguste le vit, mais il ne venait pas pour parler de l'aventure.

— Je viens vous demander si l'homme descendu chez vous est parti ce soir?

Et, en parlant ainsi, Auguste était fiévreux, agité.

— Répondez-moi vite, je n'ai pas de temps à perdre.

— Il faut toujours qu'il revienne pour ramener la voiture.

— Il vous a loué une voiture?

— Oui; il m'a dit être invité à votre noce. Il a même pris un petit gamin pour le conduire chez vous.

— Cet enfant est-il là?

— Oui, monsieur Auguste.

— Faites-le venir.

On fit venir l'enfant, qu'il interrogea.

— Que t'a dit ce monsieur?

— Il m'a dit de descendre chez vous, de dire à mademoiselle qu'elle veuille bien monter en voiture, qu'on allait la conduire au café où on lui avait donné rendez-vous, que vous iriez à la gare avec Mme de La Saussoye.

— Ah! mon Dieu! exclama Auguste. Alors?

— Alors, elle est montée en voiture, et lui est parti aussitôt.

— De quel côté?

— Je l'ignore.

— Mon Dieu! mon Dieu! Mais comment trouver?

— Nous pouvons savoir ça dans le quartier.

— Comment?

— Si vous voulez, monsieur, venir avec moi, je vais le savoir.

— Viens vite, vite!

Sans s'occuper de l'ébahissement du maître de l'auberge, il emmena l'enfant. Il monta en voiture et se fit conduire chez lui. Là, il descendit.

En province, le passage des voitures est assez remarqué pour qu'il pût, s'adressant à quelques boutiquiers, savoir la route qu'avait prise la voiture.

Au bout de vingt minutes de recherches, ils étaient arrivés presque à l'extrémité de la ville.

Là, ils perdirent les traces.

Alors Auguste demanda à l'enfant :

— Sais-tu s'il y a par ici un café, une auberge?

— Par ici, il n'y a qu'une sale maison où on ne va guère. Ce n'est ni un café ni un cabaret.

— Est-ce loin?

— A un quart d'heure; c'est sur la route, là.

— Viens vite.

— La voiture repartit. Quand l'enfant dit :

— C'est là.

Auguste sauta du siège, entra dans le cabaret et s'informa s'il n'était pas venu une voiture; avec une jeune dame.

On lui répondit qu'en effet il en était venu une. Le cocher avait pris une consommation; il avait paru causer quelques instants avec une dame, par la portière. On avait entendu cette dame refuser de descendre et dire qu'elle attendrait dans sa voiture celui qui devait venir. Le cocher, furieux, avait quitté la portière, était resté dans la maison, puis en était ressorti en disant à la dame que la personne attendue était à l'intérieur.

Celle-ci était descendue, mais ne trouvant pas la personne annoncée, elle avait regardé le cocher, poussé un cri et pris la fuite.

La voyant se sauver, le cocher allait courir à son tour; mais, comme il n'avait pas payé sa consommation, le maître de la maison l'arrêta.

— Je sautai sur lui, dit-il, et lui dis de payer d'abord, que je ne connaissais pas ce truc-là. Il sacra, jura, se débattit, et finalement il me jeta une pièce de vingt sous et s'écria : « Elle se sauve, la p... Je vais perdre une course!... » Il monta sur son siège et fouetta ses chevaux.

— Oh! mais ceci est épouvantable! exclama Auguste, au grand ébahissement

— Nous amenons l'homme que nous avons arrêté. (PAGE 221.)

de l'aubergiste. Maintenant, je n'ai plus à hésiter, cet homme est un misérable qui vient d'enlever une jeune fille ; indiquez-moi la gendarmerie.

Après qu'on lui eut fourni ce renseignement, il monta dans sa voiture et se fit conduire au lieu indiqué.

Un quart d'heure après, Auguste de La Saussoye avait fait sa déclaration, fournissant tous les renseignements sur l'homme, un condamné évadé, indiquant le lieu où il se trouvait. La gendarmerie entra en campagne.

Épouvanté, pleurant, désolé, il retourna au chemin de fer pour y retrouver sa mère et celle de sa femme.

On lui dit que depuis une demi-heure au moins, lassées d'attendre, elles étaient retournées chez elles; on lui dit qu'elles étaient trois.

Il crut mal entendre, et se reprenant à espérer, il sauta en voiture et se fit reconduire chez lui.

VII

LES TERREURS DE JEANNE.

En arrivant chez lui, anxieux et tremblant, au moment où la bonne vint lui ouvrir, il lui demanda aussitôt :

— Adèle!

— Elle est là, monsieur; elle vient de revenir avec ces dames; elle est malade.

Il eut un soupir de soulagement et courut à la chambre où la jeune fille, sa jeune épouse, était couchée.

— Ah! te voilà! te voilà!

Adèle, pâle, échevelée, se souleva dans le lit et retomba sur son épaule.

Mme de La Saussoye dit à son fils :

— Il paraît qu'il est arrivé un accident à la voiture; elle est tombée, elle s'est cassée.

Auguste comprit le mensonge d'Adèle; il la couvrit de baisers, la serrant avec passion dans ses bras. En tournant la tête, il vit Jeanne affaissée, les yeux hagards, semblant dire :

— Ah! mon Dieu! mon Dieu! quel danger elle vient d'éviter!

Auguste avait hâte de se trouver seul avec sa jeune épouse, la mariée du matin. Il dit alors à sa mère :

— Mère, laisse-nous. Au revoir, Mme Cordier.

Les parents l'embrassèrent, puis serrèrent Adèle dans leurs bras, sans un mot, sans un sourire, étreints par la situation, car c'était une singulière nuit de noces. Et cependant, les deux pauvres enfants, ce n'était ni l'amour ni le désir qui leur manquaient.

Quand ils furent seuls, Adèle se jeta dans les bras de son mari ; fondant en larmes, elle gémit :

— Oh ! mon Dieu ! mon Dieu ! que de chagrins, que de tracas je t'ai donnés déjà !

— Tais-toi ! je t'aime ! je t'aime et je te tiens ! Oh ! j'ai tant eu peur ! j'ai cru que tu m'étais ravie !

— Oh ! pour nous sauver, il faut que Dieu nous protège !

Et elle pleurait. Elle était comme en proie à une crise nerveuse.

Auguste la tenait, lui disait :

— Mais comment cela est-il arrivé ?

Elle lui raconta :

— J'étais ici, nous allions partir, nous nous dirigions vers la porte, lorsqu'un enfant vint et nous dit :

— Madame, je viens avec une voiture pour vous chercher.

Je le regardai étonnée, sans méfiance cependant. Je lui dis :

— Mais nous avons notre voiture là.

Il me répondit :

— C'est M. de La Saussoye qui m'envoie. Au moment de partir, il a reçu une lettre pour retrouver un de ses amis. Il vous prie de monter dans sa voiture pour aller au café du Chemin de fer. Le cocher va vous conduire ; il en vient.

Je trouvai cela tout naturel et je montai en voiture. Celle-ci se dirigea du côté de la gare ; je n'y fis pas attention. J'avais recommandé à maman et à madame votre mère de se presser, pour ne pas manquer le train. Je vis ensuite la voiture s'engager dans un quartier de la ville. Alors j'eus peur. Elle sortit de la ville et je crus un instant que nous allions à la gare des Aubrays. Je voulus interroger le cocher ; mais, sans me répondre, il fouetta vivement ses chevaux qui prirent un allure plus vive.

Après une course qui me parut longue, j'aperçus une maison isolée qui me sembla être un café, et j'espérai que nous nous y arrêterions ; mon espoir ne fut pas déçu. La voiture s'arrêta devant cette maison.

— Ma pauvre enfant, s'écria Auguste en la serrant dans ses bras, quel danger tu as couru ! Pauvre petite ! Et alors ?

— Alors, le cocher descendit, entra dans le café. Moi, je regardai, et j'eus peur à la vue de cette maison isolée, au caractère étrange. Je trouvai extraordinaire que vous m'eussiez fait venir en cet endroit ; alors je craignis d'être tombée dans un piège. Le cocher revint, ouvrit la portière et me dit :

— Monsieur votre mari est là, au premier ; il vous prie de monter le rejoindre.

Cela me parut encore plus étrange. Je lui répondis :

— Dites à M. de La Saussoye que je ne veux pas descendre, qu'il vienne rapidement, que nous allons manquer le train.

Le cocher retourna et je le vis causer un instant avec une personne que je ne pus examiner et qui, dans mon esprit, ne pouvait être que vous. J'étais contrariée, fâchée même que vous m'eussiez fait venir en cet endroit et surtout de voir que vous ne veniez pas au-devant de moi.

Adèle continua :

Le cocher revint et me dit :

— M. de La Saussoye vous prie de descendre un instant seulement; il repartira avec vous presque aussitôt.

Je descendis, tremblante de tous mes membres, prise de peur, dans ce petit coupé étroit, enfermée. Alors, il ouvrit la porte pour me faire entrer, et, à la lumière, je reconnus le misérable, ainsi que me l'avait dépeint ma mère.

C'était lui, bien changé, la face rouge, mais le regard! le regard odieux! Je vis dans quel guet-apens j'étais tombée.

Je rassemblai mes forces, et, au moment où il allait me saisir, je reculai en arrière. Oh! l'affreux moment que je passai en l'entendant courir derrière moi! Mais on le retenait. Moi, je courais, je courais, cherchant la plus prochaine porte pour frapper. J'entrais en ville lorsque j'entendis la voiture venant au galop derrière moi.

J'entrai alors au poste, je déclarai qu'un misérable voulait m'enlever; je me fis connaître et priai des soldats de m'accompagner. C'est ainsi que je rejoignis ma mère. Là, il fallut me soutenir, et je sentais que j'allais défaillir.

Auguste regardait sa chère aimée, sans faire un mouvement, poursuivi par un souvenir; à cette heure où elle lui appartenait, il se souvenait de la nuit sinistre où il l'avait sauvée; comme ce soir, elle était étendue inanimée sur le lit; il avait sauvé sa vie. Cette nuit, la pauvre enfant avait souffert pour sauver son honneur, et toujours elle était triomphante. Il l'admirait, plus hardi qu'autrefois, bien certain, cette fois, que sa vie n'était pas en danger, il la contemplait et il balbutiait :

— Que je t'aime, Beau-Sourire, belle et chère enfant, qui n'as trouvé ta force que dans l'honnêteté et la vertu; mal élevée, tu es restée pure; toujours poursuivie, tu n'as jamais succombé; vivant près du vice, tu ne t'y es jamais tachée. Ah! mon Adèle, mon ange, lorsque tu tombes anéantie, c'est près de celui que tu as choisi.

A cette heure, il n'avait plus la même retenue qu'autrefois; il était heureux en admirant sa beauté.

— Tu n'auras pas à rougir maintenant, belle vierge, si j'ai arraché ton voile.

Et, tout frémissant d'amour, de passion, il souleva la jeune fille et la pressa dans ses bras; il l'embrassait, l'embrassait sans cesse, et le corps avait des tressaillements, comme si ce contact était répulsif; il comprit que la malheureuse enfant, dans son inertie, dans sa défaillance, était poursuivie par le souvenir des événements de la soirée, et lorsque ses yeux s'entr'ouvrirent, lorsque semblant vouloir se débattre, il lui dit :

— Adèle, c'est moi, c'est ton époux.

Elle reprit peu à peu connaissance, et, s'abandonnant, elle dit :

— C'est toi, toi encore, qui m'as sauvée.

— Je t'aime.

C'est un baiser qui finit sa phrase.

Elle tressaillit... On frappait à la porte.

— Qu'est-ce cela?

— Que nous importe! Adèle... Nous avons assez souffert pour ne penser qu'à nous, n'est-ce pas?... Réponds-moi... Je t'aime...

— Et moi donc...

Et ils tombèrent dans les bras l'un de l'autre...

. . . .

En bas, on frappait. Jeanne courait avec la bonne pour savoir ce qu'on voulait. C'étaient les gendarmes!

En les voyant, elle recula épouvantée.

— Que voulez-vous? fit-elle.

— Madame, nous amenons l'homme que nous avons arrêté, et nous venons vous demander si c'est celui-là?

Les gendarmes prenaient la mère pour la fille.

Jeanne tremblait... Les gendarmes poussèrent sous la lumière du flambeau que tenait la servante leur prisonnier... C'était Rolland.

Jeanne s'écria aussitôt :

— C'est lui! c'est lui! le misérable!

— Merci, madame; nous le tenons, nous le gardons... Demain, on vous appellera...

Rolland haussa les épaules, et, regardant fixement la Belle Bordelaise, il lui dit :

— Tu m'as livré, imbécile...; tu es perdue...

Les gendarmes l'entraînèrent..., et Jeanne, dévote comme les femmes qui, n'ayant rien à attendre de la justice des hommes, espèrent en l'injustice d'un Dieu, fit le signe de la croix.

QUATRIÈME PARTIE

LE CHATIMENT

I

UNE PRISON.

Rolland avait été arrêté et conduit à la prison où il avait été enfermé dans la cellule des condamnés.

Avant d'aller plus loin, nous devons, pour l'intelligence des scènes qui vont suivre, donner un croquis de la partie de la maison dans laquelle Rolland était prisonnier.

En face d'une place, plantée de grands arbres, dans une petite rue conduisant à une ancienne abbaye dont il ne restait plus que les murs d'enceinte, cachant toutes les charmantes propriétés que l'on ne découvrait qu'après avoir passé sous une porte surmontée de deux tourelles presque en ruine, s'ouvrait une grande porte communiquant avec la première cour précédant l'enceinte de la prison proprement dite.

C'est dans cette cour que se trouvaient les bâtiments destinés au directeur, au médecin et au pharmacien attachés à la prison, ainsi que les magasins d'approvisionnement et les bureaux de l'exploitation du travail des détenus.

Une grille gardée par deux factionnaires faisait communiquer cette première cour avec la prison par un couloir traversant les bâtiments de l'administration dans les bureaux de laquelle les employés, à peu d'exceptions près, portaient la veste, le pantalon et la calotte de toile des détenus.

Un écrivain a dit de cette prison :

« Rien de sombre, rien de sinistre dans l'aspect de cette maison de détention.

» Au milieu d'une des premières cours, on voit quelques massifs de terre plantés d'arbustes, au pied desquels pointent quelques fleurs.

» Un perron surmonté d'un porche en treillage, où serpentent les rameaux noueux de la vigne, conduit à l'un des sept ou huit promenoirs destinés aux détenus.

. » Les vastes bâtiments qui entourent ces cours ressemblent beaucoup à ceux d'une caserne ou d'une manufacture tenue avec un soin extrême.

» Ce sont de hautes façades de pierres blanches, percées de hautes fenêtres, où circule abondamment un air vif et pur.

» Les dalles et le pavé du préau sont d'une scrupuleuse propreté. Au rez-de-chaussée, de vastes salles chauffées pendant l'hiver, franchement aérées pendant l'été, servent, durant le jour, de lieu de conversation et de réfectoire aux détenus.

» Les étages supérieurs sont consacrés à d'immenses dortoirs de dix à douze pieds d'élévation, au carrelage net et luisant; deux rangées de lits en fer les garnissent, lits excellents, composés d'une paillasse, d'un moelleux et épais matelas, d'un traversin, de draps de toile bien blanche et d'une couverture de laine.

» A la vue de cet établissement, réunissant toutes les conditions du bien-être et de la salubrité, on reste malgré soi fort surpris, habitué que l'on est à regarder les prisons comme des antres tristes, sordides, malsains et ténébreux. »

En peignant ainsi cette prison, l'écrivain semble n'avoir vu qu'un côté, celui de l'infirmerie, plus occupé par les employés que par les prisonniers. Voici ce que nous avons vu :

Entrant, après avoir passé la grande porte et traversé la première cour, nous arrivions à la grille gardée par un poste de soldats; un gardien placé à l'intérieur nous ouvrit la porte du couloir, au bout duquel un autre gardien était placé empêchant l'accès du couloir aux prisonniers qui pourraient venir à l'intérieur de la prison.

Cette porte ouvrait sur une cour carrée; au coin de cette cour se trouvait l'entrée du préau.

Le préau, où les prisonniers se retiraient les jours de pluie, était divisé en deux parties, qu'il fallait traverser pour aller dans la seconde cour nommée la Fosse-aux-Lions.

Dans l'angle de cette cour se trouvait un escalier étroit et tournant, à trois étages; le premier étage conduisait au grand dortoir; deux marches au-dessus du palier, une grille fermait l'escalier.

Le deuxième étage n'avait qu'une porte; elle ouvrait sur un cachot bas au plancher convexe, où le prisonnier ne pouvait se tenir debout.

L'escalier était encore fermé par une grille.

Au troisième étage se trouvait une pièce assez grande, divisée en deux par une grille du côté de la cour, vis-à-vis des bâtiments affectés aux ateliers.

Cette partie était encore divisée en trois et formait trois cellules. Dans la partie qui formait un couloir était un soldat qui se promenait sans cesse; c'était la consigne.

Les cellules étaient peu meublées : une chaise et un lit.

Il était expressément défendu au soldat de parler aux condamnés.

Si le condamné avait besoin de quelque chose, une sonnette placée au-dessus d'un poêle de faïence prévenait le guichetier.

C'est dans une de ces cellules que Rolland avait été enfermé.

Lorsque Auguste avait été requérir la gendarmerie pour courir à la recherche de Rolland et au secours d'Adèle, il avait dit que Rolland était un ancien repris de justice, évadé de la prison où il avait été enfermé.

Lorsque Rolland avait été arrêté, on avait été d'accord sur ce point qu'il fallait exercer sur lui la plus grande surveillance.

C'est à cause de cette annotation spéciale à son écrou qu'il avait été placé dans une de ces cellules, réservées non à des inculpés, mais à des condamnés.

Du jour où il était entré en prison, Rolland n'avait plus eu qu'une seule pensée : en sortir. Pour cela, avait-il, dès les premiers jours de sa captivité, observé tous les détails que nous venons de donner sur la maison de force. Il cherchait enfin un plan d'évasion; ayant mis le pied dans le crime, il était décidé à ne reculer devant rien.

Vainement on l'avait interrogé en le qualifiant du nom sous lequel il avait été dénoncé. Il répondait qu'il ne s'appelait pas Rolland, mais Moreau. Lorsqu'on l'accusait d'avoir violemment attiré la jeune Mme de La Saussoye dans un guet-apens, il répondait que cela était faux, que l'on prenait pour la vérité les terreurs d'une jeune femme que les désirs d'un jour d'hymen augmentaient. Il prétendait enfin que l'accusation de Beau-Sourire avait un caractère psychologique. Lorsqu'on lui demandait l'explication, il la donnait ainsi :

— Je travaillais à la maison de Poissy; on m'avait donné pour aide un détenu qui se nommait effectivement Rolland. Ce détenu, décidé à se tuer, me chargea d'une lettre que je devais porter à Mlle Adèle Cordier ou à sa mère. Cette lettre, me disait-il, si vous voulez, on vous la payera vingt mille francs. Or, me trouvant sans ressources, je voulus vendre cette lettre à ceux pour lesquels elle valait ce prix. J'écrivis; ma lettre resta sans réponse; on ne croyait pas à ce que je disais. Ce n'était pas prudent, ni pour moi ni pour eux, de confier cette lettre à qui que ce fût; mais j'avais besoin d'argent; or, je pensais que si je pouvais avoir un entretien avec celle qui s'appelait Mlle Adèle Cordier, elle n'hésiterait pas, au vu de cette lettre, à me donner sinon la somme que je désirais, mais au moins l'argent qui m'était utile. Je combinai alors le plan que j'ai exécuté.

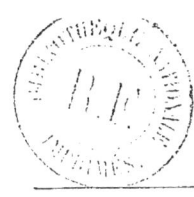

On écarta sa chemise. (PAGE 231.)

Si j'avais donné un rendez-vous à cette jeune fille qui se mariait, elle eût évidemment refusé. Pour cette affaire, je ne pouvais non plus me rendre chez eux. C'est alors que je pensai à me servir du nom de son mari. J'écrivis donc une lettre à M. de La Saussoye, la signant du nom d'un de ses bons amis d'ici. Cette lettre le priait de venir causer quelques minutes dans un café voisin de la gare, pour une affaire d'honneur. M. de La Saussoye y fut pris, se rendit seul au rendez-vous, précédant les dames. J'avais loué une voiture, je vins aussitôt et j'envoyai un gamin dire que j'étais chargé de conduire la jeune mariée à la gare en pensant prendre M. de La Saussoye dans un café où il attendait.

• Quand mademoiselle... madame fut dans la voiture, si mon intention était celle qu'on me reproche, je fouettais les chevaux, je l'emmenais dans les champs, où j'en serais facilement venu à bout. Loin de cela, je l'ai conduite dans un café, écarté, il est vrai, mais qui n'en est pas moins un lieu public. Là, mon intention était de lui montrer la lettre, de causer avec elle et d'obtenir ce que je désirais.

Il y avait des points qui concordaient absolument avec les renseignements hâtivement pris sur le sieur Rolland. Il s'était évadé de Poissy et s'était suicidé, ainsi que le déclarait celui qui prétendait se nommer Moreau. Cette évasion et ce suicide avaient eu lieu à la suite d'un long travail fait en compagnie d'un sieur Moreau, ouvrier organiste.

L'histoire de la lettre paraissait donc probable. De plus, ce Moreau appelé quelques jours après pour terminer quelques points de son travail, son patron avait envoyé un autre ouvrier, disant que celui qui avait commencé les travaux était atteint de la petite vérole.

Or, justement celui qu'on venait d'arrêter était fraîchement gravé par l'affreuse maladie.

Les gens qui l'interrogeaient, perplexes, lui demandèrent où était cette lettre.

Il refusa de répondre, déclarant qu'il l'avait cachée, que c'était pour lui une ressource qu'il se réservait.

Devant ce système, l'instruction dut prendre une autre voie, négligeant l'affaire actuelle, pour éclairer l'affaire ancienne, pour s'assurer si elle avait devant elle ou Moreau ou Rolland ; on suspendit l'enquête pendant quelques jours, Rolland ayant demandé à être confronté soit avec Jeanne Cordier, soit avec sa fille, prétendant que ni l'une ni l'autre ne pourraient le reconnaître.

Ces quelques jours de calme, Rolland les employa encore à étudier une évasion.

II

Le lendemain de la noce, Jeanne, rassurée sur le sort de ses enfants, mais très inquiète sur elle, était revenue à Paris ; elle était arrivée à la gare, où Duhamel l'attendait, si bouleversée, que celui-ci lui avait immédiatement demandé la cause de son état. Alors elle lui avait raconté ce qui était arrivé la veille, se gardant bien de dire un mot sur l'épouvantable nuit qu'elle avait passée à l'auberge du Mûrier, et Félicien lui avait demandé :

— Tu es certaine que c'est ce misérable ?

— Oh ! je l'ai parfaitement reconnu ; il est très changé ; il a le visage couturé, mais aux yeux, à la bouche, à la voix, il est impossible de se tromper. C'est lui, il s'est évadé et a feint un suicide.

— Et il menace ?

— Il menace d'une lettre de mon mari qui contient, paraît-il, une accusation abominable portée contre lui et moi, lettre adressée à sa fille. Tu comprends, ou cette lettre est fausse ou mon pauvre Cordier l'aurait écrite dans un moment de délire.

— Il est évident que si Cordier avait eu contre toi une accusation formelle, il l'aurait faite contre vous deux pour se débarrasser de lui. Si la lettre est vraie, elle est l'œuvre du jaloux qui voulait se venger de celui avec lequel tu le trompais. Il ne faut pas attacher plus d'importance à cette lettre qu'elle n'en mérite. La chose est jugée. Mais cet homme est une menace perpétuelle, et, cette fois, puisqu'on le tient, je vais faire le nécessaire pour qu'il n'échappe plus.

— J'ai peur de cette lettre.

— Ne te tourmente pas, je suis là.

Jeanne alors avait repris courage.

Auguste et Adèle étaient restés à Orléans, où heureusement l'incident n'avait pas été ébruité. Devant la persistance du prisonnier à nier qu'il était Rolland, on avait dû le confronter avec sa victime, et Adèle en le voyant avait dit :

— Oui, monsieur, j'affirme de nouveau que cet homme est Rolland, l'assassin de mon père; que cet homme, en m'attirant dans ce guet-apens, voulait se venger des accablantes accusations que j'ai portées contre lui lors de son jugement, et qui décidèrent de sa condamnation. Si je n'avais pu me sauver, je devenais la proie de ce misérable qui, j'en suis convaincue, n'aurait pas reculé devant un assassinat pour cacher son nouveau crime.

Rolland haussait les épaules et disait :

— Je me nomme Moreau; je n'ai jamais vu madame que quelques minutes au petit café de la Plaine où je voulais traiter avec elle de la vente de la lettre qui prouve que Rolland n'était pas le seul assassin de son père, qu'il avait une complice.

Adèle avait un peu pâli; mais, se remettant aussitôt, elle avait dit :

— C'est faux. Cet homme prétend que cette lettre m'était adressée par mon père; mon père n'avait pas à m'écrire puisque, jusqu'à la dernière heure, je l'ai veillé; puisque c'est en quittant son chevet que j'ai vu Rolland... lui, je l'affirme, lui a versé le poison.

Rolland était impassible; il répéta :

— Je ne comprends rien, absolument rien à ce que vous dites... Je ne sais que ce que j'ai lu dans la lettre qui est signée Cordier.

— Où est cette lettre? montrez-la, dit Adèle.

— Oh! ma chère madame, ça c'est une autre affaire; elle est à l'abri, et ce n'est pas à vous que je veux la remettre maintenant; vous avez refusé de vous entendre avec moi à l'amiable, vous en subirez les conséquences.

— Mieux vaudrait, fit l'instructeur, dans votre intérêt, si vous êtes vraiment ce Moreau auquel Rolland a confié une lettre, nous livrer cette lettre, et, madame vous le déclare, elle retire sa plainte et vous êtes immédiatement rendu à la liberté.

— Oh! pardon, monsieur, fit Adèle, j'ai dit, s'il ne s'agissait que d'un misérable, faisant pour avoir de l'argent une tentative de chantage, que j'abandonnerais ma plainte; mais ce n'est pas le cas; cet homme est Rolland, l'assassin de mon père, qui nous a voué à nous tous une haine implacable. Une autre tentative plus grave a déjà été commise par lui que nous ne relevons pas...

— Parlez donc, madame, ne vous gênez pas, fit Rolland avec un méchant rire.

— Je vous supplie, au contraire, monsieur, de nous débarrasser à jamais de lui...

— Vous entendez ce qu'on vient de déclarer, vous êtes bien Rolland?

— J'affirme le contraire; et puis cela est simple, je vous l'ai dit. Je ne remettrai la lettre qu'entre les mains des magistrats qui ont instruit l'affaire Rolland, et je demande à être confronté avec Mme Cordier. Celle-là devra me reconnaître si je suis Rolland puisqu'elle était sa maîtresse; c'est lui qui me l'a affirmé.

Adèle, toute rouge de honte, s'écrie :

— Vous êtes un misérable !

— Calmez-vous, madame; ne vous tourmentez pas de ce qu'il dit; les calomnies venant d'un pareil homme ne sont pas écoutées.

Rolland, haussant les épaules, dit :

— Du moment où cela se passe ainsi, je ne répondrai plus; faites venir mes juges de Paris...

De ce jour, ce fut un parti pris, il ne voulait plus répondre.

Or, les instructeurs n'osaient aller plus loin, constamment retenus par le doute. L'affirmation de Mme de La Saussoye leur semblait insuffisante, en raison de la négation absolue du prisonnier, de son calme, de sa tenue, car Rolland jouait admirablement cette comédie.

On avait demandé des instructions nouvelles au parquet de Paris; les renseignements donnés avaient été vagues. Par la sûreté, on apprit qu'une femme pouvait lever tous les doutes. Le Rolland enfermé à la prison de Poissy, qui s'était évadé pour se suicider, était marié. La femme abandonnée par lui, plusieurs fois arrêtée, était une fille soumise. On allait rechercher l'endroit où elle se trouvait, on l'enverrait à Orléans pour la confronter avec l'inculpé.

Rolland se retrouva, pour quelques jours, seul dans sa prison. Il put revenir au plan qu'il caressait · s'en échapper. Mais ce n'était pas seulement l'évasion qui le préoccupait, c'était sa vengeance. Il voulait se sauver pour se venger.

C'est que Rolland n'avait dans le cerveau qu'une chose : la haine de Jeanne. Son acharnement après elle venait de la comparaison de leur situation. Avec Jeanne, sa maîtresse, il avait comploté le crime; il voulait se débarrasser de Cordier, de Cordier qui gênait leurs amours. Ç'avait été une œuvre lente et longue. Peu à peu on avait empoisonné le malheureux, et pendant que Cordier se tordait dans d'horribles souffrances, qu'il attribuait à un mal imaginaire, Jeanne et Rolland étaient dans la petite chambre au-dessus de lui, s'aimant et faisant des projets d'avenir.

Cordier mort, Jeanne, libre, vivrait avec Rolland. Celui-ci disait qu'il se marierait avec elle, et nous savons que cela était impossible. Cordier mort, sa femme héritait de lui, la fille étant mineure; ils vivaient donc cachés et s'aimant.

Le misérable, dans ses menées, allait plus loin. Il espérait qu'au jour où la fille serait majeure elle aurait été sa victime, et, par cela, il serait le maître absolu. Or, le plan abominable avait réussi en partie; le crime avait été commis, Jeanne était libre, et, du jour où elle avait été libre, elle l'avait repoussé. Il avait été l'instrument, elle l'avait dirigé, conduit; il avait tout avoué, et c'est elle qui aujourd'hui en profitait. Il voulait la femme et la fortune; il n'avait rien de cela. Au contraire, il avait perdu l'amante en la rendant libre. Il l'avait même débarrassée du grand tourment de sa vie : de sa fille. Jeanne était sa complice, elle était libre, heureuse et respectée, et lui était pris, il avait été jugé, condamné; il était

méprisé. L'avenir, qui se présentait riant pour la Belle Bordelaise, était fermé pour
lui, car, en admettant qu'il réussît dans la tentative qu'il rêvait de se sauver, la vie
était impossible.

Il fallait, en même temps qu'il retrouverait sa liberté, qu'il trouvât les moyens
de vivre, car il ne pouvait compter sur personne. Il devait, en sortant de prison,
s'il en sortait, se sauver, se cacher, quitter la France, et, pour cela, il lui fallait
de l'argent. C'était là le mobile de ce nouveau forfait.

Il n'avait qu'un moyen, c'était la lettre, cette lettre accusatrice qui le perdait,
c'est vrai « mais cela était fait déjà », mais qui perdait Jeanne avec lui; or, il en
était convaincu, Jeanne ne reculerait pas devant un sacrifice pour assurer sa
liberté.

Il était donc bien décidé à ne pas livrer la lettre. On allait le reconnaitre,
c'était inévitable; mais, en demandant l'instruction par les juges de Paris, il ne
cherchait qu'à gagner du temps.

Pour se servir de la lettre, il fallait qu'il fût libre; il était convaincu qu'il
réussirait. Cette lettre, c'était sa vie, et il voulait la vendre soit à la fille, soit à la
mère. Il sentait bien que toutes deux avaient intérêt à ce qu'elle ne fût pas
connue.

Jusqu'alors, brutalement, sa vengeance n'avait satisfait que ses vices, il
avait retrouvé Jeanne, et nous l'avons vu à l'œuvre.

Il avait tenté un nouveau crime sur Adèle, il n'avait pas réussi, mais il se
réservait, dans l'avenir, de retrouver M{ }^{lle} Beau-Sourire.

A cette heure il n'avait qu'une pensée : écraser de ses accusations, de ses
calomnies même, les deux femmes, quand on les confronterait de nouveau avec
lui, faire bien sentir à Jeanne qu'il tenait sa vie entre ses mains, c'est-à-dire qu'il
pouvait la perdre par la lettre; puis s'échapper et revenir vers Jeanne pour
traiter de la lettre.

Tout cela bourdonnait dans son cerveau et ne serait définitivement arrêté qu'a-
près sa confrontation avec la Belle Bordelaise, qui pourrait le sauver d'un mot en
ne le reconnaissant pas, le laissant ainsi sous le coup d'un simple délit qui
lui donnerait quelques jours de prison. Elle pourrait encore, en comprenant bien
ses intérêts, lui faire offrir une somme raisonnable en échange de laquelle il rendrait la lettre.

Un jour, Rolland vit entrer dans sa cellule le magistrat qui instruisait l'affaire; il était accompagné par une femme. D'abord, le misérable crut que celle
qui entrait était Jeanne; mais il fut stupéfait lorsque, la jeune femme relevant
son voile, il reconnut sa femme. C'était cette malheureuse que nous avons vue
exerçant son hideux métier sur le boulevard, appartenant bestialement à l'agent
qui la menaçait. A cette heure, elle était élégamment vêtue, la livrée de la maison à laquelle elle appartenait, car, de chute en chute, la femme qui faisait la *noce*

d'abord — c'est le terme populaire — était devenue la fille soumise; elle était en maison.

Lorsque ces malheureuses ont un jour de sortie, les maîtresses leur louent pour la journée les toilettes extravagantes avec lesquelles elles sortent, se croyant un jour libres et riches.

On avait été chercher la pauvre diablesse dans la maison de tolérance, et on l'avait envoyée à Orléans.

Rolland était furieux; c'était la deuxième fois que ce témoin redoutable venait anéantir ses projets. Il essaya encore de nier qui il était, mais sa femme déclarait le reconnaître absolument. Comme il haussait les épaules, elle donna un détail particulier, un signe que Rolland avait sur la poitrine.

Les gardiens s'emparèrent de Rolland, qui refusait de laisser voir sa poitrine. De force on retira son vêtement, on écarta sa chemise, et le magistrat put constater la vérité de ce qu'avait déclaré la jeune femme.

Pendant toute cette pénible scène, la malheureuse tremblait de tous ses membres; son mari l'accablait d'injures, et, plus que toute autre, elle désirait que Rolland restât en prison : elle avait peur de lui.

C'était donc bien à Rolland qu'on avait affaire, le doute n'était plus possible. Il avait réclamé ses premiers juges; on y fit droit. Quelques jours après sa confrontation avec sa femme, il était averti que l'on venait de Paris pour recueillir les renseignements qu'il avait promis de donner.

Rolland se demanda encore ce qu'il allait faire; en livrant tout de suite la lettre, quel résultat obtenait-il? L'arrestation de Jeanne; mais cela ferait-il revenir sur la chose jugée? Assurément non; sa complice serait comme lui condamnée, et il n'y trouvait rien en compensation qu'une augmentation probable de sa peine. Si, au contraire, sans livrer la lettre, il accusait Jeanne qui connaissait la lettre, il la mettait dans l'obligation de rechercher cette lettre, de lui offrir de la livrer. Il ne pensait qu'au prix qu'il pourrait en tirer, car, nous l'avons dit, Rolland était assuré de sortir de sa prison quand il le voudrait. Toutes ses pensées, depuis qu'il était enfermé, avaient été concentrées sur ce projet, et il avait fini par trouver un plan praticable.

Félicien Duhamel avait été chargé par le juge d'instruction d'aviser Mme Cordier qu'elle devait se trouver, à une date fixe, à Orléans.

Le matin de ce jour, ils s'étaient séparés pour se retrouver, sans paraître se connaître, à la gare, où Félicien se trouvait accompagner le juge auquel il servait de secrétaire. Ce n'était pas une enquête, une instruction régulière qui recommençait, c'était un renseignement complémentaire qu'on allait chercher, qui allait clore l'affaire, et à la suite duquel Rolland serait dirigé vers le bagne.

Jeanne avait peur; elle tremblait de se retrouver encore en présence de

Rolland; depuis la veille elle s'était fait un plan de conduite; elle voulait rester impassible devant les accusations de Rolland et répondre à tout par des dénégations absolues.

En arrivant à la prison, elle dit au magistrat qu'elle souffrait à l'idée de se retrouver en face du misérable qui la poursuivait de sa haine. Le juge la rassura, lui disant que l'on n'allait remplir là qu'une formalité; il avait déclaré avoir des révélations à faire; on devait l'écouter, mais on n'attacherait pas plus d'importance à ce qu'il allait dire que cela n'en méritait. Elle était bien certaine qu'elle n'avait jamais aidé le misérable; elle n'avait rien à craindre d'accusations qui ne pouvaient être que des calomnies. Au reste, le juge d'instruction allait d'abord l'interroger seul; on ne l'avait citée, elle, qu'au cas où il serait nécessaire de confondre d'un mot Rolland. La confrontation n'aurait donc lieu qu'à la dernière extrémité.

Nous avons raconté comment étaient disposées les cellules; les gardiens dirigeaient le juge, le jeune secrétaire et Jeanne.

On fit entrer celle-ci pour attendre dans la cellule voisine de celle où Rolland était enfermé. Au moment de sortir pour laisser Jeanne seule, Félicien lui fit un signe d'encouragement.

Jeanne entendit les portes s'ouvrir et se fermer. Puis la voix du magistrat qui disait :

— Rolland, vous avez déclaré avoir des révélations à faire sur le crime pour lequel vous avez été condamné?

— Oui, monsieur, de graves révélations, répondit Rolland.

Jeanne entendait; elle entendait comme si elle avait été dans la cellule. Elle fut heureuse de la circonstance, car elle pourrait ainsi, si elle était confrontée, répondre plus sûrement, sachant ce que Rolland aurait déclaré. Elle se pencha sur la cloison et écouta.

— Vous avez enfin, Rolland, renoncé à vous faire passer pour Moreau. Quel était votre but en donnant ce nom?

— C'est bien simple, monsieur, je voulais éviter ce qui arrive aujourd'hui : être repris et faire ma peine.

— Mais du moment où vous poursuiviez les mêmes gens que vous tourmentiez autrefois, il était évident qu'il arriverait ce qui arrive aujourd'hui?

— C'est vrai; mais j'avais plus de latitude ainsi.

— Pourquoi, justement condamné, n'êtes-vous pas resté enfermé, alors que vous étiez déjà considéré pour votre bonne conduite et que vous aviez l'espoir d'être prochainement gracié?

— Parce que j'ai été injustement condamné. Je me suis sauvé dans le seul but de poursuivre ceux pour qui j'ai été condamné.

— Ah! c'est toujours votre même système : vous êtes innocent!

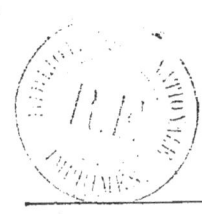

Il dégrafa son corsage. (PAGE 239.)

— Non, monsieur, ce n'est pas mon système! Oui, je suis coupable, je le reconnais aujourd'hui; mais je ne suis pas seul coupable...

— Vous nous avez déjà dit cela.

— Mais ce que je n'ai pas dit, c'est la vérité, et la vérité entière. C'est cela que je veux dire aujourd'hui. J'étais l'amant de Mme Cordier depuis longtemps; nous étions souvent gênés par la présence de son mari, qui avait tout découvert, qui voulait me chasser. C'est à cause de son état de santé qui l'obligeait à garder la chambre, que je puis la voir dans la maison. Or, vous ne pouvez juger de la situation d'un ménage établi dans de telles conditions. M. Cordier savait que l'amant de sa femme venait tous les jours chez lui. C'est alors, qu'avec Mᵐᵉ Cordier nous avons conçu le plan de nous débarrasser de son mari. Le médecin lui donnait tous les jours des potions; il nous était facile de l'empoisonner. Cordier mort, je devais rester avec sa veuve et mener la maison.

— Mais vous étiez marié?

— Personne ne le savait; je ne l'avais pas dit à Jeanne. Tout était convenu, entendu à ce sujet; nous devions transformer l'établissement et y faire un petit concert.

— Mais pour vivre ainsi, dit le juge avec un sourire qui indiquait le peu d'intérêt qu'il apportait à ce qu'il entendait, si Mᵐᵉ Cordier avait songé que vous l'épousiez, auriez-vous reculé devant la bigamie?

— Assurément oui, monsieur; j'avais assez d'autorité sur Mᵐᵉ Cordier pour n'avoir point besoin d'être marié avec elle pour nous aimer.

— Et enfin, les révélations que vous prétendez faire ne sont que depuis deux mois en votre possession; vous apportiez à Jeanne le poison qu'elle mêlait au breuvage qu'elle faisait prendre à son mari, cela au moins deux fois la semaine; et enfin la dernière nuit?

— Voilà ce qui s'est passé : Je suis resté avec Jeanne, le soir; la boutique était fermée; elle avait envoyé sa fille se coucher; elle avait convenu avec moi que je monterais le premier, dans une petite chambre placée presque au-dessus de celle où Cordier était couché. Elle venait d'aller voir son mari. Celui-ci lui avait reproché, ainsi qu'il le faisait souvent, sa conduite avec moi: il l'avait même menacée; elle vint me le dire. Je lui conseillai d'en finir ce jour même. Elle hésita, mais je la décidai et lui remis alors le paquet de poudre; elle le prit et en versa le contenu dans la potion. Je croyais que Jeanne allait rester quelque temps avec son mari; je montai pour me coucher, ainsi qu'il était convenu; je vis la porte de la chambre de sa fille Adèle entr'ouverte; cette chambre était éclairée; Adèle était en déshabillé, très jolie; cela me troubla le cerveau et j'entrai dans la chambre. Elle jeta un cri; je me précipitai sur elle pour l'empêcher de crier et la tins ainsi presque nue dans mes bras; je perdis la tête et je ne sais ce qui serait arrivé si Jeanne n'était montée en ce moment.

— Quelle nouvelle histoire me contez-vous? fit le juge en le regardant avec dégoût.

— La vérité absolument; c'est-à-dire ce qui n'est pas clair pour expliquer ma fuite et celle de Beau-Sourire.

— Vous teniez l'enfant dans vos bras?

— Oh! monsieur, plus que cela, je l'avais jetée à terre, je la tenais, elle allait être à moi.

— Par la force?

— Oui.

— Mais c'est épouvantable ce que vous dites là, mais c'est un crime de plus!

— Maintenant, je ne compte plus, qu'on me punisse; mais, avec moi, ceux qui sont plus criminels que moi.

— Achevez.

— Jeanne se trompait, elle crut que sa fille était coupable! Elle se jeta sur elle et la frappa; alors Beau-Sourire se dégagea et se sauva.

— Elle aussi?

— Elle aussi savait que nous étions criminels, car elle cria : « Assassins! je me vengerai! » C'est ce qui vous explique la fuite précipitée de Beau-Sourire. Moi, me retrouvant seul avec Jeanne, bousculé par elle et sous le coup de l'accusation terrible que venait de me lancer Adèle, je me sauvai. Voilà, monsieur, l'explication véritable de ce qui s'est passé.

— Mais vous avez tant de fois fait et refait ce récit de différentes façons que nous ne pouvons y croire que si vous apportez des preuves à l'appui.

— Je vous ai dit que j'avais une lettre.

— Où est-elle?

— Je l'ai mise en lieu sûr.

— A Paris?

— Non, ici. Si l'on veut me conduire à l'endroit où elle est, je la remettrai à ceux qui seront avec moi.

— Que contient cette lettre?

— Une accusation formelle portée contre Jeanne et contre moi.

— De qui est cette lettre?

— De Cordier même.

— De Cordier même! Comment avez-vous eu cette lettre?

— La lettre était adressée par Cordier à sa fille. Sentant sa fin prochaine et voyant ce qui se passait autour de lui, se sentant sans force pour résister, cependant, redoutant un scandale qui pouvait nuire à sa fille, son unique affection, il écrivit cette lettre.

— Je ne comprends pas bien ce que vous voulez me dire. Cordier vivait avec sa fille; il était beaucoup plus simple de lui dire de vive voix ce qu'il avait à lui confier que de lui écrire. Une lettre semblable, au reste, a dû être remise avec beaucoup de soin et ne se trouverait pas entre vos mains.

— Mais, monsieur, il n'y a pas à juger si cela se peut ou ne se peut pas, puisque je déclare que j'ai la lettre. J'ai la lettre! elle est adressée à Mlle Adèle Cordier, avec cette suscription : « Ouvrir après ma mort. »

— Je ne comprends pas très bien l'intérêt de Cordier à écrire la lettre que vous lui attribuez!

— C'est bien simple, cependant. Je vous ai dit que Mᵐᵉ Cordier détestait sa fille.

— Vous l'avez déclaré, oui; mais cela ne s'est pas justifié, ni dans l'instruction, ni dans le procès, où elle était contre vous avec sa fille.

— Elle y était obligée; elle ne pouvait faire que cela pour se sauver.

— Mais continuez! Vous dites qu'elle vivait en très mauvaise intelligence avec sa fille.

— Oui, monsieur. Maintenant, le père redoutait de laisser sa fille à la merci de sa mère, qu'il savait devoir, lui mort, vivre avec moi.

— Il vous redoutait peut-être encore plus que la mère?

— C'est possible, fit Rolland en haussant légèrement les épaules. C'est alors qu'il écrivit cette lettre, ayant l'intention de la remettre à sa fille quand il sentirait venir sa dernière heure. Adèle, ayant cette lettre entre les mains, devenait la maîtresse de la maison; elle pouvait résister à sa mère en lui montrant la lettre.

Le juge eut un mouvement dédaigneux. Il haussa légèrement les épaules et dit :

— Tout cela est bien compliqué.

— Mais cela est, monsieur, je vous l'affirme.

— Oui, je sais bien; vous prétendez avoir cette lettre; mais elle est dans un endroit mystérieux, et vous demandez qu'on vous y conduise. Vous avez déjà montré avec quelle audace vous vous évadez, et, aujourd'hui, vous voudriez renouveler l'épreuve.

Rolland ne répondit pas.

Le juge reprit :

— Nous voulions vous confronter aujourd'hui avec Mᵐᵉ Cordier, qui aurait répondu à votre accusation; mais cela est inutile puisque nous n'avons pas la lettre que vous devez produire. Il est trop tard aujourd'hui pour que l'on fasse ce que vous demandez; demain matin on vous conduira..., mais où?

— Oh! cela, monsieur, je ne veux pas le dire; la chose est trop sérieuse pour que je m'expose à ce que la pièce disparaisse.

— Est-ce en ville?

— Oui, monsieur.

— Bien...

— Mais alors, monsieur, lorsque l'on aura cette pièce, mon jugement sera repris?

— Non pas...

— Que fera-t-on?

— S'il y a lieu, Mᵐᵉ Cordier sera jugée à son tour, condamnée ou acquittée selon sa culpabilité.

— Mais, et moi... ma peine sera abaissée?

— Aucunement; vous serez jugé à nouveau pour la tentative commise par vous sur la jeune Mme de La Saussoye, et puis pour votre évasion.

— Oh! oh! voilà une drôle de justice qui va me faire réfléchir, fit Rolland à demi-voix.

— Que dites-vous?

— Rien, monsieur.

Le juge se leva.

— Ainsi, demain matin, vous nous conduirez où vous avez caché cette lettre; mais, sachez-le bien, si cela était encore une mystification, vous seriez sévèrement puni. Pensez-y...

— Oui, oui, je vois bien que je serai puni.

Et le juge sortit.

Le juge alla dans l'autre cellule voir Jeanne qui l'attendait.

La nuit tombait; il ne put voir la pâleur couvrant le visage de la malheureuse.

Il lui dit :

— Madame, vous serez obligée de passer la nuit à Orléans; cette confrontation ne peut avoir lieu que demain; mais vous avez de la famille ici, cela ne vous gêne pas?

— Oh! non, cela les tourmenterait; j'aime mieux aller dans un hôtel voisin. A quelle heure devrai-je me trouver ici?

— A onze heures.

— Bien, monsieur.

Jeanne avait dit à Duhamel qu'elle irait à l'hôtel du Mûrier; de son côté, Duhamel s'y rendrait. Comme ils avaient fait pour venir, ils sembleraient ne pas se connaître; cependant ils dîneraient à la table d'hôte et occuperaient chacun une chambre voisine.

Jeanne, en entendant le misérable, avait compris qu'elle était perdue cette fois. Il fallait à tout prix éviter que cette lettre fût connue.

En entendant Rolland dire que la lettre était cachée en ville, elle pensa qu'il l'avait probablement laissée à l'hôtel du Mûrier; c'est pour ce motif qu'elle avait choisi cet hôtel.

Elle s'y rendit, ayant l'intention de demander la chambre dans laquelle elle avait été attirée une fois par Rolland.

Elle marchait vite, frissonnante de fièvre, tourmentée par la crainte et la peur, à mesure qu'elle arrivait vers l'hôtel où s'était passée l'épouvantable nuit.

Quand elle arriva, M. Félicien Duhamel était déjà installé.

Jeanne avait demandé à avoir une chambre gaie, donnant sur le jardin; c'était un moyen pour visiter les chambres et prendre celle qu'elle voulait. Ce fut ce qui arriva.

Quand elle eut sa chambre, quoiqu'elle eût hâte de faire les recherches qu'elle voulait faire, elle se contint, ne voulant pas donner l'éveil à Félicien Duhamel, qui l'attendait en bas, car c'était l'heure du repas.

Elle descendit. Félicien Duhamel était à table; il la salua comme une personne que l'on a rencontrée en chemin de fer; lui parla de façon à expliquer à ceux qui les entouraient comment ils se connaissaient. Au reste, à table, la connaissance se fait facilement, et Duhamel se trouvait placé à côté de Jeanne.

Il y avait peu de dîneurs, six ou sept personnes au plus. Duhamel demanda tout bas à Jeanne si elle voulait le recevoir la nuit; elle lui fit signe des yeux qu'elle acceptait. Elle était aise de ne pas rester seule pendant toute la nuit dans cette chambre dont les souvenirs l'effrayaient; elle lui en dit le numéro.

Ce point convenu, ils causèrent banalement. Le dîner terminé, Jeanne monta chez elle; elle s'enferma, et, se mettant à chercher partout, elle disait :

— C'est ici qu'il demeurait; c'est ici qu'il est revenu la dernière fois, puisqu'il a loué, dans cette auberge, la voiture qui lui a servi, redoutant d'être surpris, il n'a pu cacher la lettre que dans cette chambre... Où?

Et elle fouillait, ouvrait les armoires, cherchant dans les tiroirs, derrière les meubles, évitant de faire du bruit... Elle ne trouvait rien; alors elle fut prise de peur.

Peut-être l'avait-il cachée dans cette étrange maison dont lui avait parlé sa fille, ce cabaret de la plaine où il l'avait menée.

Cela pouvait être; il était tout naturel que, concevant le plan d'avoir une entrevue — et quelle entrevue! — avec Adèle, il eût loué, pour elle, une chambre d'avance.

Si la lettre était là!...

Elle ne savait si elle devait s'y rendre, car c'était le lendemain, le lendemain matin, que Rolland, entouré des agents et dirigeant le juge d'instruction, devait livrer cette lettre, cette lettre qui la perdait absolument...

A cette pensée, des frissons couvraient son corps.

Mais non, la lettre ne pouvait être là... Le maître du cabaret de la plaine avait été cité le lendemain de l'arrestation; il n'avait pas parlé qu'on lui avait retenu une chambre d'avance; sa maison était un lieu de rendez-vous mal famé.

On y venait à l'heure que l'on voulait, sans avoir jamais besoin de prévenir; on était toujours certain de trouver une chambre; il ne logeait pas en garni.

Il avait déclaré qu'il avait vu Rolland le matin seulement, qu'il était venu s'informer si en venant le soir, à n'importe quelle heure, il trouverait un dîner prêt...

Si Rolland lui avait laissé une valise ou un paquet, il l'aurait remis aux juges.

Non, la lettre ne pouvait être que dans cette chambre... Et Jeanne se remit à chercher...

Elle ne trouvait rien; elle était désespérée...

Il lui sembla qu'on frappait doucement à sa porte, elle tressaillit, mais elle se souvint aussitôt que Félicien devait venir la retrouver.

Il y avait donc bien longtemps qu'elle cherchait.

Elle regarda sa montre; deux heures s'étaient écoulées depuis la fin du repas.

Elle alla à la porte et demanda prudemment à demi-voix :

— Qui est là?

Elle reconnut la voix de Félicien, qui répondit :

— C'est moi; ouvre...

Ennuyée de ce contretemps, elle eut envie de dire à Félicien qu'elle était malade, qu'elle le priait de regagner sa chambre, de la laisser seule, dormir; elle n'en eut pas le courage en le voyant entrer souriant.

Elle pensa que, comme il ne pouvait rester toute la nuit près d'elle, — il devait partir avant le jour afin qu'on ne vît pas qu'il était venu dans sa chambre, — qu'au matin elle aurait le temps de chercher encore; et puis, cela valait mieux, elle n'aurait pas besoin de lumière; au jour, elle chercherait plus facilement.

Elle sourit à son amant, et, chassant ses chagrins, elle redevint la femme ardente qu'elle était.

Félicien avait fermé la porte; il la regardait avec étonnement, disant :

— Comment, à cette heure, tu es encore habillée?

— Je t'attendais, fit-elle en riant.

— Tu pouvais m'attendre autrement.

— Non, je voulais m'amuser; c'est toi qui vas me servir de femme de chambre; aide-moi.

Et, rieuse, elle tomba dans ses bras en l'embrassant amoureusement et si bruyamment, qu'il fut obligé de lui dire :

— Tais-toi, il ne faut pas qu'on entende autour de nous.

Il dégrafa son corsage, dénoua ses jupes qui glissèrent de ses hanches, la laissant presque nue.

Elle dénouait ses cheveux qui couvraient ses épaules. Alors, il la prit dans ses bras; l'admirant, il l'alla coucher dans le lit en disant :

— Que tu es belle, ma Jeanne !

III

LA CLEF DES CHAMPS.

Rolland, resté seul dans sa cellule, assis sur son escabeau, la tête basse, le front plissé, pensait à l'interrogatoire qu'il venait de subir. Quoi! c'est là qu'allait aboutir son plan? Mais ce n'était pas Jeanne qui était perdue. C'était lui, toujours lui, sur lequel le poids de la faute retombait. Et, dans sa conscience, il se disait que non seulement il n'était pas le seul criminel, mais que lui n'était pas le véritable criminel; il n'était que le complice.

Il était à tout jamais perdu, quoi qu'il fît, et, dans les paroles du juge, il avait cru deviner que Jeanne, si elle était condamnée, le serait légèrement. Non, il ne fallait pas qu'il en fût ainsi. Il ne voulait pas livrer sa lettre. Il avait été maladroit; il avait voulu trop et il n'avait rien eu et s'était fait prendre. S'il s'était contenté de faire une affaire, de vendre à Jeanne la lettre sans chercher à la revoir, s'il avait écouté sa raison et non ses sens, il n'en serait pas là. C'était une partie à rejouer; il garderait sa lettre.

D'abord, il avait appris que bientôt il allait être dirigé sur le bagne, et il n'y voulait aller à aucun prix. Depuis longtemps, nous le savons, il préparait un plan d'évasion. Il n'y avait pas à reculer, il risquait de tout perdre s'il ne se hâtait; car, le lendemain, en ne livrant pas ce qu'il avait promis, il serait puni. Le juge l'en avait prévenu.

Il se décida donc à fuir... Une fois sorti, il irait chercher sa lettre et se dirigerait sur Paris; c'est là qu'on est le mieux caché... Au jour propice, il ferait demander à Jeanne une somme raisonnable pour lui livrer la lettre, et il prendrait l'engagement de la laisser tranquille, de quitter la France; il ne demandait de l'argent que pour tenter de se faire une situation à l'étranger. Cela, fait consciencieusement, sans menace, devait réussir.

Il se libérait et se débarrassait de deux ennemies.

Le jour baissait, Rolland attendit. La nuit venue, la ronde passa; le gardien entra dans la cellule, vit le prisonnier couché sur son lit, paraissant dormir; il sortit en verrouillant la porte.

Il regarda d'abord au dehors le temps qu'il faisait (page 246).

Le soldat suivait la ronde. Rolland s'était dressé sur son lit et les écoutait s'éloigner. Lorsqu'il n'entendit plus rien, il se leva.

Nous avons dit plus haut que sa cellule était grillée du côté qui donnait sur le couloir, où toute la journée se promenait le soldat. Depuis longtemps, chaque nuit, Rolland travaillait, avec un canif, à couper le bois dans lequel la base de la grille était vissée. Il avait ainsi dégagé un des barreaux ; ç'avait été fait comme un travail d'ébénisterie. Rolland s'était rappelé son ancien métier, lorsqu'il travaillait dans les orgues. Le morceau de bois coupé chaque jour était invisible; il pouvait l'enlever et le replacer ainsi que le couvercle d'une boîte. Il l'enleva, et, faisant une forte pesée sur un des barreaux de la grille, il la souleva; mais en haut le barreau faisait ressort; avec une force prodigieuse, il le poussa, et, se meurtrissant, il passa son corps; il était dans le couloir. Il replaça le barreau; cela avait été fait sans bruit.

Dans le couloir se trouvait la porte par laquelle la ronde passait et qui donnait sur un escalier descendant dans la prison même. De l'autre côté était une petite porte qui donnait sur l'escalier conduisant dans cette cour dont nous avons parlé, où l'on voyait :

« Quelques massifs de terre plantés d'arbustes, au pied desquels pointent quelques fleurs; un perron surmonté d'un porche en treillage où serpentent les rameaux noueux de la vigne... »

Si la cellule était grillée et soigneusement fermée, il n'en était pas de même du couloir. La porte était fermée à clef, mais par une serrure qui ne ressemblait en rien à celle qui fermait la cellule. Plus simple et plus légère, sans verrou, elle était vissée en dedans. Rolland dévissa la gâche et sortit. En bas était le plus sérieux obstacle : l'escalier ouvrait sur le poste des gardiens. Il descendit, évitant de faire du bruit. Il faisait tout à fait nuit. La porte du poste était ordinairement ouverte, et souvent, assis à la porte, les gardiens fumaient en causant. Mais ce soir le temps était mauvais, un vent d'orage secouait les arbres, et les gardiens s'étaient enfermés.

Rolland traversa la cour et vint se cacher dans les feuilles du massif où était la vigne. Là, il attendit.

Il vit la dernière ronde extérieure faire le tour. Les gardiens fermaient toutes les portes donnant sur la cour.

Il savait ce détail, et c'est pourquoi il s'était hâté de descendre.

Peu à peu tout bruit s'éteignit dans la prison. C'était l'heure choisie par Rolland. Alors, il regarda autour de lui.

Les vastes bâtiments qui entouraient cette cour, nous l'avons dit, ressemblaient beaucoup à ceux d'une caserne ou d'une manufacture. De hautes façades de pierres percées de nombreuses fenêtres. C'étaient les bâtiments de la direction qui, d'un côté, donnaient sur la rue, et, de l'autre, sur cette cour. Les fenêtres étaient sans grilles et les croisées garnies de rideaux.

Le long du mur, formant espalier jusqu'au deuxième étage, serpentait une vigne appuyée et attachée sur un treillage peint en vert.

Rolland, après avoir longuement regardé autour de lui, se demandait ce qu'il allait faire. Minuit était sonné, tout était silencieux et dormait dans la prison.

— Voyons, pensait-il, il faut agir avec prudence. Je me souviens bien de la topographie des lieux. Là, c'est le derrière du préau qui donne sur les cours. Ici,

c'est le bâtiment de la direction. Au premier, la lingerie, puis l'économat. C'est
au bas, sur la petite rue, que se trouve la porte non gardée. La porte est seulement fermée en dedans le soir par les servantes de la cuisine ; les portes communiquant avec l'intérieur sont seules fermées et verrouillées, et on ne les ouvre
guère. C'est cette petite porte qu'il faut que je trouve. Par les grilles, là, je puis
grimper. J'arrive au tournant de la maison, j'atteins le mur ; mais les factionnaires
gardent et ils tirent sans prévenir, la nuit. Le mur d'en face peut s'escalader,
mais je me trouve dans la seconde cour. Et c'est à recommencer. Il n'y a que cette
maison. Ces trois jours de souffrance, sur la même ligne, à chaque étage, qui
n'ont pas de rideaux et dont les étroites fenêtres sont ouvertes, doivent donner
sur les cabinets. Pour atteindre le premier c'est difficile, le mur est lisse, pas
une pierre ne dépasse.

Il réfléchit un instant, puis tout à coup il sembla prendre une résolution et
il dit :

— Il n'y a que cela à faire et, par ce vent, l'on n'entendra rien.

Entre le bâtiment aux trois fenêtres et l'endroit où il était caché, la distance
était de trois mètres environ faisant l'équerre. Rolland grimpa après le treillage
où serpentait la vigne, qui se trouvait juste en face de la fenêtre qu'il voulait
atteindre.

Le vent aidait à cette entreprise en secouant les feuilles. Il grimpa ; arrivé
au haut du treillage, il fit une pesée en arrière comme pour l'arracher. Peu à
peu le treillage se détacha, puis le poids du misérable l'entraînant, il alla tomber
sur l'autre maison, formant comme une voûte au-dessous de laquelle Rolland se
trouvait suspendu à la hauteur de quatre à cinq mètres.

Cet arrachement avait produit un tel fracas qu'une porte du bâtiment s'ouvrit ; un jet de lumière s'en échappa qui passa sous Rolland sans l'éclairer ; un
homme à peine vêtu parut et regarda.

Rolland sentait le treillage qui cédait ; il n'avait que la main à étendre pour
s'accrocher à l'ébrasement de la petite fenêtre, et il n'osait bouger. Si le treillage
cédait, il allait immanquablement se briser le crâne sur le pavé de la cour. Il
ferma les yeux. Un coup de vent plus violent éteignit la lumière de l'homme ; il
l'entendit dire :

— Eh bien, le vent fait un joli tapage, tous les arbres vont être brisés. Quel
temps !

Il entendit la porte qui se refermait violemment ; il était temps, le treillage
cédait sous le poids. Il fallait se hâter ; risquant tout, il se balança et atteignit la
fenêtre ; il s'y cramponna, et comme faisant ressort, le treillage remonta violemment, les branches lui déchirèrent le visage ; il ne sentit rien. Il était suspendu,
cramponné sur la pierre de la petite fenêtre ; le vent s'apaisait et la pluie commençait à tomber ; il fit un dernier effort qui brisa ses ongles ; il se souleva à la

force des poignets, et, saisissant le bois de la fenêtre, il entra. Il était meurtri, sanglant, déchiré, mais il était à l'abri.

Il regarda où il était. Ainsi qu'il l'avait prévu, dans les cabinets d'aisances; la porte fermait seulement au loquet; il l'ouvrit et descendit. Il avait besoin de quelques minutes de repos; il s'arrêta au bas de l'escalier. Quand il eut repris haleine, à tâtons il chercha la serrure de la porte; ses yeux s'étaient un peu à faits l'obscurité; il sentit la serrure, la clef était dessus; il voulut ouvrir; il souffrit, ses mains étaient déchirées; enfin il y parvint. Il entre-bâilla doucement la porte, juste ce qu'il fallait pour passer, et il se glissa dans la rue fermant sans bruit la porte derrière lui. Il resta dans l'embrasure de la porte une grande minute, regardant si le bâtiment n'était pas gardé, décidé, s'il voyait un garde, à lui sauter au col et à l'étrangler.

Rien, personne dans la rue; il partit en se glissant le long des maisons. Cette fois encore il était libre. Au bout de la rue il se mit à courir dans la direction de l'hôtel du Mûrier. Il pensait :

— Je suis libre, et cette fois, attention, je n'ai que quelques heures devant moi, mais je saurai les employer. Avant une heure j'aurai mon portefeuille. Heureusement je connais bien l'hôtel — et tout y est grand ouvert. — Mais si la chambre était occupée? — Bah! en faisant attention, je n'éveillerai personne. Si on entend, je réponds :

— Je viens prendre les chaussures de monsieur. On ne se tourmente pas de si peu dans une auberge de ce genre.

Il courut plus vite; arrivé à l'hôtel du Mûrier, tout était fermé; il se dirigea vers la grande porte de la cour par laquelle entraient les rouliers. La porte s'ouvrit. Il entra, et, passant par les couloirs et les jardins qu'il avait parcourus le jour où il attendait Jeanne, il se trouva bientôt dans la seconde cour; mais la porte qui donnait accès dans les couloirs des chambres était fermée. Il fallait se hâter, il n'avait pas de temps à perdre.

S'il faisait le moindre bruit, s'il était découvert, il était perdu. Si on l'appréhendait, il serait aussitôt reconnu dans l'hôtel où il était signalé, et livré. On ne croirait pas au mobile qui le dirigeait et il serait jugé pour un crime nouveau, et c'eût été bien maladroit, après avoir dépensé tant d'énergie, de courage, de se faire prendre bêtement comme un lapin au terrier.

Il lui semblait qu'on ne dormait pas; il écouta quelques secondes aplati sur le tapis; il se trompait. Il continua à se traîner, se protégeant de sa main à tâtons pour ne rien heurter. De sa vie jamais le misérable n'avait eu pareille anxiété, n'avait ressenti pareille crainte; la sueur ruisselait sur son front et il était forcé de mettre parfois la main sur sa bouche pour étouffer le bruit de sa respiration.

Sa main en avant rencontra un objet, il tâta, c'était une bottine de femme, une bottine toute mignonne. C'était une femme qui était couchée. Dans son cerveau, les idées les plus honteuses lui vinrent. Un crime nouveau possible; mais quel crime? Toute sa nature de satyre se réveillait. Ah! s'il n'avait été dans un hôtel où on le connaissait, il n'aurait pas hésité; au risque du scandale, il se serait jeté sur la femme, et si l'on était venu, il aurait assuré que c'était la femme qui l'avait fait entrer chez elle. De sa manche, il essuya son front ruisselant, comme pour chasser en même temps les pensées qui troublaient son cerveau.

Il continua son œuvre, glissant toujours; il était à la tête du lit, entre le bateau et le mur; il entendait la respiration bien bourde de la femme; il glissa sa main sous le sommier, et il tenait son portefeuille. Dans ce mouvement, en s'appuyant le long du mur, son pied avait heurté une chaise.

Il avait entendu qu'on se dressait aussitôt sur le lit; on regardait dans la chambre.

Il ne respirait plus.

Il vit à peine la personne qui était couchée sauter du lit. Est-ce qu'il était découvert? est-ce qu'il allait être pris ainsi sans pouvoir se défendre, car il était accroupi dans un angle et la moitié de son corps était engagée sous le lit; il ne pouvait voir ce qu'on faisait. Mais, songeant à lui, il se retirait doucement pour se mettre sur la défensive.

Ce n'était qu'une femme qu'il aurait devant lui, après tout, et peut-être que ce qu'il n'avait pas osé faire tout à l'heure, il se trouverait entraîné à le faire.

On marchait dans la chambre. C'était Félicien Duhamel qui, à peine assoupi, avait été réveillé au heurt de la chaise; il avait écarté les rideaux et cherchait d'où venait ce bruit; il ne voyait rien, il n'entendait rien, et il allait s'étendre de nouveau pour dormir, lorsqu'il ressentit une impulsion de froid; il regarda d'où cela venait : il vit la fenêtre entre-bâillée; il s'expliqua le bruit qu'il avait entendu : un coup de vent avait ouvert la fenêtre, dont un des battants avait frappé le mur.

Tout cela avait duré deux minutes environ. Que cela sembla long au misérable! Dans le lit il ne pouvait voir ce qui se passait; il entendait remuer et il se demandait s'il était découvert, n'osant bouger brusquement de peur de révéler sa présence. On se levait; il était placé de façon telle qu'il ne pouvait voir que le bas des jambes; quand la personne, qu'il était assuré être une femme, sauta du lit, qu'il la vit se diriger dans la chambre, il crut qu'il était découvert; la femme, sans se vêtir, courait vers la porte et allait crier au secours; il sortit vite de dessous le lit; il allait se précipiter, mais il vit que l'ombre se dirigeait vers la fenêtre. Il se reblottit dans son coin. On ne l'avait pas vu; il avait laissé la fenêtre ouverte, c'est à cause de cela que la femme s'était levée pour la fermer. Cela fait, elle allait se recoucher; il n'avait plus de bruit à faire, il tenait dans ses mains le portefeuille qu'il venait chercher. Quand la femme serait endormie, il sortirait de la chambre; il n'avait plus besoin maintenant de la fenêtre, la clef de la porte était en dedans; il sortirait par la porte tout simplement, il connaissait les êtres de la maison, il pourrait donc partir sans être vu. Tout allait pour le mieux. Ce n'était qu'une affaire de quelques minutes.

De son coin, il regardait l'ombre se diriger vers la fenêtre; il eut un tressaillement. Le plus tranquillement et le plus naturellement du monde, Félicien allait fermer la fenêtre; il regarda d'abord au dehors le temps qu'il faisait. Voyant dépasser de l'appui de la fenêtre deux bouts de bois, il regarda ce que c'était; il avança la main et sentit le premier échelon de l'échelle; il se retourna aussitôt en disant :

— Mais il y a quelqu'un ici!

A ce cri, Jeanne se réveilla, demandant épouvantée :

— Qu'est-ce que tu dis?

Au premier mot, Rolland allait se précipiter avant que la fenêtre fût fermée pour se faire livrer passage. En entendant une autre voix, il eut peur; c'est un homme qu'il avait devant lui. L'homme allait lutter, la femme crier; il était perdu s'il ne disparaissait vite. Il connaissait la chambre puisqu'il l'avait habitée; il parvint donc à se diriger malgré l'obscurité. D'un bond il sauta vers la porte. Il ouvrait la serrure. Félicien, qui d'abord en raison de la situation dans laquelle il se trouvait avec Jeanne n'avait pas voulu réveiller tout le monde, n'hésita plus; par la fenêtre il cria :

— Au secours!

Et il se précipita vers le misérable.

Rolland avait ouvert la porte. Il se trouvait déjà dans le long couloir.

En se sentant saisir il fit un mouvement plus violent pour se débarrasser de l'étreinte, et il dit :

— Laissez-moi; je ne vous veux pas de mal.

— Coquin! Que venais-tu faire?

Et Félicien avait pris Rolland à bras-le-corps. Il cherchait à le jeter à terre, et il criait au secours.

Félicien était jeune, grand et fort, et à cette heure il était bien préparé pour la lutte, car il était nu. Il agissait plus à l'aise, car, en sortant de la chambre pour poursuivre le misérable, il se trouvait dans le couloir et paraissait sortir de sa chambre à lui.

Au bruit de la lutte tout s'éveillait dans l'hôtel.

Jeanne, épouvantée, s'était levée précipitamment, avait passé un jupon et, une lumière à la main, elle venait pour aider son amant.

En les éclairant elle jeta un cri. Elle venait de reconnaître Rolland. Félicien l'avait également reconnu et sa force doubla.

— Ah! misérable! tu t'es encore échappé!

Félicien n'avait pas trouvé la force de résistance qu'il pouvait redouter; c'est que Rolland tenait toujours à la main son portefeuille, duquel il ne voulait pas se dessaisir. Violemment bousculé par Félicien, il tomba et le portefeuille s'échappa de ses mains; il voulut le ressaisir, et ce temps permit à Félicien, qui tenait le misérable sous son genou, de le saisir au col en criant :

— Au secours! C'est un repris de justice!

Jeanne était restée anéantie sur le pas de la porte; en reconnaissant Rolland, elle avait été terrifiée. Comment était-il sorti de prison? Oh! elle devina vite ce qu'il était venu chercher dans la chambre. Elle vit le portefeuille et elle ne vit même plus que ça. Les deux hommes luttaient, se frappaient; elle ne voyait toujours que le petit portefeuille que Rolland tenait en l'air pour qu'on ne le lui arrachât pas des mains. Lorsque, plus adroit, Félicien renversa son adversaire; lorsque, dans la chute, le portefeuille lui échappa des mains, elle le vit et, rapide, elle fit un pas et le poussa du pied dans la chambre. Rolland l'avait vu et il criait, à moitié étranglé :

— Laissez-moi, laissez-moi, je ne me défendrai pas... Mais elle me vole mes papiers. Gueuse..., coquine...

Félicien ne comprenait rien; il pensa que le misérable n'était venu que pour poursuivre encore sa victime, et que sa rage, en la voyant, s'augmentait; il le tint plus fortement, car il se débattait plus vigoureusement...

— Oh! elle ne me les prendra pas..., hurlait-il.

Tout le monde, à moitié vêtu, paraissait aux portes, les femmes jetant des cris d'effroi, les hommes courant à l'aide de Félicien Duhamel.

Rolland fit un suprême effort de rage pour se débarrasser et se jeter sur Jeanne; il jeta Félicien de côté.

Tout le monde criait à Jeanne :

— Rentrez dans votre chambre, fermez la porte.

Jeanne, livide et tremblante de peur, disait :

— Serrez-le! C'est un assassin!

L'on se jetait sur Rolland qui se relevait. Jeanne s'enferma dans sa chambre et vite, d'une main fiévreuse, elle ouvrit le portefeuille et fouilla dans les poches... lut la lettre... la lettre; elle remuait tous les papiers; enfin elle la vit. Elle lut sur le papier : *A ma fille Adèle Cordier, pour être ouverte après ma mort*. Elle avait la lettre, elle rejeta le portefeuille. Elle eut un moment de peur atroce, car il lui sembla que la porte cédait sous un choc plus violent et elle entendit :

— Tant pis pour toi, tu ne m'empêcheras pas de le lui reprendre; je vous tuerais plutôt tous les deux.

Rolland la voyant disparaître avec le portefeuille, voyant le monde accourir pour s'emparer de lui, se voyant pris enfin, fit un dernier effort pour reprendre au moins ce qu'il venait chercher. Il ne réussit pas. Alors il parut renoncer à se défendre, il glissa une main dans sa poitrine, et au moment où les hommes se baissaient pour le relever et le saisir, il se redressa tout à coup rejetant de côté le corps de Félicien qui tomba en jetant un cri de douleur. Rolland, menaçant, brandissait le tourne vis avec lequel il venait de frapper Félicien Duhamel. Les hommes s'écartèrent un peu, et, d'un violent coup de pied, il enfonça la porte de la chambre de Jeanne; le pêne sauta; il allait se précipiter sur la malheureuse épouvantée, Félicien criait :

— Sauvez-la! Il va la tuer!...

Dix hommes se jetèrent sur lui, le terrassèrent et le désarmèrent; il était temps.

Les gendarmes arrivaient. On emmena le forcené; il réclamait son portefeuille; on le ramassa et un des gendarmes le prit.

Rolland se débattait toujours, en criant :

— Mais elle! emmenez-la donc! je vous dis que c'est ma complice. C'est elle qui est cause de tout... cette coquine et son amant. Et il fit suivre sa phrase d'un torrent d'injures.

Comme il frappait toujours, qu'il refusait de se laisser entraîner, qu'il voulait mordre ceux qui le tenaient, les gendarmes le bâillonnèrent, l'attachèrent, durent le traîner jusqu'en bas.

Jeanne était restée épouvantée dans le coin de la chambre, n'osant bouger, craignant à chaque minute que, sur la déclaration du misérable, on ne vînt lui prendre la terrible lettre qu'elle tenait dans sa main crispée.

Elle avait été terrifiée par le heurt de la porte, et elle s'attendait à voir tout à coup surgir celui qu'elle redoutait. Elle ne discernait plus, elle n'entendait plus : elle avait peur. Elle ne revint à la situation que lorsque le calme se fit, lorsque les gendarmes, ayant emmené Rolland, les voyageurs, les locataires de l'hôtel se groupaient autour du corps de Félicien. Elle ne se rendait pas bien compte de ce qui se passait et elle n'osait sortir. Elle entendit tout à coup :

— Le misérable l'a assassiné!

Assassiné! qui? Félicien? mais ce n'était pas possible. Cependant, ces plaintes qu'elle entendait! Elle courut à la porte et elle vit les gens de l'hôtel penchés sur le corps de son amant.

Elle jeta un cri et se précipita. Félicien lui fit un signe de la main et dit aussitôt :

— Je suis blessé, mais ce n'est pas grave. Madame, ne vous tourmentez pas. C'est lorsque j'ai entendu qu'on cherchait à forcer une porte, lorsque vous avez crié au secours, que je suis sorti de ma chambre.

Elle comprit que Félicien voulait expliquer qu'il ne se trouvait pas chez elle; ce n'était pas dans la chambre de Jeanne qu'il avait été surpris, c'était en se précipitant au secours d'une femme et dans le couloir. Elle le comprit, et lui prenant la main, la secouant, elle répondit :

— Oh! mon Dieu! monsieur, c'est pour moi, pour moi que vous ne connaissez pas, que vous avez risqué votre vie!...

Un coup de canon retentit (PAGE 255).

Mais un médecin appelé en toute hâte venait d'arriver. On portait dans sa chambre le blessé, et Jeanne demandait en grâce de soigner celui qui s'était dévoué pour elle. Ce qui sembla tout naturel.

Le docteur ne put immédiatement se prononcer sur la gravité de la blessure, mais il commanda tout d'abord le repos, le calme autour du blessé; et Jeanne, se faisant garde-malade, annonça que personne n'entrerait dans la chambre. Une heure après, l'hôtel avait repris son calme.

Félicien Duhamel, bien pansé, sommeillait; Jeanne le veillait. Rolland avait
été littéralement traîné jusqu'à la prison, où l'on ne s'était pas encore aperçu de
son évasion; il se débattait toujours comme un fou furieux, vomissant les plus
effroyables imprécations. On dut lui mettre la camisole de force et l'enfermer dans
un cachot.

Au petit jour, Jeanne était à la fenêtre, entr'ouverte sur les champs tout brillants de rosée. Elle s'était assurée que le blessé dormait et venait relire, tremblante, la terrible lettre.

Enfin elle la tenait, cette lettre, elle n'avait plus rien à redouter; le misérable
ne viendrait plus la tourmenter, il pouvait vivre ou mourir, elle n'avait plus
peur. Elle avait près d'elle un homme qui l'aimait, qui avait risqué sa vie pour
la sauver. Cet homme, elle pouvait perdre son amour, si la lettre était tombée
entre ses mains, et cette lettre elle la froissait avec joie.

Qu'allait-elle faire?... Conserver cette lettre pour le niais plaisir d'avoir pu la
reprendre et de s'en repaître? Oh! non...

D'abord, en l'ouvrant, elle avait des éblouissements; il lui semblait que les
lignes étaient écrites en caractères de feu, et cette accusation qui venait du
plus profond de la tombe, qui l'accusait deux fois, et comme adultère et comme
assassin, l'épouvantait; mais elle était gênée dans cette chambre; il lui semblait
qu'on pouvait voir tous ses mouvements, qu'on l'observait.

Elle se tourna vers le lit; elle regarda Félicien; il lui parut qu'il dormait, un
peu agité, mais il dormait. Elle chercha dans la chambre; elle aurait voulu trouver
du feu; elle pouvait prendre une allumette, allumer une bougie, brûler la lettre;
mais alors il pouvait rester des miettes du papier brûlé qui la trahiraient. Lorsque
Rolland déclarerait que la lettre avait été soustraite dans son portefeuille, on
viendrait faire des recherches dans les chambres; cela était fou, mais cela se pouvait, et Jeanne, qui avait peur, était prudente.

Que faire?...

Elle ne voulait pas qu'il en restât une parcelle.

Après avoir longuement réfléchi, car cela dans son cerveau était une grosse
affaire, puisqu'elle avait occupé sa vie depuis quatre mois, elle ouvrit doucement
la porte afin de ne pas éveiller Félicien, et elle descendit pour chercher une servante
ou un domestique; elle ne voulait pas crier pour appeler; nous avons dit qu'il
faisait petit jour.

C'était l'heure où l'on se levait dans l'hôtel; elle vit une bonne, l'appela et
lui dit de monter du bois de quoi faire une flambée dans la chambre, parce qu'il
lui semblait que le blessé avait froid; elle lui recommanda de ne pas faire de bruit;
il dormait.

Elle remonta; quelques minutes après, la servante apporta un fagot de sarment qu'elle jeta dans la cheminée.

Elle la fit sortir; puis, seule, elle alluma le feu.

Quand le sarment pétilla dans la cheminée, elle retourna encore près du lit et regarda Félicien; il dormait.

Alors, bien calme, elle revint; elle attendit patiemment que le sarment, s'effondrant, ne fût plus qu'un tas de braises; alors qu'une dernière langue de flamme s'échappait des cendres, lui tendant la lettre, elle la brûla; de l'autre main elle tenait les pincettes, et à mesure que la lettre brûlait, elle la mêlait aux cendres.

Elle avait fini, la lettre était brûlée; elle remuait toujours les cendres encore enflammées, et elle pensait:

— Enfin, c'est fini, il n'en reste plus rien, rien, rien... Maintenant, je ne crains plus personne.

Elle entendit un cri; elle se retourna vite et, épouvantée, elle vit sur le lit, dressé, la poitrine sanglante, Félicien qui, les yeux hagards, les mains crispées, criait:

— Assassin! assassin!... Ah! je sais, moi... Je sais tout... Non, non... vous ne me tuerez pas comme les autres... non...

Le malheureux venait d'arracher l'appareil posé sur sa blessure.

Jeanne, folle, épouvantée, n'osait bouger; elle avait été surprise; assurément, il venait de la voir détruire la lettre, cette lettre qu'elle avait niée; il savait maintenant qu'elle était coupable, et c'est à elle que ces imprécations s'adressaient. Elle avait si peur qu'elle se leva, affolée, tendant les mains en suppliant, disant:

— Tais-toi, tais-toi, je t'en prie, tais-toi... tais-toi, malheureux!...

Et elle courait vers lui.

Lui s'était penché un peu plus en avant; il la regarda quelques secondes, comme s'il ne voyait pas celle qu'il avait devant lui; puis, tout à coup, la reconnaissant, son visage changea, il lui sourit et dit:

— Ah! c'est toi, Jeanne! Oh! Jeanne, Jeanne, ne me quitte pas, viens... Oh! je deviens fou!...

Elle s'était approchée, perdant connaissance; et il tomba dans ses bras.

Jeanne l'étendit sur l'oreiller; le malheureux venait d'avoir un accès de fièvre, pendant lequel il avait arraché l'appareil posé sur sa blessure.

IV

LA BARRICADE DU PETIT-PONT.

Rolland avait été porté, nous l'avons dit, à la prison, luttant jusqu'au bout contre ceux qui l'entraînaient; il savait qu'il n'avait plus à espérer ni pitié ni merci, et il se défendait comme un forcené. Il avait été mis au cachot, ce cachot qu'on ne trouve plus que dans les vieilles prisons, reste effrayant d'un autre âge, cachot trop bas pour se tenir debout, au plancher convexe et au plafond concave. Le malheureux qui y est enfermé doit rester accroupi, ce qui augmente sa souffrance, étant vêtu de la camisole de force. C'est la punition pour assouplir les rebelles.

Quand la crise de rage, de colère fut passée, seul avec lui-même, pouvant juger sa situation, Rolland fut effrayé de ce qu'il avait fait. Il avait encore tué un homme.

Il ne pouvait s'expliquer par quelle bizarre circonstance Jeanne et son amant se trouvaient dans la chambre de l'hôtel du Mûrier. Est-ce que ce Félicien savait que le papier accusateur était là?

Non! ce n'était pas possible, puisqu'il l'avait retrouvé à l'endroit où il l'avait placé.

Quelle fatalité le poursuivait donc?

Pour expliquer la nature épouvantable, cynique, monstrueuse de Rolland, pour comprendre l'étendue de ses instincts pervers, il nous semble nécessaire de rechercher si, par la filiation du sang, Rolland ne subissait pas l'influence d'une force mauvaise, à laquelle il ne pouvait se soustraire.

Nous demandons au lecteur la permission d'interrompre le cours de cette histoire pour raconter les faits qui vont suivre, dont l'accomplissement remonte à une époque très antérieure, et qui mettent en scène des personnage liés intimement aux nôtres. Il importe de faire connaître ces faits qui justifieront peut-être la nature perverse de Rolland, né d'une faute, d'un crime peut-être.

Le jour baissait; le gris des soirs d'été envahissait les rues et les quais déserts; Paris était plongé dans un lugubre silence.

On voyait aux abords de l'Hôtel de ville scintiller les baïonnettes des faisceaux dans la flamme des feux de bivouac. Au loin, à intermittences égales, le canon faisait entendre son grondement sinistre. On était au 25 juin 1848.

L'insurrection, à moitié vaincue, n'était plus soutenue que dans le faubourg Saint-Antoine, dans le clos Saint-Lazare et dans le faubourg Saint-Jacques.

C'est sur ce dernier point que nous conduisons le lecteur.

A l'endroit où le Petit-Pont se termine, traversant le quai et s'appuyant sur le mur de l'annexe de l'Hôtel-Dieu, était dressée une haute barricade; du coin du bâtiment, elle se continuait en équerre et venait se terminer sur la devanture d'un grand magasin de nouveautés, à l'enseigne : *Aux Deux-Pierrots*.

Construite avec des pavés, des futailles et des voitures renversées, elle était haute de deux étages. Un immense drapeau dressé à son sommet frappait l'air de ses plis rouges, dans lesquels on lisait : « Vive la République démocratique et sociale ! »

La barricade traversait la rue du Petit-Pont. Toutes les fenêtres de la maison qui entourait la place étaient masquées par un matelas. Sur la place, sur le pont, sur le quai, dans les rues placées directement devant la barricade, pas un être vivant.

Lorsque, parfois, d'une des rues adjacentes sortait un garde mobile, la barricade silencieuse s'illuminait, la fusillade retentissait et l'imprudent roulait ensanglanté au milieu de la rue.

Malgré le silence, on sentait que les rues avoisinantes étaient pleines de soldats ; malgré l'isolement de la barricade, on sentait que chaque fenêtre, chaque créneau étaient gardés par des hommes qui, ainsi que ceux qui les combattaient, crieraient en mourant :

« Vive la République ! »

Tout à coup, un bruit régulier se fit entendre du côté de Notre-Dame ; c'était comme le pas cadencé d'une longue troupe ; puis le bruit s'augmenta du grondement de lourdes roues sur le pavé.

On vit paraître aussitôt au sommet de la barricade quelques têtes curieuses. De tous les coins des rues, des coups de fusil retentirent.

Derrière la barricade les hommes crièrent :

— Aux armes ! aux armes ! C'est la troupe avec du canon !

On entendit le cliquetis des fusils qu'on secouait et le craquement des batteries qu'on armait, puis tout rentra dans le terrifiant silence. Les regards, suivant le point de mire, cherchaient leur homme. La nuit tombait ; il faisait encore assez clair cependant pour que les défenseurs de la barricade distinguassent parfaitement les ombres silencieuses qui, se glissant le long des maisons, traversaient le quai en rampant et allaient s'embusquer derrière le parapet.

Celui qui s'aperçut du mouvement dit à mi-voix :

— Attention! ils rampent comme des couleuvres; chacun le sien, les autres!

Quelques hommes épaulèrent leurs fusils; cinq ou six coups de feu retentirent, quatre soldats tombèrent. Un bataillon envahit la rue et riposta.

Le combat commença... ou plutôt la fin du combat commença; car depuis le matin la barricade résistait aux attaques.

La fusillade dura quelques minutes, puis le calme se fit; alors les soldats ouvrirent leurs rangs, démasquant deux pièces de canon qui vomirent la mitraille sur la barricade du Petit-Pont.

La fonte éventra rapidement la redoute des malheureux; à peine couverts par ce qui restait de leur forteresse de pavés, mais toujours décidés à se défendre, les insurgés ramassèrent leurs morts et leurs blessés, les couchèrent dans les boutiques ouvertes et reprirent leur place de combat pour répondre à l'assaut qui se préparait.

C'était un curieux tableau que celui de ces soixante hommes héroïques, décidés à mourir en luttant contre un millier de soldats. La misère avait marqué chacun d'eux; à peine vêtus, couverts de haillons, les bras nus, les dents serrées, l'œil en feu, tenant leurs armes d'une main convulsive, ils étaient décidés à vendre chèrement leur vie. Quelques-uns avaient la tête enveloppée d'un linge taché de sang, blessure reçue dans les combats du matin; leur figure et leurs mains étaient noires de poudre. La plupart s'accroupirent derrière la barricade, cherchant par quel interstice ils passeraient le canon de leur fusil. Au moment où chaque combattant reprit sa place de combat, deux hommes placés au coin de la brèche se serrèrent la main; l'un dit à l'autre :

— Si je meurs, Darthoy, tu t'occuperas d'eux.

Celui auquel il s'adressait lui serra la main et, avec un sombre sourire, lui répondit :

— Que tu sois mort ou vivant, tu sais bien que je suis là.

Le bataillon se massait de l'autre côté du pont; celui qui commandait la barricade dit bas à ses hommes :

— Attention, les enfants! pas de pitié; vainqueurs ou vaincus, nous serons fusillés... Ouvrez leur estomac, et vous verrez qu'ils n'ont pas de cœur.

De l'autre côté de la barricade, l'officier cria :

— En avant!... Et le tambour battit.

— A nous! cria le chef des insurgés. Feu! feu!

La barricade et les fenêtres de la place s'illuminèrent et vomirent le plomb sur les soldats et les gardes mobiles, qui grimpaient en rangs pressés sur la forteresse des Désespérés.

Quand le crépitement de la fusillade eut cessé, il y eut un moment de silence troublé par le râle des mourants et par le cri des blessés... puis le heurtement eut lieu.

Ce fut horrible, épouvantable; le triangle d'acier des baïonnettes disparaissait dans les intestins des insurgés; des cris, des plaintes, des blasphèmes sortirent avec le sang de ces poitrines robustes. Les soldats écrasaient ce mur de chair, derrière lequel un autre mur de chair se dressait.

Celui des deux hommes qui, décidé au sacrifice héroïque, avait recommandé les siens à son ami s'écria en entraînant ses compagnons :

— A coups de crosse..., de couteau..., de dents... Vengeons nos frères.

— Oui! en avant! en avant! hurlèrent les insurgés.

Les gardes mobiles ne s'attendaient pas à cette reprise d'offensive des Désespérés; ils les croyaient vaincus, ils les revoyaient forts; un moment d'indécision les perdit.

— En avant! cria encore celui qui avait parlé.

Les défenseurs de la barricade s'élancèrent et repoussèrent les mobiles en désordre; les fusils furent promptement rechargés, et le feu recommença.

Pendant que l'officier des mobiles ralliait ses troupes et que le canon reprenait position pour mitrailler les audacieux qui osaient se défendre, l'homme que nos lecteurs ont déjà entendu cherchait des yeux celui qu'il avait appelé Darthoy. Son regard erra sur les vivants. Ne le voyant pas, son front se plissa; il baissa les yeux et chercha parmi les morts... Darthoy n'y était pas.

— Où donc est-il? se demanda l'individu.

Les insurgés ne perdaient pas leur temps pendant l'accalmie; avec des pavés ils avaient comblé la brèche. Le chef de la barricade était mort dans l'assaut, l'homme le remplaça. Il grimpa sur la barricade reconstruite, et s'y couchant, il observa les mouvements des soldats. Il faisait tout à fait nuit; pourtant, aux scintillements des baïonnettes qu'illuminait l'éclair de chaque coup de feu, il vit qu'une nouvelle colonne d'attaque se formait. Il se pencha vers ses compagnons et leur dit :

— Ils vont revenir...; nous sommes perdus; ils sont plus nombreux.

— Eh bien, fit froidement un des combattants, qu'ils nous tuent.

— D'abord, faisons descendre ceux qui sont dans les maisons et qui y seraient pris comme dans une cage. Que deux hommes aillent les chercher.

— Nous y allons.

— Mes amis, nous soutiendrons le feu; au choc, nous céderons et nous nous replierons sur la barricade de la rue Saint-Jacques.

— Bien!

— Tout le monde a entendu? demanda à mi-voix l'homme qui venait de reprendre le commandement.

— Oui, oui, répondirent les insurgés du même ton.

Un coup de canon retentit. Une partie de la barricade s'écroula et trois hommes tombèrent;... dix nouveaux coups ouvrirent une brèche. La fusillade n'arrêtait pas; le chef, toujours couché sur le sommet de la barricade, redescendit en disant :

— A nous maintenant; ils viennent.

Les insurgés s'embusquèrent, on entendit le pas redoublé de la troupe... Puis la barricade fut envahie pas les soldats.

L'horrible combat recommença. Les malheureux, criant, hurlant, se tordaient éventrés; d'autres luttaient corps à corps, des poings, des ongles, des dents. Dans cette nuit, où ennemis et amis pouvaient à peine se reconnaître, on entendait un cri de défi, de rage, un râle, le bruit d'un corps qui tombait, et un blasphème saluait la victoire. Écrasés par le nombre, les insurgés se sauvaient de toutes parts en remontant la rue du Petit-Pont. Les soldats, harassés, ne les poursuivirent pas, s'appliquant d'abord à occuper solidement la redoutable barricade qu'ils venaient d'enlever après quinze heures de combat.

Les insurgés cherchaient à gagner le lieu où ils devaient se rallier, glissant le long des maisons, rampant sur le sol dépavé, se cachant dans l'encoignure des portes ou derrière des bornes, à chaque alerte.

Tout à coup, un homme blessé au bras, qui se sauvait en descendant la rue Saint-Jacques, s'arrêta et leur dit :

— Ne remontez pas par là, la barricade Saint-Jacques vient d'être prise; ils fusillent ceux qu'ils ont trouvés armés derrière.

Les Désespérés se rallièrent alors.

— Que faire? demanda l'un d'eux.

Celui qui avait déjà parlé, et qu'on semblait le plus écouter, dit :

— Mes enfants, nous sommes entre deux feux ; par les petites rues, nous pourrons nous sauver en nous débandant; c'est ce qu'il faut faire.

— Mais on dit que le faubourg Antoine tient encore.

— Ne pensons plus à tenir, frères, reprit le chef;... nous sommes vaincus ; puisque le combat nous a épargnés, que chacun de nous a fait son devoir, pensons à ceux que notre mort ferait veuves ou orphelins. Sauvons-nous, et à demain! pour un jour meilleur.

C'était à peu près l'avis de tout le monde qui venait d'être résumé; car il n'y eut aucune objection; tous se serrèrent la main, se répétant mystérieusement :

— A demain, à la Vente.

Puis ils se séparèrent, cherchant les rues désertes.

L'homme qui les commandait remonta seul et regagna la rue Saint-Julien, en disant :

— Où diable est donc passé Darthoy? Est-ce que l'imbécile, me voyant couché sur la barricade, m'a cru mort?

Il tournait la rue, un coup de feu retentit et une balle siffla à son oreille.

... Perdant connaissance, il tomba dans le jardin. (PAGE 260).

V

CE QUI SE PASSAIT DANS LA MAISON DE LA RUE D'ULM.

La nuit n'était pas encore assez noire pour qu'une silhouette se dressant dans l'ombre tombante ne servît de point de mire aux soldats qui gardaient l'Hôtel-

Dieu et la rue du Petit-Pont. En entendant le sifflement mortel, notre homme se jeta le long des maisons et, rampant, il gagna la rue de la Huchette.

Il se nommait Jacques Herbeau; il était sculpteur; tous les démocrates militants de 1848 l'ont bien connu. C'était un beau et fort garçon d'une trentaine d'années : l'œil, gris brun, était franc et loyal, le front haut, le nez fin, les lèvres lourdes sans être trop épaisses, les cheveux châtain brun; la barbe, rousse et douce, qu'il portait un peu longue, seyait bien à son visage, dont l'expression d'ensemble était douce et sympathique. A cette heure même, le pli qui traversait son front inquiet ne pouvait, malgré l'imminence du danger, altérer l'air bon empreint sur ses traits. Grand, bien proportionné, il portait avec aisance des vêtements qui indiquaient qu'il tenait plutôt à la classe artistique qu'à la classe ouvrière. Pour ses compagnons de combat, il était dans ce qu'on nommait alors *les habits fins,* démocrates socialistes dévoués, qui n'avaient de différent des autres que la toilette, et qu'on accusa ridiculement, plus tard, d'avoir organisé la sanglante insurrection au profit d'une monarchie déchue.

Par la rue de la Huchette Jacques Herbeau parvint à gagner le quai, sur lequel étaient campés les gardes mobiles. Il voulait le traverser : il marcha à quatre pattes, se traînant, rampant au milieu des soldats couchés, s'arrêtant à chaque pas, croyant toujours entendre le bruit sec d'une batterie qu'on armait; il arriva ainsi, suant, à l'escalier qui aboutissait à la Seine, qu'il descendit. Là, rapidement, il retira son paletot, releva ses manches de chemise, et, minutieusement, se débarbouilla. C'est qu'il savait que tout individu pris la figure ou les mains noires de poudre était immédiatement passé par les armes. Il jeta les cartouches qui lui restaient, secoua avec soin ses poches, puis, plus tranquille, il remonta sur le quai, traversa le campement des soldats sans que ceux-ci lui demandassent la moindre des choses. Son allure et son calme le faisaient prendre pour un voisin inoffensif qui venait curieusement le soir regarder les dégâts causés à son quartier par les combats de la journée.

Herbeau se dirigea vers sa demeure, se disant :

— Que peut être devenu ce Darthoy?... Il m'a peut-être cru mort, j'étais couché... Il n'est pas possible qu'il lui soit rien arrivé! Si on l'avait pris dans l'assaut!... Pauvre ami! Oh non! il aurait appelé au secours.

Inquiet sur le sort de son ami, il remontait vers le quartier du Panthéon, il allait s'engager dans la rue d'Ulm où était sa demeure, lorsqu'une fusillade le fit rétrograder. La rue d'Ulm était pleine de soldats qui tentaient l'assaut de la dernière barricade.

Herbeau n'avait plus la fièvre du combat, la poudre ne lui montait plus à la tête, le calme était revenu à son cerveau en feu. Il s'était souvenu qu'il avait une femme et des enfants, et qu'il n'avait pas le droit de risquer sa vie dans une lutte dont l'issue n'était plus douteuse. Il tourna la rue d'Ulm et, se hissant

par-dessus la clôture en planches d'un terrain, il sauta dans un chantier
de bois.

— Comme ça, dit-il, j'arrive derrière chez moi sans danger, j'entrerai par
le jardin.

Il traversa le chantier, et se trouva devant un petit mur surmonté d'un
treillage : c'était la clôture de son jardin; il sauta sur le mur, enjamba le treillage
et se trouva chez lui. Un gros chien vint aussitôt frotter joyeusement son museau
sur ses mains...

— Ah! ah! on avait reconnu ce maître, Pluton. Allons, allez coucher...
Voyons, je vais passer par l'atelier, si Ange ne l'a pas fermé. Pauvre belle, elle est
là-haut, près des enfants, dans quel état, depuis deux jours que je suis parti!

En disant ces mots, il regarda la fenêtre de l'unique étage qui était éclairée.
Il lui sembla que deux ombres de même taille se jouaient au plafond... Il se recula
pour mieux voir.

— Qui diable est là? fit-il.

Il regarda autour de lui, cherchant une échelle. D'un côté du jardin, appuyée
sur le mur, près de la maison, était une petite baraque qui servait de niche au
chien. Herbeau grimpa dessus.

Le 25 juin 1848, il faisait chaud : la fenêtre était entre-bâillée; non seulement
on pouvait voir, mais on pouvait entendre.

Herbeau regarda.

Il vit un homme près de sa femme.

— Tiens, fit-il, c'est Darthoy. Il m'a vu tomber, m'a cru perdu, et vient
raconter tout cela à ma femme; Ange va être dans un bel état...

Herbeau regardait toujours, il vit Ange sombre, qui, les yeux à terre, le menton
dans les mains, écoutait ce que lui disait Darthoy. Ce dernier se disposait à sortir,
Ange le retenait, suppliante. Herbeau se pencha pour l'écouter, grommelant :

— Que peut lui dire le nigaud?

Il entendit...; car soudain son œil s'illumina d'une flamme sinistre, la sueur
perla sur son front, puis, sans transition, son visage devint d'une pâleur livide et
ses yeux se voilèrent... il entendait!

— Pourquoi me quittes-tu? disait Ange.

— Pour rentrer chez moi.

— Reste donc, tu ne crains plus qu'il revienne, maintenant.

— Je te répète ta phrase de tout à l'heure : « Il est inutile de nous faire
mépriser par les voisins. »

— Oh! ne raille pas; tu sais bien que je ne me soucie guère de ce qu'on dit
autour de moi.

— Oui, mais notre enfant...

C'est en entendant ces mots qu'Herbeau avait pâli, en répétant :

— Notre enfant...

Un froid glacial se glissa dans ses os, il vacilla une seconde, ses bras battirent dans le vide, cherchant vainement un point d'appui; perdant connaissance, il tomba dans le jardin... Vingt minutes au moins le corps resta inerte... La vie ne revint que lorsque les buées du soir vinrent rafraichir les tempes du malheureux.

Nous devons, pour être clair, reprendre notre récit à l'heure où Darthoy quitta le combat.

Le premier assaut avait eu lieu; Herbeau, à genoux et le corps en avant, avait mal épaulé son fusil; la secousse de recul que le coup, en partant, donna à l'arme, le jeta en arrière. Les soldats escaladaient la barricade. Darthoy, reculant, vit le corps de son ami étendu par terre. La barricade était envahie, ceux qui y étaient encore allaient être pris et fusillés. Pour Darthoy, tout était perdu; Herbeau était mort; s'il n'était que blessé, les soldats ne manqueraient pas de l'achever. Profitant du tumulte dans lequel insurgés et soldats étaient confondus, il jeta son fusil et se sauva en gagnant la rue Saint-Jacques.

Après vingt minutes d'une course haletante, il arrivait au n° 7 de la rue d'Ulm :

Petite maison à un étage seulement, spécialement construite pour un artiste, et dont l'atelier vitré se trouvait sur le derrière et donnait sur un jardin.

Darthoy ne sonna pas à la porte, il frappa trois coups aux volets fermés; la porte s'ouvrit presque aussitôt.

Une jeune femme parut, qui demanda,—ne distinguant pas dans le crépuscule du soir :

— Qui est là?

— Céleste.

— Seul?

— Oui! monte!

Il entra, et, poussant la jeune femme vers l'escalier, il continua :

— Monte vite dans ta chambre... qu'on ne voie pas de lumière de la rue; je crains d'être suivi.

Il ferma la porte et s'apprêtait à suivre la jeune femme qui, obéissante, était montée au premier, lorsque les aboiements d'un chien le firent arrêter. Il tendit l'oreille en s'approchant de la porte qui donnait sur le jardin.

— Qu'est-ce que c'est que ça; est-ce que quelqu'un viendrait par là?

Il écouta encore, et, n'entendant que les aboiements du chien :

— Il aboie parce qu'il a entendu ouvrir et fermer la porte, pensa-t-il.

Puis, commandant au chien, il ajouta :

— Pluton, allez coucher tout de suite.

Le chien, docile, vint renifler joyeusement près de la porte en entendant une voix amie, et se retira silencieux et obéissant. La jeune femme criant dans l'escalier :

— Céleste, montes-tu ?

Darthoy alla rejoindre celle qui l'appelait.

— Que veux-tu ? lui demanda-t-elle dès qu'il fut dans la chambre ; hâte-toi, je crains à tous moments qu'il ne revienne.

— Il ne reviendra plus ! dit froidement Darthoy.

La jeune femme recula et, l'œil anxieux, demanda :

— Où est-il ?

— A la barricade du Petit-Pont.

— Qu'est-il arrivé ?... il est pris ?

— Non !

— Alors ?... interrogea-t-elle, et sa voix trembla pour dire ce mot.

— Ange, je suis resté avec Herbeau à la barricade, depuis hier nous nous battons. Je ne l'ai quitté que...

— Que ?... râla Ange, dont le regard fauve ne quittait pas le visage de Darthoy.

— Que... mort !

Le front d'Ange se plissa ; elle alla s'asseoir dans un fauteuil près de la fenêtre, et là, plutôt accroupie qu'assise, les coudes sur les genoux, la tête dans les mains, les ongles arrachant les cheveux, elle répéta :

— Mort !

Darthoy était debout, il observait Ange, et un sourire méchant crispait sa lèvre. Pendant un grand quart d'heure, ils restèrent ainsi silencieux. A travers les doigts d'Ange de grosses larmes filtrèrent. Darthoy le vit ; ses sourcils se froncèrent, et, s'avançant vers la jeune femme, appuyé sur le dossier de son fauteuil, la tête près d'elle, parlant de la gorge comme s'il avait honte de ce qu'il disait :

— Ange, tu pleures ?

La femme d'Herbeau ne répondit que par un sanglot.

— Ange, tu l'aimais donc ?

Et en disant ces mots la voix de Darthoy siffla stridente.

— Ange, réponds-moi... car si tu l'aimais, je vais me faire tuer à mon tour.

La jeune femme se releva farouche ; d'un mouvement de tête superbe, elle rejeta ses cheveux abondants sur son col blanc, et se dressa devant celui qui lui parlait, le regard fixe, la voix menaçante ; elle embarrassa Darthoy en lui disant :

— Céleste, c'est toi qui as tué Jacques.

Darthoy pâlit.

— Tu l'as tué ! répéta-t-elle.

— Non ! je le jure, non !

— Comment est-il mort ?

— Il était près de moi, les mobiles et les soldats se massaient pour nous donner l'assaut, Jacques me tendit la main et me dit : « Si je meurs, Darthoy, je te les confie. » Je l'assurai que, mort ou vivant, il pouvait compter sur moi.

— Ah ! interrompit Ange avec un sourire singulier, il nous a confiés à toi.

— Oui !

— Et tu as juré de ne penser qu'à nous.

Et, en disant ces mots, il y avait dans la voix de la jeune femme un accent de mépris tel que Darthoy lui dit :

— De quel droit me parles-tu ainsi, Ange ?

Ces simples mots firent rougir Ange, qui dit pour ne pas répondre :

— Et après ?

Darthoy haussa les épaules et, s'accotant à la cheminée, il continua d'un ton léger :

— L'assaut eut lieu ; aux premières décharges, perdus dans la fumée, nous fûmes séparés. Quand elle se dissipa, je vis Jacques par terre étendu sur le dos ; la barricarde était enlevée, les baïonnettes des soldats étaient presque sur nos poitrines ; je pensai à la recommandation d'Herbeau et je me sauvai.

— Seulement à cause de sa recommandation ? demanda Ange avec le même sourire.

Darthoy haussa encore les épaules et, sans répondre, continua :

— J'étais à peine au bout de la rue, quand j'entendis les cris des derniers malheureux que l'on passait par les armes...

— Ainsi, tu ne l'as pas relevé ?

— Non.

— Peut-être n'est-il que blessé alors ?

— Tu le voudrais ? demanda Darthoy, les dents serrées.

— A la fin ! répondit Ange, réponds-moi donc ! si coupable que je sois, je ne suis pas la misérable que tu crois.

Darthoy essuya son front humide de sueur et, comprimant de la main sa mâchoire dont les dents grinçaient de rage, il dit froidement, mais sûr de l'effet qu'il allait produire ;

— La barricade était prise quand je suis parti ; si Jacques n'était mort, il était blessé, en tout cas incapable d'échapper.

— Il peut n'être que prisonnier !...

— On ne fait pas de prisonniers ! blessés ou non, on fusille ceux qu'on prend.

Ange passa deux fois la main sur son front et retomba dans le fauteuil ; puis, s'accoudant, après avoir longuement regardé Darthoy, elle lui demanda :

— Jacques est mort ?

— Oui !

— Céleste! viens ici..., là, en face de moi; donne-moi tes mains.

— Que veux-tu? fit-il, obéissant.

— Je veux que tu m'écoutes, je veux que tu me répondes;... je veux lire dans tes yeux,... dans ton âme, si tu vas mentir.

VI

SOUVENIRS D'AMOUR.

Le regard d'Ange s'appuyait lourdement sur Darthoy; celui-ci, embarrassé de cette persistance, tournait ou baissait la tête, évitant de regarder en face celle qui lui parlait. Ange, l'attirant vers elle, l'obligea à se mettre à ses genoux; là, lui posant la main sur le front, elle lui releva la tête, le forçant à soutenir son regard.

— Céleste, lui dit-elle, je t'aime; mais... mais j'aime,... je dois aimer mon mari... Céleste, pourquoi as-tu tué Jacques?

Darthoy releva la tête et dit :

— Je n'ai pas tué Herbeau.

— Tu as entraîné Jacques.

— Nous sommes de la même société; sur le même ordre nous sommes partis ensemble, pour nous aider mutuellement.

— Comme deux frères, dit sardoniquement Ange.

Darthoy rougit.

— Mais, malheureux, dit-elle tout à coup, retrouvant l'accent vrai de la femme mère, si Jacques est mort, que vais-je devenir? J'ai deux enfants.

— Ne suis-je pas là? répondit Darthoy d'un air sombre.

— Mais toi, exclama Ange, tu es la honte; si j'ai été indigne pour toi, je ne veux pas que mes enfants en souffrent.

— Le mien ne souffrira pas.

— Le tien! fit avec emportement la jeune femme; le tien! Déjà tu les distingues! Tu vois bien que tu es indigne de la tâche que tu voulais accepter !

Tout confus, Darthoy s'excusa :

— Je ne sais ce que je dis... Tes menaces,... tes reproches...

Ange, haussant les épaules et hochant la tête, dit :

—Mais, Céleste, tu ne sens donc pas autour de nous le monde qui nous guette; tu n'as donc jamais surpris les regards qui s'échangeaient quand on nous voyait ensemble? Tu ne sais donc pas qu'il n'y avait que mon mari qui ignorait sa honte !

— Il n'est plus, fit brutalement Darthoy, et nous pouvons aujourd'hui nous marier.

— Tu n'es pas assez fou, Céleste, pour oublier, quand nous serons mariés, que j'ai trompé mon mari.

— Enfin, où veux-tu en venir?

— Je veux que, mort ou vivant, on ramène mon mari ici; je veux que tu t'éloignes au nom de l'avenir des enfants.

— Vous quitter, toi et eux, jamais !

— Il le faut.

— Mais pourquoi?

— Parce que personne ne croira à la mort accidentelle de mon mari.

— Que croira-t-on?

— Que tu l'as assassiné.

— Moi?

—Moi et toi, car on ne manquera pas de prétendre que tu as agi sur mes ordres.

— Mais nous pouvons nous défendre.

— Nous défendre, ce serait justifier leurs doutes.

— Comment cela?

Darthoy se leva; il était nerveux et contenait avec peine la colère qui lui montait au cerveau; il se promena quelques minutes dans la chambre, puis, après un silence pendant lequel Ange l'observait, il reprit violemment:

— Enfin, tout ceci veut dire que je dois te quitter?

— Oui !

— T'abandonner, toi et notre enfant!

— Il le faut.

— Je ne le veux pas.

— Que comptes-tu donc faire?

— Braver tout le monde... Qu'on dise ce qu'on voudra; je n'ai pas tué Jacques et je ne crains rien.

— Personne n'y croira.

— Et que m'importe ! Mais si je ne l'ai pas tué, c'est que je ne l'ai pas pu faire, après tout.

— Que dis-tu?...

— Je dis, je dis que je le haïssais de tout l'amour que j'ai pour toi; que chaque parole échangée entre vous me faisait l'effet d'une injure à moi; oui, je le haïssais, et si tu veux tout savoir, j'étais parti avec la ferme volonté qu'il ne reviendrait pas ici vivant.

Jacques Herbeau était debout dans l'encadrement de la porte. (PAGE 267).

— Céleste, tu m'épouvantes!

— Dieu a voulu qu'il soit frappé, continua le misérable avec véhémence; s'il en eût été autrement, je devenais assassin.

On entendit du bruit au dehors.

— Qu'est-ce que cela? fit Ange en se levant.

Darthoy tendit l'oreille et écouta.

— Ce n'est rien, fit-il; Pluton n'a pas aboyé.

Se plaçant alors devant Ange, il lui demanda sèchement :

— En somme, si j'ai bien compris, tu ne veux plus me revoir ; tu veux être veuve..., veuve libre?...

Ange ne répondit pas... Darthoy arpenta la chambre. Enfin, haussant les épaules et comme prenant un parti décisif, il exclama :

— Eh bien ! soit...

Et il se dirigea vers la porte. En le voyant partir, Ange changea brusquement de volonté ; son amant l'abandonnait, elle voulut qu'il restât.

— Que fais-tu? demanda-t-elle.

— Je ne sais.

— Écoute-moi, Céleste.

— Non, laisse-moi.

— Pourquoi me quittes-tu ?

— Parce que tu l'as voulu.

— Je craignais qu'il ne revînt ; mais ajouta-t-elle d'une voix sombre, puisqu'il ne peut plus revenir...

— Il est inutile de nous faire mépriser par les voisins, fit Darthoy, répétant sardoniquement la phrase qu'elle lui avait dite.

— Les voisins ! je m'en soucie bien !

— Oui, mais notre enfant..., continua Céleste du même ton.

On entendit un cri étouffé comme un râle.

— Qu'est cela? demanda Ange frémissante.

— Un malheureux qu'on tue.

— Oh ! mon Dieu, fit Ange en se couvrant la figure de ses mains.

Darthoy vint se placer devant sa maîtresse, et, croisant les bras, il lui dit :

— Si je t'apporte la preuve de la mort de Jacques, tu me suivras? Ange, réponds-moi?...

Elle pensa quelques minutes, puis dit :

— Céleste, je ne consentirai à te suivre qu'après que mes enfants auront dit adieu à leur père mort. Je ne te suivrai que lorsque je serai véritablement libre, lorsque j'aurai rendu les derniers devoirs à la dépouille mortelle de Jacques.

— Tu veux son cadavre?

— Je le veux.

Darthoy passa la main sur son front pour essuyer la sueur qui l'inondait, et pour calmer son cerveau bouillant.

— C'est bien, fit-il d'un ton résolu, je ramènerai son corps... Il allait partir, Ange le retint.

— Souviens-toi, Céleste, que je ne reverrais jamais le meurtrier de Jacques.

— Je ne suis pas un assassin.

— Souviens-toi !

— Tu l'aimais donc bien, cet homme?...

— Que t'importe, s'il est mort?

— Et tu m'aimes donc bien peu, que tu me brises le cœur avec les regrets que tu lui donnes?...

Ange se tut et Darthoy partit aussitôt exécuter sa lugubre recherche. Quand la porte de la rue se fut fermée derrière lui, Ange se laissa choir sur le fauteuil et, la tête dans les mains, les doigts dans les cheveux, l'œil fixe, elle pensa :

— Est-ce que maintenant qu'il n'est plus, j'aime Jacques? Est-ce que Céleste, cette nature de tigre, qui me plaisait tant, me fait honte aujourd'hui?... Non ! je n'aime pas Jacques, je ne veux voir son corps froidi que pour m'assurer que je suis libre. Je ne pleure que sous l'action des nerfs, parce que je suis femme, et que la mort me fait peur! S'il est mort, je suis veuve! c'est-à-dire libre... libre! libre !...

Dans ce dernier mot, Ange mit une intention étrange; un sourire vint sur ses lèvres, comme si elle souriait à un monde invisible. Mais tout à coup sa bouche se crispa, elle se dressa, jeta un cri et recula épouvantée jusqu'au fond de la chambre, cherchant à se cacher derrière les rideaux... Son mari lui apparaissait.

Pâle, l'œil menaçant, la lèvre méprisante, Jacques Herbeau était debout dans l'encadrement de la porte.

VII

UNE NUIT DE JUIN.

Ange avait environ vingt ans; elle était excessivement belle. Ses cheveux noirs encadraient magnifiquement son visage un peu long. Ses yeux bruns immenses étaient bordés de cils fins recourbés à leur extrémité. Ses lèvres, dessinées en arc, étaient d'un rouge sanglant qui faisait ressortir l'éclatante blancheur de ses dents. Son nez fin et légèrement busqué avait ces fraîches narines roses des femmes impressionnables. Son front était pur. Sous sa peau blanche et diaphane, on voyait courir les veines azurées. Ses oreilles, à peine rosées, étaient toutes petites.

Faite comme les filles de la Provence, c'est-à-dire semblable aux beautés grecques, un peu grande et mince, chacun de ses mouvements était rempli de grâce. La fébrile vigueur de son regard, en faisant rougir celui sur lequel il tombait, révélait la soif de désirs qui dévorait ces vingt ans-là.

Telle était la belle indigne qui recula épouvantée en voyant, encadré dans la porte, son mari, Jacques Herbeau. Jacques entra, ferma la porte derrière lui, et dit à sa femme :

— J'ai tout entendu, Ange ! J'ai tout entendu, et je ne me suis pas tué !... Ainsi, continua-t-il en hochant la tête, c'est par les deux seules affections véritables que j'ai eues dans ma vie que je suis aujourd'hui frappé. Tu n'as donc pas de cœur, Ange ?

Ange baissa la tête sous le poids de la honte.

— Ainsi tu ne te défends pas !... J'aurais peut-être cru à un mensonge, et tu n'as pas même essayé de le faire. Tu acceptes la situation ; tu tiens assez peu à moi pour attendre les conséquences des révélations qui viennent de m'être faites... Tu sais bien cependant que je ne puis plus rester avec toi... tu sais bien que je ne puis plus laisser près de toi mes... les enfants.

Ange releva la tête, et, regardant alors son mari, elle lui dit :

— Tu emmènerais mes enfants ?

Herbeau, droit et fier, les sourcils froncés, répondit :

— Qu'ils soient *ses* enfants ou les *miens*, je ne veux pas que, portant mon nom, ils aient à rougir de leur mère.

Sous le regard de son mari, la femme coupable baissa la tête et dit d'une voix sourde :

— Mes enfants sont à moi ! je ne veux pas qu'ils me quittent !

Herbeau eut un rire de mépris.

— Alors tu as pensé, misérable et ingrate, que tu pourrais encore avoir une volonté... Tu n'as donc pas conscience du mépris qui te couvre... Tu ne sens donc pas qu'il y a en moi un juge et... et peut-être un bourreau ?

La jeune femme releva la tête, et, l'œil brillant, regarda son mari de côté.

— Oui, un bourreau. Oh ! je connais ta nature : tu souffrais plus sous mon calme méprisant, et ma colère te fait relever la tête... Mais tu ne me connais plus, tu ne sais pas à quel degré de férocité ton crime peut me faire atteindre. Je t'aimais et, si j'étais obéissant près de toi, sans volonté, c'est que tu étais ma femme, c'est que je croyais que j'étais le père des enfants que tu m'as donnés. Tu ne sais pas quelle éternelle douleur tu as jetée en moi, par ce doute duquel je ne sortirai de ma vie... J'aime les enfants... et je ne sais s'ils sont les miens !

— Que t'importe ! je ne veux pas que tu me prennes mes enfants.

— Jamais tu ne les reverras.

— Tu me tueras alors.

Ange s'était dressée devant son mari, belle d'audace, de volonté, de défi.

Herbeau la regarda lentement des pieds aux cheveux et, haussant les épaules, les lèvres avancées, il dit d'un ton plein de mépris :

— S'il le faut, monstre, je te tuerai !

Ange regarda fixement Herbeau : jamais elle ne l'avait vu ainsi ; jamais elle n'avait pensé que cette enveloppe de douceur, cet éternel sourire cachaient cette contraction de rage et de haine. Elle faiblit à son tour ; elle sentit sa volonté défaillir, et, se laissant choir, glissant à genoux, les mains jointes, les yeux suppliants, elle lui dit :

— Je suis une misérable...

— Oui, fit Jacques, appuyant sur chaque syllabe, misérable.

— Une infâme !

— Oui, infâme.

— Pardon, Jacques.

— Pardon ! pardon !... et il éclata de rire. Pardon ! ah ! ah ! et de quoi ?

— Oh ! Jacques... grâce !

— Pardon ! grâce ! tu me méprises donc bien que tu espères pareille chose.

— Je serai ta servante... garde-moi... laisse-moi vivre avec mes... nos enfants.

— Comment ! tu brises ma vie, tu ne me laisses dans l'avenir qu'une douleur éternelle : vivre entre mes deux enfants avec le doute constant. De bon, tu me fais ridicule ; de ma vie, si tranquille que je cherchais dans la politique une occupation, tu fais une vie de galère ; de mon honnêteté, tu fais le mépris ; de mes amours, tu fais mes haines... et tu crois qu'il suffit d'un aveu, d'une larme pour être pardonnée.

— A genoux, Jacques, je t'en prie ; laisse-moi vivre avec mes enfants.

— Jamais !

— Je t'en supplie !

Et la misérable, affolée, se traînait aux genoux de son mari.

— Jamais !

— Jacques, ne me rends pas folle.

— Assez, te dis-je, les enfants ne te connaîtront plus.

— Tu veux me prendre mes enfants, cria-t-elle en se relevant à demi..., en voyant Jacques se diriger vers la chambre où les enfants étaient couchés.

— Tu ne les reverras jamais ; c'est par la mère que je punirai la femme.

Ange bondit, et, se plaçant devant Jacques, elle lui dit :

— Mes enfants sont à moi, entends-tu ? Quel droit as-tu sur eux ? Je les veux. Tu t'attaques à une femme ; pourquoi ne t'attaques-tu pas à leur pè...?

Elle ne put continuer : avant que le mot cruel fût sorti des lèvres de la misérable, Jacques l'avait saisie et obligée à retomber à ses genoux en lui disant :

— Tais-toi ! tais-toi ! ou je t'étrangle, gueuse !

Épouvantée, vaincue, elle resta quelques minutes anéantie aux pieds de Jacques, n'osant lever la tête. Herbeau avait beaucoup souffert de la cruauté avec

laquelle celle qu'il avait aimée s'était dressée pour lui nier sa paternité. Il essuya
ses lèvres bordées d'écume, et, se contraignant, il dit d'une voix calme :

— Ange, tu m'as marché sur le cœur sans pitié, sans merci ; tu m'as insulté
jusque dans mes enfants...

— J'ai menti !... dit vivement la malheureuse.

— Écoute-moi ! Ange, je t'ai aimée, beaucoup aimée ; maintenant, je te
hais ! Ange, tu n'es plus ma femme ; je vois aujourd'hui la sottise que j'ai faite :
je t'ai prise à la boue et je te rends à la boue ; tu es née dans le vice, tu y vivras.
Une seule affection était sortie de cette boue, et c'est par elle que je te punirai.

Jacques se dirigea vers la chambre des enfants.

Cette fois encore, Ange se releva et se plaça devant lui.

— Où vas-tu ?

— Chercher les enfants.

— Je ne veux pas qu'on prenne mes enfants !

Jacques haussa les épaules et la repoussa.

— Herbeau, tu n'emmèneras pas mes enfants, entends-tu ? tu me tueras
avant... Herbeau, laisse-les-moi, je te jure que je ne reverrai plus Darthoy...
Herbeau, tu pourras m'insulter, me battre ; reste et laisse-moi mes enfants !

— Darthoy va venir, remets-toi, tu n'es pas belle ainsi.

— Insulte-moi, mais laisse-moi mes enfants.

— Ainsi tu ne les aimes pas assez pour les sauver de ta honte. Allons, allons,
assez, la fille ; laisse-moi.

Il rejeta sa femme en arrière et allait entrer dans la chambre où les enfants
dormaient, lorsque celle-ci, le saisissant à la gorge, le menaça d'un couteau.
Herbeau lui prit le poignet et lui arracha l'arme. Alors, perdue, sans conscience,
pleine de rage, la malheureuse se rua sur son mari ; des pieds, des poings, des
ongles, des dents, elle voulut soutenir la lutte. D'abord, Jacques se défendit contre
elle, comme on se défend contre un enfant ; mais voyant la rage avec laquelle elle
se jetait sur lui, la colère lui monta au cerveau. Il prit la malheureuse dans ses
bras de fer et la serra comme dans un étau. Ange chercha vainement à se débarrasser de cette étreinte. Elle étouffait... Jacques la vit devenir rouge, puis pâle,
il entendit ces mots :

— Ah ! tu m'assassines, lâche !

Il eut peur ; ses mains se desserrèrent, et la malheureuse femme tomba sans
connaissance sur le parquet.

— Oh ! mon Dieu ! fit Jacques, est-ce que je l'ai tuée ?

Ange se débattit quelques secondes ; ses membres se raidirent et elle resta
froide, inanimée, aux pieds de son mari.

VIII

LE CHIEN PLUTON.

Herbeau demeura quelques secondes devant le corps de sa femme, hésitant s'il devait la secourir; mais le tableau de ce qui venait de se passer se plaça devant lui et il recula. Pour lui, sa femme n'existait plus; morte ou vivante, que lui importait! il ne devait plus la revoir. Il enjamba donc par-dessus le corps d'Ange et entra dans la chambre où dormaient les enfants. Il réveilla l'aîné, un gentil garçon de quatre ans.

— Ulric, fit-il, papa veut te mener promener.

L'enfant s'éveilla joyeusement, et, tout heureux d'être emmené par son père, il se hâta. Lorsque Ulric fut prêt, Jacques se pencha sur le berceau où dormait sa fille, une blonde enfant de deux ans.

— Gabri, fit-il, c'est papa.

L'enfant s'éveilla à demi, et, sans crier, se laissa prendre par son père. Portant Gabrielle dans ses bras et prenant la main d'Ulric, il se disposait à sortir lorsque l'enfant lui dit :

— Et maman?

Ce mot fit mal à Jacques; il s'arrêta, dissimula son émotion et dit :

— Elle est partie...

— Alors, papa, nous allons la retrouver?

— Oui!

— Pourquoi qu'elle est partie, papa? demanda Ulric avec cette terrible obstination de l'enfance.

— Pour vous préparer des lits.

— Mais pourquoi que nous partons?

— Pour retrouver maman.

— Maman est partie parce que les coups de fusil lui font peur?

— Oui!

— Dis donc, papa, et Céleste?

A ce mot, le sang afflua au cerveau du pauvre garçon; il crut qu'il allait tomber : il se contint et dit en faisant un effort :

— Il est mort !

— Pourquoi ?

— Parce qu'il s'est battu.

— Pourquoi s'est-il battu ?

Herbeau ne savait que répondre à l'enfant ; ses questions l'embarrassaient. S'asseyant et l'attirant vers lui, il lui demanda :

— Est-ce que tu l'aimes bien, Céleste ?

Son œil brillait d'une lueur fauve en faisant cette question. L'enfant fit la *beube* et dit :

— Oh non, va ! il m'ennuie, il me bouscule toujours pour embrasser ma petite sœur.

— Tu ne l'aimes pas ?

— Oh non !

— Ah ! fit Jacques, respirant bruyamment pour se délivrer de l'oppression qui le tenait inactif et en embrassant son fils à pleine bouche.

— Dis donc, papa, pourquoi donc qu'on se tue ?

— Pour défendre la République.

— Pourquoi donc qu'on tue ceux qui défendent la République ?

— Parce qu'ils défendent une fausse République.

— Pourquoi celle que tu défends est-elle meilleure ?

— Tu m'ennuies... ; tais-toi.

Ennuyé de la persistance d'Ulric, Jacques se hâta de traverser le salon et de descendre au rez-de-chaussée, afin d'éviter aux enfants la vue de leur mère étendue sur le parquet. A peine arrivé dans la rue, le bruit de ses pas fit tirer quelques coups de fusil par les soldats qui gardaient le poste de la rue d'Ulm. Ulric se serra tremblant contre son père.

— Ulric, ne pleure pas, mon enfant, lui dit Jacques en l'embrassant.

— Non, papa, fit le pauvre petit.

— On nous tuerait, vois-tu.

L'enfant trembla, mais ne dit pas un mot. Ils marchèrent vite et bientôt se perdirent dans les brumes du soir...

Il détournait à peine la rue lorsque Darthoy y entrait ; étourdi de voir la porte ouverte, il monta inquiet dans la chambre d'Ange. Épouvanté en voyant la jeune femme étendue sur le parquet, il se pencha vers elle.

— Ange ! Ange ! c'est moi !

Le corps ne bougea pas.

— Ange ! fit-il, prenant la tête de la femme dans ses mains et cherchant par son souffle à lui rendre la vie, Ange, réponds-moi.

Effrayé de la raideur du corps et de la contraction des traits, il s'écria :

— Oh ! mon Dieu ! est-ce qu'elle est morte ?

Et, rampant le long du parapet... (PAGE 278).

Il lui donna les soins que réclamait son état. Ange reprit bientôt connaissance.

Elle fut quelques minutes à se souvenir de la situation dans laquelle elle se
trouvait. Apercevant Darthoy, elle lui dit:

— Les enfants?...

— Que dis-tu?

— Jacques?...

35ᵉ Liv.   35

— Jacques est mort. J'ai vainement cherché son corps; on avait déjà déblayé la rue et enlevé les victimes.

— Il les a enlevés tous les deux...

Darthoy cherchait à comprendre les divagations de sa maîtresse.

— Remets-toi, Ange...; que s'est-il passé?

Ange, s'étant redressée, passa la main sur son front, comme pour éclaircir ses idées; elle fit de vains efforts pour se souvenir et pour s'expliquer l'état de souffrance et de faiblesse dans lequel elle s'éveillait.

— Que s'est-il passé? répéta Céleste.

Ange pensa quelques minutes et jeta un cri.

— Qu'as-tu?

— Les enfants, les enfants! fit-elle affolée, et, prenant la bougie, s'appuyant, en se guidant, sur son amant, elle l'entraîna vers la chambre des enfants; en voyant les lits vides, elle s'écria :

— Il m'a volé mes enfants...

Et elle retomba dans les bras de Darthoy.

— Mais explique-toi! fit celui-ci, où est Gabrielle?

— Est-ce que je sais, moi!

— Où est Gabrielle, Ange?

— Il les a pris, *lui!*

— Qui, lui?

— Jacques.

— Jacques, répéta Darthoy, pâle et dont l'œil s'illumina d'un feu haineux, comment Jacques?

— Oui, Jacques, qui est entré dès que tu es sorti...

— Il vit!

— Jacques qui sait tout, continua Ange sans entendre, Jacques qui m'a insultée, frappée, meurtrie, et qui m'a dit que, à lui ou à toi, mes enfants étaient les siens devant la loi, et qu'il les voulait prendre.

— Où est-il allé? demanda Darthoy menaçant.

— Est-ce que je le sais, moi!

— Que faire alors?

— Mes enfants, je les veux! entends-tu? je les veux!...

— Mais où est-il allé?

— Je ne sais pas,... et je veux mes enfants, cria Ange, s'arrachant les cheveux.

— Il les a peut-être conduits chez un parent... A son retour, interroge-le adroitement.

— Il ne reviendra pas.

— Comment, il ne reviendra pas!

— Non, il m'abandonne... à toi, a-t-il dit, à toi — et elle continua rageuse —
à toi, qui me laisses prendre les pauvres petits et restes là, froid, sans idée, sans
moyen de les retrouver.

— Mais que veux-tu que je fasse?

— Ce que je veux que tu fasses! exclama Ange, mais je te croyais un homme,
une force; tu n'es donc rien. Si Jacques revenait, tu ne trouves qu'une chose, toi :
l'interroger; mais tu n'as donc rien dans les veines, qu'on peut te voler ton enfant
sans que ton cœur batte plus fort!... Tu n'as donc pas d'énergie, pas d'âme?...
Mais c'est avec un couteau, avec tes dents que tu devrais lui ouvrir la gorge pour
savoir où sont mes petits, entends-tu?

Darthoy, les dents serrées, les lèvres sèches, ne répondit pas. Ange continua :

— Il m'a insultée, il m'a reproché mon passé... Que t'importe! Il t'a traité
d'infâme et de lâche, ah! ah! ah! Qn'est-ce que cela te fait...; il paraît qu'il disait
vrai... Il m'a frappée, presque étranglée, mais bah! tu te soucies bien de cela... Il
a volé nos... mes enfants, et tu restes là! lâche! lâche! lâche!

Darthoy haussant les épaules, Ange se précipita sur lui, et, le bousculant avec
une force qu'on n'aurait jamais crue en elle, elle continua :

— Mais réponds donc!... Tu n'as pas de cœur?...

Se débarrassant d'elle et se secouant, comme le sanglier qui fait tête pour se
débarrasser des chiens qui le harcèlent, Darthoy la repoussa et dit sèchement :

— Assez, sotte! ce n'est pas avec cette comédie qu'on agit; les cris et les pleurs
ne servent à rien.

— Que vas-tu faire? demanda la mère, dont l'œil brilla.

— Je vais retrouver les enfants.

— Oh! je vais avec toi.

Sans répondre, Darthoy descendit au rez-de-chaussée, la jeune femme le suivit.

— Où vas-tu? demanda-t-elle encore.

Darthoy ouvrit la porte du jardin et appela :

— Pluton, ici!

Un beau chien épagneul écossais accourut et sauta sur sa maîtresse en jappant
joyeusement.

— Ah ça! que fais-tu? interrogea Ange.

— Tu le verras bientôt; fais-toi suivre par le chien et viens avec moi.

Sans comprendre, Ange obéit, appelant le chien qui la suivit en gambadant.

IX

CHASSE A L'HOMME.

Il faisait tout à fait nuit, nuit opaque que ne pouvait percer le moindre rayon de lune. Ange avait attaché Pluton, afin de l'obliger à la suivre. Se glissant le long des maisons et des clôtures de planches de la rue d'Ulm, ils parvinrent bientôt à être à l'abri des derniers postes; là, Darthoy saisit le bras de la jeune femme et lui dit :

— Arrêtons-nous... Détache ton chien.

Ange obéit, et demanda :

— Mais que veux-tu faire?

— Tu vas le voir.

Caressant le chien, il dit :

— Venez, beau Pluton; où est le maître?

Le chien renifla bruyamment et vint se frotter sur sa maîtresse.

— Cherchez le maître, insista Darthoy.

Pluton remua la queue et *donna du nez* sur le pavé.

— Ah! je comprends, fit Ange. Va, va, mon bon chien, cherche tes petits maîtres.

Le chien reniflait, le museau sur le sol, et ne trouvait pas; Darthoy, inquiet, cherchait un moyen de le remettre sur la piste. Après avoir réfléchi quelques minutes, il dit à Ange :

— Attends-moi.

Celle-ci se blottit dans l'angle d'une porte et attendit, confiante, le retour de son amant. Darthoy passa un doigt dans l'anneau du collier du chien et l'entraîna jusqu'à la petite maison qu'il venait de quitter. Là il caressa le chien, qui voulait retourner vers sa maîtresse, et dit à l'intelligent animal :

— Cherche le maître...

Le chien obéit; après quelques minutes de recherche il *piqua du nez* en jappant joyeusement à trois pas de la porte.

— Cherche! cherche! mon chien.

Pluton suivit la piste; arrivé au bout de la rue, il tournait, suivi de Darthoy lorsqu'un coup de fusil retentit.

— Je l'échappe belle! fit ce dernier, portant vivement la main à sa tête.

Une balle, lui déchirant légèrement le front, avait enlevé son chapeau; le sang, comme dans toutes les blessures de la tête, jaillit en abondance et lui couvrit la figure. Lorsque Ange — la vue de la jeune femme s'était faite à l'ombre — le vit ainsi, effrayée, tremblante, elle lui demanda:

— Tu es blessé?

— Ce n'est rien, à peine la balle m'a-t-elle déchiré la peau.

— Essuie-toi, tu as le visage couvert de sang.

— Au contraire, cela peut nous servir; suivons le chien.

Pluton consciencieux, la tête basse, la queue dans les pattes, suivait toujours sa piste, indiquant les rues par lesquelles était passé son maître. Les deux chasseurs s'engageaient sur le pont Rouge, lorsque le chien se mit tout à coup à courir.

— Pluton se sauve! fit Ange.

— Non pas, il est sur leur trace; courons.

Le chien, suivant la rue Constantine, avait gagné la place du Palais-de-Justice. Ils le virent, sautant joyeusement après un homme qui portait un enfant sur son bras et en conduisait un autre par la main. C'était Jacques!

— C'est lui! fit Ange.

— Cette fois, il ne m'échappera pas.

Il courut et devança sa compagne, trop essoufflée pour l'atteindre.

Jacques, entendant courir derrière lui, s'était retourné; Darthoy était là prêt à saisir sa proie. Jacques l'avait reconnu; mais, peu soucieux d'engager une lutte, il prit Ulric sous son bras et, appelant toute sa vigueur à son secours, il se mit à courir. Entendant du bruit dans la rue, les soldats du poste sortirent, et se précipitèrent sur Darthoy qu'ils arrêtèrent.

— Laissez-moi, vociféra le misérable, je suis avec vous; aidez-moi plutôt à l'arrêter... C'est un insurgé, un chef! Ange, suis-le...

Le factionnaire, au mot d'insurgé, visa Jacques et cria:

— Arrête, ou je tire.

Herbeau savait que s'il était arrêté ses enfants retomberaient entre les mains des deux infâmes: sa course devint plus rapide; il était sur le pont, à la porte de la pompe Notre-Dame, il enjambait le parapet pour gagner l'escalier du moulin, lorsque le coup de feu retentit.

Darthoy criait:

— Venez avec moi, c'est le chef de la barricade du Petit-Pont. Je suis garde national, j'allais l'arrêter, il m'a blessé, voyez mon front.

— Aux armes! commanda le chef de poste. Il prit quelques hommes avec lui et dit à Darthoy:

— Allons, conduisez-nous.

Darthoy les dirigea vers le pont où Ange avait suivi son mari; lorsqu'il la rejoignit il lui demanda :

— Où est-il passé?

— Je crois qu'il a été atteint et qu'ils sont tombés dans l'eau, dit-elle avec un indéfinissable accent. Si mes enfants sont tués, oh! je me vengerai de toi...

— Silence! commanda le chef. Et, rampant le long du parapet, les soldats et les dénonciateurs s'avancèrent sans bruit.

Jacques Herbeau enjambait la porte du moulin, lorsque le soldat tira sur lui; le coup l'atteignit au bras; il tomba avec sa fille d'un côté de la porte, son fils resta de l'autre côté. La petite fille, éveillée en sursaut, se mit à crier. Jacques se releva, il lui était impossible de se servir de son bras pour tendre la main au petit Ulric qui l'appelait. Les cris de sa fille, qu'il portait toujours sur son bras, indiquaient à ceux qui le poursuivaient l'endroit où il se trouvait; déjà il entendait les pas des soldats et la voix de sa femme qui guidait ceux qui le cherchaient. Il n'y avait pas un instant à perdre. S'il était pris, il était assurément fusillé, sa fille alors retombait au pouvoir de sa femme, c'est-à-dire qu'elle était perdue, il en était convaincu, par la contagion vicieuse de la mère. A cette heure, ses doutes sur sa paternité étaient envolés, il voulait se sauver pour sauver ses enfants.

Cependant, comme dans l'incendie, il fallait faire la part du feu; son bras brisé ne pouvait plus sauver son fils.

Un fils, après tout, risquait moins qu'une fille entre les mains des misérables... Il était facile de le reprendre un jour, car il était d'âge à se souvenir...

— Sauvons d'abord Gabrielle, pensa-t-il.

Il appuya la bouche de l'enfant sur sa poitrine et descendit avec elle dans les profondeurs de la pompe, où l'on entendait sourdement bouillonner l'eau.

— Papa! papa, prends-moi, criait le pauvre petit Ulric.

C'est alors que, guidés par Pluton qui était retourné vers sa maîtresse après avoir retrouvé son maître, ceux qui chassaient le malheureux arrivèrent près de la porte. Ange se précipita sur son fils et le couvrit de baisers.

— Mon Ulric adoré, où est ta sœur?

— Papa est tombé dans l'eau avec elle quand on lui a tiré un coup de fusil.

— Ma Gabrielle! où est-elle?

— Tais-toi donc, dit Darthoy, ils sont dans le moulin, j'ai entendu Gabrielle crier après le coup de feu... Sauve-toi avec Ulric, je te ramènerai la petite.

— Tu me le jures?

— Gabrielle est ma fille et je veux mon enfant.

Avec une force qu'on n'eût pas crue en elle, Ange prit Ulric dans ses bras et regagna sa demeure. Dès qu'elle fut partie, Darthoy plus libre dit aux soldats :

— C'est le chef de la barricade du Petit-Pont; lorsqu'il s'est vu poursuivi, il a pris les enfants de sa maîtresse pour se protéger, espérant apitoyer ceux qui le recherchent sur sa situation de père de famille.

— Savez-vous son nom?

— Oui, il se nomme Jacques Herbeau... J'allais l'arrêter lorsqu'il m'a échappé en entrant chez cette femme; je le poursuivais depuis la barricade; c'est son chien qui nous a mis sur sa trace.

— Vous êtes certain que c'est un chef d'insurgés?

— Je vous en donne ma parole d'honneur.

— Vous êtes garde national?

— Moi! je suis capitaine dans la dixième légion; nous ne sommes pas encore habillés... j'avais un shako, son coup de pistolet me l'a enlevé en me blessant.

L'accent de vérité avec lequel ces quelques mots furent dits ne laissèrent aucun doute dans l'esprit des soldats. Depuis quatre moins seulement la garde nationale était reconstituée, et presque tous les citoyens étaient en bizets, la plupart même ne portaient qu'une inscription à l'encre sur une casquette.

— Qu'allons-nous faire? demanda un mobile.

— Si vous voulez me permettre de vous guider, nous ne serons pas longs à l'avoir.

— Parlez.

— Que trois d'entre vous fassent une perquisition dans le moulin.

— Il est bien tard.

— Réveillez le propriétaire, il a des torches, les garçons de la pompe vous guideront.

— Et puis?

— Qu'un de vous m'accompagne, nous descendrons sous les arches, nous guetterons le moment où votre chasse l'obligera à se réfugier près des roues, et alors s'il paraît...

Darthoy n'acheva pas, mais son accent exprimait assez sa pensée, car le caporal des gardes mobiles dit :

— Oui, oui, mort ou vivant, il nous le faut.

X

LES PILOTIS DU MOULIN DU PONT NOTRE-DAME.

Darthoy demanda un fusil qui lui fut donné, et, suivi d'un garde mobile, il gagna le quai de la Ferraille, et descendit avec lui l'escalier qui conduisait aux arcades que les eaux très basses n'avaient pas inondées.

Pendant ce temps, les quatre gardes mobiles dirigés par leur sergent frappaient à la porte du moulin. Un garçon parut à la fenêtre.

— Qui est-ce qui est là ?

— Ouvrez !

— Que voulez-vous ?

— Nous venons faire une perquisition.

— Mais il n'y a personne dans le moulin.

— Un homme vient de s'y réfugier.

Le garçon effrayé dit :

— Attendez alors, je vais réveiller le patron.

Quelques minutes après, un homme effaré apparaissait à la porte.

— Qu'y a-t-il, messieurs ?

— Laissez-nous entrer d'abord ; vous le saurez après, ajouta le sergent ; puis, s'adressant à un soldat :

— Placez-vous à la porte et tirez sur quiconque voudra sortir ou entrer :

— Bien, sergent.

Et le garde mobile alla se placer à la porte du moulin ; le sergent courut à lui et dit plus bas :

— Cachez-vous pour éviter toute surprise, et veillez ; peut-être n'est-il pas seul ici... Si vous voyez la moindre chose douteuse, sifflez deux fois... pouvez-vous siffler ?

— J'étais étalier chez un boucher.

— Qu'est-ce que ça veut dire ?

— Que je sais faire ça.

Il plaça deux doigts dans sa bouche et lança dans l'air un sifflet strident comme

Le corps sanglant du sergent disparut dans l'eau bourdonnante. (PAGE 283).

celui d'une machine à vapeur. Les garçons bouchers à Paris emploient ce signal chaque matin, pour livrer la viande dans les boucheries; c'est ainsi qu'entre deux et trois heures du matin, ils réveillent les garçons chargés de recevoir la marchandise.

— Assez, fit le sergent; c'est bien cela; siffle deux coups si tu vois l'homme; un seul, si tu crains quelque chose... Le soldat se blottit dans l'ombre du parapet, et le sergent retourna vers le moulin.

— Monsieur nous offre des torches, dit un soldat.

— Des torches, un joli point de mire pour se faire fusiller sans qu'on sache d'où le plomb vient... merci.

— C'est que, n'étant pas habitués à marcher dans ces pilotis, vous risquez fort un accident si vous n'êtes pas éclairés.

— Nous avons la lune.

En effet, la lune venait de se lever immense dans le ciel noir, ses reflets scintillaient sur l'eau bourdonnante; on eût dit qu'un fleuve d'argent liquide courait sous l'arche du Diable. Le sergent frappa familièrement sur l'épaule du patron et lui dit :

— Vous devez avoir une lanterne.

— Certainement!

— Que votre garçon l'allume, elle nous permettra de visiter l'intérieur du moulin, guidez-nous avec lui.

— Je suis prêt.

— Armez vos fusils, dit le sergent à ses hommes.

— Suivez-moi, dit le maître.

— Allons, et pas de bruit, reprit le sergent.

Les soldats suivirent le patron et procédèrent dans chaque pièce à la plus minutieuse perquisition.

— Divisons-nous, dit le sergent, et désignant un soldat, il ajouta :

— Toi, suis le garçon et visite les étages supérieurs; nous deux, continua-t-il en se retournant vers le patron, nous allons descendre dans les pilotis; la lune nous éclairera.

Le garçon et le soldat obéirent.

— Venez, dit le patron.

Il ouvrit une petite porte qui donnait sur un escalier-échelle, et ils descendirent vers les roues du moulin. Quand ils furent dans les pilotis, le sergent dit tout bas au meunier :

— Guidez-moi, mais laissez-moi passer devant.

Ils étaient en bas, c'est-à-dire dans cette forêt de charpentes qui soutenait alors le moulin du pont Notre-Dame : chaque pas était dangereux, ils marchaient sur un abîme; le courant rapide et les remous de la Seine, en cet endroit, devaient infailliblement perdre le malheureux qui y serait tombé.

— Écoutez, sergent, fit le patron du moulin, si vous m'en croyez, n'allez pas plus loin.

— Chut! râla le sergent.

— Mais vous allez tomber dans l'eau, prenez garde.

— Taisez-vous donc.

— Je ne vais jamais plus loin.

— Eh bien, restez là et taisez-vous...

Le sergent allait s'avancer lorsqu'il entendit le sifflet de son soldat...

— Qu'est-ce que c'est que ça?

— C'est le sifflet d'un...

— Taisez-vous donc, que j'écoute... un seul!... Qui diable est là-haut?...

S'adressant à celui qui le guidait, il dit :

— Montez demander au soldat ce qu'il a vu et descendez vite, je ne bouge pas...

— Quel soldat?

— Celui qui est à la porte du pont... Dites, en vous dirigeant vers lui : Ami!

— Bien.

Le patron remonta; il venait à peine de disparaître dans l'escalier, la porte se refermait sur lui, lorsque le sergent vit jouer une ombre sous ses pieds... un homme était derrière lui; il voulut crier, mais une violente poussée le jeta dans l'eau; un coup de fusil retentit; il était tiré par Darthoy, qui, caché sous les arcades de la rue, avait vu l'ombre d'un homme dans les pilotis et, convaincu que cette ombre était Jacques Herbeau, avait tiré. C'est le corps sanglant du sergent qui disparut dans l'eau bourdonnante. Du haut de l'escalier une voix cria ·

— Sergent, vite, vite, remontez, les insurgés sont sur les quais.

Deux coups de sifflet stridents retentirent.

— Il ne remonte pas, cria encore la voix, il a peut-être regagné les arcades par les moises du pont...

— C'était le soldat guidé par le garçon qui, par les fenêtres du grenier, avait vu la bande armée des Désespérés qui, dans l'ombre des parapets, suivaient le quai. Croyant son sergent remonté, il se rallia au soldat placé à la porte. Quelques minutes après, Darthoy et ses gardes mobiles les rejoignirent. Darthoy était tout mouillé.

— Eh bien? fit un soldat.

— Je l'ai tué, répondit Darthoy sombre...

— C'est vous qui avez tiré?

— Oui!

— Et l'enfant qui était avec lui?

— Ne me parlez pas de l'enfant! hurla le misérable.

— Tous les deux sont noyés, dit à demi-voix le soldat qui l'accompagnait, nous les avons vus disparaître... J'ai cru qu'il allait me tuer, tant il rageait... Il s'est jeté à l'eau, et il n'a pu rejoindre l'enfant... voyez, il a rapporté sa capuche.

— Et le sergent?

— Il n'a pas reparu!

— J'en étais sûr, je lui ai dit qu'ils étaient deux dans l'eau.

— Vite au poste, j'ai vu une bande d'insurgés sur le quai.

— Les voici, vite, vite.

Les soldats se sauvèrent, entraînant Darthoy, qui marchait titubant et comme hébété... Le garçon et le patron du moulin rentrèrent et fermèrent toutes les portes et les fenêtres.

— En voilà une nuit! dit le patron au garçon.

— Ils sont noyés tous les deux?

— Tous les trois!

— Ah! le pauvre petit!

— Tais-toi, j'entends encore du bruit... éteins la lumière.

Le garçon obéit.

— Je crois qu'ils descendent l'escalier, fit le garçon attentif.

— Oui! laissons-les; si on les voit, on va tirer sur le moulin.

— Savez-vous que c'est triste, ça, patron.

— Oui, bien triste... car ils croient tous, les pauvres gars, défendre la République.

— Ce qui me navre le plus, c'est qu'ils aient noyé ce pauvre homme.

— Tu l'avais donc vu, toi?

— Oui!... et, comme on le poursuivait, je n'ai rien dit.

Le patron serra la main de son garçon.

— Pourquoi ne l'as-tu pas fait monter derrière les tubes

— Je l'avais mieux placé.

— Non, puisqu'il a été tué.

— C'est pas sûr.

— Ils l'ont vu!

— Venez voir vous-même, ça vaudra mieux.

Le patron étonné, dit :

— Allons voir; mais le bruit que nous avons entendu? peut-être fouille-t-on encore le moulin.

— Descendons par les trappes.

— Viens...

Les deux hommes, connaissant à fond les localités, descendirent dans la grande pièce où était la machine; là ils ouvrirent une trappe et regardèrent.

— Il n'y a personne.

— Alors, descendons.

— Attendez, fit le garçon à voix basse.

— Qu'y a-t-il?

— J'ai vu quelque chose remuer près des engrenages.

— Ferme la trappe.

— Pourquoi? nous sommes dans l'ombre, on ne nous voit pas.

— Regarde alors.

Le garçon se coucha, et, la tête passée en dehors de la trappe, il regarda.
Puis, il se releva et dit en se penchant dans l'oreille de son patron :

— Je ne sais pas ce que c'est, mais c'est pas un homme.

— Comment ça ?

— Oui, c'est quelque chose de noir... je ne sais pas !

— Ah ça ! es-tu fou ?

— Non, je ne suis pas fou !

Et essuyant son front, moite de sueur, il ajouta :

— Ah ! en voilà des drôles d'histoires !

Le patron haussa les épaules, et, ouvrant la trappe, il se pencha à son tour et
regarda l'objet qui effrayait tant son garçon. Après quelques minutes d'attention, il
se releva et dit :

— Ce n'est assurément pas le diable...; rallume la lanterne et viens avec moi,
il faut voir un peu ce que c'est.

— Et puis, s'il nous arrive quelque chose ?

— Vas-tu être indigne de la bonne action que tu viens d'accomplir ?

— Non, je vais... avec vous.

Ces mots furent dits avec un soupir bien gros. Le garçon obéit cependant ; il
alluma la lanterne, le patron la prit et tous deux descendirent. Ils prirent leurs
précautions : le terrain était dangereux ; ils arrivèrent devant la masse noire. C'était
un gros chien tout mouillé qui, dès qu'il les vit, se mit en arrêt et gronda pour
défendre un objet encore invisible à leurs yeux.

XI

EN BATEAU.

Il eût été imprudent pour eux de s'avancer près du chien. L'œil en feu, la gueule
baveuse, les crocs serrés, il menaçait les deux hommes. Le patron recula prudemm-
ment et demanda au garçon :

— Où l'avais-tu placé ?

— Là, fit le garçon, montrant un intervalle entre les charpentes, derrière les
roues. Le patron regarda.

— Ah ! mon Dieu, fit-il, le voilà, ils l'ont tué.

En effet, le corps sanglant d'Herbeau était étendu dans les pilotis, providen-tiellement accroché par un équerre des poutres... ses pieds pendaient dans l'eau ; si la roue du moulin avait tourné, le malheureux aurait été broyé. Les deux hommes se penchèrent sur le corps du sculpteur ; après avoir éclairé son visage, le maître l'observa quelques minutes, et dit :

— Il n'est pas mort !

— Montons-le vite.

— Oui, ouvre la trappe.

Le garçon remonta et exécuta l'ordre de son maître, puis il redescendit, et, pendant que son patron prenait le corps sous les bras, il le prit par les pieds. Ils le montèrent ainsi dans la chambre du premier. Une servante, éveillée hâtivement, vint soigner le malheureux. Tout à coup le chien qu'ils avaient vu dans les pilotis remonta dans la chambre ; il renifla bruyamment quelques secondes, s'approcha de son maître étendu sur un lit, et remuant la queue, il alla frotter son gros museau humide contre le garçon. Celui-ci eut peur, en voyant l'animal se diriger vers lui ; mais rassuré par ses caresses, et comprenant enfin, il cria :

— Mais on dirait qu'il veut me faire descendre en bas.

— Vas-y donc...

— C'est que...

— As-tu peur maintenant ?

— Dame ! c'est pas...

— Comment ! toi !...

— Non ! non ! je vais descendre...

Le pauvre diable n'était pas très rassuré ; mais, comme il ne voulait pas être au-dessous de son maître, il descendit. Il faillit tomber ; car, le voyant descendre, le chien hennissant joyeusement s'était précipité devant lui. Cette fois, au lieu de se placer devant la masse noire, le chien, au contraire, frétillait se retirant pour livrer passage au garçon ; celui-ci se baissa, approcha la lumière, et vit une blonde enfant qui, presque nue, dormait étendue sur deux poutres formant berceau.

— C'est l'enfant ! cria-t-il joyeux.

Il prit avec précaution le petit être qui ne se réveilla pas. Le chien lui léchait les mains.

— Ah ! le bon chien, fit-il, c'est lui qui l'a sauvée.

Il remonta aussitôt avec son précieux fardeau, suivi de l'intelligent animal.

— C'est l'enfant !

— Bonté du ciel, fit le patron, vit-il ?

— Mais oui, elle dort !

— Allons, allons, il s'agit de ne pas laisser prendre ces pauvres gens-là.

— Diable ! c'est vrai, les soldats peuvent revenir.

— Pour l'enfant, ce n'est rien ! je leur dirai que c'est le mien.

— Eh bien ! il faut faire la même chose pour l'homme, ce sera un garçon de la pompe.

— Pardi ! c'est tout simple !... Est-elle jolie ! fit-il en regardant l'enfant.

Puis, se retournant vers la servante :

— Jeanne, prenez cette enfant, vous vous entendrez mieux que nous à la soigner... Nous allons nous occuper de l'homme.

La servante prit Gabrielle, toujours endormie, et la porta dans une chambre de l'étage supérieur.

— Voyons, toi, viens m'aider ; il est blessé, vois-tu.

— Oui, mais ça ne doit pas être bien grave, c'est dans le bras.

— Apporte la boîte de secours.

Comme beaucoup d'établissements placés sur les rives de la Seine, le moulin de la Pompe avait une boîte de secours, nécessaire aux premiers soins à donner aux noyés et aux blessés.

Le garçon obéit à son maître, ouvrit la boîte et en tira quelques flacons. Après un grand quart d'heure de soins, le malade sembla revenir à lui.

— On dirait qu'il revient, fit le garçon.

— Oui ! oui ! continuons.

Le gros chien assis près du lit, le museau sur les draps, suivait d'un regard attentif tous les mouvements de ceux qui soignaient son maître.

— Il revient,... dit joyeusement le brave garçon de la Pompe voyant les yeux du blessé s'ouvrir. N'ayez pas peur, ajouta-t-il, vous êtes en sûreté ici, monsieur.

Les yeux d'Herbeau s'étaient ouverts, son regard vague cherchait dans la chambre, puis se fixait sur ceux qui le soignaient. Sa bouche s'ouvrit ; au premier son de sa voix le chien s'était dressé, et son museau frais s'était placé sur le visage de son maître. Herbeau demanda :

— Gabrielle ? Ulric ?

— C'est son enfant qu'il veut. Elle est là, ne craignez rien, elle est sauvée. Sauvée ! vous êtes tous sauvés.

Le moribond sourit. On entendit un heurtement à la porte intérieure du moulin. Le chien bondit, menaçant. Le maître du moulin pâlit, son garçon le regarda, inquiet, demandant ce qu'il devait faire. Herbeau, voyant leur inquiétude, dit :

— Vous avez peur, rassurez-vous ; si vous me promettez de sauver mes enfants, ne vous inquiétez pas de moi.

— Je veux vous sauver tous.

On frappa une seconde fois à la porte.

— Patron, qu'est-ce qu'il faut faire ? demanda à mi-voix le garçon ; ils s'impatientent.

Le patron de la pompe du pont Notre-Dame alla vers le lit de Jacques et lui dit d'un ton de commandement :

— Vous vous nommez?

— Jacques.

— Jacques, vous êtes garçon de cette pompe depuis un an, vous avez été blessé ici lorsque hier l'on s'est battu d'un quai à l'autre... Vous comprenez?

— J'ai compris, dit Jacques avec un regard reconnaissant, vous êtes un brave homme, merci.

Et il tendit sa main valide au patron.

— Monsieur, ils frappent à coups de crosse, dit le garçon.

— Ouvrez, commanda Jacques.

— Ouvrez, dit à son tour le maître de la maison.

Tout tremblant le garçon alla vers la porte et, se rassurant lui-même, il cria :

— On y va, pardi... Attendez un peu.

Dès qu'il eut ouvert la porte, trois hommes armés de fusils entrèrent la baïonnette croisée, fermant la porte derrière eux. Celui qui semblait commander aux autres dit :

— Pas un mot, pas un cri ou nous vous fusillons... Vous avez des gardes mobiles ici?

— Des gardes mobiles!... Jamais.

— Je vous dis que nous avons vu entrer des mobiles... Où sont-ils?

— Monsieur, fit le patron, veuillez prier vos amis de mettre leurs fusils au repos; nous n'avons pas ou plutôt nous n'avons plus de mobiles ici...

— Nous les avons vus!...

— Je vous jure ma parole d'honneur que nous n'en avons plus ici.

L'accent avec lequel ces mots furent dits convainquit l'insurgé; il fit un signe à ses hommes, ceux-ci désarmèrent leurs fusils et s'accoudèrent dessus.

— Je ne suis pas juge de ce que vous faites; je n'ai ni à louer ni à blâmer la lutte que vous soutenez, je suis de ceux qui regrettent la guerre engagée... mais je suis humain avant tout, et loin d'avoir caché chez moi des soldats, j'ai sauvé un blessé.

— Un blessé de mobile?

— Non, un des vôtres.

— Où est-il?

Le garçon, sur un signe de son maître, approcha la lanterne et éclaira le lit sur lequel Herbeau était étendu. Celui-ci s'était à demi soulevé et écoutait ce qui se disait. En voyant le blessé, les insurgés allaient se retirer, lorsque Jacques dit :

— Veuillez approcher, citoyen.

L'homme s'approcha défiant.

— Vous êtes des nôtres?

— Je vous amène un pensionnaire. (PAGE 300).

— Veuillez me tendre la main.

L'homme tendit la main à Herbeau; celui-ci la lui pressa et aussitôt il se recula respectueusement, disant :

— Chef, je suis à vos ordres.

Les deux insurgés se découvrirent aussitôt.

— Vous êtes des frères et j'en suis heureux... J'ai besoin de vous.

— Parlez.

37ᵉ Liv.   37

S'adressant au maître du moulin, Herbeau lui dit :

— Vous me garderez l'enfant, vous m'en répondez, n'est-ce pas ?

— J'en réponds.

— Bien ! Je suis blessé au bras, mais pas assez gravement pour rester au lit ; j'avais perdu connaissance, non de la douleur, mais des terribles émotions par lesquelles j'ai dû passer.

— Vous voulez sortir?... fit le patron de la Pompe, en voyant le blessé se lever.

— Mais certainement.

— C'est imprudent... Assurément les issues du pont sont gardées.

— Aussi n'est-ce pas par le pont que je sortirai.

Comment cela, alors?

— Vous le verrez!... Vous restez avec moi, ajouta-t-il en s'adressant aux insurgés.

— C'est que, fit celui qui paraissait commander, nous devons être rendus avant une heure...

— Vous allez où je vais !...

— Peut-être.

— « *Après le combat, à la troisième heure de nuit, les frères se trouveront à la grande Vente, pour se rallier. S'il y a succès, ils devront se trouver à la dixième heure sur la place de l'Hôtel-de-Ville...* »

— C'est cela! Nous sommes vaincus, et, obéissant à l'ordre, nous nous rendions à la réunion, lorsque nous avons vu des mobiles courir et entrer ici ; nous nous sommes cachés et, sur l'assurance d'un de nous qu'ils n'étaient que quatre, nous venions les prendre.

— J'étais poursuivi ; ce brave homme m'a sauvé,... et ils sont tous partis ; mais hâtons-nous ; vous devez avoir un bateau avec lequel nous pouvons regagner l'île Saint-Louis?...

— Certainement!

— Eh bien, mon brave homme, il faut nous prêter ce bateau et nous faire conduire.

— A votre service ; Baptiste va vous conduire.

— Ça va, fit le garçon.

— Dépêchons-nous.

— Suivez-moi, éteignez la lanterne, et tenez-vous bien... Vous, monsieur, appuyez-vous sur moi, car vous ne devez pas être bien solide.

— Ne craignez rien.

Les hommes descendirent dans les pilotis.

— Chut ! fit Jacques, regardons bien autour de nous si nous ne sommes pas surveillés.

Après un examen attentif, les quatre hommes montèrent dans la barque, le garçon descendit à son tour.

— Couchez-vous, fit-il, comme ça j'aurai l'air d'un pêcheur qui va à son travail.

L'idée était bonne et fut mise à exécution. Herbeau serra la main de son hôte et lui dit :

— A ce soir !

— Pour plus de sûreté, vous connaissez le chemin, répondit le maître en lui montrant la trappe.

— Merci ! à ce soir.

— Pauvres braves gens, fit le patron en remontant.

Le garçon avait saisi sa gaffe ; d'un coup vigoureux il chassa le bateau au large et s'éloigna du pont, remontant la Seine dans l'ombre des immenses bateaux de pommes qui encombraient alors le Mail. Ils passèrent bientôt sous le pont Marie et sautèrent au pied de l'Estacade, en face de l'hôtel Lambert. Les quatre hommes débarquèrent. L'un d'eux fut envoyé sur le quai pour explorer le terrain et voir si quelque poste ou quelques patrouilles n'occupaient pas l'île. Il revint bientôt disant :

— On peut monter, je n'ai vu personne.

Herbeau dit :

— Vite, hâtons-nous, voici le petit jour, et il ne sera pas prudent dans une heure de se promener avec des armes. Il se tourna pour remercier le garçon ; celui-ci, au lieu de se préparer au retour, avait attaché son bateau et rangé les agrès.

— Eh bien, que fais-tu ! demanda Jacques, nous partons.

— Justement, c'est pour ça.

— Tu ne retournes pas au pont Notre-Dame ?

— Non, je voulais vous demander une grâce.

— Laquelle ?

— Je suis un républicain, moi.

— Ah bah ! eh bien ?

— Et je voudrais aller avec vous... être des vôtres...

— Herbeau le regarda un instant, et, satisfait de son examen, il lui dit :

— Eh bien, viens donc, nous causerons en route.

Les cinq hommes montèrent alors l'escalier qui aboutissait au quai, et se dirigèrent silencieusement vers l'intérieur de l'île.

XII

LES DÉSESPÉRÉS.

De ce côté, l'île Saint-Louis était déserte; il n'en était pas de même du côté de l'Archevêché; malgré l'heure matinale, une foule silencieuse et recueillie avait envahi la rue et le quai. L'archevêque Denis Affre avait été blessé sur la barricade du faubourg Saint-Antoine; ramené chez lui dans un état désespéré, il était mort la même nuit, disant :

« Que mon sang soit le dernier versé. »

Son corps embaumé devait être exposé, et les fidèles se pressaient pour être les premiers à l'ouverture des portes de l'Archevêché; mais l'exposition n'eut lieu que cinq jours après.

Nos hommes n'avaient pas à se diriger de ce côté. Après avoir fait dix pas dans la rue Saint-Louis-en-l'Île, ils s'arrêtèrent devant la porte d'une allée; Herbeau frappa trois coups à intervalles égaux. La porte s'ouvrit, les cinq hommes entrèrent. La porte se referma.

— Enfin nous sommes en sûreté, dit Herbeau à mi-voix.

Un vieillard apparut tout à coup dans le fond du couloir sombre; il tenait à la main une lanterne qui ne jetait qu'une lueur douteuse.

— *Que voulez-vous?* demanda-t-il.

— Nous venons voir un malade qui a fait appeler les docteurs.

— *Le malade ne reçoit pas tous les visiteurs.*

— *Nous sommes ses frères!*

— *Qu'il soit sauvé!*

— *Qu'il soit libre!*

Aussitôt la porte d'une cave s'ouvrit, les cinq hommes y pénétrèrent. Ils descendirent environ vingt marches; là ils se trouvèrent dans une cave pleine de tonneaux et de longues caisses. Un homme vint à Herbeau et lui serra la main.

— Nous sommes vaincus!

— C'est à refaire.

— Les armes ! les enfants.

Les trois hommes donnèrent leurs fusils que le gardien de la cave plaça immédiatement dans les caisses.

— As-tu beaucoup d'armes ici ?

— Oui !

— Ferme les caisses et descends-les tout de suite.

— Tu crains une visite ?

— Je viens l'annoncer.

— Ah ! le père Jean va m'aider, alors.

— Est-ce que tout le monde est en bas ?

— Oui !

— Ouvre-nous.

Le gardien ouvrit une porte qui donnait sur un étroit escalier, les cinq hommes s'y engagèrent et descendirent encore trente marches. Là ils se trouvèrent dans une salle immense soutenue par des pilotis ; Baptiste, ébahi de tout ce qu'il voyait, ne put s'empêcher de dire tout bas :

— On se croirait au moulin.

Une vingtaine d'individus causaient ; conversation sourde qui jetait dans la grande salle un bourdonnement lugubre. Ces hommes, d'âge et de costume divers, étaient tout noirs de poudre. Les uns avaient la tête enveloppée d'un linge sanglant ; d'autres, comme Herbeau, portaient le bras en écharpe ; c'était l'assemblée des vaincus de l'insurrection. Un vieillard à barbe blanche taillée en brosse se plaça au centre et dit :

— Citoyens, hâtons-nous.

Tous les assistants se groupèrent devant celui qui parlait.

— Frères, reprit-il, nous sommes vaincus ; les soldats que nous avions crus avec nous se sont mis avec nos ennemis, des gens qui se sont glissés dans nos rangs nous ont compromis, et la garde nationale nous a crus les ennemis de ce que nous venions défendre. Quelles que soient les causes, nous sommes vaincus ; la République que nous voulions défendre va lentement mourir ; nous ne pouvons plus la sauver que par d'héroïques efforts ; vaincus dans le combat, il nous reste l'œuvre sourde et lente, le travail de mineurs, la lutte enfin des Désespérés ! Comptons-nous et reformons-nous. Évitons la proscription en nous divisant nous-mêmes pour travailler à l'œuvre commune. Acceptez-vous ?

— Oui ! répondirent les affiliés d'une seule voix.

— Je vais procéder à l'appel nominal.

L'appel se fit ; souvent on répondait aux noms par ces phrases :

— Tué à la barricade de telle rue.

— Fusillé au clos Saint-Lazare.

Quand l'appel fut terminé, le vieillard reprit :

— Je me hâte, car j'ai avis d'une dénonciation, et nous devons au plus tôt nous séparer.

Un murmure parcourut l'assemblée.

— Le délateur vous sera dénoncé, continua le vieillard. Nous sommes trente encore; nous allons nous diviser pour recommencer la révolution avortée, chacun de vous a dix jours pour choisir son lieu d'action. Un avis que je vous ferai parvenir vous avertira du jour et du lieu de la réunion. Vaincus, nous restons debout, et jusqu'à l'heure où nous pourrons rendre à notre patrie la République, nous combattrons.

— Nous le jurons, répondirent les trente membres.

— Non la République des fous, de ceux qui nous ont compromis, qui veulent tout détruire sans savoir ce qu'ils mettront à la place : les fous et les traîtres nous ont jetés où nous sommes; à l'œuvre donc, que chacun prêche et sème où il pourra : à l'ouvrier l'atelier, au bourgeois la boutique, au riche le monde! Partout il faut travailler au sauvetage du pays qui va se perdre; à chacun sa liberté, ses droits, mais aussi ses devoirs; tous pour tous et par tous.

— Oui! oui!

— C'est à trente aujourd'hui que notre société se reconstitue pour lutter par la raison, infatigables pour atteindre le but. Nous sommes de ce jour les *soldats du Désespoir*... — La parole est au citoyen Herbeau pour nous révéler le nom d'un traître.

Jacques Herbeau s'avança près du vieillard, et le bras droit étendu, d'une voix solennelle, il dit :

— Je jure que, chef de la barricade du Petit-Pont, j'ai été abandonné par mon second, Céleste Darthoy.

— Darthoy, bourdonnèrent les affiliés menaçants.

— Je jure que, poursuivi, Darthoy m'a dénoncé et a dirigé lui-même, dans la maison où j'étais réfugié, les soldats qu'il avait été chercher. J'en atteste un témoin ici présent.

Baptiste tout rouge s'avança.

— Voici enfin celui qui m'a aidé à leur échapper.

— Ton nom?

— Baptiste Coindet.

— Tu confirmes?

— Je jure, dit le brave garçon en étendant la main, que ce que monsieur... ce que le citoyen vient de dire est la pure vérité.

— Je suis convaincu qu'avant une heure Darthoy nous fera prendre ici, ajouta Herbeau.

Le vieillard se leva et dit froidement :

— Céleste Darthoy est déclaré traître; à ce titre, il doit être considéré comme ennemi et être sans cesse poursuivi par chacun des frères. Darthoy doit mourir!

Au même instant la porte s'ouvrit et le gardien de la cave parut et dit :

— Alerte! on cerne la maison.

L'assemblée s'agita en entendant cet avertissement. Un affilié dit :

— Nous avons des armes et des munitions; défendons-nous.

— Remontons vite pour avoir la rue à nous.

— Silence, cria le chef; nous sommes en sûreté, ils peuvent fouiller la maison et la cave sans nous trouver; et nous avons, en outre, la possibilité de sortir d'ici sans remonter dans la rue Saint-Louis. Brucker, ajouta-t-il s'adressant à celui qui venait d'entrer, et les armes?

— Les armes et les munitions sont à l'abri de leurs recherches.

— Bien! continuons... et soyez silencieux.

Les affiliés se regardèrent entre eux, étonnés du calme de leur président; celui-ci reprit :

— J'ai encore un mot à vous dire avant de nous séparer. Nous avons été vaincus; cependant il est encore dans Paris un coin qui n'est pas pris.

— Où donc?

— Le faubourg Saint-Antoine est encore debout; ne pouvant s'en emparer, le général les a fait prévenir que, s'ils ne se rendaient à discrétion demain, à neuf heures il commencerait le bombardement...

— Que faire?

— Allons-y! allons-y!

— Non! marchons, non le poing fermé, mais la main tendue. La lutte dans laquelle ils succombent est inutile. Je sais qu'ils sont décidés à se faire sauter plutôt qu'à se rendre. C'est assez de sang, je vous consulte pour savoir si l'on doit continuer.

— On ne doit pas se rendre.

— Sans se rendre, on peut abandonner les positions.

— Oui! oui!

— Peut-être est-ce là que l'on recommencera pour vaincre.

— Oui!

— Alors vous voulez vous y rendre pour continuer la lutte?

— La lutte n'est plus possible, dit Herbeau en haussant les épaules.

— C'est mon avis, appuya le chef.

— Qu'on vote.

— Oui! oui!

— Que ceux qui veulent continuer la lutte lèvent la main.

Cinq bras se levèrent.

— C'est bien. Deux hommes de bonne volonté pour aller au faubourg.

— Présent, dit Herbeau se présentant avec un des hommes qui l'avaient accompagné.

— Non, tu es blessé. Un autre.

— Présent, fit un garçon de taille moyenne, ayant l'apparence d'un ouvrier fondeur.

— Ton nom ?

— Gustave Leroy.

Baptiste se pencha à l'oreille d'Herbeau et lui demanda :

— Est-ce que c'est le chansonnier ?

— Oui.

— Leroy et Orlet, vous allez vous rendre cette nuit au faubourg . c'est Duflot qui commande. Vous lui direz la résolution de l'assemblée, qui veut qu'ils abandonnent aux premiers coups de feu.

— Bien !

— Comme les soldats fouillent la maison, il est prudent de fuir, non qu'ils puissent nous trouver, mais ils pourraient nous entendre. Dans quelques jours vous recevrez avis de la réunion.

— Mais comment sortons-nous ?

— Par ici.

En disant ces mots, le vieillard ouvrit une porte qui donnait sur un long couloir.

— Passez par cinq, Brucker va vous conduire, vous monterez trente marches, il vous ouvrira alors une autre porte qui donne sur un égout, lequel vous conduit près du pont Marie... Sur la berge, faites attention et dispersez-vous.

Le départ s'opéra. Les six derniers qui partirent furent Herbeau, Baptiste, les trois compagnons et Gustave Leroy. Il faisait petit jour quand ils arrivèrent sur le quai.

— Allons-y, dit Gustave Leroy à celui qui devait l'accompagner au faubourg Saint-Antoine.

— Allons, au revoir.

— Salut et fraternité, les enfants, dit gaiement le chansonnier.

Le garçon avait saisi sa gaffe. (PAGE 291).

XIII

LE COUDE DE MARNE.

Herbeau était resté seul avec Baptiste au pont Marie.

— Mon ami, dit-il, si l'on me voit avec mon bras en écharpe, je serai arrêté.

— Vous n'allez pas le retirer cependant.

— Si.

— Il ne faut pas faire ça, c'est de la dernière imprudence.

— Aussi n'est-ce pas positivement ce que je veux faire.

— Qu'allez-vous faire?

— Je vais retirer mon bras de cette cravate...

— Je vous jure que c'est imprudent.

— Mais tu vas m'offrir ton bras, et il remplacera la cravate en ne me compro-mettant pas...

— Très bien, c'est une idée, ça.

Herbeau passa son bras blessé sous celui de son compagnon; il entraînait Baptiste vers les quais lorsque celui-ci lui demanda :

— Où diable allez-vous par là?

— Nous retournons.

— Au moulin?

— Évidemment.

— Ah çà! mais vous êtes fou.

— Comment cela?

— Vous vous figurez qu'après ce qui s'est passé cette nuit à la pompe Notre-Dame, on ne va pas faire de perquisitions ce matin.

— Mais cependant il faut que je prenne mon enfant.

— Rien de plus naturel... Et, souriant, Baptiste ajouta : Quoique de ce matin je sois devenu un homme dangereux, je ne suis pas encore un suspect.

— Eh bien?

— Je vais vous conduire à Alfort, chez une personne sûre; de là je retournerai seul au pont Notre-Dame et je vous ferai porter l'enfant par la bonne.

Herbeau hésitait.

— Qu'avez-vous encore?

— J'ai envie d'aller flâner autour de chez moi.

— Décidément vous n'avez plus de raison; vous comprenez bien que celui qui vous a dénoncé ne va pas manquer de vous faire surveiller.

— Cependant il faut que j'aie des nouvelles...

— D'abord donnez-moi le bras ainsi. Très bien! Marchons, car en restant là nous allons nous faire remarquer.

— Il faut avant d'aller à droite ou à gauche prendre une décision.

— Voulez-vous me permettre de vous conseiller?

— Je te le demande même.

— Avant tout, pour que vous soyez tout à fait éclairé, voici ce qui s'est passé hier : quand vous êtes entré dans le moulin, une femme s'est jetée sur l'autre enfant qui vous accompagnait.

— L'enfant n'avait rien? demanda Jacques inquiet.

— Rien! la femme l'a couvert de baisers, et sur l'ordre de l'homme... Comment que vous le nommez?

— Darthoy!

— Darthoy! Elle est partie entraînant l'enfant qui criait après vous. Darthoy, après avoir fait chercher dans la maison, est descendu sous les arches du quai; là il vous guettait; au moment où vous avez jeté le garde à l'eau il a tiré, vous avez lâché la capeline de la petite fille. Voyant l'homme se débattre dans l'eau et la capeline flotter, il a cru que c'était vous et que dans votre chute vous aviez entraîné la pauvre petite. Alors il s'est jeté à l'eau, a nagé vers ce qu'il croyait être l'enfant, il a plusieurs fois plongé; enfin, épuisé, il a regagné le bord; c'est alors qu'il a rejoint les soldats.

On comprend avec quel intérêt le malheureux Herbeau écoutait les moindres détails de ce récit.

— Qu'est-il devenu?

— Il est reparti avec les soldats qu'il avait amenés, il tenait la capeline dans sa main et était convaincu que vous et l'enfant étiez noyés.

— Tu es certain qu'il me croit mort?

— Je vous l'affirme.

— Alors, s'il en est ainsi, n'ayant pas l'espoir de me prendre, il ne retournera pas inutilement à la pompe Notre-Dame.

— Lui peut-être; mais la garde du poste à laquelle il manque un homme fera une perquisition pour s'expliquer comment il a pu se noyer.

— Mais enfin je veux absolument savoir ce qu'est devenu mon enfant et ce qu'est devenue ma... cette femme.

— Tenez, j'ai un moyen bien simple... C'est pas que je veux me mêler de vos affaires...; mais moi je n'ai rien à craindre, n'est-ce pas?... eh bien, si ça vous va, j'irai flâner où vous voulez aller.

— Tu as raison, dit Herbeau; allons où tu veux me conduire, et en route je te dirai ce que tu auras à faire.

Ils se mirent en marche. Une heure après ils arrivaient à Alfort; appuyant à gauche dès qu'ils eurent passé le pont de Charenton, ils suivirent le quai et s'arrêtèrent devant une petite guinguette au-dessus de laquelle on lisait : *Au Coude de Marne.*

— Nous y sommes, dit Baptiste.

Ils entrèrent dans le cabaret, petite salle enfumée aux murs gras, au plafond de solives, dans laquelle étaient cinq tables, vides à cette heure. Baptiste frappa sur une table en criant :

— A la maison.

Aussitôt, dans l'encadrement ensoleillé de la porte, parut une petite femme d'une trentaine d'années, blonde ou plutôt rousse, œil vif, nez fripon et bouche fraîche.

— Tiens, fit-elle joyeusement, c'est Baptiste.

— Madame Denise, fit Baptiste, je vous amène un pensionnaire, monsieur que voilà, qui, ennuyé des émeutes qu'il y a toujours à Paris, veut finir la saison à la campagne.

— Soyez le bienvenu, dit la jeune femme, et, regardant Herbeau, un gai sourire vint sur ses lèvres semblant dire que la compagnie promise ne lui serait pas désagréable.

— Madame, fit Herbeau, je viens ici me reposer en travaillant, je désire avoir une chambre claire. J'ai une petite fille qu'on m'amènera ce soir.

En disant ces mots il regarda Baptiste.

— Je désirerais que vous me trouviez quelqu'un qui se chargeât d'elle sans l'obliger à me quitter.

— C'est bien simple, fit la femme, j'adore les enfants.

— Alors tout est pour le mieux. Je voudrais avoir ma chambre tout de suite, car je souffre.

— C'est vrai, fit Baptiste, je ne pensais plus à votre blessure.

— Monsieur est blessé? demanda la maîtresse du Coude de Marne; puis, avec une mine intelligente, elle ajouta : Ah! je comprends, mais vous pouvez être tranquille, Denise n'est pas une bavarde.

Aussitôt la jeune femme disposa ce qui était nécessaire dans une chambre du premier pour recevoir son nouvel hôte. Pendant ce temps, Baptiste avait été au comptoir, avait pris le broc et, ayant versé deux grands verres de vin blanc, il dit à Herbeau :

— A votre santé! Je vais partir. Il est bien entendu, ainsi que vous me l'avez expliqué, que je ne passerai pas par la rue d'Ulm, j'escaladerai les planches et j'irai voir par le petit jardin ce qu'on a fait chez vous.

— C'est bien cela, et ce soir tu reviendras.

— Dès que j'aurai des nouvelles vous me verrez avec l'enfant.

La jeune hôtesse reparut et dit que tout était prêt. Herbeau serra la main de Baptiste et lui dit :

— Au revoir!

— A ce soir, répondit Baptiste qui s'éloigna.

Resté seul dans la salle du cabaret, Herbeau pensa à ce qui s'était passé dans cette seule nuit : son bonheur perdu, son avenir brisé. Il ne devait plus revoir ceux pour lesquels il avait vécu; il lui fallait refaire une vie nouvelle. A sa vie d'honnête homme, à son passé sans tache allait succéder l'inconnu.

Qu'allait-il faire? Il devait désormais se consacrer entièrement à sa fille, puisque c'est pour elle seulement qu'il consentait à vivre encore, son fils étant resté entre les mains des deux misérables qui l'avaient trompé; mais l'éducation d'un garçon n'est pas menacée des mêmes dangers que l'éducation d'une jeune fille. Son fils ne devait pas souffrir, il le savait, car si Ange était une malhonnète femme, elle était mère. L'énergie qui avait soutenu Herbeau jusqu'alors l'abandonna. Accoudé sur la table, le front dans la main, deux grosses larmes coulèrent sur joues. Denise qui l'observait s'avança tout émue et lui dit :

— Vous souffrez, pauvre monsieur.

Il fit un effort pour se dompter; mais, vaincu par la douleur, ses sanglots éclatèrent.

— Voyons, monsieur, du courage; montez à votre chambre vous reposer.

Herbeau obéit machinalement; dès qu'il fut dans la chambre il s'étendit sur le lit : la matière était vaincue.

Depuis quatre jours il n'avait pas dormi et il avait combattu en courant les plus grands dangers le dernier jour; et la dernière nuit le coup qui le frappait l'avait complètement anéanti, il s'endormit.

Pendant ce temps, Baptiste gagnait le pont Notre-Dame. Quand il entra son maître lui dit :

— Tu es seul?

— Oui, bourgeois... Pourquoi?

— C'est la troisième perquisition qu'ils font depuis ce matin.

— Je m'en doutais, fit Baptiste. Et l'enfant?

— Jeanne l'a portée chez elle.

— Patron, je vais encore sortir parce qu'il m'a chargé de quelques commissions.

— Mais où sont-ils?

— En sûreté.

Baptiste partit aussitôt et se dirigea vers la rue d'Ulm.

Suivant les observations d'Herbeau, il longea la clôture en planches qui bordait un côté de la rue; deux planches manquant, il s'introduisit dans le chantier. Le jardin d'Herbeau était à quelques pas, Baptiste s'approcha du petit mur et regarda. La maison lui parut vide, les portes de l'atelier étaient grandes ouvertes; tous les plàtres étaient décrochés et entassés. Après avoir appelé sans obtenir de réponse, convaincu que la maison était abandonnée, il sauta par-dessus le mur et entra; effectivement, dans un déménagement hàtif, on avait tout enlevé. Baptiste reprit alors le chemin qu'il avait pris pour venir, et, entrant dans une boutique en face de la maison, il demanda :

— Est-ce que M. Herbeau, le sculpteur, ne reste plus là?

— M. Herbeau a été tué hier à la barricade du Petit-Pont.

— Ah! mon Dieu... et sa dame?

— Sa dame est partie ce matin dans son pays probablement. Une voiture de déménagement pour la campagne a été chargée des meubles et est partie il y a une heure environ.

— Vous ne savez pas par quel chemin? Je chercherais à la rejoindre.

— Ce n'est guère possible; M. Darthoy nous a dit que Mme Herbeau était déjà partie par la diligence à six heures. Pauvres gens! A quelle époque vivons-nous! Voilà un ménage qui était heureux il y a quatre jours, des enfants charmants, un homme jeune qui avait une réputation, une jolie femme qui l'aimait... et au-jourd'hui, plus rien.

— Hélas! vous avez bien raison. Monsieur, je vous remercie et je vous prie de m'excuser.

— A votre service.

Baptiste se retira, il savait ce qu'il voulait savoir. Il se dirigea vers la demeure de Jeanne, la servante qui gardait la petite Gabrielle; il prit l'enfant et se dispo-sait à l'emmener lorsque le chien Pluton parut; l'intelligent animal n'avait pas quitté la petite fille. Baptiste emmena l'enfant et le chien à Alfort. Quand il arriva, Herbeau dormait encore. Comprenant sous quel poids de douleurs et de fatigues le pauvre garçon avait succombé, il ne l'éveilla pas. Il plaça la petite fille près de lui, Pluton se coucha au pied du lit. Ayant tout terminé le brave garçon descendit et dit à Mme Denise :

— Ah! madame, vous allez me servir à déjeuner, je l'ai fichtre bien gagné.

Et il se mit à table, devant la gentille hôtesse qui dressa deux couverts. Dans le sourire qu'ils échangèrent on pouvait voir qu'ils étaient d'intimes connais-sances.

XIV

L'AGENT SECRET.

Pendant que se passaient ces divers événements, Darthoy avait emmené Ange, non dans son pays, mais dans une banlieue de Paris. Lorsque l'emménagement fut terminé, Darthoy se rendit à la préfecture de police; là il demanda à parler au chef de la sûreté générale. Il fut aussitôt introduit dans une petite pièce ronde, meublée seulement de deux chaises et d'un bureau, devant lequel se trouvait un homme d'un certain âge. L'homme leva la tête, regarda longuement Darthoy et, lui montrant une chaise, lui fit signe de s'asseoir, en disant :

— Vous avez désiré me parler, monsieur, que me voulez-vous?

— Je vous demande, monsieur, une demi-heure d'entretien pour vous révéler de grands choses.

— Qui êtes-vous d'abord?

— Je vous suis inconnu, monsieur, je me nomme Céleste Darthoy, je m'occupe d'affaires. Entraîné par quelques amis lors de la révolution de Février, je me suis jeté dans le mouvement, convaincu que Février nous ayant rendu la liberté et la République, tout motif d'émeute disparaissait. Il n'en a pas été ainsi. L'insurrection qui vient d'être réprimée a été pour une grande part organisée et soutenue par la société dont je faisais partie.

— Comment s'appelait cette société?

— *Les Libres.*

— Quel était son but?

— Fonder et défendre la République.

— Et vous faites partie de cette société?

— Oui, monsieur, j'en faisais partie.

— Que voulez-vous?

— Je viens vous dire que, revenu à des idées plus saines, comprenant que les gens avec lesquels j'étais seront toujours des mécontents, des turbulents, je viens vous offrir de vous donner le nom de tous les membres.

L'homme regarda pendant quelques minutes celui qui faisait cette infâme proposition.

— Croyez-vous, dit-il, qu'il n'eût pas mieux valu faire il y a dix jours la démarche que vous faites aujourd'hui?

— Il y a dix jours, je croyais; aujourd'hui, je ne crois plus.

— Nous donner les noms et les demeures, cela nous avancera peu aujourd'hui. Êtes-vous décidé à châtier le parti que vous blâmez, êtes-vous décidé à servir votre pays en défendant le gouvernement d'ordre qui le régit aujourd'hui?

— Oui, monsieur, fit sans hésiter Darthoy.

— Vous comprenez ce que je veux vous dire! interrogea avec un certain accent le chef de la sûreté.

— Je comprends, répondit Darthoy en rougissant.

— Il faut que vous nous soyez tout dévoué, il faut que nous puissions absolument compter sur vous, et ceux qui vous emploieront sauront largement rémunérer vos services.

— Je vous promets que vous n'aurez qu'à vous louer de moi.

— Je ne vous connais pas à l'heure où je vous parle, mais, vous le savez, demain je vous connaîtrai mieux que vous-même.

— Je le sais.

— Je puis donc vous dire ce qui sera plus utile que de nous livrer les noms; c'est de surveiller la reformation de ces sociétés que l'émeute a bouleversées, c'est de nous rapporter leurs moyens d'action, leur but, leur œuvre et surtout les noms des chefs.

— Je le ferai.

— Vous m'avez compris; demain je vous reverrai et nous terminerons.

— A pareille heure? demanda Darthoy.

— A pareille heure! répondit l'homme.

— Au revoir, monsieur, dit Darthoy qui salua et sortit.

Le chef de la police ne lui rendit pas son salut, il écrivit sur un papier: *Céleste Darthoy,* et agita une sonnette qu'il avait près de lui. Un homme parut; il lui remit le nom qu'il venait d'écrire et lui dit:

— Faites chercher le dossier de cet homme.

Darthoy, léger de cœur et d'esprit, regagna la maison où Ange l'attendait. Quand il arriva, Ange, sombre, lui demanda:

— Et maintenant qu'allons-nous faire?

— Rien! fit-il en l'attirant à lui... Oublie, vis sans tracas, sans soucis... maintenant nous sommes riches.

— Mais je n'ai plus ma fille, dit-elle en hochant tristement la tête.

Le lendemain, à l'heure convenue, Darthoy se trouva au rendez-vous; il fut immédiatement introduit près du chef de la sûreté, qui lui dit:

— Vous êtes exact, êtes-vous toujours décidé?

— Oui, monsieur.

— Je désirerais savoir les motifs qui vous ont si promptement fait changer de parti.

Darthoy rougit et ne répondit pas.

— La promptitude avec laquelle vous passez d'une cause à une autre me fait craindre que vous n'en fassiez autant avec nous. Des services qui s'appuieraient sur une opinion exaltée, sur un but politique, me rassureraient.

— D'abord, monsieur, fit Darthoy avec embarras, en dehors des causes que je vous ai dites hier, il est une raison de famille, de haine personnelle que je dois taire. Ce que je puis dire, c'est que je serai un serviteur dévoué; ce que je puis déclarer, c'est que je me trouve aujourd'hui presque sans ressources et que j'ai absolument besoin de gagner de l'argent, beaucoup d'argent. Pour ce faire, je ne reculerai devant rien, quelque difficile et dangereuse que soit la mission dont on me charge.

— Ceci m'assure de votre désir de bien faire, mais ne m'assure pas de votre discrétion et de votre fidélité.

— Vous avez en main la possibilité de me punir trop rapidement pour hésiter.

On lui laissa la camisole de force. (PAGE 309).

— Vous avez raison. J'accepte vos services, et je tiens à vous dire que si la moindre révélation d'une mission qui vous serait confiée vous échappait, nous agirions. Vous vous appelez Jean-Céleste Darthoy?

— Oui, monsieur.

— Vous étiez pâtre à Miramas, vous avez quitté votre pays à la suite d'une condamnation. Vous êtes allé demeurer à Saint-Remy. Là encore vous avez été chassé du pays à cause de votre inconduite. Arrivé à Paris, vous avez trempé dans une affaire de commission qui a mené les principaux entrepreneurs devant les tribunaux. De cette condamnation pour escroquerie vous êtes sorti acquitté, mais par le tribunal seulement. Tout cela est bien vrai?

— Tout cela est vrai, oui, monsieur, fit Darthoy la tête basse.

— C'est de cette année que nous vous voyons principal agent dans toutes les émeutes de 1846 et 1847. C'est vous qui, dans le faubourg Saint-Antoine, avez commencé le pillage d'une boutique. Est-ce vrai?

— Oui, monsieur.

— Maintenant, j'ai omis à dessein une chose que vous savez... Vous avez été condamné pour vol sous un autre nom que celui que vous portez; cette condamnation, rendue par contumace, n'a pas encore reçu son exécution.

— Mais je n'ai pas été condamné pour vol!

— N'essayez pas de nier, vous me feriez immédiatement douter de votre sincérité. Ce que je sais de vous est une arme dont je ne me servirai que si vous ne remplissez pas les promesses que vous m'avez faites.

Tout confus, embarrassé, Darthoy ne put que répondre :

— Je suis à vos ordres, monsieur.

— Voici la mission que nous vous donnons. Vous allez, à l'aide des relations que vous avez, aider à la reformation de toute société dont le but serait, ou le renversement ou la transformation du gouvernement. Selon les titres que vous saurez acquérir dans ces sociétés, selon la puissance que vous aurez, nous baserons les émoluments de vos services. Toutes les semaines vous devez nous donner le rapport entier de ce qui sera dit et fait dans les réunions ou dans les comités de ces différentes sociétés. Vous donnerez les noms et adresses des gens qui en seront membres; lorsque sur tel ou tel vous aurez besoin de renseignements, ils vous seront donnés à votre gré. Est-ce entendu?

— Oui, monsieur.

— Voici un bon à toucher. Commencez votre service dès aujourd'hui; c'est à moi seul ici que vous aurez affaire. Vous ne devez être connu de personne ; vous ne vous rendrez pas à la préfecture pour vos rapports, on ira les chercher chez vous.

— J'ai oublié de vous donner mon adresse.

— C'est inutile, dit le chef de la sûreté en consultant ses notes; vous restiez rue des Postes, hier au matin, vous avez enlevé et déménagé la femme d'un de vos amis tué pendant l'insurrection, vous demeurez avec elle rue de la Mare, 90, à Ménilmontant.

Darthoy étourdi prit le bon à toucher, salua et sortit.

XV

ADIEU PARIS.

Quelques semaines après les événements que nous venons de raconter, un homme descendait les quais traînant une voiture à bras dans laquelle étaient quantité d'objets de menu ménage, c'était Baptiste. Il était suivi par Jacques Herbeau et par Denise qui portait la petite Gabrielle. Pluton gambadait autour d'eux. Il était environ cinq heures du matin, les pauvres gens arrivèrent bientôt au but de leur marche matinale. C'était l'embarcadère du bateau à vapeur, où, deux fois par semaine, s'embarquaient les colons pour l'Algérie.

Herbeau était décidé à rompre avec la vie ancienne et à vivre dans un monde nouveau et d'une vie nouvelle.

Baptiste, qui s'était pris d'une grande affection pour celui qu'il avait sauvé, avait demandé en grâce à Herbeau de le garder avec lui, ce qui avait été accepté avec joie, car le malheureux sculpteur ne redoutait rien tant que la solitude.

Les événements de juin avaient attristé et appauvri la classe de gens qui faisaient vivre le cabaret du *Coude de Marne :* les affaires n'allant plus et surtout Baptiste partant, Denise avait demandé à accompagner les émigrants pour soigner la petite Gabrielle. Elle avait vendu la guinguette d'Alfort et avait suivi les colons.

Lorsqu'ils furent arrivés au quai, Baptiste embarqua la petite voiture et ce qu'elle contenait, puis il vint rejoindre Herbeau qui, ne tenant pas à être rencontré, était entré chez un marchand de vin avec Denise.

— Holà ! Monsieur Herbeau, on va faire l'appel des passagers.

— Ne m'appelle pas Herbeau ici, dit Jacques à mi-voix.

— C'est vrai, fit Baptiste. Vous êtes mort.

Ils se levèrent et descendirent sur la berge, Jacques dissimulant son visage sous un immense chapeau ; ils arrivèrent au moment où l'on appelait :

— Jacques Coinde, Baptiste Coindet, Denise Coindet et son enfant.

Les trois pauvres diables embarquèrent. On n'avait pas appelé Pluton, mais celui-ci n'attendit pas pour sauter à bord.

C'était sur la rive le tableau déchirant du départ, les mères ne pouvant s'arracher de l'étreinte de leurs fils, et les enfants ingrats, heureux et impatients d'un départ prochain pour une vie inconnue. Lorsque la cloche sonna le départ, un homme vint sur le bateau, se dirigea vers Jacques et lui prenant la main lui dit bas :

— Adieu et à l'œuvre...

— Dieu sauve mon pays! répondit Jacques... Je ne suis plus homme de parti, je suis Français.

Assis à l'arrière, tout plein d'une indéfinissable tristesse, Jacques regardait Paris... Paris qu'il quittait probablement pour toujours...

Paris, où il avait été si heureux.

Deux grosses larmes coulèrent sur les joues du pauvre garçon, une main s'appuya sur son épaule et la voix franche de Baptiste lui dit :

— Courage, monsieur Jacques.

Denise tendit la petite Gabrielle à Herbeau; l'enfant prit la tête de son père dans ses bras roses et appliqua sur ses joues mouillées de larmes ses petites lèvres fraîches.

La Seine tournait, le bateau vira; quand Jacques regarda, on ne voyait plus Paris; alors, plaçant son enfant sur ses genoux et la regardant avec amour, il dit :

— Tout est là maintenant.

. . . .

. . . .

Revenons à Rolland.

On a pu voir, par le récit un peu long qui précède, quelle était la nature de Céleste Darthoy.

Rolland était le fils adultérin de ce dernier; il avait hérité des défauts et des vices paternels. Était-il responsable de cet héritage qu'il avait dû accepter sans restriction? Nous ne pouvons répondre; il nous suffira d'indiquer le tronc pervers dont il avait fait souche, pour expliquer la perversité naturelle de cet homme.

Rolland réfléchissait profondément. Avoir réussi si péniblement son évasion, et venir se faire prendre aussi sottement.

C'était fait de lui, il était perdu; mais, cette fois, du moins, Jeanne aurait sa part du châtiment. Le portefeuille, les gendarmes l'avaient pris; on n'avait pas manqué de le fouiller; on y avait trouvé la pièce qu'il avait déclaré posséder, et assurément, comme elle ne laissait aucun doute sur la culpabilité de Jeanne, celle-ci avait dû être aussitôt arrêtée. Qu'il aurait voulu être renseigné à ce sujet! Maintenant, il avait commis un crime nouveau : il avait tué Félicien, mais c'était pour se défendre. Pourquoi cet homme se plaçait-il devant lui? Que lui avait-il fait? rien; il ne venait pas lui prendre son bien : il venait chercher ce qui lui appartenait; car Rolland ne doutait pas que Félicien Duhamel ne fût tué; le coup qu'il avait porté était terrible, et l'arme épouvantable dont il s'était servi fait des blessures qui ne pardonnent pas... Il ne regrettait rien, le misérable; l'occasion de tuer l'amant de Jeanne s'était trouvée, il avait bien fait d'en profiter. Cet homme, il en était convaincu, était celui qui avait protégé et sauvé Jeanne, lors de la première instruction. S'il vivait, il aurait pu la servir en faisant disparaître la lettre.

Au bout de deux jours, on le retira du cachot et on le remit en cellule, mais en lui laissant la camisole de force. Le premier interrogatoire qu'il subit ne fut pas fait par un juge, mais par le directeur même de la prison. Il refusa d'abord de répondre; mais sur la promesse que, s'il consentait à nommer ceux qui l'avaient aidé dans son évasion et comment il l'avait accompli, on lui retirerait la camisole de force, il parla. Lorsqu'il affirma avoir seul combiné et exécuté son plan, on refusa de le croire; il dut faire une répétition, à la suite de laquelle on ne lui remit pas le terrible vêtement; mais on établit autour de lui une active surveillance.

Il était au secret et le temps passait sans qu'il sût rien de ce qu'il advenait de son affaire. Une chose l'intéressait par-dessus tout, c'était de savoir si Jeanne était arrêtée; mais chaque fois qu'il s'adressait à ses gardiens, il ne pouvait obtenir la moindre réponse.

Ce fut un nouveau juge d'instruction qui vint l'interroger. On lui demanda dans quel but, après avoir réussi à se sauver de prison, il avait été à l'hôtel du Mûrier. Il voulait donc voler, il savait donc qu'il y avait des valeurs dans cet hôtel?

Rolland haussa les épaules et répondit :

— Vous savez aussi bien que moi le mobile qui m'a dirigé; je voulais avoir la lettre que vous avez trouvée dans le portefeuille et que j'avais promis de livrer le lendemain matin. J'avais changé d'idée en apprenant que peut-être elle ne ferait avoir à Jeanne qu'une condamnation insignifiante. Alors je voulais avoir ma lettre pour la lui vendre un bon prix et me sauver de France.

— Que nous dites-vous là? Vous n'allez plus maintenant soutenir cet absurde système. Vous savez bien qu'il n'y a pas de lettre semblable dans le portefeuille.

— La lettre n'y est pas! exclama Rolland; n'y est pas! Alors, c'est que vous l'avez volée. Vous continuez ce qui a été fait la première fois, vous, l'ami de son amant.

— Mais il devient fou!...

— La lettre, la lettre, vous ne la détruirez pas. A l'audience, je vous confondrai, vous êtes une bande de gueux ligués contre moi.

Et, comme Rolland était menaçant, sur un signe du juge, des gardiens le saisirent.

— Oui, battez-moi, assommez-moi, comme l'autre fois, voilà votre justice. Pour avoir l'amour de cette saleté, vous avez consenti à faire disparaître la lettre.

— Taisez-vous, malheureux.

— Non, vous ne m'imposerez pas silence. Si j'ai risqué ma vie, si j'ai fait ce que j'ai fait, ce n'est pas pour rien, je pense.

— N'essayez plus de nous tromper et soyez plus respectueux, si vous ne voulez pas être puni.

— La lettre, où est-elle?

— Vous savez bien que cette lettre n'existe pas; c'était un moyen qu'emploient souvent vos pareils.

— Et pourquoi faire aurais-je dit tout cela?

— Vous vouliez vous sauver. Vous avez déclaré que vous mèneriez le magistrat dans un endroit où était cachée cette lettre singulière. Vous vouliez ainsi essayer, une fois dehors, de vous débarrasser de ceux qui vous conduisaient, pour vous échapper. Sur l'assurance qui vous a été donnée que vous seriez surveillé de près et que, si vous trompiez la justice, vous seriez puni, vous avez renoncé à ce projet pour combiner l'autre évasion déjà préparée, mais plus dangereuse. Vous n'aviez que l'intention de vous sauver.

— Si je n'avais eu que ça dans la tête, je vous jure que je ne serais pas ici.

— Que voulez-vous dire?

— Que j'avais tout le temps de me sauver...

— Vous avez été trop audacieux. En sortant de prison, vous avez cherché où était descendue celle qui devait déposer contre vous; le lendemain, vous vouliez vous venger d'elle. Heureusement, surpris par un des voyageurs de l'hôtel, qui couchait dans une chambre voisine, vous n'avez pu exécuter vos criminels desseins. Ce brave jeune homme a failli payer de sa vie...

— Qu'est-ce que vous me dites là? Il n'est pas mort!... Tant pis... Et vous dites: voisins de chambre!... Ils étaient dans le même lit.

— Allons, misérable, n'ajoutez pas de nouvelles injures à vos calomnies.

— Comment des injures, des calomnies! Mais je dis la vérité. Je suis parti d'ici dans l'intention de reprendre mon portefeuille, dans lequel était la lettre de Cordier. Ce portefeuille, je l'avais caché le soir où j'allais pour traiter avec Beau-Sourire, dans cette chambre de l'hôtel, sous le lit, sur une des planches du fond sanglé. Toutes les portes de l'hôtel étaient fermées; je dus passer par les écuries. Là, je mis une échelle le long du mur, sous la fenêtre. Lorsque j'y montai, je crus la chambre inhabitée, car la croisée s'ouvrit à la première pression. J'entrai dans cette chambre. Là seulement j'entendis qu'on dormait; je me glissai sans bruit jusqu'au lit. J'avais mon portefeuille à la main. J'affirme qu'il ne pouvait pas avoir été touché, car il se trouvait à la place exacte où je l'avais placé, entre le bois du lit et le fond sanglé. Par un mouvement malheureux, je réveillai ceux qui dormaient. L'homme, ce Duhamel, le secrétaire du premier juge instructeur, remarquez cette coïncidence, qui est l'amant de la femme que j'accuse. Il dit:

— Mais, il y a quelqu'un ici...

Et une voix de femme répondit:

— Oh! mon Dieu! que dis-tu?

Me voyant découvert, je me sauvai, tenant l'objet que j'étais venu chercher; il me vit au moment où je parvenais à ouvrir la porte, et une lutte s'engagea entre lui et moi dans le couloir... Vous savez le reste... Mais j'affirme que cela s'est passé ainsi.

— Je ne comprends pas le motif qui vous fait inventer cette fable grossière.

— Cette fable!... Le motif!... Mais c'est bien simple; je prétends ne pas être allé dans cet hôtel avec l'intention de voler, mais bien pour y reprendre ce qui m'appartenait.

— Vous pouviez le faire sans escalade, en allant le lendemain le réclamer à un des garçons.

— Je ne pouvais faire cela; à l'hôtel on savait que j'étais arrêté. Si je m'y étais présenté, ils auraient immédiatement envoyé chercher les gendarmes.

— Vous deviez alors, au lieu de vous sauver, attendre le lendemain, puisque vous deviez y mener le magistrat instructeur. Avec lui, vous retrouviez cette lettre.

— Monsieur, vous me dites cela en refusant de croire ce que je dis. Je vois bien aujourd'hui que j'avais raison d'agir comme je le faisais, puisque dès que mon portefeuille a été entre les mains de la justice, la lettre a disparu.

— Laissez cette sotte histoire.

— Non, monsieur, non! Il n'y a pas de justice. Vous dites que la vérité est une calomnie, et je vois clair. M. Duhamel, dans la première instruction, est devenu l'amant de Jeanne Cordier, et il a écarté de l'accusation tout ce qui pouvait la faire condamner. Moi, je ne nie pas le crime, mais je dis qu'elle est ma complice. J'en ai la preuve dans cette lettre volée dans mon portefeuille. Or, lorsqu'on m'a interrogé la dernière fois, ainsi que je le demandais, j'ai déclaré que j'avais caché cette lettre. Qui a entendu cela? Une seule personne, le juge et celui qu'il chargea d'écrire ma déposition. Aussitôt cet homme prévint sa maîtresse. Celle-ci, qui savait l'importance de la lettre, n'a pas hésité. Elle savait que c'était à l'hôtel du Mûrier que je demeurais; elle connaissait la chambre; elle y a amené son amant dans l'intention de faire des recherches. Ils attendaient le jour pour cela, lorsque je suis arrivé, la nuit. On m'a saisi mon portefeuille, car elle allait le garder; mais je commandai aux gendarmes de s'en saisir.

— Vous avez tort de compter sur l'effet de cet insoutenable récit. Mᵐᵉ Cordier était descendue seule dans l'hôtel; elle avait pris la chambre qu'on lui avait donnée. Mais déjà M. Félicien Duhamel était descendu dans le même hôtel; il y occupait une chambre voisine de celle de Mᵐᵉ Cordier. Vous êtes venu dans cet hôtel pour voler, et la preuve, c'est que, dans ce portefeuille où l'on n'a pas trouvé la lettre dont vous parlez, on a trouvé un diamant démonté caché sous la peau et un médaillon. Mᵐᵉ Cordier et sa fille ont reconnu le médaillon qui appartenait à la première, ainsi que le diamant, qui provient d'une épingle que vous avez arrachée et dont on n'a pas trouvé l'or. Pouvez-vous justifier de la possession de ces objets?

— Parfaitement, fit le misérable sans se troubler.

— Vous les avez achetés? fit ironiquement le juge.

— Non, monsieur. Ces bijoux appartenaient à Mme Cordier. Je les lui ai pris, c'est vrai; mais ce n'est pas cette nuit-là.

— Qu'allez-vous raconter encore?

— Je ne dis que la vérité, monsieur. J'avais déjà eu un rendez-vous avec Mme Cordier dans cette même chambre et je lui pris...

— Qu'est-ce que cette nouvelle histoire?

— A la fin, si vous m'empêchez toujours de me défendre, ne m'interrogez pas.

— Je vous laisse dire ce que vous voulez pour vous défendre; mais je ne puis vous permettre de mentir pour calomnier une autre personne.

— Oui, voilà votre justice! Je reconnais que je suis coupable; je ne cherche qu'à atténuer le crime que j'ai commis en prouvant que je n'étais pas seul, que j'ai été poussé, entraîné... et au lieu d'être aidé pour rechercher cette vérité, on veut m'obliger à me taire. Pour ceux qui m'accusent, tout est facile : la police leur donnera tous les renseignements, vrais ou faux; on va fouiller dans ma vie, dans mon passé; on va interroger ma famille, mes amis, mes ennemis surtout; on fait arme de tout, et moi, pendant que tout cela se prépare contre moi, je suis enfermé et obligé au silence!...

— Ah! vous voudriez être libre?

— Non, monsieur, je ne veux pas être libre; je voudrais qu'on me fît accompagner pour rechercher ce que j'ai besoin de retrouver.

— Mais vous prétendiez que dans ce portefeuille vous aviez de quoi faire la preuve de votre innocence, et c'est une accusation nouvelle que nous y trouvons.

— Je n'ai pas dit cela; j'ai dit que j'avais dedans la preuve que la femme de la victime était ma complice.

— Oui, mais vous n'avez rien pu prouver à l'égard de cette malheureuse, et vous commettez cette nouvelle indignité, après avoir tué l'époux, de calomnier la femme. Vous avez dit également que cette femme était votre maîtresse.

— Et je le répète, oui, cette femme était ma maîtresse; il y a deux mois seulement, elle venait à un rendez-vous que je lui donnais dans cette même chambre de l'hôtel du Mûrier.

— A qui ferez-vous croire ce conte?

— Mais, à tous.

— On a interrogé le propriétaire de l'hôtel à ce propos; il a nié; il a dit qu'effectivement vous receviez des femmes, mais il n'a jamais vu Mme Cordier.

— Pardi! croyez-vous qu'elle est venue le visage découvert, qu'elle s'est fait remarquer pour un rendez-vous semblable, lorsque, à quelques pas de là, on se préparait pour le mariage de sa fille?

— Puisque vous avez eu un rendez-vous avec cette femme, vous pouviez

Elle s'éveilla épouvantée. (PAGE 317).

alors traiter de ce marché pour cette lettre..., que vous prétendiez vouloir lui vendre.

— C'est pour cela que je lui avais donné ce rendez-vous.

— Et que se passa-t-il? demanda le juge avec incrédulité.

— Elle fut étourdie de me voir; et moi, très bouleversé à sa vue... Il y avait longtemps que je ne m'étais trouvé en sa présence, et en la revoyant aussi belle, je n'eus plus que la pensée de la posséder de nouveau. Je lui montrai la lettre, qui l'épouvanta, et je lui dis que je la garderais comme une perpétuelle menace. Qu'à compter de ce jour elle devait me donner ce que je voulais.

— Un délit nouveau : le chantage.

— Mais non, monsieur; c'était la réclamation d'un droit.

— D'un droit..., dans le crime?

— Si, de complicité avec elle, j'ai empoisonné Cordier, son mari, c'est que Cordier mort, nous devions vivre ensemble; c'est que je devais y gagner une petite fortune. C'est cela que je venais réclamer.

— Mais c'est épouvantable!

— Je le reconnais, mais quand on a fait ce que j'ai fait, on ne recule devant rien.

— Qu'advint-il de votre... réclamation? demanda le juge, appuyant avec intention sur ce mot.

— Je vous dis qu'elle fut épouvantée, et comme, brûlé de désir, je voulais joindre l'action à la parole, elle lutta. Dans la lutte, elle perdit connaissance.

— Mais cela serait plus abominable encore. Vous tentiez de l'assassiner pour vous livrer sur elle aux derniers outrages?

— Je tentais simplement d'avoir de nouvelles relations avec la maîtresse qui m'avait trompé, cela brutalement, ainsi qu'il était nécessaire d'agir avec elle.

— Vous vous plaisez à inventer à dessein des crimes plus odieux les uns que les autres; mais quel est votre but en vous montrant ainsi?

Rolland fut étonné. Il répondit :

— Mais mon but, je vous l'ai déjà dit, c'est la recherche de la vérité. Jeanne a perdu connaissance. Je me suis couché près d'elle.

Le juge haussait les épaules.

— Mais, monsieur, c'est ce jour-là que ne sachant ce qui allait advenir en la voyant ainsi — un instant je crus qu'elle était morte — je la volai, je le reconnais. Je pris et ses bijoux et l'argent qu'elle avait sur elle. Je ne redoutais pas qu'elle déposât jamais contre moi. Voilà d'où je tiens les bijoux.

— Vous n'avez rien de pis à dire encore?

— J'ai à dire que Mme Cordier est ma complice. Qu'elle est la maîtresse de M. Félicien Duhamel, le secrétaire du premier magistrat chargé de mon instruction. Que c'est grâce à ces relations qu'on a fait disparaître de l'instruction tout ce qui prouvait la culpabilité de Jeanne; qu'aujourd'hui encore, on a volé parmi les pièces saisies sur moi, lors de mon arrestation, la lettre qu'il faut qu'on retrouve, et dont je vous ai déjà dicté le contenu.

— Mais vous savez bien que cette lettre, ridicule et odieuse, n'a jamais existé.

— Il faut qu'on la retrouve, ou vous verrez ce qui se passera à l'audience.

— Assez, ne menacez pas. C'est tout ce que vous avez à dire?

— Oui, monsieur, et tant qu'on aura pas retrouvé, ou tout au moins fait rechercher la lettre, je ne répondrai plus.

Le magistrat se retira en haussant les épaules.

— Oui, oui, haussez les épaules, mais si on ne la retrouve pas, vous verrez le tapage que je ferai à l'audience, avec votre justice; tout pour un, rien pour l'autre.

Les gardiens saisirent Rolland et le reconduisirent au cachot.

— Comment! on me punit parce que je me défends!

Il y resta jusqu'au soir.

Il attendit quelques jours, croyant qu'on viendrait l'interroger de nouveau plus spécialement sur l'affaire de l'hôtel. Il s'informa, et il apprit que l'affaire, sur la demande même de M. Duhamel, était abandonnée. Il ne serait pas jugé de nouveau..., et il devait être prochainement dirigé sur Cayenne, pour y finir la peine à laquelle il avait été condamné.

Il eut un accès de rage et de colère qui lui valut deux jours de cachot.

XVI

LES TOURMENTS DE JEANNE.

Au bout de quelques jours de soins assidus, le blessé alla un peu mieux. A la suite de la crise terrible pendant laquelle il avait arraché son pansement, des complications redoutables étaient survenues. On avait pu croire un moment que le blessé était perdu; mais Félicien était jeune, robuste, et Jeanne le soignait admirablement; sans cesse à son chevet, elle ne s'occupait que de lui, suivant à la lettre les ordres des médecins, ne reculant ni devant la fatigue ni devant les veilles, ne se rebutant pas devant la répugnante besogne du pansement. Elle aimait véritablement Félicien, et elle le prouvait; pendant quelques jours, dévoré de fièvre, en proie au délire, le malheureux ne la reconnaissait pas, la traitait comme une inconnue. Une autre fois, et cela l'avait cruellement bouleversée, dans son délire, il fit allusion à leur première rencontre, lorsqu'il l'avait ramassée dans une rue voisine de l'Odéon. Pour que ce souvenir vînt ainsi, il fallait qu'il ne l'eût jamais quitté; dans les jours de brouille, ne lui jetterait-il pas cette honte à la face?

Elle en eut peur. A mesure que le mieux arrivait dans l'état du malade, elle se rassurait, et en même temps elle redoutait de voir arriver l'époque où il serait complètement rétabli. C'est qu'alors on devrait s'occuper du misérable; c'était un procès nouveau, dans lequel elle allait être obligée de venir déposer; elle devrait se trouver face à face avec Rolland, subir ses injures, ses outrages, entendre ses accusations.

Et comme ce que dirait Rolland était vrai, elle souffrirait de l'entendre répéter, elle redoutait qu'à force d'affirmer, on n'arrivât à le croire. Car elle observait avec crainte que, tant que Rolland avait menti, on l'avait cru, et elle avait été inquiétée, et ce n'était que du jour où il avait déclaré la vérité qu'on refusait de le croire.

Puis, Rolland n'allait pas manquer de raconter, contrairement à eux, qu'il les avait trouvés couchés dans la même chambre. Or, ayant des relations avec celui qui avait été mêlé à la première instruction de l'affaire, cela pourrait faire douter de l'impartialité de la justice, et surtout cela la déconsidérerait, car elle passait pour avoir une conduite irréprochable. Et la moindre enquête sur ce sujet ferait découvrir qu'évidemment elle avait des relations avec Félicien, qu'en niant qu'ils étaient dans la même chambre ils mentaient.

Elle pensa même à tout avouer, mais l'état de Félicien ne lui permettait pas de prendre son conseil, et elle s'abstint, car les médecins avaient bien recommandé qu'on ne tourmentât pas le blessé, surtout qu'on ne le fît pas parler.

Elle était inquiète, et elle avait écrit à ses enfants sans recevoir de réponse d'eux. Est-ce que sa fille était de nouveau fâchée contre elle?

Quand le mieux fut tout à fait assuré, Jeanne, sur l'avis même de Félicien, dut songer à partir pour Paris; lui-même attendait impatiemment que ses médecins déclarassent le voyage possible.

Comme elle lui disait que leur présence serait bien nécessaire à Orléans à cause de cette affaire, Félicien lui dit qu'il avait justement hâte d'être debout pour éviter qu'on ne poursuivît; il ferait tous ses efforts pour cela.

— Mais ce misérable?

— Ce misérable est maintenant repris, c'est tout ce qu'il fallait; on va lui faire faire sa peine, et nous n'aurons pas à le redouter.

— Mais crois-tu qu'on ne poursuivra pas malgré toi?

— J'espère que non..., en disant justement que, sortant d'un procès terrible et toujours poursuivie par ce bandit, tu désires ne plus le revoir.

— Et tu obtiendras ça?

— Je le crois...

Et, en effet, jusqu'alors le parquet paraissait ne pas s'occuper de cette affaire.

Jeanne commençait à se rassurer. Mais elle avait hâte de voir son amant rétabli et transporté à Paris. Un mal nouveau la tourmentait; elle avait, la nuit, des cauchemars épouvantables, des hallucinations; elle voyait Cordier, et elle ne pouvait rester seule dans sa chambre; aussi, souvent, au milieu de la nuit, Félicien la voyait-il venir tout à coup dans sa chambre:

— Tu vas bien?

— Mais oui. Pourquoi venir ainsi? Repose-toi donc.

— Je ne sais quelle idée m'a passé par la tête que tu te trouvais plus malade.

— Va donc dormir.

— Non, je vais rester un peu près de toi.

Et Jeanne restait jusqu'au matin; au petit jour, elle se hâtait de regagner sa chambre. Cette scène se renouvela souvent sans que Félicien y vît autre chose qu'un caprice d'amante. Lorsqu'il fut en état d'être transporté, Félicien revint à Paris, où Jeanne l'avait précédé de quelques jours; là, ils retrouvaient leur liberté. Ils pouvaient se voir autant qu'ils le voulaient sans crainte d'être remarqués.

Jeanne était complètement rassurée sur le procès; sur la demande positive de Duhamel, on ne donnait pas de suite à l'affaire; ainsi, elle n'avait pas à redouter de se trouver de nouveau en présence du misérable dont les accusations, sans cesse renouvelées, la frappaient plus sensiblement, ainsi qu'une plaie qu'on remet à vif. En n'entendait plus parler de Rolland, elle espérait tout oublier. Maintenant que le seul homme qui pouvait l'accuser était enfermé, que, de plus, il était méprisé pour les nouveaux méfaits qu'il venait de commettre, elle pouvait être tranquille. La chose épouvantable, c'était la lettre, et la lettre n'existait plus. Son amant lui avait donné, en risquant sa vie pour elle, une grande preuve d'affection; en évitant un procès dont le scandale pouvait l'atteindre, il lui donnait une preuve d'estime. Jeanne était donc heureuse!

Non, non! Un mal épouvantable l'accablait; ce qui n'avait d'abord été qu'une crise se renouvelait chaque nuit. A l'heure juste où Cordier était mort elle s'éveillait. Quand elle était seule dans sa chambre, il lui semblait que l'ombre du malheureux venait entr'ouvrir les rideaux de son lit et la regarder; alors, sans voix, respirant à peine, elle s'enfonçait sous ses couvertures, moyen d'échapper à l'horrible vision, et elle restait ainsi des heures, étouffant; c'est au jour seulement, et la chambre bien claire, qu'elle dormait... Ces hallucinations, qui d'abord arrivaient rarement, devenaient plus fréquentes, et elle n'osait en parler, craignant qu'on ne vît là l'indice de sa culpabilité, qu'on ne comprît le trouble de sa conscience coupable.

Félicien était tout à fait guéri, et comme chaque nuit elle redoutait les cruelles visions, elle imaginait tout au monde pour passer toutes les nuits chez lui. Là, sentant quelqu'un près d'elle, son sommeil était quelquefois fiévreux, agité, mais les lugubres apparitions ne se produisaient pas.

Cependant, un jour, à l'heure accoutumée de ses attaques, dans le lit de Félicien qui dormait profondément, elle s'éveilla épouvantée, couverte de sueur : elle venait de voir Cordier qui se glissait près d'elle; elle se rapprocha de Félicien, cherchant son corps; en le touchant, il lui parut que le corps était froid; elle s'assit, le regarda : c'était Cordier, Cordier qui était étendu près d'elle, livide, la face convulsée, les lèvres couvertes d'une écume tachée de sang. Elle jeta un cri et sauta du lit; elle ne fit qu'un pas et tomba sur le tapis, sans connaissance.

Félicien, éveillé en sursaut, sauta du lit et, la trouvant ainsi, chercha tout autour de lui si une tentative nouvelle ne venait pas d'être commise chez lui, car la pensée du misérable Rolland revenait tout de suite.

Il releva la jeune femme, la coucha, la soigna avec une affectueuse inquiétude; lorsqu'elle reprit connaissance, qu'elle le regardait avec étonnement, semblant demander pourquoi il la soignait, il lui demanda :

— Mais qu'est-ce que tu as, ma pauvre Jeanne?

— Moi..., qu'ai-je eu? répéta-t-elle avec inquiétude. Pourquoi me soignes-tu? Qu'est-ce que j'ai?

— Mais, j'ai entendu un grand cri qui m'a éveillé; je suis sauté du lit, ne te sentant pas près de moi; et je t'ai trouvée inanimée, sans connaissance, sur le tapis.

— Qu'est-ce que j'ai dit, demanda-t-elle vite en criant?

— Rien..., rien du tout.

Elle parut rassurée; elle n'osa dire à Félicien ce qui lui était arrivé. Le petit jour venait; Félicien s'était remis au lit, elle s'endormit dans ses bras. Mais de ce jour elle eut une nouvelle inquiétude; elle avait peur en couchant seule et trouvait bien imprudent de coucher avec Félicien, car il pouvait lui arriver un jour de raconter tout haut ce qu'elle voyait. C'était son châtiment, à elle, d'être poursuivie par cette ombre.

Sa vie devait-elle se passer éternellement ainsi? alors qu'elle était sortie triomphante de tout, de l'accusation, du procès, du jugement plus sévère de sa fille, des menaces vengeresses de Rolland, que personne autour d'elle n'avait cru qu'elle était la complice du misérable, qu'elle avait tout pour être heureuse enfin, car malgré ses crimes, ses fautes, elle avait trouvé l'amour d'un honnête homme, allait-elle traîner sa vie dans ces perpétuelles insomnies que le remords peuplait d'ombres?

Chaque jour le mal devenait plus aigu; elle avait peur que les funèbres apparitions n'eussent lieu devant Félicien, car alors elle devenait folle, elle se cachait le visage et elle se défendait contre les fantômes, en parlant, et savait-elle ce qu'elle disait? Des aveux, des regrets, des supplications, elle demandait grâce, elle criait pardon. Elle n'aurait jamais osé dire à cette ombre :

« Je ne suis pas coupable. »

Puis quand la crise était passée, que, lasse, épuisée, elle songeait à ce qu'elle avait vu, elle se disait qu'elle était folle, qu'elle devait bien savoir que les morts ne revenaient pas; elle se promettait de réagir lorsque le mal reviendrait.

De jour en jour les hallucinations devinrent plus fréquentes; elle n'était pas du tout allée coucher chez Félicien ; elle ne le voyait que le jour. Celui-ci, plus libre, se trouvait satisfait ; leur liaison durait depuis longtemps déjà ; la satiété était arrivée. Il remarquait que Jeanne était plus âgée que lui. C'est que Jeanne n'était plus la même depuis quelques mois. Les tourments, les tracas qui l'avaient accablée l'avaient beaucoup fatiguée. Et le mal atroce qui la tourmentait achevait de marquer impitoyablement sur son visage son âge exact qu'elle avait pu cacher jusqu'alors.

En se regardant le matin, en constatant, à la lividité de son teint, aux plis de son front, à la pâleur des lèvres, aux fils blancs qui se montraient sur ses tempes, qu'elle ne pourrait plus cacher son âge, elle avait pleuré, et sa toilette lui demandait de longues heures ; elle cherchait par les poudres, les mastics et les onguents à rétablir ce que la douleur détruisait.

La malheureuse sentait que son amant s'éloignait d'elle ; elle était à l'âge où elle ne pouvait plus compter si elle quittait celui-là que sur des amours passagères contre lesquelles maintenant sa nature se révoltait. Elle avait peur d'être oubliée. Sa fille s'éloignait d'elle, elle le voyait bien ; son mari désirait qu'elle ne vît pas sa mère, et Adèle avait facilement obéi, car, appelée une seule fois lors de la dernière instruction, elle avait appris le contenu de la lettre que Rolland, nous l'avons dit, avait dictée ; elle avait déclaré que la lettre n'avait jamais existé, que son père avec lequel elle avait causé quelques heures avant sa mort n'aurait pas eu raison de lui écrire ce qu'il pouvait lui dire ; elle avait ainsi enlevé tous les doutes. Et le magistrat instructeur avait été plus convaincu encore que la lettre était une fable.

Mais Adèle, qui savait la vérité, avait été vivement impressionnée en apprenant le contenu de la lettre ; c'était un ordre de son père de s'éloigner à jamais des misérables qui l'avaient assassiné.

Sa mère était heureuse, Adèle le croyait, elle lui avait laissé la part d'héritage qu'elle devait avoir à la mort de son père. Elle était ainsi à l'abri du besoin ; elle n'avait donc aucune raison de s'en occuper, d'autant qu'il était visible que les relations de Mme Cordier déplaisaient souverainement à son mari. Jeanne avait compris cette froideur ; elle n'avait pas le droit de lutter contre, car sa fille savait tout, et en pardonnant, en se taisant, elle avait déjà fait beaucoup.

C'était le châtiment. La malheureuse avait échappé à la loi, mais le remords la punissait, et presque chaque nuit, à son chevet, les ombres vengeresses venaient tourmenter son sommeil. Une nuit, plus effroyable que les autres, le vent gémissait, hurlant dans les cheminées ; éveillée en sursaut par le bruit, il lui sembla voir Cordier dans sa chambre, et comme elle cachait son visage, appliquant ses mains sur ses yeux pour ne pas voir, elle entendit, dans les gémissements du vent, les plaintes de Cordier. Oh ! c'était bien sa voix qui criait :

— Jeanne, tu m'as assassiné après m'avoir déshonoré. Jeanne, pas de pardon, pas de pitié !... Viens, Jeanne, viens dans ma tombe !...

Et elle s'était cramponnée à son lit se sentant entraînée.

Cette fois, elle en avait été très malade ; elle avait fait venir le médecin, lui avait raconté les hallucinations qui la troublaient. Et le docteur lui ayant demandé paternellement :

— Les visions que vous avez ne se rapportent-elles pas à un fait de votre vie ?

Jeanne avait tremblé et avait senti le rouge lui monter au front ; mais elle avait répondu :

— Non.

Il était difficile de guérir un mal semblable ; le médecin n'en chercha que l'atténuation par des soporifiques. Ce fut alors plus effrayant pour la malheureuse. Elle s'endormait, et les rêves les plus épouvantables hantaient son sommeil, sans qu'elle pût y échapper ; elle appartenait tout entière, sans pouvoir résister, aux ombres qui la tourmentaient. Elle passa deux nuits ainsi, deux nuits terribles, pendant lesquelles elle crut avoir couché près d'elle Cordier, Cordier dont les os trouaient la peau glacée, et qui, de ses mains froides, de ses lèvres vertes, la caressait. Elle était presque folle en s'éveillant.

Ce n'était plus la même femme ; son miroir le lui disait, et elle devait le reconnaître, car le maquillage était insuffisant pour la rajeunir. Longtemps elle avait paru presque aussi jeune que sa fille ; on refusait de croire qu'elle était la mère de cette grande belle jeune fille qu'on nommait Beau-Sourire. Hélas ! que le temps reprenait vivement ses droits, et avec quelle rapidité il transformait, il vieillissait la malheureuse ! Le sommeil au prix de cette léthargie, elle y renonçait ; elle vivait sans sommeil, et souvent, pour ne pas dormir, la nuit elle sortait et se promenait dans les rues. Félicien ne lui avait rien dit, mais elle le voyait moins souvent ; il n'était presque jamais chez lui aux heures où elle le trouvait habituellement ; il lui disait qu'il avait beaucoup d'occupations, et elle n'avait osé se plaindre ; elle sentait son infériorité. Il était beaucoup plus jeune qu'elle, et un jour elle avait rougi en entendant la concierge du jeune homme dire en riant, croyant n'être pas entendue :

— C'est la vieille de M. Félicien..., nous l'appelons la voleuse d'enfants...

Eh quoi ! c'était à ce point ! Il ne restait plus rien de la Belle Bordelaise, de la grande Jeanne, rien, rien !... C'était la mère Cordier, et cela arrivait comme un coup de foudre !

Une fois, qu'elle avait passé une épouvantable nuit au milieu de ses fantômes, elle s'était bien soigneusement, bien coquettement habillée le matin ; le jour savamment ménagé de son cabinet de toilette lui faisait croire qu'elle était encore jeune et belle ; elle avait couru chez Félicien ; elle avait besoin d'entendre rire pour chasser le souvenir de la nuit ; elle arrivait, la lèvre lippue, apportant ses baisers... Elle avait souri à son miroir pour lui prouver que ses quarante ans n'étaient pas visibles, et elle était pleine de désirs qui, en enflammant ses sens,

Adèle s'agenouilla et pria. (PAGE 327).

en brûlant sa chair, en bouleversant son cerveau, allaient pour quelques jours chasser ses hallucinations.

Mais le malheur était sur elle. La concierge de Félicien rit en la voyant passer. Elle monta, elle sonna, il ne répondit pas; elle se pencha sur la porte et il lui sembla qu'on parlait; elle sonna de nouveau. Alors elle plaça son oreille sur le trou de la serrure et elle entendit la voix de Félicien et une voix de femme. Se trompait-elle?... Elle était dans un tel état depuis quelque temps, qu'elle n'était jamais certaine qu'on disait ce qu'elle entendait, et que ce qu'elle voyait existait. Elle dit en se penchant sur la serrure :

— Félicien, ouvre-moi..., je suis malade..., réponds-moi... Je t'entends, je sais que tu es là..., réponds-moi.

Et elle plaçait son oreille sur la porte; il lui sembla qu'elle entendait des chuchotements. Ainsi, celui-là aussi l'abandonnait! Elle baissa la tête et elle descendit; elle voulait se persuader qu'elle se trompait; elle disait :

— C'est ma maladie, il n'y avait personne; j'ai cru entendre, et il n'est pas là; je me fais toujours maintenant des idées absurdes. Il n'est pas marié avec moi, il est libre; si je ne lui plaisais plus, il n'aurait qu'à me le dire..., il me le dirait.

Elle passait devant la concierge et elle lui dit :

— Vous auriez pu, madame, m'éviter de monter, puisque vous saviez que M. Duhamel n'était pas chez lui.

— Vous ne m'avez rien demandé, madame, et je ne vous aurais pas dit qu'il n'était pas chez lui, puisqu'il y est..., seulement je vous aurais dit qu'il n'y était pas seul...

Elle crut qu'elle allait s'évanouir; elle ne répondit pas et monta chez elle. Elle pleura; c'était bien fini; il avait vu qu'elle était vieille et il ne l'aimait plus. Elle se regarda dans son miroir, et elle hocha la tête en disant :

— Voilà où j'en suis!

On frappa à sa porte. Elle alla ouvrir, se croyant seule; mais sa bonne entrait et lui remit une lettre. Elle éloigna la servante, ne voulant pas qu'on la vit pleurer, et elle ouvrit la lettre. Elle retomba sur son fauteuil, accablée. La lettre était une demande de secours de Rolland qui, prêt à partir au bagne, réclamait de sa complice une partie de sa part. La lettre lui tomba des mains et elle gémit :

— Oh! c'est le châtiment, cela!

XVII

LES REVENANTS.

C'en était trop. Jeanne, tourmentée sans cesse, ne trouvant dans le sommeil, lorsqu'elle cherchait le repos, qu'un mal plus grand, se trouvant abandonnée, attribuant cet abandon au doute qui planait sur sa culpabilité, tomba tout à fait malade.

Elle envoya chercher sa fille et lui raconta les souffrances auxquelles elle était en proie.

Adèle avait été très vivement impressionnée en revoyant sa mère dans cet état; elle avait compris que si la justice avait été aveugle, que si, n'écoutant que son cœur, elle avait pardonné, le remords la punissait. Le châtiment, la justice de Dieu implacable, était là.

Elle ne pouvait abandonner sa mère en cet état; le mal était grave et, seule, Adèle devait veiller sur elle. Elle le dit à son mari, qui le lui accorda.

Le premier soir qu'elle passa près d'elle, Adèle était assise au chevet du lit. Jeanne semblait dormir; tout à coup elle jeta un cri perçant et se dressa sur son lit en criant :

— Il est là. Grâce !

Adèle, épouvantée, s'approcha de sa mère, ayant, malgré elle, jeté un coup d'œil autour de la chambre.

— Mère, voyons, n'aie pas peur, il n'y a personne ici que moi, ta fille, qui veille sur toi.

Elle parut ne pas l'entendre, et montrant les rideaux de la fenêtre, les yeux hagards, elle répéta :

— Là! il est là! Il revient comme hier!...

— Mais c'est moi qui suis près de toi.

— Mais tu ne le vois donc pas?... Tiens, il remue les lèvres..., tu vois, il me regarde...

Et elle cherchait à se cacher.

Adèle la prit dans ses bras, l'appuyant sur sa poitrine afin qu'elle ne pût voir dans la chambre.

— Mère, mère, ne crains rien. Je suis près de toi, sois raisonnable; est-ce que c'est possible, cela? Comprends donc que ton imagination seule peut te faire voir semblable chose.

— Oh! tu es bonne, Adèle. Merci, mon enfant, je suis plus forte près de toi, ne me quitte pas.

— Non, je ne te quitterai pas, mais je voudrais te voir raisonner ce que tu ressens, et ne pas ainsi t'abandonner à ton impression.

— Toi, tu sais et tu peux comprendre mon tourment, mon effroi, d'avoir toujours ce spectre devant les yeux.

Adèle voulait, par le raisonnement, soulager sa mère en lui démontrant l'impossibilité de ce qu'elle croyait voir; elle ne savait pas que ce mal étrange, prélude de la folie, est le plus souvent inguérissable. Elle dit à sa mère:

— N'aie pas peur, relève-toi et ne crains rien; regarde..., il n'y est plus.

Toute tremblante, Jeanne se dégagea, et tenant toujours sa fille, elle regarda. Son regard brilla.

— Tu le vois? demanda Adèle qui l'observait.

— Oui..., oui...

— Où est-il en ce moment?

— Là, près de la porte... Oh! ne me quitte pas.

Adèle, se dégageant de sa mère, se dirigea vers l'endroit indiqué.

— Je ne te quitte pas, mère; je veux te montrer que tu vois ce qui n'existe pas. Regarde.

Elle alla à la porte et l'ouvrit pour se placer dans le milieu.

— Eh bien, le vois-tu encore?

— Non, il vient de partir.

— Mais non, mère, il n'est pas parti; il n'y avait personne là; ton cerveau troublé te fait ce mal; il faut réagir, il faut faire ce que je viens de faire: aller au-devant de ce que tu crois voir, et tout s'évanouira. C'est en t'abandonnant que tu augmentes ton mal.

— Oh! je souffre tant. Ah! ma pauvre enfant, si tu savais quel poids j'ai là.

Et Jeanne montrait son front. Elle reprit encore violemment sa fille; son visage s'était contracté, elle étendait devant elle son bras raidi, et elle disait:

— Le voilà! le voilà encore!

— Où? demanda vivement Adèle.

— Là, au pied du lit; il est appuyé sur le bateau, il se penche...

Adèle alla vivement se placer au pied du lit, et se penchant, souriante, elle demanda:

Eh bien, y est-il encore?

— Oui, oui ; va-t'en ! va-t'en !... Oh ! c'est affreux !... Va-t'en !

— Mais où est-il ? fit Adèle tout interdite, tu le vois encore ici ?

— Va-t'en... Mais tu ne le sens donc pas ? il a la tête sur ton épaule...

Malgré elle, Adèle pâlit, porta vivement la main à son visage en se reculant de côté. Elle regarda à son tour.... Jeanne était effrayante à voir... Elle se cramponnait au bateau du haut du lit en criant :

— Laisse-moi ! laisse-moi ! grâce, Cordier ! Je suis une misérable, laisse-moi..., pitié !

Et elle cherchait à remonter en rampant dans son lit. Elle cria encore :

— Adèle ! Adèle ! défends-moi..., au secours !...

La malheureuse jeune femme était glacée d'effroi, en voyant sa mère en proie à cette crise, à ce mal auquel elle ne trouvait aucun remède.

— Qu'as-tu, mère ? mais il n'y a personne ici que moi...

— Tu ne le vois pas, ton père ; il veut m'emmener, il veut me prendre les pieds. A moi ! à moi ! Il me brise les pieds. A moi, Adèle !

Adèle s'était précipitée, car Jeanne, les yeux hagards, la bouche écumante, s'était dressée sur son lit pour se sauver. Elle allait tomber, lorsque Adèle la reçut dans ses bras et l'étendit sur son lit.

Jeanne s'était évanouie. Adèle s'empressa autour d'elle pour la faire revenir, redoutant qu'en reprenant connaissance elle ne fût encore sous le coup de ces hallucinations.

Quand elle revint à elle, en voyant sa fille à son chevet, elle la remercia et, se souvenant, elle se mit à pleurer. Les larmes la soulagèrent. Elle pria son enfant de ne plus la quitter.

Celle-ci pensa qu'elle devait dire l'état de sa mère à son mari, car il était impossible de la laisser ainsi.

Sa mère la priait de ne pas l'abandonner ; elle attendit l'heure de son sommeil pour sortir. Son mari était son esclave, il consentit à tout ce qu'elle demandait, c'est-à-dire à ce que la malheureuse fût attentivement veillée chaque jour. Il fallait chasser cette ombre, il fallait amener la gaieté autour d'elle, et cela était bien difficile, car ce n'est pas moralement seulement qu'elle était atteinte, elle était sans force, sans énergie, et devait garder le lit ; en somme, c'était sinon la joie, le rire qu'il fallait amener dans une chambre de malade.

C'est le seul remède qu'avait indiqué le médecin à ajouter aux calmants et aux soporifiques qu'il avait ordonnés.

La vie légère de Félicien Duhamel lui avait fait perdre sa situation, et surtout ses relations avec la Belle Bordelaise, qu'une enquête avait établies. Félicien avait envoyé une lettre de congé, pleine de sous-entendus inquiétants, à Jeanne, et cela avait contribué à l'aggravation de son mal, car la malheureuse n'en trouvait l'atténuation que dans les plaintes qu'elle en faisait à sa fille, et vis-à-vis d'Adèle elle n'avait jamais parlé de son amant. Elle n'osait lui dire cette menace suspendue sur sa tête : après les fantômes, la réalité. On commençait à douter, mais une enquête nouvelle était faite; avant son départ pour le bagne, Rolland l'avait enfin obtenue, et Jeanne n'avait plus près d'elle son protecteur, Félicien.

A l'épouvantable crise que nous avons racontée, une accalmie avait succédé. Jeanne, en retrouvant autour d'elle ses enfants, s'était retrouvée plus-forte. Chaque nuit, Adèle venait près d'elle; le jour, comme elle était toujours plus calme, une garde-malade et sa servante la soignaient. Elle n'avait plus d'hallucinations, mais une préoccupation constante; elle avait peur et elle n'osait rien demander à sa fille.

Il était visible que le mal empirait de jour en jour, et elle s'en affectait. Une nuit que sa fille était près d'elle, elle lui dit qu'elle voulait que le lendemain on fît une consultation de plusieurs médecins sur son état.

— Mais y penses-tu, mère? Mais on ne fait semblable chose que dans les cas désespérés, et, Dieu, merci! tu n'en es pas là; tu es très affaiblie par les souffrances que tu as endurées, et tu crois que cette faiblesse est grave. Rassure-toi, mère, tu nous resteras encore de longs jours; tu es jeune, et maintenant que le mal cruel qui te minait disparaît, tu reprendras bien vite tes forces.

— Je paye ma faute, répondit-elle; tu ne sais pas ce que je ressens, ce que je souffre! Tu es ma seule consolation, Adèle; toi seule as pardonné; mais je dois ma vie.

— Ne parle pas ainsi, mère; je t'assure que maintenant tout danger pour toi est passé.

— Je vois mon état, mais ce n'est pas le mal qui me fait peur... c'est lui.

— Qui, lui? demanda Adèle avec inquiétude, redoutant une nouvelle crise.

Il y eut un moment de silence.

Jeanne reprit :

— Je n'ai plus aussi souvent les visions que j'avais, mais j'en rêve sans cesse..., et, vois-tu, j'ai peur parce que je crois que maintenant il me guette.

— Que dis-tu là?

— Si notre âme vit au delà de la mort, je dois le revoir, et maintenant qu'il sait, qu'il a vu ma vie... Oh! mon Dieu! comment racheter tout cela?

— Voyons, mère, il faut chasser ces lugubres pensées et ne penser qu'à une chose, à te guérir vite.

Jeanne hocha la tête et ne répondit pas; elle ferma les yeux, non pour dormir, mais pour penser.

Adèle était très inquiète; elle ne pouvait se tromper sur l'état de sa mère; le médecin l'avait prévenue. Jeanne était dans une accalmie qui précède les grandes crises, mais elle était irrémédiablement perdue; il ne fallait penser qu'à lui éviter la mort effroyable qui la menaçait.

Adèle crut deviner dans ce que lui avait dit sa mère qu'elle désirait voir un prêtre, et elle lui en parla; mais, au premier mot, la malheureuse trembla et supplia sa fille de ne pas l'obliger à dire à personne le terrible secret duquel elle mourait.

Adèle ne savait que faire aux tremblements qui saisissaient brusquement Jeanne, aux phrases incohérentes qu'elle prononçait tout à coup; il était visible que le mal revenait; elle ne faisait plus seulement que rêver, elle revoyait encore Cordier.

Un jour, elle reçut une lettre qu'une des femmes qui la gardaient lui remit; quand elle la lut, son visage se contracta; c'était une lettre du juge d'instruction l'invitant à se trouver au palais pour être de nouveau confrontée avec Rolland.

La fièvre la reprit, et, malgré les femmes qui la veillaient, elle sauta du lit, courant dans la chambre comme si elle luttait contre un être invisible, criant des mots épouvantables, puis se sauvant, cherchant à se cacher; les femmes effrayées, car elle jetait tout dans la chambre, semblant se défendre et risquant de les atteindre, se retirèrent et l'enfermèrent en courant chercher son gendre et sa fille.

Adèle et son mari arrivèrent en toute hâte, effrayés de cette attaque subite. Lorsqu'ils arrivèrent, tous les locataires de la maison étaient dans l'escalier; on parlait d'aller chez le commissaire, car Jeanne s'était, disaient-ils, barricadée, et, ayant eu une attaque de folie furieuse, les femmes qui la veillaient avaient dit qu'elle avait cherché à les tuer; ils avaient tout à redouter; on ne l'entendait plus dans la chambre et peut-être allait-elle mettre le feu.

Adèle appela sa mère, la priant de lui ouvrir; elle ne répondit pas.

Plein d'inquiétude, Auguste envoya chercher du monde et on força la porte.

Un spectacle affreux s'offrit alors aux regards de ceux qui entrèrent; toute la chambre était bouleversée, le lit était défait, les matelas et les oreillers étaient à terre, sur le corps de Jeanne, dont les pieds seulement passaient.

On se hâta de la dégager, mais il était trop tard; elle s'était étouffée en cherchant à échapper sans doute aux fantômes qui la poursuivaient.

Celle qui avait été la Belle Bordelaise n'était plus qu'un cadavre raidi et crispé, dont la face convulsée était épouvantable à voir.

Adèle s'agenouilla et pria.

ÉPILOGUE

Rolland avait fait tout ce qui était possible pour obtenir un supplément d'enquête; en demandant cela il poursuivait un double but : sa vengeance contre Jeanne, qui n'avait pas répondu à sa lettre, et surtout gagner du temps. Il espérait qu'on ajournerait son embarquement. Le misérable ne voulait à aucun prix subir sa peine et était décidé à tout; gagner du temps, c'était réserver pour l'avenir l'espoir d'échapper. On ne lui apprit pas la mort de celle qu'il accusait; on lui déclara seulement que l'instruction était abandonnée, et qu'à la suite de l'enquête une ordonnance de non-lieu avait été rendue, et l'ordre de le diriger sur le bagne avait presque immédiatement suivi la nouvelle.

Il en avait été accablé; il se persuada que Jeanne était la maîtresse du juge même, et sa haine et sa rage s'en augmentèrent; il n'avait plus l'espoir d'établir la vérité afin de punir sa complice.

Il ne pensa plus qu'à se faire justice lui-même; c'est lui qui irait se venger; il n'y avait plus à reculer, il était infailliblement perdu; il était convaincu, en essayant une nouvelle équipée, qu'il y laisserait sa vie. Mais, bah! il aimait mieux la mort que le bagne; la mort, surtout avec celle pour laquelle il s'était fait condamner, car il en était arrivé à juger ainsi :

C'est Jeanne qui avait bénéficié du crime; or, seulement, Jeanne était coupable, il n'avait été qu'un instrument, et ce n'était que cela qu'il voulait plaider à nouveau; ce n'était pas un crime, mais un délit dont il était coupable; il avait fourni le poison, mais jamais il ne l'avait donné; il s'acharnait à prouver qu'il ignorait l'usage qu'on en voulait faire. Cela était absurde, mais c'est le cas des désespérés de chercher la réalisation de leurs rêves dans l'impossible.

Tout cela s'écroulait par l'ordonnance de non-lieu. Eh bien, il se tairait, il semblerait tout subir, il tromperait tout le monde. Il lui fallait, pour étrangler Jeanne, deux heures de liberté; il les trouverait.

La sentinelle visa et fit feu. (PAGE 329).

La veille du jour fixé pour la transfération des condamnés, la nuit, il essaya une dernière fois de s'évader. Adroit, inventif (nous l'avons vu à l'œuvre), il parvint à sortir de la prison, à gagner le mur de ronde ; il l'escaladait, il était sur la crête, il n'avait plus qu'un saut à faire et il était libre.

·La sentinelle, entendant du bruit, se mit sur la défensive ; regardant partout et apercevant un homme sur le mur au-dessus d'elle se préparant à s'élancer, elle arma son fusil, visa et fit feu.

Rolland répondit par une injure et par un blasphème et vint s'écraser au pied de la guérite.

Les soldats du poste accoururent au bruit de la détonation; on releva le corps. La balle avait traversé les entrailles, mais, dans sa chute, il s'était fracassé le crâne. On transporta le cadavre à la prison.

C'était le lendemain de la mort de la Belle Bordelaise. Malgré tout, la fatalité avait puni les deux coupables, et de façon telle que la mémoire de la mère ne pouvait jamais être jetée à la face des enfants de celle qui n'avait eu dans le milieu atroce où elle avait été élevée qu'une loi — l'honnêteté et le devoir : — Mlle Beau-Sourire...

On comprendra facilement que le deuil fut plus affecté que sincère. Jeanne n'avait pas su se faire aimer.

Ce qu'on avait aimé en elle, c'était l'adorable et jolie créature que les habitués du petit café des Halles appelaient la Belle Bordelaise.

Femme, elle avait été coupable, puis mère dénaturée et amante ingrate et infidèle.

Le deuil passé, comme après l'orage le soleil brille et les oiseaux chantent, après les événements que nous avons racontés, Mme Adèle de La Saussoye mettait au monde une petite fille qui sourit en voyant le jour.

Pour perpétuer dans l'avenir le nom que la mère avait perdu depuis qu'elle était dame, on la nomma Beau-Sourire.

FIN

TABLE DES MATIÈRES

Première Partie.

PARIS LA NUIT.

Deuxième Partie.

UNE MÈRE BELLE.

Troisième Partie.

LE SUPPLICE D'UNE FEMME.

Quatrième Partie.

LE CHATIMENT.

PARIS. — IMPRIMERIE Vᵉ P. LAROUSSE ET Cⁱᵉ, RUE MONTPARNASSE, 19.